SUSANNE GOGA

Die vergessene Burg

ROMAN

DIANA

Von Susanne Goga sind im Diana Verlag erschienen:
Das Leonardo-Papier – Die Sprache der Schatten – Der verbotene Fluss – Der dunkle Weg – Das Haus in der Nebelgasse – Die vergessene Burg

Sollte diese Publikation Links auf Webseiten Dritter enthalten, so übernehmen wir für deren Inhalte keine Haftung, da wir uns diese nicht zu eigen machen, sondern lediglich auf deren Stand zum Zeitpunkt der Erstveröffentlichung verweisen.

Verlagsgruppe Random House FSC® N001967

Deutsche Erstausgabe 10/2018
Copyright © der deutschsprachigen Ausgabe 2018
by Diana Verlag, München,
in der Verlagsgruppe Random House GmbH,
Neumarkter Straße 28, 81673 München
Redaktion: Gisela Klemt
Umschlaggestaltung: t. mutzenbach design, München
Umschlagmotiv: © Ildiko Neer/arcangel;
Stolzenfels Castle 13th Century along the Rhine,
Germany 20's/PVDE/Bridgeman Images und akg-images
Satz: Leingärtner, Nabburg
Druck und Bindung: GGP Media GmbH, Pößneck
Alle Rechte vorbehalten
Printed in Germany
ISBN 978-3-453-35972-7

www.diana-verlag.de
Besuchen Sie uns auch auf www.herzenszeilen.de
 Dieses Buch ist auch als E-Book lieferbar.

Für meine Tochter Lena – das Beste an Bonn

»Sind Briten hier? Sie reisen sonst so viel,
Schlachtfeldern nachzuspüren, Wasserfällen,
Gestürzten Mauern, klassisch-dumpfen Stellen;
Das wäre hier für sie ein würdig Ziel.«

J. W. GOETHE, *Faust. Der Tragödie Zweiter Teil*

Prolog

Kein Hauch von Licht im Flur, die Türen nur Rechtecke in einem noch tieferen Schwarz. Sie tastet sich vorwärts, die Hände vor sich ausgestreckt, um nirgendwo anzustoßen, doch zugleich voller Angst, sie könnte etwas berühren, das kalt und feucht und unerwartet ist. Es ist vollkommen still, kein Geräusch verrät, ob jemand in der Nähe ist. Ihre nackten Füße bewegen sich lautlos über die Dielen, ihre Haut haftet am Holz, als wollte sie sich nur widerwillig davon lösen und den nächsten Schritt erlauben. Sie streckt eine Hand nach rechts aus, drückt gegen eine Tür, doch sie gibt nicht nach. Auch die Klinke lässt sich nicht hinunterdrücken. Also weiter.

Ihr Nachthemd bläht sich, als von irgendwo ein Luftzug hereindringt. Eine offene Tür? Ein Fenster? Ihr Herz schlägt so heftig, dass sie kaum atmen kann, es scheint in ihrer Brust zu wachsen, als wollte es ihren Körper sprengen.

Dort hinten muss die Treppe sein. Wenn sie es bis dahin schafft, kann sie in die Eingangshalle hinuntergehen und mit jemandem sprechen, irgendein Mensch muss doch da sein, der ihr helfen, der ihre Frage beantworten kann.

Dann hat sie die Treppe erreicht. Sie greift nach dem Geländer und will den ersten Schritt machen, doch unter ihr tut sich nur ein dunkles Loch auf. Sie sieht es in der Dunkelheit, das ist die Logik der Träume.

Sie steht da, einen Fuß in der Luft, die Hand am Geländer –

»Mama!«

Die Stimme trifft sie mitten ins Herz. Sie tritt abrupt vom Abgrund zurück, und dann spürt sie das Kissen in ihrem Rücken, und sie sitzt aufrecht im Bett, und der Luftzug dringt durch das Fenster und drückt ihr das feuchte Nachthemd kühl auf die Haut. Kein Flur, keine Türen, kein gähnendes Loch, wo eine Treppe hätte sein sollen. Nur ihr Herz schlägt noch so heftig wie im Traum.

»Mama!«, schluchzt es im Bettchen neben ihrem, und sie dreht sich zu ihrer Tochter um.

Sie steht auf, nimmt das Kind auf den Arm und tritt mit ihm ans Fenster. Der kleine Körper drängt sich an sie, als könnte er in sie hineinkriechen und dort Schutz finden. Es ist noch ganz dunkel draußen, also muss es mitten in der Nacht sein.

Ein Windhauch weht vom Rhein herüber.

Sie wendet sich zum Bett, schaut auf die zerwühlte Seite, auf der sie gelegen hat, und das unberührte Kissen und die säuberlich gefaltete Decke daneben.

Wieder streicht die Luft über ihre Haut, beinahe höhnisch, als wollte sie sagen, ich komme vom Rhein und ich weiß die Antwort, aber du wirst sie nicht erfahren.

I

Das Haus an der Schleuse

Kings Langley, Hertfordshire

»Es würde uns sehr freuen, Sie dabeizuhaben, Miss Cooper.«
Die Pfarrersfrau strich ihr dunkelbraunes Kleid glatt und
schaute Paula warmherzig an. »Es erschien mir vermessen,
Sie damit zu behelligen, wir alle wissen, wie es um ihre
Cousine Miss Farley steht und wie sehr sie Sie beansprucht.
Wenn der Reverend hört, dass Sie uns helfen, wird er ent-
zückt sein.«

Paula konnte sich nicht vorstellen, dass Reverend Cranston über irgendetwas in Entzücken geriet – außer vielleicht über die genealogischen Nachforschungen, die er in
alten Kirchenbüchern anstellte –, nickte aber bescheiden.
»Es wäre mir ein Vergnügen, einen kleinen Beitrag zu Ihrem
Abend leisten zu dürfen.« Sie trank von ihrem Tee und
nahm ein Ingwerplätzchen, nachdem die Pfarrersfrau ihr
nachdrücklich den Teller hingeschoben hatte. »Woran hatten Sie gedacht? Wie Sie wissen, sind meine Fähigkeiten
am Klavier begrenzt. Und was meinen Gesang angeht ...«
Sie zuckte bedauernd mit den Schultern.

Mrs. Cranston stand lächelnd auf und holte ein Buch

von einem Beistelltisch. »Um die musikalische Unterhaltung brauchen Sie sich keine Gedanken zu machen, Miss Cooper. Der junge Mr. Algernon Smith ist ein ausgezeichneter Bariton und wird einige Balladen vortragen. Die Schwestern Ingram spielen ein Duett mit Geige und Klavier, und der alte Charlie Ross wird uns schottische Weisen auf dem Dudelsack darbieten. Es gibt auch eine Aquarellausstellung mit Szenen aus der Umgebung.« Sie legte eine Pause ein und sah Paula feierlich an. »Ich habe Sie einmal in der Kirche vorlesen hören, Miss Cooper, und war ganz bezaubert. Sie haben eine klangvolle Lesestimme. Und damit komme ich zu meinem Anliegen – ich möchte Sie bitten, einige Gedichte vorzutragen. Die Auswahl überlasse ich Ihnen, es sei denn, Sie wünschen meinen Rat.«

»Aber Sie haben einen Wunsch?« Paula deutete auf das Buch, das die Pfarrersfrau auf den Tisch gelegt hatte.

Ein Hauch von Röte überzog Mrs. Cranstons Gesicht. »Sie haben mich ertappt. Ich habe an der Stelle ein Lesezeichen hineingelegt.«

Paula schlug den braunen Lederband auf und las neugierig das Deckblatt. Es war eine englische Übersetzung der gesammelten Gedichte eines gewissen Heinrich Heine, die vor sieben Jahren erschienen war. Sie blätterte zu der Stelle, an der ein schmaler Pappstreifen lag, der mit Vergissmeinnicht in Aquarellfarben verziert war.

Sie legte das Lesezeichen auf den Tisch und las die Überschrift: »Das Lied von der Loreley«.

»Ist das ein Gedicht über Deutschland?«

Mrs. Cranston nickte. »Sie haben sicher schon einmal

davon gehört, der Felsen am Rhein.« Als sie Paulas verständnislosen Blick bemerkte, fügte sie hinzu: »Es geht um eine alte Sage, nach der eine schöne Frau auf dem Felsen sitzt und ihre goldenen Haare kämmt, womit sie die Rheinschiffer ablenkt, deren Boote an den Klippen zerschellen. Keine sehr christliche Geschichte, aber das Gedicht ist so romantisch! Mr. Cranston sieht mich immer tadelnd an, wenn ich Heine lese, aber er wird mir diese kleine Sünde wohl verzeihen.«

»Ich hatte noch nie davon gehört, will es aber gern vortragen. Und ich suche noch ein weiteres aus, das dem Reverend vielleicht genehmer ist.«

Mrs. Cranston legte ihr beschwichtigend die Hand auf den Arm. »Keine Sorge, er ist ein milder Richter. Aber Heine war Jude und politisch, nun ja, ein Freidenker, um es vorsichtig auszudrücken. Dennoch, die Loreley wird hoffentlich keinen Anstoß erregen.«

»Ich freue mich darauf, das Gedicht zu lesen«, sagte Paula und meinte es aufrichtig.

Sie hatte England noch nie verlassen und wusste kaum etwas über Deutschland. Auch von diesem Herrn Heine hatte sie nie gehört.

Nachdem sie sich verabschiedet und mit dem Buch in der Hand das Haus verlassen hatte, blieb sie auf der Straße stehen und wandte das Gesicht zur Sonne, die an diesem Tag Ende März schon angenehm wärmte. Sie würde noch ein bisschen spazieren gehen, bevor sie heimkehrte. Der Gedanke, bei Cousine Harriet im dämmrigen Zimmer hinter geschlossenen Vorhängen zu sitzen, schnürte ihr die Kehle zu.

Paula machte sich auf den Weg zum Kirchhof. Ein Spaziergang bedeutete ein bisschen Freiheit, und die war kostbar. Der Rasen war nach den letzten Regenfällen saftig grün, er hob sich geradezu grell vom grauen Stein der Kirche ab. All Saints war ein altes Gotteshaus, dessen Grundmauern bis ins 13. Jahrhundert zurückreichten. Vor zwölf Jahren war Paula als Gesellschafterin nach Kings Langley gezogen, und der Pfarrer hatte es sich nicht nehmen lassen, sie persönlich durch die Kirche zu führen. Damals hatte er ihr auch die Stelle gezeigt, an der früher ein königlicher Palast der Plantagenets gestanden hatte. Paula warf einen Blick auf den eckigen, von Zinnen gekrönten Kirchturm, der sie stets an eine Burg erinnerte.

Ihr Rocksaum schleifte durchs Gras, doch sie achtete nicht darauf, sondern genoss die Sonne auf dem Rücken. Und die Tatsache, dass sie allein war.

Sie betrachtete die Grabsteine, von denen manche wie schiefe Zähne aus dem Rasen ragten und ihre Geheimnisse auf ewig für sich behalten würden, da die Buchstaben verwittert und die Namen in der Zeit verloren waren.

Auf dem weitläufigen Rasen blühten die ersten Narzissen, und Paula blieb stehen, um sie zu bewundern, wobei ihr flüchtig das Gedicht von Wordsworth in den Sinn kam.

> Der Wolke gleich, zog ich einher,
> die einsam zieht hoch übers Land,
> als unverhofft vor mir ein Meer
> von goldenen Narzissen stand.

Sie hatte es immer sehr gemocht. Doch da sie zugleich sehr gespannt war, was sie in den Versen erwartete, die Mrs. Cranston für sie ausgesucht hatte, setzte sie sich auf die Bank, die unter der ausladenden Eiche stand, und schlug das Buch auf.

Schon die erste Strophe nahm sie gefangen. Es war, als hätte jemand eine Stimmgabel angeschlagen, deren Klang nun in ihr weiterhallte. Und als sie zu den letzten Versen kam, war ihre Brust auf einmal eng.

> Ich glaube, die Wellen verschlingen
> Am Ende Schiffer und Kahn;
> Und das hat mit ihrem Singen
> Die Loreley getan.

Natürlich war das alles erfunden, ein Märchen voller Gewalt und Verlockung, doch es zog sie unwiderstehlich an. Mehr noch als das dramatische Ende hatte die zweite Strophe sie ergriffen.

> Die Luft ist kühl und es dunkelt,
> Und ruhig fließt der Rhein;
> Der Gipfel des Berges funkelt
> Im Abendsonnenschein.

In diesen wenigen Zeilen beschwor der Dichter eine Stimmung herauf und malte mit Worten ein Bild, das Paula vertraut erschien, obwohl sie nie an jenem Ort gewesen war. In ihrem Leben war eigentlich kein Platz für romantische

Ergriffenheit, sie lebte und dachte rational – einer musste es ja tun. Und dennoch fiel ihr für das, was sie jetzt empfand, kein treffenderes Wort als »Sehnsucht« ein.

Als die Sonne unterging, wurde es empfindlich kühl. Paula zog das Tuch enger um die Schultern, stand von der Bank auf und ging langsam davon, wobei sie noch einen letzten Blick auf die Narzissen warf.

Es waren kaum Menschen unterwegs, nur ein einzelnes Fuhrwerk klapperte die Straße hinunter, sodass Paula ihren Gedanken nachhängen konnte.

Sie liebte Bücher, doch das, was sie bei Cousine Harriet fand, war nicht dazu angetan, die Fantasie anzuregen oder Herz und Verstand anzusprechen. Es gab eine beachtliche Sammlung medizinischer Ratgeber, die Harriet ausgiebig studierte. Auch las sie mit Vorliebe Traktate von Quacksalbern und Kräuterexperten, die gegen gutes Geld ganze Kuren anboten, die man sich ins Haus bestellen konnte. Paula konnte sich des Eindrucks nicht erwehren, dass die Symptome, unter denen Harriet litt, nach derartiger Lektüre stets noch zahlreicher und ausgeprägter waren. Von Romanen und Gedichten hingegen hielt sie nichts.

Paula musste sich mit dem begnügen, was ihr das Leben als Gesellschafterin bot. Viel freie Zeit blieb ihr ohnehin nicht, da sie stets für Harriet da zu sein hatte und zudem leichte Arbeiten in Haus und Garten übernahm.

»In unserer Lage ist eine vorteilhafte Eheschließung unwahrscheinlich. Und so kannst du ein würdevolles Leben führen, ohne offiziell für Geld zu arbeiten«, hatte ihre Mutter erklärt, als sie Paula vor zwölf Jahren eröffnete, dass sie von London nach Hertfordshire ziehen und von nun an Harriet Farley Gesellschaft leisten werde. »Du brauchst dich nicht mit den unerzogenen Kindern fremder Leute abzumühen oder eine Beschäftigung zu übernehmen, die unschicklich für eine junge Dame wäre. Es tut mir weh, dich ziehen zu lassen, aber du bist zwanzig Jahre alt und kannst nicht länger mit meinen Mietern unter einem Dach wohnen.«

Also machte Paula das Beste aus ihrer Lage. Sie lieh sich Bücher bei den einheimischen Damen, die sie unbemerkt in ihr Zimmer brachte und las, wann immer sie die Muße dazu fand.

Jetzt drückte sie den Gedichtband an sich, entschlossen, noch an diesem Abend darin zu lesen. Sie würde einfach sagen, sie sei müde, und sich zeitig zurückziehen, eine Kerze anzünden und gespannt abwarten, ob Herr Heine sie in deren flackerndem Schein noch einmal so gefangen nehmen konnte. Die Sehnsucht, die sie überkommen hatte, klang in ihr nach, war wie ein Stich, der nicht mehr schmerzt, aber noch spürbar ist.

Vor ihr tauchten die Bäume auf, die den Kanal säumten, manche noch fast kahl, andere schon von einem zartgrünen Schleier überzogen. Die Trauerweiden erinnerten sie an kniende Frauen, deren Haare bis zum Wasser reichten, und Paula zwang sich geradezu, die poetischen Gedanken zu vertreiben.

Denn nun musste sie über die Schleuse, die so schmal war, dass sie das Buch unter den Arm klemmte und mit der Rechten das Geländer fasste, während sie mit der anderen

Hand den Reifrock flacher drückte, damit er sich nirgendwo verfing. Sie hätte die Brücke nehmen können, doch Paula gefiel es, Cousine Harriets Anweisungen in kleinen Dingen zu trotzen, und überquerte daher den Kanal auf diesem Weg.

Dann tauchte schon das Haus auf, grau und von einer kleinen Mauer umgeben, in die ein überraschend rotes Tor eingelassen war. Die Tür zierte eine schöne Laterne. Paula hatte mehr als einmal vorgeschlagen, das Haus weiß zu streichen, damit es freundlicher aussah, doch Harriet hatte auf dem Grau bestanden, weil ihr »lieber Vater« es so gehalten hatte. An regnerischen Novembertagen schien es mit der Landschaft zu verschmelzen, als würde es einfach verschluckt und alle Bewohner mit ihm. Das Grau war nur erträglich, wenn die blühende Natur ihm widerstand.

Es war ein schlichtes Haus mit zwei Fenstern im Erdgeschoss und im ersten Stock, das man mit einem kleinen Anbau nach hinten vergrößert hatte. Harriet bezeichnete ihn als Wintergarten, auch wenn sie ihn meist verdunkelte und es selbst genügsamen Pflanzen nahezu unmöglich machte, darin zu gedeihen.

Sie war noch nicht durchs Tor gegangen, als bereits die Haustür geöffnet wurde. Carrie, das Hausmädchen, sah ihr besorgt entgegen. Sie und Mrs. Wilby, die Haushälterin, waren gleichmütig und geduldig, zwei Eigenschaften, die erklärten, weshalb sie es schon länger im Haus an der Schleuse aushielten als Paula selbst.

»Miss Paula, Sie werden dringend erwartet! Miss Farley ist sehr erregt, sie musste ihre Tropfen nehmen.«

Paula warf noch einen Blick auf Bäume und Kanal, atmete tief durch und trat ins Haus, wo sie Carrie nicht nur den Hut, sondern auch das Buch reichte.

»Bring es bitte sofort in mein Zimmer.«

Das Mädchen nickte und verschwand in Richtung Treppe.

»Ich habe mir Sorgen gemacht, und dann wurde mir eng in der Brust, sodass ich meine Tropfen nehmen musste«, verkündete Cousine Harriet, die, von Kissen gestützt, auf der Chaiselongue lag. Sie trug einen Morgenrock und eine Haube, und Paula fragte sich, ob sie sich überhaupt angekleidet oder vielmehr den ganzen Nachmittag so verbracht hatte.

»Das tut mir leid. Ich habe mit Mrs. Cranston Tee getrunken und bin dann noch ein bisschen spazieren gegangen. Es war herrlich, der Frühling ist endlich da.«

Harriet streckte die Hand aus, damit Paula ihr half, sich aufrechter hinzusetzen.

»Würdest du mir noch Tee einschenken?«

Paula reichte ihr die Tasse und setzte sich dann in einen Sessel gegenüber. Die Vorhänge waren geschlossen, zwei Lampen verbreiteten gedämpftes Licht. Die Luft war stickig und roch durchdringend nach Nelken und Lavendel, die in kleinen Stoffsäckchen im Raum verteilt waren. Das Kaminfeuer loderte und verstärkte noch die Hitze. Paula knöpfte den Kragen ihrer Bluse auf und fächelte sich Luft zu.

»Dir mag es drückend erscheinen, aber wer leidend ist,

weiß die Wärme zu schätzen«, sagte Harriet und stellte die Tasse ab.

»Ich soll dich von Mrs. Cranston grüßen, wir haben über den Basar gesprochen. Und an der Kirche blühen schon die Narzissen!«

Harriet seufzte. »Die würde ich auch gern sehen, ich bezweifle aber, dass ich es nächste Woche Sonntag in die Kirche schaffe. Du kannst dich glücklich schätzen, dass du gesund bist. Es muss bedrückend sein, mit einer Invalidin das Haus zu teilen, das weiß ich selbst. Du bist kein junges Mädchen mehr, aber auch keine alte Frau wie ich. Daher unterstütze ich es, dass du unter Menschen kommst, solange es sich auf ein schickliches Maß beschränkt.«

Da Harriet recht milde gestimmt schien, nahm Paula allen Mut zusammen und wagte einen Vorstoß. »Stell dir vor, nach dem Basar wird es einen Wohltätigkeitsabend geben. Der Erlös ist für das neue Kirchenfenster bestimmt. Mrs. Cranston hat mich gebeten, dabei mitzuwirken, ich soll einige Gedichte vortragen.« Sie sah vorsichtig zu Harriet hinüber. »Sie meint, ich habe eine gute Stimme zum Vorlesen. Du hast dich nie beklagt, und daher hoffe ich, dass du Mrs. Cranstons Meinung teilst.« Seit sie in Kings Langley lebte, hatte es stets zu ihren Aufgaben gehört, Harriet vorzulesen, wenn diese sich schwach fühlte oder die Augen nicht anstrengen wollte.

»Gewiss.« Ein kurzes Zögern. »Wenn du dich darauf vorbereiten kannst, ohne deine Aufgaben zu vernachlässigen, ist nichts dagegen einzuwenden.«

»Mrs. Cranston hat sich ein Gedicht gewünscht, und ich soll noch ein weiteres aussuchen.«

»Ach ja? Etwas Geistliches?«, fragte Harriet und unterdrückte ein Gähnen.

Paula musste lächeln, als sie an die todbringende Jungfrau auf dem Felsen dachte. »So würde ich es nicht nennen. Es stammt von einem deutschen Dichter und beschreibt einen Felsen am Rhein.«

Hätte Harriet nicht so schlaff auf der Chaiselongue gelehnt, wäre Paula die Bewegung wohl entgangen – doch der abrupte Übergang zum aufrechten Sitzen, die Schultern durchgedrückt und das Kinn erhoben, war nicht zu übersehen. »Einen Felsen am Rhein?«

»Ja, die Loreley. Es geht um eine alte Sage, in der eine schöne Frau, die dort sitzt, die Schiffer ablenkt, die daraufhin an den Klippen kentern. Ich war auch überrascht, dass Mrs. Cranston sich für solch ein Gedicht entschieden hat, aber dann habe ich es gelesen, und es ist wirklich schön. Ich hatte noch nie von der Sage oder dem Dichter gehört, das muss ich unbedingt nachholen.«

Cousine Harriet ließ sich wieder nach hinten sinken, wirkte aber angespannter als zuvor, und in ihrem Blick lag eine gewisse Schärfe. »Ich muss vor dem Essen noch ein wenig ruhen. Wenn du mich bitte allein lassen würdest. Du möchtest sicher die Zeit nutzen und über Gedichte nachdenken.«

Paulas Zimmer war klein, aber es gehörte ihr. Die meisten Möbel hatten schon darin gestanden, als sie hergekommen war, doch den Sessel am Fenster und den kleinen Schreibtisch hatte sie von zu Hause mitgebracht. Darauf stand eine Fotografie von ihr und der Mutter – Mrs. Cooper sitzend, Paula neben ihr stehend, die Haare zu langen Locken gedreht und in einem Kleid, das eigens für sie geschneidert worden war. Es war ein Geschenk zu ihrem achten Geburtstag gewesen und danach mehrmals umgeändert worden, um es ihrem wachsenden Körper anzupassen. Das Kleid lag zwischen Seidenpapier und mit einem Duftsäckchen versehen im Schrank, weil es zu kostbar war, um sich davon zu trennen.

Margaret Cooper war früh verwitwet. Sie gab Klavierunterricht und hatte stets bedauert, dass es ihrer Tochter an Talent fehlte. Außerdem vermietete sie zwei Zimmer im Haus, was ihnen ein bescheidenes Auskommen sicherte.

Paula strich flüchtig über den Rahmen und dachte an ihre Mutter in London, die sie lange nicht gesehen hatte.

Ihr Vater war gestorben, als sie ein Jahr alt war, und sie konnte sich weder sein Gesicht noch den Klang seiner Stimme vorstellen. Bisweilen spürte sie eine Leere, wenn sie an ihn dachte, und stellte sich vor, er stünde auf der Fotografie neben ihrer Mutter, die Hand auf ihrer Schulter, den Blick in die Kamera gerichtet oder, lieber noch, zur Seite gewandt, um seine Tochter anzuschauen.

Paula gab sich einen Ruck und versuchte, der Sehnsucht nachzuspüren, die sie vorhin an der Kirche empfunden hatte. Sie trat an das Regal, in dem sich ihre bescheidene

Bibliothek befand, und zog eine Gedichtsammlung heraus. Der Besuch auf dem Friedhof hatte sie inspiriert. Die
Loreley und die Narzissen sollten es sein.

Am Tag vor dem Basar kam Paula aus dem Pfarrhaus heim
und trat mit geröteten Wangen ins Wohnzimmer. Sie stellte
Harriet den Kuchenteller hin, den Mrs. Cranston ihr mit-
gegeben hatte, und setzte sich in den Sessel gegenüber.

»Du strahlst ja so! Was ist geschehen?«, fragte Harriet,
die das Papier schon entfaltet und einen anerkennenden
Blick auf den Kuchen geworfen hatte.

Paula konnte nicht länger an sich halten. »Mrs. Cranston
hat mir ein wunderbares Buch gezeigt, es heißt *Die Landschaft des Rheins* und enthält ganz viele Bilder! So etwas
habe ich noch nie gesehen – steile Berghänge, von denen
Burgen und Ruinen herabblicken, mit Efeu bewachsen,
darüber Himmel und Wolken, unten die Schiffe auf dem
Fluss – und der Künstler hat auch in Öl gemalt, sagt Mrs.
Cranston …«

Harriet schob den Kuchenteller beiseite und runzelte
die Stirn. »Woher die plötzliche Begeisterung für den
Rhein? Du hast dich doch sonst nicht für den Kontinent
interessiert.«

»Weil ich nichts darüber wusste. Ich kannte den Rhein
nur als blaue Linie aus meinem Geografiebuch, aber diese
Bilder – es sieht überwältigend aus.«

»Wir haben hier in England ebenfalls viele schöne Burgen, und auch an Ruinen mangelt es nicht. Wenn ich mich
erholt habe und das Wetter freundlich ist, können wir gern

einen Ausflug nach Berkhamsted Castle unternehmen, das liegt keine sechs Meilen von hier.«

Paula vermochte sich nicht des Eindrucks zu erwehren, dass Harriet sie mit diesem Vorschlag ablenken wollte. Sie wagte sich für gewöhnlich nie über die Grenze des Ortes hinaus.

»Warum kann ich mich nicht für das eine wie auch das andere interessieren? Ich weiß, dass es in England viele prächtige Burgen gibt, aber so etwas wie diese Rheinbilder habe ich noch nie gesehen. Dort wird sogar Wein angebaut, die Gegend ist berühmt dafür. Dichter sind dort hingereist und Künstler, auch Mr. William Turner hat am Rhein gemalt und gezeichnet.«

Harriet schnaubte verächtlich. »Ich halte nichts von Mr. Turner, auf vielen seiner Bilder kann man kaum etwas erkennen. Die sehen aus, als hätte er ein Wasserglas über die Leinwand gekippt. Nein, Liebes, die Heimat hat viel für sich. Man muss nicht in die Ferne reisen, um das Herz zu erfreuen. Wenn man selten das Haus verlässt wie ich, lernt man die kleinen Dinge zu schätzen. Im Wintergarten zu sitzen und in den Garten zu schauen, die Vögel und das Spiel der Jahreszeiten zu beobachten.«

Paula war verblüfft, dass Harriet so poetisch wurde. »Ich würde gern einmal dorthin reisen. Aber weil das nie passieren wird, reise ich im Geiste dorthin, indem ich mir die Bilder ansehe.«

»Gewiss«, sagte Harriet etwas zerstreut und brach ein Stückchen Kuchen ab.

»Wenn du nichts dagegen hast, gehe ich jetzt in mein

Zimmer und übe noch einmal die Gedichte für morgen. Wirst du dabei sein können?«

»Ich hoffe es, denn das möchte ich mir nicht entgehen lassen.«

Noch am Abend ging Paula in ihrem Zimmer auf und ab und sagte die Gedichte laut auf, feilte zum wiederholten Mal an der Betonung und zwang sich, die Augen zu heben. Wenn sie schon zu Boden schaute, wenn sie allein war, würde es ihr nie gelingen, ihr Publikum anzusehen. Nachdem sie beide Gedichte dreimal aufgesagt hatte, fühlte sie sich einigermaßen sicher. Morgen früh noch einmal, das musste genügen.

Sie würden den Saal mit frischen Blumen schmücken – natürlich durfte eine Vase mit Narzissen nicht fehlen –, und wenn sie nachmittags vom Basar kam, würde sie sich sorgfältig ankleiden und frisieren. Ihr Herz schlug heftig, wenn sie an den nächsten Abend dachte, und um sich zu beruhigen, setzte sie sich in den Sessel und schloss die Augen.

Unvermittelt tauchten die Bilder wieder auf, die sie im Pfarrhaus gesehen hatte: die exakten Linien der Stahlstiche, die vielfältigen Schattierungen von Grau, Schwarz und Weiß, die die Wolken, das düstere Gemäuer der Burgen, die ebenmäßigen Reihen der Weinstöcke und den dahinfließenden Strom lebendig werden ließen. Plötzlich wünschte sie sich, das alles farbig zu sehen wie in der Wirklichkeit, mit ihren eigenen Augen und nicht durch die eines fremden Künstlers.

Nachdem Paula beim Basar Kuchen verkauft und die Kinder beim Sackhüpfen beaufsichtigt hatte, ging sie nach Hause und kleidete sich um. Carrie half ihr beim Frisieren. Sie war natürlich keine Zofe, aber recht geschickt darin und hatte einiges von ihrer Mutter gelernt. Paulas Haare waren sauber gescheitelt und im Nacken zu einem kunstvollen Knoten gesteckt, der mit den Blütenblättern einer Narzisse geschmückt war. Hoffentlich welkten sie nicht, bevor sie die Gedichte vorgetragen hatte!

Das lavendelfarbene Kleid war Paulas bestes, und dazu trug sie eine silberne Amethyst-Brosche, die sie von ihrer Großmutter geerbt hatte. Sie zwickte sich behutsam in die Wangen und strich den Rock glatt, unter dem sich eine schmale Krinoline verbarg. Paula hatte nie die weit ausladenden Röcke getragen, die nun aus der Mode gekommen waren – sie waren teuer und für das Haus an der Schleuse mit seinen schmalen Fluren und Treppen gänzlich ungeeignet. Zudem hatte man von schrecklichen Unfällen gehört, bei denen Frauen verbrannt waren, weil ihre voluminösen Kleider Feuer gefangen hatten. Weite Reifröcke eigneten sich zum Müßiggang, nicht aber für eine Frau, die eine Invalidin pflegte, den Garten hegte und Besorgungen im Dorf und den angrenzenden Ortschaften erledigte.

Paula lächelte sich zu, erfüllt von Vorfreude und Lampenfieber. Der Abend würde ihr gehören. Es war ein Ereignis, über das man in der Großstadt gelacht hätte, doch für sie, die so wenig erlebte, war es ein Vergnügen, dem sie gespannt entgegensah.

Paula griff nach ihrem Beutel, in dem sie schon die Gedichtbände verstaut hatte, und ging nach unten. Sie wollte gerade den Mantel überziehen, als sie eine schwache Stimme aus dem Wohnzimmer hörte, gefolgt von einem Poltern.

Harriet lag im Wohnzimmer auf dem Boden, sie hatte das Spitzendeckchen eines Beistelltischs, auf dem eine kleine Vase gestanden hatte, mit sich gerissen. Scherben, Wasser, verstreute Blumen – und mittendrin die ohnmächtige Frau.

Sofort rief Paula nach Carrie und der Haushälterin, kniete sich hin und legte zwei Finger an Harriets Hals. Der Puls war ein wenig schneller als üblich, aber kräftig. Kein Fieber.

»Was ist passiert?«, rief Mrs. Wilby und blieb auf der Schwelle stehen. Carrie presste die Hand auf die Brust und schaute auf ihre Arbeitgeberin hinunter.

»Ich brauche ein kaltes, feuchtes Tuch, einen Brandy, verdünnt, und ein Kissen«, befahl Paula routiniert, und die beiden Frauen eilten davon. Seit sie in diesem Haus lebte, war Harriet nie lebensbedrohlich krank gewesen.

Sie nahm das Sofakissen, das Carrie ihr reichte, und schob es unter Harriets Kopf. Dann faltete sie das feuchte Tuch und legte es der Patientin auf die Stirn, stützte den Kopf und führte das Brandyglas an ihre Lippen. Harriet trank einen Schluck, ohne die Augen zu öffnen.

Paula wollte schon erleichtert aufstehen, als die Cousine die Augen aufriss und die Augäpfel verdrehte. Dann verkrampfte sie sich, wurde starr, ihre Wirbelsäule bog sich durch, und sie murmelte unverständliche Worte. Im nächsten Moment stieß Harriet das Glas beiseite, sodass sich die Flüssigkeit über Paulas Kleid ergoss.

Die drei Frauen sahen einander erschrocken an. So etwas hatten sie noch nie erlebt. Ohnmachten, Erkältungen, Kopfschmerzen, leichte Atemnot – nicht aber einen Anfall wie diesen.

»Carrie, hole Dr. Fisher. Beeil dich!«

Paula versuchte, sich daran zu erinnern, was sie in Ratgebern über derartige Notlagen gelesen hatte.

»Ich brauche ein sauberes Taschentuch.«

Mrs. Wilby zog eines aus ihrer Schürzentasche. »Frisch gewaschen, Miss Paula.«

Sie drehte es zu einer Rolle, drückte links und rechts gegen Harriets Kiefer, bis sich ihr Mund öffnete, und schob das Tuch hinein. Dann knöpfte sie die Bluse ein Stück auf, damit die Patientin besser atmen konnte, und stand auf.

»Jetzt können wir nur abwarten, bis der Arzt kommt.«

»Ich mache Tee«, verkündete Mrs. Wilby, als wäre er ein Allheilmittel. Paula trat ans Fenster, erleichtert, für einen Augenblick allein zu sein. Sie stützte die Hände auf die Fensterbank und atmete tief durch. Etwas stieg in ihr auf, und sie versuchte, es zu unterdrücken, doch es wollte sich nicht so leicht geschlagen geben.

Es war eine kleinliche, selbstsüchtige Wut, aber Paula kam nicht dagegen an. Selbst wenn Dr. Fisher Entwarnung gab, schien es undenkbar, jetzt noch das Wohltätigkeitsfest zu besuchen. Wie konnte sie ihre Verwandte und Arbeitgeberin nach diesem Zwischenfall allein lassen? Natürlich würden die Cranstons und alle anderen Gäste das verstehen, wie sie es immer verstanden. Aber das machte es nur noch schlimmer. Sie waren stets verständnisvoll und entschuldigten die Damen aus dem Haus an der Schleuse, wenn sie wieder einmal nicht am Gemeindeleben teilnehmen konnten. Und so bekam Harriet immer ihren Willen.

Abrupt fuhr Paula herum, als könnte die bewusstlose Frau ihre Gedanken lesen. Doch sie rührte sich nicht, die Brust hob und senkte sich regelmäßig, der Krampf war vergangen.

Paula wandte sich wieder zum Fenster. Ihre Augen brannten, und sie presste die Lippen aufeinander, um nicht zu weinen. Sie schämte sich, dass sie so über Harriet dachte, die sie in ihrem Haus aufgenommen und ihr eine angemessene Position geboten hatte, die ihr monatlich eine kleine Summe zahlte und dafür sorgte, dass Paula gut gekleidet und ernährt und im Dorf angesehen war. Sie hatte ein Zuhause und eine Aufgabe, was mehr war, als viele Frauen von sich sagen konnten.

Und dennoch …

Die Haustür wurde geöffnet, schwere Männerschritte erklangen im Flur, dann trat Dr. Fisher mit seiner abgewetzten Ledertasche ein.

Paula begrüßte ihn und deutete auf Harriet.

Der Arzt kniete sich ächzend hin – er war nicht mehr jung und auch nicht besonders schlank – und fühlte den Puls, bevor er behutsam die Stoffrolle hervorzog. Er schaute über die Schulter.

»Das haben Sie gut gemacht, sehr geistesgegenwärtig. Es ist äußerst unangenehm für die Patienten, wenn sie sich auf die Zunge beißen.« Er zog Harriets Augenlider hoch. »Sie kommt gleich zu sich.«

Ein leises Stöhnen. »Was ist passiert?«

»Alles gut, Miss Farley, man hat sich bestens um Sie gekümmert«, sagte der Arzt.

Zusammen mit Paula und Carrie gelang es ihm, die Patientin aufs Sofa zu betten. Als sie bequem lag und mit Kissen und Decke versehen war, setzte er sich neben sie und ergriff ihre Hand.

»Ist so etwas schon einmal vorgekommen, Miss Farley? Ich behandle Sie mittlerweile so lange und kann mich nicht erinnern.«

Harriet bewegte schwach den Kopf hin und her. »Noch nie. Vielleicht habe ich mich zu sehr aufgeregt.«

»Worüber haben Sie sich denn aufgeregt?«

Sie zögerte und schaute dann zu Paula. »Ich wollte zu dem Wohltätigkeitsfest gehen, um Miss Cooper zu applaudieren, die einige Gedichte vortragen wird, spürte aber, wie mich eine körperliche Schwäche überkam. Ich habe versucht, dagegen anzukämpfen, um sie nicht zu enttäuschen, aber das machte es nur schlimmer. Der innere Zwiespalt hat mich wohl erschöpft, sodass es zu diesem … Zwischenfall kam.«

Der Arzt strich sich zweifelnd über den Backenbart. »Es könnte auch auf eine ernstere Erkrankung hindeuten. Ich verordne Ihnen absolute Ruhe. Wir müssen abwarten, ob sich ein solcher Vorfall wiederholt.«

Harriet nickte, dann machte sie eine auffordernde Geste mit der Hand. »Paula, Liebes, du solltest längst unterwegs sein, man erwartet dich. Verzeih, wenn ich dich geängstigt habe. Du hast es wirklich schwer mit mir.« Ihre Unterlippe zitterte ein wenig.

Der Arzt räusperte sich. »Ich würde Ihnen nicht empfehlen, allein zu bleiben. Dienstboten mögen eine Stütze sein, aber es geht doch nichts über die liebevolle Pflege einer Verwandten.«

»Sie hat die Gedichte so lange eingeübt, da kann ich ihr das kleine Vergnügen wirklich nicht versagen.«

Paula seufzte stumm auf, ging zur Tür und rief Carrie. »Geh schnell in den Gemeindesaal und entschuldige mich bei Mrs. Cranston. Sag ihr, Miss Farleys Zustand lasse es nicht zu, dass ich das Fest besuche.«

Dann schloss sie die Zimmertür, um nicht sehen zu müssen, wie Carrie nach dem Umhang griff und hinaus in den Frühlingsabend lief.

2

Eine Brücke zur Welt

Seit dem Abend des Wohltätigkeitsfestes war alles anders. Nach außen ging Paula wie immer ihren Pflichten nach, doch etwas in ihr war zerbrochen. Sie versuchte, nicht daran zu denken, kümmerte sich um Harriets Gesundheit, begann neue Handarbeiten, pflanzte Blumen, ging regelmäßig am Kanal spazieren, doch abends in ihrem Zimmer fühlte sie sich nicht nur müde, sondern irgendwie leer.

Sie hatte Mrs. Cranston den Gedichtband zurückgegeben, das Gesicht leicht abgewandt, um deren aufmerksamen Augen zu entgehen. Doch die Pfarrersfrau hatte längst geahnt, wie Paula sich fühlte.

Der Umschlag war aus festem, cremeweißem Papier. *Miss Cooper*, mehr stand nicht darauf.

»Nehmen Sie ihn und schauen Sie zu Hause hinein.«

Er enthielt ein gefaltetes Blatt von dem gleichen kostbaren Papier, das mit Mrs. Cranstons schön geschwungener Handschrift in violetter Tinte bedeckt war.

Sechs Strophen mit jeweils vier Versen, das »Lied von der Loreley« von Heinrich Heine.

Im Umschlag lag außerdem ein Zettel.

Liebe Miss Cooper, es ersetzt nicht den entgangenen Abend, soll Sie aber an die Freude erinnern, die Ihnen das Gedicht bereitet hat. Ihre Mary Cranston

Paula bewahrte das von Hand geschriebene Gedicht wie eine Kostbarkeit auf, zusammen mit einer gepressten Narzisse. Es abends zu lesen und die getrocknete Blüte in der Hand zu halten half dabei, die Leere in ihrem Inneren ein wenig zu füllen. Tagsüber war sie Harriets Blicken ausgesetzt und bemühte sich zu verbergen, was in ihr vorging – und das sie auch gar nicht hätte erklären können –, doch die Zeit, bevor sie schlafen ging, gehörte ihr allein. Dann sagte sie sich das Gedicht auf und versuchte, die Sehnsucht wiederzufinden, die sie beim ersten Mal gespürt hatte. Manchmal schien sie ganz nah, doch sobald Paula sie ergreifen wollte, verschwand sie im Nichts.

Sie erkannte sich selbst nicht wieder. Der Verstand befahl ihr, sich zu fassen, es war doch nur um einen einzigen Abend gegangen, um zwei Gedichte, an denen sie sich jederzeit erfreuen konnte, und was waren schon fünf Minuten Ruhm in einem Gemeindesaal? Sie hatte ihre Pflicht getan, auch wenn sich Harriet rasch erholt und keinen Anfall mehr erlitten hatte. Paula hatte richtig gehandelt und musste sich daher nicht grämen.

Doch ihr Herz widersprach. Die Vorfreude hatte sie beschwingt, sie durch die Tage getragen, weil sie wusste, dass sie abends die Verse üben würde, bis sie sie nicht nur vortragen, sondern mit Leben füllen konnte. Und diese Freude, dieser Auftrieb, diese Sehnsucht waren verloren gegangen und nicht zurückgekehrt.

Du bist früher auch ohne sie zurechtgekommen, sagte der Verstand. Aber auch hier widersprach das Herz: Wenn man einmal von etwas gekostet hat, mag man den Geschmack nie wieder missen.

Ein paar Tage später arbeitete Paula gerade im Vorgarten, als der Postbote pfeifend den Kanal überquerte und sie grüßte. Mr. Finch war ebenso freundlich wie neugierig, und man musste sich hüten, ihm Dinge zu erzählen, wenn sie nicht ganz Kings Langley erfahren sollte.

Er blieb am Tor stehen und deutete auf seine Tasche. »Leider nichts für Sie dabei, Miss Cooper, aber was für ein herrlicher Morgen.«

Paula richtete sich auf und wischte sich mit dem Handrücken über die Stirn. »Ich glaube, ich kann es wagen, die Rosen zu schneiden. Es wird wohl keinen Frost mehr geben.«

Mr. Finch nickte. »Ich habe meine gestern geschnitten. Meine Hüfte sagt mir, der Winter ist endgültig vorbei, und auf meine Hüfte ist immer Verlass. Dann wünsche ich noch einen angenehmen Tag, Miss Cooper. Und grüßen Sie Miss Farley.«

Paula hatte sich bereits wieder den Rosen zugewandt, als sie noch einmal seine Stimme hörte.

»Ich hoffe, Sie haben keine schlechten Nachrichten aus Deutschland erhalten!«

Sie schaute sich um, da sie im ersten Moment glaubte, der Postbote habe schon den nächsten Nachbarn angesprochen. Aber nein, er stand da und schaute sie an.

»Aus Deutschland?«, fragte sie verwundert.

»Nun, der Brief vor zwei Wochen. Verzeihen Sie, aber die Schrift war schwer zu lesen, darum habe ich genauer hingeschaut. Er war an Sie adressiert und in Deutschland abgestempelt.«

»Ach ja, natürlich«, sagte Paula eilig, um ihre Überraschung zu verbergen. »Und, nein, es waren keine schlechten Nachrichten.« Als sie nicht weitersprach, nickte der Postbote enttäuscht und ging davon.

Sie stand da, die Hand mit der Rosenschere hing reglos herab. Alles in ihr war taub, und sie atmete so flach, dass sich ihre Brust kaum hob und senkte. Sie hätte nicht sagen können, ob ihr warm oder kalt war, und sie hörte auch kein Geräusch um sich herum. Die Welt hatte einen Kokon um sie gesponnen.

Irgendwann wanderten ihre Augen zum Haus, und sie sah, dass Harriet durch die Gardine schaute.

Paula legte behutsam die Schere fort, wischte sich die Hände ab und ging zur Tür. Es waren nur wenige Schritte, doch sie wusste, dass nichts mehr sein würde wie zuvor, wenn sie erst hineingegangen war.

»Gib ihn mir.«

Es kümmerte sie nicht, dass Harriet schwer atmete und die Hand aufs Herz presste. »Das kann ich nicht. Und ich verbitte mir diesen Ton.«

Paula stemmte die Hände in die Hüften. »Du gibst es also zu?«

»Was gebe ich zu?«

»Dass du einen Brief unterschlagen hast, der an mich adressiert war! Und von dem ich Wochen später zufällig erfahre, weil mich der neugierige Postbote darauf anspricht.«

Harriet gab einige Tropfen in ein Wasserglas und trank es aus. »Glaube mir, es ist besser so.«

Paula hob die Hand. »Ich glaube an das Recht, meine eigene Post lesen zu dürfen. Ich kann mir zwar nicht vorstellen, wer mir aus Deutschland schreiben sollte, aber wenn der Brief für mich war, solltest du ihn mir geben.«

Ihr Kleid klebte am Körper. Das Zimmer war wie immer überheizt, die Vorhänge geschlossen, um die Morgensonne auszusperren. Noch nie hatte sie gegen Harriet aufbegehrt, doch nun trieb eine nahezu überwältigende Empörung sie voran.

»Ich habe mich mit deiner Mutter beraten. Sie stimmt mir nicht nur darin zu, dass es besser ist, wenn du ihn nicht liest, sie hat mich sogar ausdrücklich darum ersucht.«

Paulas Inneres war wie betäubt und zugleich von heißem Zorn erfüllt, wie sie ihn noch nie empfunden hatte. Die beiden Frauen, die ihr am nächsten standen, hatten sie hintergangen!

»Ich bin zweiunddreißig Jahre alt, und ihr wollt mich daran hindern, einen an mich gerichteten Brief zu lesen?«

Harriet stand schwerfällig auf und trat auf sie zu. »Liebes, wir haben dich immer beschützt. Nichts liegt uns mehr am Herzen, und so soll es auch bleiben. Es mag nicht leicht sein, mit einer Invalidin zusammenzuleben, aber du hast es gut bei mir, oder nicht? Alle im Dorf haben dich gern, du hast ein Zuhause, eine Aufgabe, ein bescheidenes Einkommen.«

»Wovor habt ihr mich beschützt?«, fragte Paula verwirrt.

Harriet legte ihr die Hand auf den Arm, doch Paula wich zurück.

»Ich verlange den Brief. Vielleicht verrät *er* mir die Antwort.«

»Das kann ich nicht, ich habe es deiner Mutter versprochen.«

Paula hatte sich in ihr Leben gefügt, weil man ihr gesagt hatte, dass es gut sei, und weil sie nie gelernt hatte, ihren Willen durchzusetzen.

Darum war das, was nun aus ihr herausbrach, mehr als bloßer Zorn wegen des Briefes. Es ging um die getrocknete Narzisse und das handgeschriebene Gedicht und die Sehnsucht nach dem, was sie gewonnen und verloren und für das sie keinen Namen hatte. Es ging um das enge Haus und die stickigen Zimmer. Die mitfühlenden, bisweilen auch ein wenig abschätzigen Blicke, mit denen die Dorfbewohner sie bedachten, das späte Mädchen, die geduldige Gesellschafterin der kränkelnden Miss Farley, die nie an sich und stets an andere dachte.

»Das ist mir egal!« Sie schrie beinahe. »Ich verlange, dass du mir meinen Brief gibst, und zwar sofort. Dann werde ich in mein Zimmer gehen und ihn lesen und …« Sie hielt erschrocken inne, als ihr ein Gedanke kam. Wenn Harriet ihn nun vernichtet hatte?

Doch ihre Furcht war unbegründet.

»Das kann ich nur mit Zustimmung deiner Mutter tun.«

Paula ging zur Tür.

»Wohin willst du?«

Sie lehnte sich dagegen und versuchte, so ruhig wie möglich zu sprechen. »Wenn du mir den Brief nicht gibst, verlasse ich sofort das Haus.« Sie holte tief Luft und stieß hervor: »Ich … ich packe meinen Koffer und nehme den nächsten Zug nach London.«

Harriet wurde blass, ging unsicher rückwärts und sank auf das Sofa. Paula las die Angst in ihren Augen.

»Geh nicht.« Harriet schluckte. »Carrie soll ihn dir geben. Er liegt auf meinem Sekretär.«

Paula war so erleichtert, dass ihre Beine zitterten. Sie war schon halb zur Tür hinaus, als ihre Verwandte leise hinzufügte: »Wir wollten nur dein Bestes. Wir sind deine Familie. Vergiss das nicht.«

Als Paula den Namen auf dem Umschlag las, schlug ihr Herz schneller. Wer mochte Rudolph Frederick Cooper sein? Ihre Hände waren feucht, die Finger hafteten am Papier, als sie den Brief herauszog.

BONN, DEN 5. APRIL 1868

Meine liebe Paula,
ich hoffe, dass meine Zeilen Dich erreichen. Es ist lange her, seit ich Miss Farley bei der Hochzeit Deiner Eltern gesehen habe und sie mir von dem hübschen Haus am Fluss erzählte, in dem sie damals wohnte. Ich vertraue darauf, dass die Anschrift noch stimmt.

Verzeih, das ist kein guter Beginn für einen Brief, und ich sollte mich wohl erst einmal vorstellen, da Du Dich gewiss nicht an mich erinnerst. Du warst noch keine zwei Jahre alt, als wir uns zuletzt gesehen haben, und Deine Mutter hat mich womöglich nie erwähnt.

Ich bin Dein Onkel Rudy.

Paula glitt der Brief aus den kraftlosen Fingern und flatterte zu Boden.

Sie hatte einen Onkel! Einen Onkel, von dem sie nie gehört, den ihre Mutter und Harriet nie erwähnt hatten. Sie drückte eine Hand auf die Brust, bückte sich und streckte die andere nach dem Blatt aus. Dann las sie gebannt weiter.

Stelle Dir einen Herrn von kräftiger Statur vor, mit lockigen Haaren (auf die war ich immer stolz) und einem Hang zu bunten Seidenwesten. Dieser Herr hat Dich so manches Mal auf den Knien reiten lassen oder umhergetragen, wenn Du geweint hast.

Sie war ihrem Onkel früher sogar begegnet! Er war liebevoll mit ihr umgegangen – doch sie konnte sich an nichts erinnern.

Auf einmal war es, als glitten die Zimmerwände davon. Ein kräftiger Herr mit bunter Weste saß im Gärtchen hinter dem Haus, neben sich auf dem Tisch eine kalte Limonade und eine glimmende Zigarre. Er trug ein kleines Mädchen umher und zeigte ihr die Blumen oder verfolgte mit ihr den Weg eines Schmetterlings.

Seither ist ein halbes Leben vergangen, und ich habe oft an die kleine Paula denken müssen. Warum dieser Brief?, fragst Du Dich, und das zu Recht.

Ich lebe schon lange nicht mehr in London, nicht einmal in England. Wie Du dem Briefkopf entnehmen kannst, bin ich nach Deutschland gezogen, an den schönen Rhein, in eine angenehme Stadt, die mich herzlich aufgenommen hat. Ich betreibe ein Geschäft, das englische Touristen und Reisende mit allem versorgt, was sie in der Fremde benötigen.

Paula ließ den Brief sinken und atmete tief durch. Die Stimme, die aus diesen Zeilen zu ihr sprach, klang seltsam vertraut, obwohl sie sich nicht an den Mann erinnerte, der sie verfasst hatte. Mehr noch, von dem sie bis vor zwei Minuten nicht gewusst hatte, dass er überhaupt existierte.

Ich bin unverheiratet und kinderlos. Vor Kurzem habe ich einen Herzanfall erlitten, und mein Arzt hat mir geraten, vorsichtshalber meine Angelegenheiten zu ordnen. Das hat mich mehr erschüttert als der Anfall selbst, von dem ich mich langsam erhole. Er kann mir nicht sagen, wie lange ich zu leben habe – er sei Arzt und kein Prophet, wie er sich ausdrückt –, doch wenn sein Rat Dich zu mir führt, würde ich mich aus tiefstem Herzen freuen.

Nun bin ich auf dem Papier damit herausgeplatzt, so, wie es auch im Leben meine Art ist. Sei's drum: Paula, Du bist der einzige Mensch in England, an dem mir liegt und den ich noch einmal sehen möchte, falls es mit mir zu Ende geht. Du bist nicht nur meine einzige nahe Verwandte, sondern auch der einzige Mensch, der mich an meinen Bruder bindet.

Paula hielt inne und presste die Hand auf den Mund. Sie begriff, dass damit ihr Vater gemeint war. Der Vater, der kein Gesicht und keine Stimme hatte, an dessen Berührung sie sich nicht erinnern konnte und von dem ihre Mutter kaum je gesprochen hatte.

Ein weißer Fleck an der Wand, wo einmal ein Bild gehangen hatte, ein Buch mit leeren Seiten, so ungefähr empfand sie, wenn sie an ihren Vater dachte, was selten geschah. Denn gewöhnlich dachte man an Tote, um sich an sie zu erinnern, und erinnern konnte man sich nur, wenn man etwas über sie wusste.

Der Brief in ihrer Hand aber stammte von einem Menschen, der ihren Vater gut gekannt hatte, vielleicht besser und länger als jeder andere. Und sie hatte nicht einmal gewusst, dass es diesen Bruder gab, dachte sie erneut.

Und so ist es mein innigster Wunsch, Dich zu sehen. Daher bitte ich Dich herzlich, mich zu besuchen. Natürlich übernehme ich die Reisekosten und alle anderen Ausgaben, die Dir entstehen. Ich weiß, es gibt ein Hindernis, das schwerer wiegt: Deine Mutter wird sich gegen eine solche Reise stellen, aber Du bist eine erwachsene Frau, älter, als Dein Vater war, als er starb. Verschließe Dich nicht dem Herzenswunsch eines alten Mannes, der Dich in all den Jahren nicht vergessen hat.

Du kannst mir jederzeit schreiben oder telegrafieren. Bitte lasse mich nicht zu lange warten, liebe Paula, da ich nicht weiß, wie viel Zeit mir noch bleibt.

Mit den allerherzlichsten Grüßen,
Dein Onkel Rudy

Sie las noch einmal das Datum. Der Brief war vor fast drei Wochen geschrieben worden! Was, wenn ihr Onkel längst gestorben war?

Paula spürte, wie sich etwas in ihr verhärtete. Sie legte den Brief auf den Tisch und strich ihn sorgfältig glatt. Dann trat sie vor den Spiegel. Sie sah aus wie immer und fühlte sich doch neu. Ein entschlossener Zug um den Mund, der Kopf ein wenig höher, der Rücken gerader. Sie schaute sich lange an. Dann ging sie zu Harriet hinunter.

Am nächsten Tag stand Paula mit ihrem Gepäck im Hausflur. Zwölf Jahre Leben in zwei Koffern, dachte sie flüchtig, aber ohne Wehmut. Sie zog Mantel und Hut an und zögerte kurz, die Hand an der Klinke, bevor sie ins Wohnzimmer trat.

Harriet wartete am Fenster, sie hatte ihr den Rücken zugekehrt.

Paula räusperte sich. »Ich möchte mich verabschieden«, sagte sie leise.

Harriet drehte sich um. Sie sah blass und übernächtigt aus.

»Ich hatte gehofft, du würdest zur Vernunft kommen, wenn du erst darüber geschlafen hast.«

Paula versetzten die Worte einen heißen Stich. »Ich glaube, ich war noch nie so vernünftig, sofern Vernunft bedeutet, das zu tun, was einem der Verstand sagt.«

»Ich werde bestimmt weinen, wenn du weg bist. Ich habe unsere Freundschaft geschätzt, wir haben uns immer so gut verstanden. Du warst meine Brücke zur Welt.«

Paula spürte, wie sie zitterte, wollte es sich aber nicht anmerken lassen. Es gab vieles, das sie hätte sagen können – dass Harriet sie mit ihren eingebildeten Krankheiten an sich gefesselt und erstickt hatte, dass sie ihr die wenigen Freuden geraubt hatte, die sich in Kings Langley boten. Doch sie empfand auch Mitgefühl mit der einsamen Frau und sagte deshalb nichts.

»Ich wünsche dir alles Gute.«

»Du weißt, was gut für mich wäre, hast dich aber dagegen entschieden. Hoffentlich erkennst du doch noch, wo dein Platz ist. Dann werde ich mir überlegen, ob ich dir verzeihen kann.«

Harriet ahnte nicht, dass sie genau die richtigen Worte gewählt hatte, um Paula nach den Koffern greifen und durch die Tür gehen zu lassen, die Carrie ihr mit gesenktem Kopf aufhielt.

Diesmal wählte sie die Brücke über den Kanal, der Weg über die Schleuse war mit dem Gepäck zu schmal. Eine Brücke zur Welt, dachte sie.

3

Eine Werkstatt in Surrey

Guildford, Surrey

Obwohl er seit Jahren nicht mehr selbst Hand anlegte, ließ Charles Trevor es sich nicht nehmen, täglich durch die Werkstatt zu gehen. Durch einen schmalen Flur gelangte er von seinem Kontor, in dem er Kunden und Lieferanten empfing, in die Arbeitsräume, in denen die Stahlstecher an ihren Tischen saßen und Bilder auf Stahlplatten übertrugen. So hatte er auch vor vielen Jahren begonnen. Er war ein guter, vielleicht sogar ausgezeichneter Handwerker, den seine Auftraggeber schätzten, doch das war ihm nicht genug gewesen.

Er hatte es gewagt, sich seinem Vater Henry, der ebenfalls als Kupferstecher gearbeitet hatte, zu widersetzen, indem er sich Geld lieh und einen eigenen Verlag für illustrierte Reisebücher gründete. Henry Trevor war skeptisch gewesen und wäre lieber beim reinen Handwerk geblieben, doch sein Sohn hegte kühnere Pläne. Charles hatte klein begonnen – ein Bändchen über die Burgen Mittelenglands, Ansichten der Küsten von Cornwall und Devon. Doch seitdem Napoleon besiegt war, reisten immer mehr Menschen auf den Kontinent.

Damit begann Trevors Aufstieg. Seine englischen Landsleute entdeckten Deutschland und die Schweiz, und je
mehr von ihnen dorthin reisten, desto größer wurde der
Wunsch nach Bildern, mit denen man sich an das Erlebte
daheim erinnern konnte. Und wem das Geld für solche
Fahrten fehlte, der erfreute sich nur an den Bildern und
reiste mit den Augen in die Ferne.

»Wie geht es voran, Dick?«, fragte er einen jungen
Mann, der sich konzentriert über seine Platte beugte. Er
hob den Kopf und wollte aufstehen, doch Trevor winkte ab.

»Mit Verlaub, Sir, aber die Wolken, die Ihr Sohn aufgenommen hat, sind ganz schön schwer zu stechen.«

Trevor warf einen Blick auf die Fotografie, die in einer
Halterung auf dem Tisch stand. Ihn überkam ein Anflug
von Mitgefühl mit dem jungen Stahlstecher. Er ahnte wohl
noch nicht, dass er irgendwann ein anderes Handwerk
würde lernen müssen, denn eine neue Zeit war angebro-
chen – die der Fotografie. Noch waren Stiche und Litho-
grafien beliebt, doch es war zu verlockend, die Welt so zu
erleben, wie sie wirklich war, sie genau so zu sehen, wie der
Fotograf sie wahrgenommen hatte. Das Gefühl zu haben
selbst an jenen fernen Orten zu sein.

Sein Sohn Benjamin hatte in Frankreich bei Charles
Marville gelernt und unternahm seither ausgedehnte Reisen für die Firma Trevor & Son, auf denen er die Welt mit
seiner Kamera einfing. Zurzeit hielt er sich in der Schweiz
auf, wo er in den Walliser Alpen fotografierte.

Es waren bereits einige Aufnahmen mit der Post einge-
troffen, die durchaus spektakulär waren und den Betrachter

geradewegs in die gewaltigen Bergpanoramen hineinzuziehen schienen. Trevor konnte es kaum erwarten, das Buch herauszubringen; er hatte Benjamin gedrängt, früher zurückzukehren, da die Bildbeschreibungen verfasst werden mussten und er das Buch rechtzeitig vor Weihnachten veröffentlichen wollte. Es würde eine kostspielige Ausgabe werden, die hervorragend als Geschenk geeignet war.

Er trat ans Fenster und schaute wehmütig hinaus. Sein Geschäft lebte davon, dass sein Sohn auf Reisen ging, aber es bedeutete auch, dass Charles Trevor oft allein war. Seine Frau war vor drei Jahren gestorben, eine Tochter war in Schottland verheiratet, die andere in Manchester. Er besuchte sie zweimal im Jahr, häufiger ließ es seine Arbeit nicht zu, und mit den Enkelkindern zu ihm nach Südengland zu reisen war den Töchtern zu beschwerlich. Einmal in der Woche spielte er mit Freunden Whist und blieb ansonsten abends lange im Verlag, weil er sich vor seinem einsamen Haus fürchtete, in dem ihn alles an die Zeit erinnerte, da er mit Frau und Kindern dort gewohnt hatte. Trevor galt als ehrgeizig und strebsam, und kaum jemand ahnte, dass er in Wahrheit den Weg nach Hause scheute.

Benjamin hatte in seinen letzten Briefen angedeutet, er wolle diesmal länger in England bleiben, und sein Vater hoffte, dass es wirklich so käme. Natürlich würde er sich nicht anmerken lassen, wie sehr sein Sohn ihm gefehlt hatte. Nein, er musste es geschickter anstellen, ihn an seine Heimat zu binden. Deshalb hatte er Erkundigungen über neue Kameras eingezogen und sich Kataloge schicken lassen, außerdem wollte er Benjamin mit dem berühmten Fotografen Francis Frith zusammenbringen, der in Reigate einen Verlag betrieb. Wenn alles gut ging, würde es Benjamin eine Weile beschäftigen, bevor die Reiselust erneut zu groß wurde.

Trevor wollte gerade ins Kontor zurückkehren, als Jim, der Botenjunge, ungestüm in die Werkstatt gerannt kam. Als er Charles Trevor sah, blieb er stehen, fuhr sich verlegen über die Haare und hielt ihm ein Blatt entgegen.

»Sir, ein Telegramm für Sie«, sagte er atemlos.

»Danke, Jimmy.« Trevor steckte dem Jungen einen Penny zu und trat beiseite. Ein Telegramm bedeutete oft schlechte Nachrichten, und sein Herz zog sich zusammen, als er an Benjamin dachte. Aber es kam nicht aus der Schweiz.

Als er den Namen oben auf dem Kopf sah, entglitt ihm das Blatt und schwebte kreiselnd zu Boden.

4

Lambeth

Lambeth, London

Paula war der Weg von der South Western Railway Station zur Church Street, in der ihre Mutter wohnte, noch nie so lang erschienen, was daran liegen mochte, dass sie zwei Koffer bei sich trug. Sie hatte sich gegen eine Droschke entschieden. Wenn sie ihren großen Plan umsetzen wollte, durfte sie nicht einen Penny verschwenden. Sie bewahrte ihre Ersparnisse aus zwölf Jahren in einer kleinen Schatulle auf, die tief in einem der Koffer steckte, und hatte nur das herausgenommen, was sie für die Fahrkarte nach London und ein wenig Proviant benötigte. Die Passanten schauten sie verwundert an, weil eine gut gekleidete Frau zu Fuß ging und so schwer zu schleppen hatte, doch das kümmerte Paula nicht.

Sie lief durch schmale, ungepflasterte Straßen, bis rechts von ihr das weite Grün der Lambeth Palace Gardens auftauchte. Zwischen den Bäumen, deren zartgrünes Laub noch nicht so dicht war wie im Sommer, schimmerten die rötlichen Mauern des Palastes hindurch.

Wenn sie erst zu Hause war – denn die Church Street

war immer ihr Zuhause geblieben, obwohl sie so lange im Haus an der Schleuse gewohnt hatte –, würde sie ihrer Mutter erklären, weshalb sie Kings Langley verlassen hatte, und dass sie diese Reise einfach unternehmen musste.

Paula blieb stehen und setzte die Koffer ab. Ihre Handflächen schmerzten trotz der Handschuhe, und sie zog sie aus und blies darauf, um sich ein bisschen Erleichterung zu verschaffen.

»Da hol mich doch einer – wenn das nicht Miss Cooper ist!«

Sie zuckte zusammen, ehe sie das kleine Fuhrwerk bemerkte, das neben ihr angehalten hatte. Auf dem Bock saß ein älterer Mann mit dickem Bauch, der sie freundlich anlächelte.

»Mr. Almsley, wie schön, Sie zu sehen!«

»Sie wollen Ihre liebe Mutter besuchen, nehme ich an.«

Paula nickte. Sie kannte Mr. Almsley, seit sie ein kleines Mädchen gewesen war. Er führte den Kolonialwarenladen neben ihrem Haus, und sie hatte oft mit seinen Kindern gespielt.

Ohne lange zu fragen, sprang er vom Wagen, wuchtete ihre Koffer auf die Ladefläche und half ihr beim Aufsteigen. Dann schnalzte er mit der Zunge, um das Pferd anzutreiben, und plauderte unterwegs von Frau und Kindern.

Vor ihnen tauchte die Kreuzung mit der breiten Lambeth Road auf. Die Straße war holprig und der Sitz hart, aber Paula genoss die Fahrt. Obwohl Lambeth eher ländlich wirkte, hätte sie mit geschlossenen Augen sagen können, dass sie in einer Großstadt war. Es roch anders, Räder rollten, von überall erklangen Stimmen, Kirchenglocken läuteten, Türen schlugen, Waren wurden in Keller geschüttet, Maschinen ratterten in Werkstätten und hinter Ladentüren.

Plötzlich merkte sie, dass London ihr gefehlt hatte.

Die Lambeth Road verengte sich zur Church Street. Dort drüben stand St. Mary, der die Straße ihren Namen verdankte, dahinter erhoben sich die Türme des bischöflichen Palastes, und genau vor ihr, geradeaus, spannte sich die Lambeth Bridge über die Themse.

Als sie durch die vertraute Straße fuhr, kehrte die Erinnerung zurück. Die Bonbongläser auf der Theke des Kolonialwarenladens, der Duft von warmem Brot, der sich, wenn der Wind richtig stand, mit dem modrigen Geruch des nahen Flusses mischte. Paula hatte sich Geschichten zum Palast mit seinem Garten ausgedacht, sich ausgemalt, dass nicht der Erzbischof von Canterbury, sondern ein Raubritter dort wohne. Damals verkehrte noch die Fähre auf dem Fluss und hatte in Paulas Fantasie Piraten von Westminster herübergebracht, die den Raubritter bekämpfen wollten.

O ja, sie hatte gern in der Church Street gewohnt, während ihre Mutter dort weniger glücklich war. Sie war freundlich zu den Nachbarn, aber auch ein wenig distanziert, als gehörte sie nicht in diese Gegend, als hätte allein das Schicksal sie gezwungen, hier zu leben.

»Da wären wir, Miss Cooper.« Das Fuhrwerk hielt vor dem Laden, und Paula zwang sich aus ihren Erinnerungen zurück in die Gegenwart.

Der Kolonialwarenhändler sprang vom Bock, holte ihre Koffer herunter und half ihr beim Absteigen.

In diesem Augenblick öffnete sich die Tür des weiß getünchten Hauses nebenan, und Margaret Cooper trat auf die Schwelle.

Paula sah ihre Mutter an, wollte ihr lächelnd entgegentreten, sie umarmen – und blickte in ein Gesicht aus Stein.

»Wie konntest du Harriet das antun?«

Paula saß wie betäubt da. Das Telegramm lag offen auf dem Tisch.

»Mutter, wenn du mir zuhören würdest …«

»Was gibt es da zuzuhören?« Mrs. Coopers feine Gesichtszüge wirkten verkniffen und angespannt. »Du willst alles aufgeben? Nur weil dir ein Onkel, den du nicht kennst, einen Brief geschrieben hat?«

»Den ich nicht kenne?«, wiederholte Paula ungläubig. »Ich konnte ihn ja gar nicht kennen, da du mir nie von ihm erzählt hast! Warum hast du mir verschwiegen, dass ich einen Onkel habe?«

»Dafür gab es gute Gründe. Jedenfalls kannst du nicht allein nach Deutschland reisen und einen dir völlig fremden Menschen besuchen. Das ist undenkbar.«

Paula atmete tief durch und stand auf.

»Wohin willst du?«

Sie hatte die Hand schon am Türknauf. »In mein Zimmer. Morgen früh erkundige ich mich, wie ich nach Bonn komme. Außerdem werde ich Onkel Rudy telegrafieren. Ich kann nur hoffen, dass er sich erholt hat und das Telegramm ihn noch erreicht.«

Sie wollte die Tür öffnen, als eine blasse Hand sich über

ihre schob. Paula blickte auf. Ihre Mutter war neben sie getreten und hatte Tränen in den Augen.

»Bitte«, sagte sie, und zum ersten Mal, seit Paula angekommen war, klang ihre Stimme nicht zornig. »Bitte bleib.«

Paula setzte sich in einen Sessel.

»Meine Mieter kommen bald nach Hause, dann muss ich nach dem Essen sehen. Aber ich möchte nicht, dass wir so auseinandergehen.« Mrs. Cooper setzte sich aufs Sofa und strich ihr Kleid glatt. »Es tut mir leid, dass du von dem Brief erfahren hast. Ich wünschte, es wäre nicht dazu gekommen. Harriet sollte ihn vernichten, darum hatte ich sie ausdrücklich gebeten.«

Paula lachte bitter auf. »Es tut dir leid, dass ich von ihm erfahren habe, aber nicht, dass du ihn mir vorenthalten wolltest?«

»Uns lag nur dein Wohl am Herzen«, beteuerte ihre Mutter.

Paula schaute sie argwöhnisch an. »Was kann so schlimm daran sein, wenn mein Onkel mir einen Brief schreibt?«

Mrs. Cooper faltete die Hände im Schoß, ihre Finger umklammerten einander so fest, dass die Knöchel weiß hervortraten. »Du hast den Brief gelesen und gibst alles auf, was du Harriet und mir verdankst.«

»Ich habe nie gesagt, dass ich alles aufgebe, ich möchte nur zu meinem Onkel reisen. Harriet hat mir allerdings zu verstehen gegeben, dass es ihr schwerfallen wird, mich nach der Reise wieder bei sich aufzunehmen.«

»Mit gutem Grund! Du willst zu einem fremden Mann fahren, zudem ins Ausland. Was soll aus Harriet werden, während du unterwegs bist? Auf solchen Reisen kann alles Mögliche geschehen, sie dauern meist länger als erwartet ...« Die Mutter verstummte plötzlich, als hätte sie zu viel gesagt.

Paula spürte einen Anflug von Unsicherheit, wollte sich aber nichts anmerken lassen. Wenn sie jetzt zauderte, würde sie sich das nie verzeihen.

Doch ihre Mutter war noch nicht fertig mit ihr. »Du bist aus Kings Langley davongelaufen, hast Hals über Kopf dein Leben weggeworfen. Ein einziger Brief reichte aus, um Harriet im Stich zu lassen. Die Leute im Ort werden fragen, wo du bist, wie du eine kranke Verwandte so rücksichtslos behandeln konntest. Nein, mein Kind, so einfach kannst du nicht zurück.«

Paula atmete tief durch. »Hast du dich je gefragt, ob ich mir dieses Leben gewünscht habe? Ob ich Harriet wirklich so gern jeden Wunsch von den Augen abgelesen habe? Sie hält sich für kränker, als sie ist, und hat mich immerzu an sich gebunden, obwohl ich gern mal unter Menschen gegangen wäre.« Sie schluckte. »Sie hat mich sogar davon abgehalten, bei einem Wohltätigkeitsfest Gedichte vorzutragen, nur weil sie mir das bisschen Aufmerksamkeit nicht gönnte.« Sie sah inzwischen vieles so klar wie nie zuvor, und die Worte kamen von allein. »Ich bin einsam, Mutter. Ich war zwölf Jahre lang einsam und hatte keine Freundin, der ich mich anvertrauen konnte, weil ich mich so aufopfernd um die arme Miss Farley gekümmert habe. Wie oft habe ich dich in der ganzen Zeit besucht? Sechsmal, siebenmal?« Sie merkte, wie ihre Stimme lauter wurde.

Ihre Mutter war blass geworden. »Wie … wie kannst du so über Harriet sprechen? Sie liebt dich sehr. In ihren Briefen hat sie dich stets gelobt, weil du geduldig und fleißig bist. Sie hat beteuert, wie sehr dich alle in Kings Langley schätzen, wie hilflos sie ohne dich wäre.«

»Das stimmt ja auch, Mutter. Ich hatte es gut, ich war versorgt. Aber ich bin dabei innerlich … vertrocknet«, sagte Paula, beinahe erstaunt. Nun, da sie es aussprach, erkannte sie, dass es wirklich so war. »Ich bin die unverheiratete Miss Cooper, die man nicht zum Tanz auffordert, die einem geduldig zuhört und an die man sich wendet, wenn man einen Kuchen für den Basar oder Hilfe beim Schmücken des Gemeindesaals braucht. In Herzensdingen fragt man sie besser nicht, denn davon versteht sie leider nichts.«

Paula hörte, wie die Haustür geöffnet wurde, offenbar war einer der Mieter heimgekommen. Sie erhob sich aus dem Sessel. »Wir können später weitersprechen. Ich gehe ein bisschen spazieren.«

Paula lief einfach drauflos. Sie war noch immer mit der Gegend vertraut. Ihre Füße schienen die bekannten Wege von allein zu finden, und sie konnte sich ihren Gedanken überlassen.

Hier draußen ließ es sich freier atmen. Das Haus erschien ihr enger als früher. Damals hatte es Paula nicht gestört, dass Fremde bei ihnen wohnten, sie hatte es nie anders gekannt.

Paula dachte wieder an den Brief und wie wenig sie über ihre eigene Familie wusste. Ein Vater, an den sie keine

Erinnerung besaß, der zu früh gestorben war, um auch nur eine Fotografie zu hinterlassen. Ein Onkel, den man ihr verschwiegen hatte, der aus ihrem Leben verschwunden war, als sie noch ganz klein war.

War es wirklich richtig, alles aufzugeben und einen Mann aufzusuchen, der sich all die Jahre nie bei ihr gemeldet hatte und ein Fremder für sie war? Aber dieser Fremde konnte ihr vielleicht Antworten geben, nach denen sie sich unbewusst immer gesehnt hatte.

Sie fuhr zusammen, als neben ihr ein Kutscher mit der Peitsche knallte, und blieb unvermittelt stehen, als sie merkte, wie weit sie schon gegangen war. Rechts von ihr lag ein Park. Er umgab ein großes rotes Gebäude, das von einer hohen Kuppel gekrönt wurde. Paula erschauerte, obwohl es Frühling war und das Anwesen gar nicht düster wirkte. Doch sie war hier aufgewachsen und wusste, welches Elend sich hinter den Mauern des Bethlem Royal Hospital verbarg.

Paula machte kehrt und ging langsam zurück in Richtung Themse. Der Kanal, an dem sie so lange gewohnt hatte, war nicht mit dem Fluss ihrer Kindheit zu vergleichen. Die Vorstellung, dass er schon da gewesen war, lange bevor Kelten und Römer, Angelsachsen und Normannen an seinen Ufern siedelten, hatte sie immer als beruhigend empfunden. Was auch geschehen mochte, die Themse floss weiter.

Rechts tauchte St. Mary Lambeth auf, die Kirche, die sie jeden Sonntag mit ihrer Mutter besucht hatte und deren Glocken sie durch jeden Tag begleitet hatten. Paula blieb stehen und schaute durch das Gitter auf den Friedhof. Dort wurde niemand mehr beerdigt, keine Erde mehr aufgewühlt, kein Toter mehr gestört.

Paula sah zwischen den Eisenstäben hindurch auf die Kirche mit dem eckigen, von Zinnen gekrönten Turm, dann wanderten ihre Augen über die grauen Steine, die aus dem Gras aufragten. Der Friedhof war gepflegt, weil die Trauernden noch lebten. Irgendwann würde die Natur sich die Steine zurückholen.

Paula stieß das Tor auf und trat ein, hob den Rock, damit er nicht durchs feuchte Gras schleifte, und ging unter den Bäumen hindurch zum Grab ihres Vaters.

Sie war ganz allein auf dem Friedhof, es war nichts zu hören außer Vogelrufen und vereinzeltem Hufgeklapper von der Straße. Sie betrachtete den Stein, der nicht vermoost war und dessen Inschrift so scharf gemeißelt wirkte, als hätte man ihn erst gestern aufgestellt.

IM GEDENKEN AN

WILLIAM ARTHUR COOPER
1810–1837

DEIN STECKEN UND STAB
TRÖSTEN MICH.

Wenn sie und ihre Mutter früher am Grab gestanden hatten, hatte Margaret Cooper still für sich gebetet, so jedenfalls hatte Paula es sich erklärt, dass sich der Mund ihrer Mutter unaufhörlich bewegte, ohne dass ein Laut hervordrang. Also hatte sie es ihr nachgetan und die Lippen bewegt, damit es aussah, als würde auch sie für einen Vater beten, der ihr gänzlich fremd war.

Sie hatte sich daran gewöhnt, über ihn zu schweigen, und irgendwann gemerkt, dass es ihr nicht mehr wichtig war. Bis jetzt.

Du bist eine erwachsene Frau, älter als Dein Vater war, als er starb.

Der Satz verfolgte sie, seit sie den Brief zum ersten Mal gelesen hatte. Paula hatte nie darüber nachgedacht, wie alt ihr Vater heute wäre, er war in der Zeit gefangen, eine verschwommene, ewig junge Gestalt.

Doch dieser Satz hatte auch etwas in ihr aufgerührt – Fragen.

Was für ein Mensch war ihr Vater gewesen? Woran war er gestorben? Warum hatte ihre Mutter so wenig Geld besessen, dass sie Untermieter aufnehmen musste? Warum hatten ihre Mutter und Cousine Harriet nicht gewollt, dass Paula von ihrem Onkel erfuhr?

Sie wandte sich von dem Grab ab. So viele Fragen, doch ihre Mutter war schon ausgewichen, als es nur um den Brief ging, hatte Paula spüren lassen, dass von ihr keine Antworten zu erwarten waren.

Vielleicht konnten sie in Ruhe miteinander sprechen, wenn sich die Mieter zurückgezogen hatten.

»Guten Abend.«

Paula blieb am Friedhofstor stehen und drehte sich um. Ein junger Geistlicher stand lächelnd zwischen den Grabsteinen. Sein Gesicht über dem weißen Kragen war gebräunt, als hätte er lange in einem warmen Klima gelebt.

»Verzeihen Sie, wenn ich störe, Sie wollten wohl gerade gehen. Ein wunderbarer Frühlingsabend, nicht wahr?«

Paula schaute nach Westen, wo die Sonne hinter einer dunkelblauen Wolkenbank leuchtend rot verglühte. »Ich war abgelenkt und habe ihn nicht genossen. Danke, dass Sie mich in die Gegenwart geholt haben.«

»Dieser Friedhof ist ein Ort, an dem man in Gedanken sein darf. Seit hier niemand mehr begraben wird, ist es noch stiller geworden. Ich freue mich immer, wenn jemand herkommt.« Er zögerte. »Reverend Martin Holmes. Darf ich fragen, ob Sie zur Gemeinde gehören? Ich bin erst seit einem Jahr hier in St. Mary und kenne noch nicht alle Leute.«

»Ich bin in Lambeth aufgewachsen, lebe aber schon lange nicht mehr hier.«

Reverend Holmes schaute sich um. »Der Friedhof liegt mir sehr am Herzen. Mein Vorgänger war betagt und konnte sich nicht mehr um ihn kümmern, aber ich habe es mir zur Aufgabe gemacht, ihn zu pflegen. Er ist achthundert Jahre alt und hat viele Geschichten zu erzählen.«

»Das klingt faszinierend«, sagte Paula und schaute über die Grabsteine, die warm im letzten Tageslicht erglühten. »Vielleicht … haben Sie ja Lust, mir ein wenig davon zu erzählen?«

Der junge Geistliche strahlte. »Aber gern, wenn Sie es möchten. Haben Sie zum Beispiel schon einmal von John Tradescant gehört? Nein? Er war ein Naturforscher, der hier in Lambeth einen Botanischen Garten angelegt hat.

Er arbeitete für König Charles I. und war für dessen Gärten, Weinstöcke und Seidenraupen verantwortlich.«

»Seidenraupen? Wie ungewöhnlich.«

»Außerdem sammelte er Samen und Blumenzwiebeln und eröffnete ein eigenes Kuriositätenkabinett. Er und sein Sohn, der ebenfalls Botaniker war, sind hier begraben.«

Paula hörte gebannt zu.

»Und dann wäre da natürlich der berühmte Captain Bligh«, fuhr Reverend Holmes fort.

»Oh, den kenne ich. Der Kapitän der Bounty, der von Meuterern ausgesetzt wurde?«

Reverend Holmes lächelte. »Genau der. Kommen Sie mit.« Er führte sie zu einem eindrucksvollen Monument aus hellem Stein. Es wurde von einer Schale gekrönt, in der eine gewaltige Frucht steckte.

»Ist das eine Brotfrucht?«, fragte Paula. »Die sollte er doch nach Westindien bringen.«

»So ist es. Brotfrucht und Meuterei haben ihn unsterblich gemacht.«

Der Geistliche war ihr sympathisch, und Paula bedauerte, dass es allmählich dunkel wurde. Sie hätte sich gern noch länger von ihm herumführen lassen. Als sie zum Ausgang spazierten, schaute er sie von der Seite an. »Wenn Sie möchten, kann ich Ihnen noch eine letzte Geschichte mit auf den Weg geben.«

Sie drehte sich um, die Hand bereits am Tor. »Ich bin gespannt.«

»Die von dem leeren Grab.«

Paula sah ihn verwundert an. »Wie meinen Sie das?«

»In einem der Gräber liegt niemand. Der Mann wurde für tot erklärt, seine Leiche jedoch nie gefunden. Die Familie errichtete einen Grabstein, damit sie einen Ort hatte, an dem sie trauern konnte, so habe ich es mir jedenfalls zusammengereimt. Als ich in den Kirchenbüchern davon las, hat es mich seltsam berührt. Leider war mein Vorgänger, der alte Reverend Finley, schon aufs Land gezogen, sonst hätte ich ihn danach gefragt.«

Paula kam es vor, als wäre der Abend plötzlich kalt geworden, und sie bekam eine Gänsehaut. Sie überlegte, ob sie sich rasch verabschieden und nach Hause gehen sollte, wusste aber, dass ihr die Frage keine Ruhe lassen würde.

»Welches Grab ist es?«

Er deutete in die Ecke, in der sie vorhin noch gestanden hatte. »Das da drüben. Der Mann hieß William Arthur Cooper.«

5

Mit Thomas Cook auf Reisen

Paula legte sich in ihrem Kleid aufs Bett, weil ihre Hände zu sehr zitterten, als dass sie die Knöpfe hätte öffnen können. Ihr Herz schlug so heftig, dass es in ihrem Kopf widerhallte, und sie konnte kaum schlucken, weil ihre Brust so eng war.

Sie war mit dem Gedanken aufgewachsen, dass ihr Vater tot und auf dem Friedhof nebenan begraben war. So wenig sie sonst über ihn wissen mochte, dessen war sie immer sicher gewesen. Ihre Mutter liebte sie, ihr Vater, den sie allzu früh verloren hatte, lag auf dem Kirchhof von St. Mary. Dieses Wissen hatte ihr Leben von klein auf geprägt.

Zwei Tage – mehr hatte es nicht gebraucht, um ihr jede Gewissheit zu rauben.

Als sie vor wenigen Stunden in der Church Street angekommen war, hatte sie geglaubt, ihre Mutter und Cousine Harriet hätten sie betrogen, indem sie ihr einen Brief unterschlagen hatten. Wie banal ihr das jetzt vorkam! Denn die zufällige Begegnung auf dem Friedhof hatte ausgereicht, um alles, was sie über ihre Eltern zu wissen glaubte, auszulöschen.

Als junges Mädchen hatte sie sich ausgemalt, ihr Vater sei an der Schwindsucht gestorben oder bei einem Reitunfall oder er habe jemanden heldenhaft vor dem Ertrinken gerettet und sei dabei umgekommen. Doch sie war kein junges Mädchen mehr. Und die Geschichten waren eben nur Geschichten.

Deshalb hatte sie ihre Mutter zur Rede gestellt, als sie vorhin vom Friedhof heimgekommen war. Hatte gefragt, weshalb das Grab ihres Vaters leer war, weshalb die Mutter jahrelang ein Schauspiel aufgeführt hatte. Doch auch diesmal war das Gesicht ihrer Mutter erstarrt, hatte sie die Maske gewählt, statt ihr Schweigen zu durchbrechen.

»Warum kannst du mir nicht vertrauen und erzählen, was geschehen ist?«, war es aus Paula hervorgebrochen. Noch nie hatte sie so die Stimme gegen ihre Mutter erhoben.

»Es gibt nichts zu erzählen.«

Paula hatte es nicht gewagt, noch weiter in ihre Mutter zu dringen. Sie war in ihr Zimmer gegangen, mit hämmerndem Herzen, in ihrem Zorn gefangen.

Nach einer Weile konnte sie ruhiger atmen. Sie stand auf und begann, sich auszukleiden. Sie hängte das Kleid über einen Stuhl, schnürte das Korsett auf, streifte die Strümpfe ab und holte ihr Nachthemd aus dem Koffer. Dann löste sie die rötlich-blonden Haare und begann, sie mit regelmäßigen Strichen zu bürsten. Die vertraute Bewegung beruhigte sie, ihr Herz schlug allmählich langsamer.

Paula legte die Bürste fort, setzte sich auf die Bettkante

und stützte den Kopf in die Hände. Sie schaute nachdenklich auf ihren Koffer. Falls sie noch Zweifel an ihrer Reise gehegt hatte, waren diese endgültig beseitigt. Es tat weh, es sich einzugestehen, aber sie war hier nicht mehr zu Hause. Dabei hatte sie sich in die Church Street zurückgesehnt, wann immer sie geglaubt hatte, im Haus an der Schleuse zu ersticken. Doch diese Sehnsucht war vergangen.

Sie legte sich ins Bett und zog die Decke bis zum Kinn.

Blasses Mondlicht schien herein und tauchte das ganze Zimmer in ein bläulich-weißes Licht. Paula drehte sich auf die Seite und schloss die Augen. Vergessen geglaubte Bilder tauchten auf.

Ihre Mutter, die am Esstisch saß und weinte. Kurz darauf zog die erste Mieterin ein. Mrs. Almsley brachte einen Kuchen und sagte, es sei doch ehrbar, ein Zimmer an eine junge Dame zu vermieten. Ein Besuch von Cousine Harriet, lange Gespräche, bei denen man Paula aus dem Zimmer schickte. Lauter Dinge, die Paula nicht verstanden und die man ihr nie erklärt hatte.

Doch sie wollte sich nicht mehr damit zufrieden geben. In ihrer Familie gab es ein Geheimnis, und sie würde nicht ruhen, bis sie es gelöst hatte.

In der Fleet Street herrschte gewaltiges Gedränge. Paula wollte sich zunächst umsehen, als sie aus der Droschke stieg, wurde aber sofort von einem Botenjungen angerempelt, der mit einem Stapel Papier unter dem Arm an ihr vorbeieilte. Auf der Fahrbahn drängten sich Karren und Fuhrwerke, Kutschen und Reiter, überall riefen und fluchten Männer. Sie ging zaghaft los und schaute suchend nach den Hausnummern.

Am Ende der Straße ragte die mächtige Kuppel der St. Paul's Cathedral empor. Leider konnte Paula den Anblick nicht genießen, die Menge um sie herum war unerbittlich. Wer nicht geistesgegenwärtig war, wurde umgerannt.

Sie hielt sich nah an den Hausmauern, um dem Sog zu entgehen. Die Jahre in Kings Langley hatten Spuren hinterlassen. Sie hatte verlernt, unter Menschen zu sein, ihre Schritte selbst zu bestimmen.

Paula schluckte und straffte die Schultern. Dies war nur der Anfang. Wenn sie allein nach Deutschland reisen wollte, musste sie Mut beweisen. Mehr Mut, als sie geahnt hatte.

An der nächsten Straßenkreuzung lärmten Baugeräte, eine plötzliche Bö blies ihr staubige Luft ins Gesicht. Paula hustete, drückte ihr Taschentuch vor den Mund und rieb sich die Augen. Rechts zweigte eine schmale Gasse ab, in der es ruhiger zuging. Und am Eckhaus gegenüber las sie die ersehnte Hausnummer 98 und den Schriftzug *Thomas Cook*.

Staunend blieb Paula vor dem Schaufenster stehen. Sie hatte ein nüchternes Ladenlokal erwartet, ähnlich wie in einem Bahnhof. Das hier aber war ein richtiges Geschäft. Die Auslagen waren gefüllt mit allem, was das Herz eines Reisenden begehrte: Koffer und Taschen in allen Größen, lederne Behälter mit Ferngläsern, ein Sortiment an genagelten Stiefeln, mit denen man jeder Witterung trotzen konnte.

Paula ging langsam hin und her, von einem Fenster zum nächsten. Als sie die Ecke zum vierten Mal umrundete, trat ein hoch gewachsener, hagerer Mann in die Tür.

»Kann ich Ihnen behilflich sein, Madam?«

Paula wurde rot. Der Mann schaute sie prüfend, aber nicht unfreundlich an.

»Ja.« Sie räusperte sich. »Ich möchte eine Reise buchen. Nach Bonn am Rhein.«

Der Mann lächelte und bedeutete ihr einzutreten.

Der Raum war mit Eiche getäfelt und mit großen Werbeanzeigen dekoriert, auf denen Schiffe und Eisenbahnen abgebildet waren. Es gab mehrere Schalter mit Stühlen davor, daneben befand sich der Verkaufsraum, in dem noch viel mehr Reisezubehör angeboten wurde, mit dem man, so malte Paula es sich aus, sogar durch die ägyptische Wüste wandern konnte. Sie nahm auf einem Stuhl Platz, und der Mann – Mr. Smith, wie das kleine Messingschild auf dem Tisch verriet – beugte sich vor.

»Eine Reise an den schönen Rhein? Dafür ist Bonn der ideale Ausgangspunkt. Ich habe ein hervorragendes Angebot für Sie.« Er kramte in einer Schublade und holte eine Broschüre heraus, die er vor Paula auf den Tisch legte. »Vom 4. bis 18. Juli bieten wir eine Gruppenreise nach Holland, Belgien und zum Rhein an. Die Überfahrt erfolgt mit komfortablen Dampfschiffen der Great Eastern Company. Mr. John Mason Cook wird die Reise persönlich leiten. Der Preis einschließlich aller Unterkünfte in erstklassigen Hotels beträgt nur fünfzehn Pfund.«

Paula schaute verlegen auf die Broschüre, von der ihr Weinberge und Burgruinen entgegenblickten. »Verzeihen Sie bitte, aber so lange kann ich nicht warten.«

Mr. Smith sah sie fragend an. »Ich … ich fahre nicht

zum Vergnügen. Ein Verwandter von mir lebt in Bonn und ist schwer krank. Sein Zustand duldet keinen Aufschub.«

»Oh, ich verstehe.«

»Wäre es möglich, eine einfache Hinfahrt nach Bonn zu buchen?« Das erschien ihr vernünftig, da sie keine Vorstellung davon hatte, wie lange sie bei ihrem Onkel bleiben würde.

Mr. Smith nahm die goldgerahmte Brille ab, zog ein Taschentuch hervor und begann, sie ausgiebig zu putzen. Dann setzte er sie wieder auf und schaute Paula freundlich an. »Die angenehm und sicher ist und keine allzu großen Kosten verursacht?«

Paulas Gesicht wurde heiß, als er die finanzielle Seite erwähnte, doch sie nickte tapfer. »Ich gestehe, meine Mittel sind begrenzt. Mein Verwandter wird mir den Aufwand erstatten, doch bis dahin muss ich mich einschränken.«

»Keine Sorge, Madam. Wir bei Thomas Cook halten uns einiges darauf zugute, dass wir für alle Kunden eine geeignete Lösung finden. Ich werde Ihnen genau erläutern, wie alles vonstattengeht. Eine letzte Frage: Mit wie vielen Personen reisen Sie?«

Hatte sie sich unklar ausgedrückt, als sie sagte, *sie* wolle nach Bonn reisen? Paula bemerkte, dass sein Blick zu ihren bloßen Händen wanderte. Sie hatte die Handschuhe ausgezogen, als sie das Reisebüro betrat, und Mr. Smith suchte … nach einem Trauring.

»Ich fahre allein.«

Er räusperte sich, zögerte kurz und fing sich dann wieder. »Verzeihung, ich wollte Ihnen nicht zu nahe treten.

Natürlich sind unsere Gruppenreisen für Damen ohne Begleitung besonders geeignet, aber wir werden einen Weg finden, um Ihnen auch allein eine sichere Reise zu ermöglichen.« Er deutete auf das Regal mit den Büchern. »Vielleicht möchten Sie sich unsere Literatur anschauen, während ich Ihnen das Angebot zusammenstelle?«

Paula stand auf und kehrte ihm erleichtert den Rücken. Dass sie unverheiratet war, hatte sie nie sonderlich geschmerzt, da sie ohnehin nicht damit gerechnet hatte, einen Ehemann zu finden. Eine junge Frau ohne Mittel, deren Mutter Zimmer vermietete, konnte keine gute Partie erwarten, das hatte Margaret Cooper nie verhehlt.

In diesem Augenblick, in Thomas Cooks Reisebüro in der Fleet Street 98, wurde Paula bewusst, dass sie stets sehr wenig erwartet hatte. Sie hatte sich gefügt und mit dem abgefunden, was man ihr zugestand. Nun aber spürte sie, dass es nicht so bleiben musste. Wärme breitete sich in ihr aus, sie konnte plötzlich freier atmen. Sie sog den Geruch von Leder und Papier ein und spürte ein leises Kribbeln, das von ihren Fingerspitzen durch die Hände und bis hinauf in die Arme wanderte. Ihr Herz schlug schneller, und diesmal war es nicht unangenehm.

Sie betrachtete die Bücher und griff spontan nach einem dunkelroten Bändchen, auf dem in Goldschrift *Baedekers Rhein* zu lesen stand. Es sah hübsch aus und war handlich genug, dass man es in die Manteltasche stecken konnte. Paula blätterte darin. Die Seiten waren eng bedruckt und mit zahlreichen Landkarten versehen, von denen sich einige herausklappen ließen. Sie legte den Baedeker beiseite und zog einen Bildband heraus, der *Die Schönheiten des Rheintals* versprach. Paula legte ihn auf ein Tischchen und schlug ihn auf. Er war wie das Buch von Mrs. Cranston mit Stahlstichen illustriert, doch sie waren von noch größerem künstlerischem Wert. Die Bilder wirkten so lebendig, als stünde sie selbst am Ufer oder auf einer Brücke oder an Deck eines Dampfers, der zwischen den steilen Hängen dahinglitt.

Diese Landschaft gab es wirklich, und sie würde dorthin fahren. Versonnen schaute sie auf die Bilder, fuhr mit den Fingern darüber, als könnte sie ertasten, was sie dort erwartete. Die Burgruinen, die hoch über kleinen Ortschaften thronten, die Silhouette des mächtigen Kölner Doms, enge Gassen mit schiefen Fachwerkhäusern.

»Madam?«

Die Stimme von Mr. Smith weckte Paula aus ihrer Versunkenheit. Sie klappte das Buch zu und warf einen Blick auf das Preisschild. Es wäre unvernünftig, es zu kaufen. Was sie brauchte, war der Reiseführer. Sie warf einen letzten Blick auf den Bildband und drehte sich um.

»Bitte.« Mr. Smith deutete auf den Stuhl und schaute anerkennend auf den Baedeker. Wie es schien, hatte sie richtig gewählt. Dann nickte er mit dem Kopf in Richtung Buchregal. »Ich habe gesehen, dass Sie sich für Trevors Rheinbuch interessieren.«

»Trevor?«

»So heißt der Verlag, Vater und Sohn. Der Vater ist Stahlstecher, der Sohn Fotograf. Wir haben einige ihrer Bände im Angebot, die Bilder sind bei unseren Kunden sehr beliebt.«

»Mir gefallen sie auch. Aber es ist kein Buch, das man mit auf Reisen nimmt.«

»Da haben Sie völlig recht. Vielleicht kommen Sie nach Ihrer Rückkehr her und kaufen sich einen Bildband zur Erinnerung. Das tun viele unserer Kunden. Wer nicht selbst zeichnet oder ein ausgebildeter Fotograf ist, kann die Reise mit Postkarten und Büchern dennoch immer wieder erleben.«

Paula nickte. »Das ist eine gute Idee.«

Mr. Smith schob ihr ein Blatt hin und tippte mit einem Stift darauf. »Dies ist die Reiseroute, die ich Ihnen vorschlage. Sie fahren mit der Bahn nach Harwich und nehmen einen Dampfer nach Antwerpen. Von dort fahren Sie mit dem Zug nach Brüssel, wo Sie eine Nacht in einem guten Hotel verbringen. Die nächste Etappe führt Sie von Brüssel nach Köln, wo Sie einen Zwischenaufenthalt einlegen oder gleich weiter nach Bonn fahren können. Das alles kann ich Ihnen zum Preis von zwei Pfund anbieten. Darin sind die Schiffspassage sowie die Zugfahrten, die Hotelübernachtung in Brüssel und die Verpflegung enthalten.«

Paula schwirrte der Kopf. Sie fand das alles ziemlich kompliziert, wollte aber ungern eingestehen, dass sie England noch nie verlassen hatte. Als Kind war sie einmal mit ihrer Mutter in Bournemouth gewesen, dazu kamen ein Ausflug nach Windsor und die Fahrten zwischen London und Kings Langley. Mehr kannte sie nicht von der Welt.

Mr. Smith schien ihr Unbehagen zu bemerken und räusperte sich. »Sie brauchen sich keine Sorgen zu machen, Madam. Unsere Unterlagen sind sehr übersichtlich. Für die

Hotels gibt es neuerdings sogar Coupons, die Sie nur vorzeigen müssen, Bargeld ist dafür nicht mehr erforderlich. Außerdem erhalten Sie eine ausführliche Beschreibung der Strecke und ihrer Sehenswürdigkeiten.« Er lächelte. »Wir genießen nicht umsonst einen guten Ruf. Bei uns ist noch nie ein Reisender verloren gegangen.«

Paula schaute auf, fühlte sich wieder sicherer. »Wie ich bereits sagte, ich habe es eilig. Daher werde ich nur in Brüssel übernachten und von Köln aus gleich nach Bonn fahren.« Sie staunte, wie glatt ihr die fremden Städtenamen über die Lippen gingen. »Ich möchte Sie bitten, die Reise für mich zu buchen. Wie lange wird es dauern?«

»Gut, dass Sie heute so zeitig gekommen sind. Ich könnte die Unterlagen bis morgen Mittag zusammenstellen. Wenn Sie im Voraus bezahlen, würde ich sie Ihnen per Post schicken.«

»Kann ich sie auch abholen?«

Mr. Smith zog die Augenbrauen hoch. »Gewiss, Madam. Morgen ab halb eins?«

Paula fühlte sich beflügelt, weil alles so reibungslos geklappt hatte. »Wann geht mein Schiff?«

»Am Freitag, also in drei Tagen. Sie würden folglich schon am späten Samstag in Bonn eintreffen.«

»Das wäre wunderbar.« Sie öffnete ihre Handtasche und holte zwei Sovereigns aus der Geldbörse, die sie Mr. Smith diskret hinüberschob. Er nahm sie höflich lächelnd entgegen und schrieb ihr eine Quittung.

Ihr nächster Weg führte Paula ins Postamt, wo sie ein Telegramm nach Bonn aufgab:

Ankomme Samstag spät. Gruß, Paula.

Damit war alles Wichtige getan. Und auch der Preis hielt sich in Grenzen.

6

Bonn am Rhein

Köln/Bonn

Paula erwachte, als der Zug kurz vor Köln ruckartig stehen blieb. Sie rieb sich die Augen und schaute aus dem Fenster auf die flache Landschaft, die sich jenseits der Gleise erstreckte. Besorgt prüfte sie das Gepäcknetz und sah hinter ihren Sitz, ob auch nichts abhandengekommen war. Wenn man allein reiste, war Einschlafen nicht ungefährlich.

Die Reise war so angenehm verlaufen, wie man ihr bei Thomas Cook zugesichert hatte. Die See war glatt und ruhig, als der Dampfer sie nach Antwerpen brachte, und das Wetter so schön, dass sie an Deck spazieren gehen konnte. In Antwerpen hatte sie den Zug nach Brüssel genommen und dort noch das prachtvolle Rathaus und die zarten Spitzen bewundern können, die in den umliegenden Läden angeboten wurden. Im Hotel hatte niemand sie missbilligend angesehen, weil sie als Frau allein reiste, und die Bedienung war sehr zuvorkommend gewesen. Nun hatte sie beinahe Köln erreicht, die vorletzte Station ihrer Reise, und konnte kaum glauben, dass sie gestern früh noch in London gewesen war. Es war wie in einem Traum, in dem man sich an fremden Orten wiederfand, ohne zu begreifen, wie man dorthin gelangt war.

Sie hatte unterwegs den einen oder anderen neugierigen Blick aufgefangen, sich aber nichts daraus gemacht. Im Zug nach Brüssel hatte ein Herr angemerkt, es seien fürwahr moderne Zeiten, in denen eine Dame allein reiste, doch sie war viel zu aufgeregt gewesen, um etwas Gescheites darauf zu erwidern, und hatte nur höflich gelächelt.

Dann rollte der Zug wieder an, hinein in die westlichen Vororte von Köln. Aus ihrem Baedeker wusste Paula, dass man vor sechsundzwanzig Jahren begonnen hatte, die Kathedrale weiterzubauen, deren Grundstein bereits 1248 gelegt worden war. Es war ihr absurd vorgekommen, ein Bauwerk sechshundert Jahre lang nicht fertigzustellen, doch als sie sich nun dem Central-Bahnhof näherten, empfand sie nur ehrfürchtiges Staunen.

Trotz der zahlreichen Gerüste und Kräne wirkte der Dom schon jetzt gewaltig – ein weithin sichtbares, Stein gewordenes Gebet. Spitzbogenfenster, in deren bunten Scheiben sich die Sonne brach; filigrane Verzierungen, Türmchen und Statuen, als hätte sich ein schlichter Riesenbau in ein Spitzenkleid aus grauem Stein gehüllt, um Gott zu preisen. Paula fand es bewegend, wie hier etwas seiner Vollendung zustrebte, das vor so langer Zeit begonnen worden war, geplant und errichtet von Menschen, die längst zu Staub zerfallen waren und keine Spuren hinterlassen hatten außer diesen Steinen, ausgewaschen von Wind und Regen, den Wirren von Krieg und Witterung schutzlos ausgesetzt.

73

Als man die ersten Pläne zeichnete, die Steine mühevoll heranschaffte und die Fundamente legte, hatten sich hier noch Ritter und Kaufleute, Minnesänger und Pilger gedrängt. Paula hingegen war mit Dampfschiff und Eisenbahn gereist und hatte einen Weg, für den man damals Wochen gebraucht hätte, in nur zwei Tagen hinter sich gebracht. Die Welt hatte sich sehr verändert.

Paula sog alles, was sie sah, förmlich in sich hinein. Ihr wurde schmerzlich bewusst, wie klein ihre Welt bisher gewesen war.

Auf dem Bahnsteig warteten schon die Gepäckträger, und Paula winkte einen stämmigen älteren Mann in Uniform herbei, der sofort ins Abteil kam und sich um ihren Koffer kümmerte.

»Zum Bahnsteig nach Bonn, bitte«, sagte sie auf Deutsch. Den Satz hatte sie aus dem Reiseführer gelernt und war stolz, als der Mann sie überrascht ansah und nickte.

Er führte sie auf einen nahegelegenen Bahnsteig, stellte den Koffer ab und deutete auf die Uhr. »Noch zehn Minuten.«

Paula bedankte sich und bezahlte zehn Pfennige, die er dankend entgegennahm.

Sie hatte unterwegs begonnen, sich einige deutsche Sätze anzueignen, nachdem sie den ersten Absatz des Reiseführers gelesen hatte.

Eine gewisse Vertrautheit mit dem Deutschen ist unverzichtbar für jene, die entlegenere Teile der Rheinprovinzen zu erforschen trachten. Touristen, die sich an die üblichen Pfade halten, werden feststellen, dass in den großen Hotels und anderen gewöhnlichen Aufenthaltsorten Reisender Englisch oder Französ-

sisch gesprochen wird. Sollten sie der Sprache jedoch gar nicht mächtig sein, werden sie gelegentlich damit rechnen müssen, von Gepäckträgern, Kutschern und ähnlichen Personen übervorteilt zu werden, was sich selbst dann nicht ganz vermeiden lässt, wenn sie mit diesem Handbuch versehen reisen.

Ihr war der Blick des Gepäckträgers nicht entgangen, der vielleicht gehofft hatte, er könne eine Fremde ausnehmen. Mehr als zehn Pfennige durfte er für seine Dienste nämlich nicht verlangen.

Paula horchte auf die Stimmen, die um sie herum erklangen, und musste sich eingestehen, dass sie kein einziges Wort verstand. Der Reiseführer konnte eben nicht bei allem helfen. Aber sie war dennoch ein bisschen stolz auf sich.

Paula schaute sich auf dem Bahnsteig um und reckte den Hals, stellte sich sogar auf die Zehenspitzen, doch außer dem Dom war wenig von der Stadt zu sehen. Der Baedeker berichtete von engen, düsteren Straßen mit schlechter Kanalisation, lobte aber auch römische Ruinen und viele sehenswerte Kirchen, die von Kölns frommer Vergangenheit kündeten. Paula war enttäuscht, dass sie nicht einmal einen Blick auf den Rhein erhaschen konnte. Nur die reich verzierten Türme einer Brücke verrieten ihr, dass der große Fluss ganz nah war.

In Bonn angekommen, schaute Paula aufgeregt auf den Bahnsteig hinaus. Hatte ihr Onkel das Telegramm erhalten? Würde jemand sie abholen? Und wie sollte sie denjenigen erkennen?

Ein freundlicher Mitreisender half ihr beim Aussteigen und hob das Gepäck aus dem Zug. Bevor sie sich Sorgen machen konnte, trat schon ein magerer älterer Mann in Schirmmütze und dunkelblauer Jacke aus dem bescheidenen Empfangsgebäude. Er hielt ein Schild in die Höhe, auf dem *Miss Paula Cooper* zu lesen stand. Paula hob die Hand und winkte zaghaft.

Der Mann stellte sich in gebrochenem Englisch vor. »Willkommen. Bin Karl. Herr Cooper schickt mich.«

»Vielen Dank.«

Er hob die Koffer hoch, die beinahe zu schwer für seinen Körper wirkten, und bedeutete Paula, sie solle ihm aus dem Bahnhof hinaus folgen. Trotz seiner Last bewegte er sich überraschend schnell, und Paul blieb kaum Zeit, sich umzuschauen. Sie erhaschte nur einen flüchtigen Blick auf Häuser, zumeist kleiner als die in London, aber gepflegt und elegant und umgeben von alten Bäumen, deren frisches grünes Laub sie freundlich zu begrüßen schien.

Karl lud ihr Gepäck in einen Zweisitzer und half ihr auf den Bock, ein bisschen ungeschickt, aber sehr beflissen. Dann schnalzte er mit der Zunge, worauf sich das Pferd gehorsam in Bewegung setzte. Sie rollten über den Platz und auf eine Kirche zu, die zu einem gewaltigen, lang gestreckten Bauwerk gehörte.

»Sagen Sie«, setzte Paula zögernd an, da sie nicht wusste, wie gut er sie verstand, »wie geht es meinem Onkel? Ich mache mir große Sorgen um ihn.«

»Er ist besser«, antwortete Karl und nickte dabei feierlich. Mehr sagte er jedoch nicht, und Paula erkannte, dass sie sich gedulden musste, bis sie Onkel Rudy gegenüberstand.

Karl lenkte die Kutsche um eine weitläufige Grünfläche herum zu einer breiten Straße. Staunend betrachtete Paula die Häuser, die dort standen: prächtige Hotels und elegante Villen, die von eigenen Parkanlagen umgeben waren. Am Ende einer schmalen Gasse meinte sie, Wasser aufschimmern zu sehen, doch Karl bog nach rechts ab, und das, was Paula für den Rhein gehalten hatte, entzog sich ihrem Blick.

Der Wagen hielt am rechten Straßenrand. Das Haus mit der Nr. 88 war deutlich kleiner als die Villen gegenüber, aber in einem freundlichen Hellblau gestrichen und mit weißen Fensterläden versehen. An der linken Seite gab es ein Gartentor, hinter dem üppige Büsche und Frühlingsblumen wuchsen.

Karl half ihr beim Aussteigen, lud das Gepäck ab und schloss die Tür auf.

Paulas Herz schlug heftig. Sie hatte eine Woche Zeit gehabt, um sich auf diesen Augenblick vorzubereiten. Nun aber kam ihr diese Woche viel zu kurz vor, und sie war schrecklich nervös. Onkel Rudys Brief hatte warmherzig geklungen, aber er war ihr dennoch gänzlich fremd. Und zudem ein kranker Mann, wie sie befürchten musste.

Die Überraschung ließ nicht auf sich warten. Von drinnen erklangen Schritte, eine überraschend hohe Männerstimme rief auf Englisch: »Das muss sie sein!« Und dann: »Nun mach nicht so viel Aufhebens, ich bin doch kein alter Mann.«

Die Stimme klang lebhaft und gar nicht nach einem Menschen, der dem Tode nahe war. Eigentlich ein Grund zur Freude, doch Paula spürte einen leisen Argwohn. Sie hatte lange genug mit einem Menschen zusammengelebt, der sich kränker gab, als er wirklich war. Aber sie durfte nicht urteilen, bevor sie ihren Onkel zu Gesicht bekommen hatte, ermahnte sie sich stumm.

Karl trat beiseite und schob die Koffer aus dem Weg, und dann eilte ihr ein rundlicher Mann entgegen, der nicht größer war als sie selbst. Er umfasste Paulas Hand mit seinen beiden und drückte sie, als wollte er sie gar nicht mehr loslassen.

»Was für ein wunderbarer Tag, meine Liebe!« Er holte ein Taschentuch hervor und wischte sich die Augen. »Ich … ich hatte befürchtet, ich würde dich nie wiedersehen. Wie wunderbar, dass du nun hier bist! Hattest du eine angenehme Reise?«

Paula hatte nicht damit gerechnet, so überschwänglich begrüßt zu werden, geschweige denn, dass ihr Onkel so wohlauf sein würde.

»Ja, es ist alles glattgegangen.« Sie räusperte sich und betrachtete ihren Onkel, der noch immer ihre Hand umklammert hielt.

Seine weißen Löckchen waren ins Gesicht frisiert, wie man es zu Beginn des Jahrhunderts getragen hatte, eine Haartracht, die von römischen Büsten und Statuen inspiriert war. Sie mochte altmodisch sein, verlieh Rudy Coopers Gesicht aber einen leuchtenden Rahmen. Er trug einen dunkelblauen Hausrock mit einer goldenen Kordel als

78

Gürtel und auf der Nase einen Kneifer mit ziselierter Kette, durch den er sie aufmerksam betrachtete.

»Es ist so lange her, liebe Paula, lass dich ansehen.«

Er legte den Kopf schief und musterte sie. »O ja, ich erkenne meinen lieben William in dir. Du gleichst auch deiner Mutter, aber die Augen sind unverkennbar.«

Ein Leben lang hatte niemand mit ihr über den Vater gesprochen, und ihr Onkel verglich sie nun ganz selbstverständlich mit ihm. Paula war überwältigt und auch ein wenig überrumpelt, doch er ließ ihr keine Zeit zum Atemholen, sondern nahm ihren Arm.

»Komm doch herein, meine Liebe, du musst völlig erschöpft sein von der langen Reise.«

Onkel Rudy wies Karl an, das Gepäck nach oben zu bringen, und führte Paula in ein Wohnzimmer, wie sie es noch nie gesehen hatte. Es wurde von zahlreichen Lampen erleuchtet, als wollte Rudolph Cooper jegliche Dunkelheit aus seinem Haus verbannen. Oder die Schätze, die das Zimmer enthielt, möglichst vorteilhaft präsentieren: eine Mineraliensammlung in einer Vitrine, Porzellanteller, ein Bücherregal, das sich unter seiner Last durchbog, Sammelalben, dazu zahlreiche Stiche und Aquarelle an den Wänden, bestickte Kissen in den Sesseln, ein großer Farn in einem Messingkübel am Fenster. Dann erst bemerkte Paula den Herrn, der in einer Nische neben dem Kamin stand und sie verlegen anschaute. Noch ein Fremder, dachte sie betreten. Onkel Rudy blieb jedoch gänzlich unbekümmert.

»Verzeih, liebe Paula, dass du mich nicht allein vorfindest, aber mein guter August umsorgt mich seit Wochen und hat es sich nicht nehmen lassen, auch heute bei mir vorbeizuschauen. Darf ich dir Professor August Hergeth vorstellen, Historiker an der hiesigen Universität?«

Der ältere Herr im dunklen Gehrock trat hervor und gab ihr die Hand. Sie war dankbar für die schickliche Begrüßung, die so ganz anders war als der Überschwang des Onkels. Auch körperlich war er das genaue Gegenteil von Rudy, hochgewachsen und schlank. Er trug keine Brille, und seine blauen Augen blickten scharf wie die eines jungen Mannes.

»Mein Name ist Paula Cooper. Sehr erfreut, Herr Professor.«

»Ich habe ihm schon oft von dir erzählt«, unterbrach sie ihr Onkel.

Der Professor räusperte sich. »Ich muss gestehen, ich hatte Zweifel, dass Sie kommen würden. Aber Ihr Onkel hat darauf vertraut und recht behalten. Wir waren sehr besorgt um ihn.«

Paula setzte sich in den Sessel, den Onkel Rudy ihr hingeschoben hatte. »Es tut mir leid, dass ich nicht früher aufgebrochen bin, aber … es kam zu einem Missverständnis. Ich habe deinen Brief mit großer Verzögerung erhalten.«

Onkel Rudy legte ihr eine Hand auf die Schulter, worauf Paula unwillkürlich zurückwich. Diese ständigen Berührungen war sie nicht gewöhnt.

»Ich bin sehr froh, dass du gekommen bist. Es ist so lange her …« Er verstummte, als versagte ihm die Stimme, ehe er fortfuhr: »Ich habe dich in all den Jahren nie vergessen.«

Paula sah ihn an und sagte schüchtern: »Das würde ich gern erwidern, aber … ich wusste nichts von dir. Niemand hat mir je von dir erzählt. Es tut mir leid.« Sie senkte den Kopf.

Der Professor räusperte sich, trat vor und reichte ihr noch einmal die Hand. »Ich muss mich nun verabschieden, aber wir werden uns bald wiedersehen. Es war mir ein Vergnügen, Miss Cooper. Guten Abend, Rudy, und denk an dein Herz.«

»Ich bringe dich zur Tür.« Rudy folgte ihm in den Flur, und Paula war froh über die kurze Atempause. So viel war in den letzten Minuten auf sie eingeprasselt! Der lebhafte, ein wenig exzentrische Onkel, dem es besser ging als erwartet. Der freundliche Professor, der sich sehr um ihn zu sorgen schien. Und der unfassbare Moment, in dem Onkel Rudy von ihrem Vater gesprochen hatte, als wäre er ein ganz normaler Mensch und kein unantastbares Geheimnis.

Am liebsten hätte sie ihren Onkel mit Fragen bestürmt, weil sie alles über ihren Vater und die kurze Zeit erfahren wollte, die sie mit ihm verbracht hatte. Doch es gehörte sich nicht, ihn gleich so zu bedrängen. Außerdem hatte sie plötzlich auch ein wenig Angst vor dem, was sie erfahren könnte.

Dann kehrte Onkel Rudy ins Zimmer zurück, gefolgt von einer älteren Frau mit weißer Haube, die ein Tablett auf den Tisch stellte, kurz nickte und den Raum verließ.

»Das kannst du sicher gut vertragen.« Er setzte sich

Paula gegenüber, und sie bemerkte, dass er schwer atmete, obwohl er nur bis zur Haustür gegangen war. Seine Hand, die auf der Sessellehne ruhte, zitterte leicht. Er war wohl doch nicht so gesund, wie er vorgab.

»Es braucht dir nicht leidzutun.«

Sie sah ihn verwundert an.

»Dass du nichts von mir wusstest, meine ich«, fügte er sanft hinzu. »Deine Mutter und ich haben uns nicht gut verstanden. Warum hätte sie dir von mir erzählen sollen?« Er lächelte versonnen. »Du warst noch sehr klein, als ich dich zuletzt gesehen habe. Kinder vergessen schnell. Nun greif aber zu.«

Paula schaute auf das Tablett. Eine Kanne Tee, ein Glas Wasser, ein Teller mit Broten, die reichlich mit Schinken und Käse belegt waren, dazu eine kleine Schale mit eingelegten Gurken und ein Apfel.

»Danke, ich bin wirklich hungrig. Aber bevor ich esse, beantworte mir bitte eine Frage: Wie steht es um deine Gesundheit? Dein Brief klang ernst, ich habe das Schlimmste befürchtet. Darum bin ich erleichtert, dich erholt zu sehen, aber ich möchte wissen, wie es dir tatsächlich geht. Der Professor scheint sehr besorgt zu sein.«

Onkel Rudy schlug die Beine übereinander und deutete auffordernd zum Tablett. Paula nahm sich ein Schinkenbrot.

»Ich hatte einen Herzanfall, mit Atemnot, Schmerzen in der Brust, war kurzzeitig ohnmächtig. Das hat mir einen Schrecken eingejagt, das gebe ich ehrlich zu. Ich bin zweiundsechzig Jahre alt und habe nicht immer so gelebt, wie es einem die Ärzte empfehlen. Aber dank der Pflege meiner guten Haushälterin Tine, der strengen Freundschaft von Professor Hergeth und der unermüdlichen Bereitschaft meines Arztes, lästige Fragen zu beantworten und mich zu maßregeln, wenn er die Zigarre auf der Fensterbank witterte, habe ich mich erholt.« Er wurde ernst. »Mein Herz wird nie wieder so sein, wie es war, aber wenn ich Glück habe, bleibt mir noch ein bisschen Zeit. Und die würde ich gern mit dir verbringen.«

Paula schaute auf ihren Teller. Dass jemand sich für sie als Menschen interessierte und bewusst ihre Nähe suchte, war neu und ungewohnt. Sie musste schlucken und nickte dann. »Das wäre schön.«

Niemand drängte sie, nach England heimzukehren. Sie war frei, eine Weile bei Onkel Rudy zu bleiben und sich um ihn zu kümmern. Wenn sie vertrauter miteinander waren, konnte sie ihn nach ihrem Vater fragen und endlich erfahren, was für ein Mensch er gewesen war. Und vielleicht auch, warum ein leeres Grab in Lambeth seinen Namen trug.

Nachdem sie sich gestärkt hatte, schaute Onkel Rudy zum Fenster, durch das die Abendsonne fiel. Er lächelte verschmitzt, erhob sich aus dem Sessel und hielt Paula die Hand hin.

»Wenn du nicht zu müde bist, würde ich dir gern noch etwas Schönes zeigen. Ich selbst kann mich daran nicht sattsehen. Würdest du mich zum Alten Zoll begleiten?«

Paula schob ihren Teller beiseite und lächelte zurück.

»Das Essen hat gutgetan, und ich bin auch gar nicht so furchtbar müde.« Sie erhob sich und sah ihn erwartungsvoll an. »Ich gehe gern mit dir, auch wenn ich mir nicht vorstellen kann, was der Alte Zoll ist.«

Onkel Rudy trat in den Flur und wollte Paula in den Mantel helfen, doch sie schüttelte den Kopf. »Heute machen wir es umgekehrt. Ist es dieser hier?« Sie deutete auf einen satingefütterten Umhang, der an der Garderobe hing und eher aussah, als würde man damit in die Oper gehen.

»Ja, der ist richtig.«

Paula legte ihm den Umhang über die Schultern. »Du siehst sehr elegant darin aus.«

Ihr Onkel strich wehmütig über den Stoff. »Ich habe eine Schwäche für den Umhang. Der Schneider weilt leider nicht mehr unter uns, darum fällt es mir schwer, mich von dem Stück zu trennen.«

Er griff nach einem Gehstock, der neben der Garderobe lehnte, öffnete die Haustür und ließ ihr den Vortritt. Das Straßenpflaster war in goldenes Licht getaucht.

»Es ist nicht weit. Ich glaube, wir schaffen es noch rechtzeitig.«

Paula hätte gern gewusst, wohin er sie wohl führen wollte und warum dies von der Uhrzeit abhing. Seine Vorfreude war jedoch so offensichtlich, dass sie ihm das Vergnügen nicht mit einer Frage verderben wollte.

Sie überquerten die breite Straße und kamen an einigen eleganten Hotels vorbei, vor denen Kutschen warteten. Ein Portier hielt einem Paar die Tür auf, und im Vorbeigehen hörte Paula, dass die beiden Englisch miteinander sprachen.

Onkel Rudy deutete auf das Hotel, das den vielversprechenden Namen *Belle Vue* trug.

»Wusstest du eigentlich, dass ich bei Weitem nicht der einzige Brite in Bonn bin? Viele unserer Landsleute leben hier. Sie lieben das angenehme Klima, die schöne Umgebung und die hervorragende Universität. Wir unterhalten eine richtige britische Kolonie mit eigenen Vereinen und Clubs.«

Paula bemerkte zu ihrer Linken das weitläufige Bauwerk, an dem sie vorhin mit der Kutsche vorbeigefahren war. »Verzeih, wenn ich dich unterbreche, aber ist das dort drüben ein Schloss?«

»Ja, heute ist die Universität darin untergebracht. Mein Freund Hergeth unterrichtet dort«, sagte Onkel Rudy ein wenig ungeduldig und strebte weiter seinem unbekannten Ziel entgegen. »Wir sind gleich da.«

Hinter dem letzten Haus befand sich eine Grünanlage, in der ein von Büschen gesäumter Weg sanft bergauf führte. Sie gelangten auf eine Terrasse, die mit Bäumen bepflanzt und von einer steinernen Balustrade umgeben war. An einer Seite standen Parkbänke, von denen man auf die Stadt hinunterblickte. Es war hübsch, aber Paula fragte sich, was an diesem Park so besonders sein sollte.

»Vertraust du mir?«

Sie runzelte leicht die Stirn. »Ja«, antwortete sie zögernd.

»Dann mach die Augen zu. Ich führe dich.«

Verwundert schloss Paula die Augen und spürte, wie Onkel Rudy ihren linken Oberarm umfasste. Sie gingen einige Schritte und blieben dann stehen.

»Nun mach sie auf.«

Das tat sie auch, aber ihr kamen sofort die Tränen, und sie musste mit den Fingern über die Augen wischen, bevor sie wieder klar sehen konnte.

Der Anblick, der sich vor ihr auftat, war schöner als alles, was sie je gesehen hatte. Die untergehende Sonne tauchte den Rhein in goldenes Licht, das schwerelos auf den Wellen zu tanzen schien. Auf der gegenüberliegenden Rheinseite erhoben sich Berge, dunkle Schattenrisse vor dem leuchtenden Himmelsfeuer, und auf einem von ihnen ragte die kantige Ruine einer Burg empor. Es war, als hätte jemand eine Tür in die Vergangenheit aufgestoßen und sie in eine Zeit versetzt, in der hier Ritter gelebt und Bischöfe und Burgherren ihre Fehden ausgetragen hatten. Eine Zeit, in der die Schiffe noch mühsam von Pferden stromaufwärts gezogen werden mussten. Eine Zeit, in der sie Wochen mit Segelschiff und Postkutsche unterwegs gewesen wäre, um in diese verzauberte Gegend zu gelangen.

Paula spürte, wie Sehnsucht sie überkam, Vorfreude auf all das Neue, das es zu sehen gab und mit dem sie nicht gerechnet hatte. Sie war gekommen, um ihren kranken Onkel zu besuchen. Dass eine solche Schönheit sie erwartete, hatte sie nicht zu hoffen gewagt. Die Welt schien den Atem anzuhalten, mit dem Finger auf sie zu deuten und zu sagen: *Dies ist ein Geschenk, das du nie vergessen solltest. Dies ist ein Augenblick, der nie wiederkehrt. Behalte ihn. Bewahre ihn in deinem Herzen.*

Paula schluckte und sah Onkel Rudy an. »Mir ist ganz seltsam … Ich habe ganz eigentümliche Gedanken …«

Er lächelte und drückte sanft ihren Arm. »Da bist du nicht allein. Für mich ist es die schönste Aussicht, die ich kenne. Als es mir sehr schlecht ging, hat sie mir am meisten gefehlt. Gewöhnlich komme ich jeden Tag einmal hierher, bei jedem Wetter. Ich habe den Rhein bei tosendem Sturm und Regen gesehen, bei dichtem Schneefall und im Frühling, wenn die ersten Knospen an den Bäumen sprießen. Die Aussicht hat immer ihren Reiz, aber wenn die Sonne untergeht, ist sie unvergleichlich.«

Paula stand nur da und schaute auf den Fluss und die Berge. Zum ersten Mal, seit sie dem Briefträger vor dem Haus an der Schleuse begegnet war, war sie wirklich ruhig. Die Anspannung, die sie vor der ersten Begegnung mit ihrem Onkel empfunden hatte, war verschwunden, und wenn sie atmete, schien die Luft ihren ganzen Körper zu durchdringen. Sie wusste, dass dieser Frieden nicht von Dauer war, dass es Fragen gab, die sie stellen musste, aber diesen Augenblick wollte sie sich selbst schenken. Dieser Abend sollte durch nichts getrübt werden.

Sie hielt kurz inne, dann waren die Worte wieder da. »Der Gipfel des Berges funkelt im Abendsonnenschein.«

»Du kennst Heine?«, fragte Rudy verwundert.

»Nur dieses eine Gedicht. Es war eine Art Vorspiel«, sagte sie.

Die Sonne verschwand hinter den Bergen, und der Fluss funkelte nicht mehr.

»Es wird kühl. Lass uns nach Hause gehen. Und unterwegs erzählst du mir, wie ein Gedicht ein Vorspiel sein kann. Darf ich?« Onkel Rudy streckte den Arm aus.

Sie nickte, und er hakte sie unter.

Unterwegs berichtete Paula, wie die Pfarrersfrau ihr das Gedicht gezeigt und damit eine Tür zu einer unbekannten Welt aufgestoßen hatte. Sie brachte es jedoch nicht über sich, das versäumte Fest zu erwähnen, die Erinnerung daran schmerzte sie noch zu sehr.

»Für mich war es der ›turmgekrönte Drachenfels‹, der mich verzaubert hat«, erzählte Onkel Rudy. »Ich habe Byron als Junge entdeckt und die Worte nie vergessen.«

Der Rückweg war für Onkel Rudy beschwerlich. Er atmete mühsam und ging deutlich langsamer als zuvor. Als sie daheim waren, schützte Paula Müdigkeit vor, damit er früh zu Bett gehen konnte, ohne sich unhöflich vorzukommen. Tine, die Haushälterin, hatte ihr ein Zimmer im ersten Stock hergerichtet.

Paula wollte gerade die Treppe hinaufgehen, als sie Onkel Rudys Stimme hinter sich hörte: »Schlaf gut. Und denk dran, der erste Traum in einem neuen Haus hat besondere Bedeutung. Er könnte in die Zukunft weisen.«

Ihr Zimmer hatte Möbel aus hellem Holz, zwei große Fenster, einen Schaukelstuhl mit einem bunten Überwurf, ein kleines Bücherregal. Das Bett war mit mehreren Kissen dekoriert, auf dem Nachttisch standen eine Karaffe Wasser und ein Glas. Der Waschtisch war mit einer blitzsauberen Porzellanschüssel, einem Krug und einem Handtuch ausgestattet. Paulas Koffer und die Reisetasche warteten neben dem Bett.

Sie trat vor den kleinen Spiegel, der über der Kommode hing, und zog die Haarnadeln aus der Frisur. Sie reihte sie ordentlich auf dem weichen Holz auf, griff in ihre Haare und schüttelte sie, bis sie in weichen Wellen über die Schultern fielen.

Paula betrachtete sich im schwachgelben Lampenlicht. Kleine Falten um die Augen und den Mund, doch ansonsten war ihre Haut noch glatt, ohne Narben und andere Makel. Ihre blauen Augen blickten wach und ernst.

Sie zog sich aus, hängte das Kleid in den Schrank und strich es sorgfältig glatt. Dann löste sie das Band der Krinoline, stieg hinaus und lehnte sie in einer Ecke an die Wand. Zuletzt schnürte sie das Korsett auf und atmete tief durch. Es war ein Augenblick, auf den sie sich immer freute, der erste freie Atemzug seit vielen Stunden.

Bevor sie sich ins Bett legte, warf Paula einen Blick auf die Straße. In den Hotels gegenüber brannte noch Licht, ansonsten war alles still und dunkel. Fast wie ein Abend in Kings Langley, dachte sie. Dann schaute sie auf ihren Koffer und lächelte. Nein, dies war nicht Kings Langley, dies war ein anderes Land, und sie war ganz allein hierhergereist.

Sie ließ die Gardine fallen und schlug die Bettdecke zurück. Als sie sich auf der Matratze ausstreckte, merkte sie, wie schwer ihre Glieder waren, doch gingen ihr so viele Gedanken durch den Kopf, dass sie nicht gleich einschlafen konnte.

Onkel Rudy war ihr herzlich, beinahe überschwänglich begegnet, und die Fremdheit, die sie anfangs empfunden hatte, war nach dem Spaziergang schon deutlich gewichen, so als hätte der prachtvolle Sonnenuntergang sie einander nähergebracht.

Er hatte gesagt, Paula sähe ihrem Vater ähnlich, doch was hieß das schon? Dass sie die gleiche Augenfarbe hatte? So etwas war doch ganz alltäglich. Nein, sie hätte lieber gewusst, ob sie ihm im Wesen glich, ob ihr Vater auch eher still und zurückhaltend gewesen war wie sie oder offen und gefühlvoll wie der Onkel.

Ob Onkel Rudy wusste, dass sein Bruder nie in Lambeth begraben worden war? Sie ärgerte sich, dass sie den Friedhof so überstürzt verlassen hatte, statt Reverend Holmes zu fragen, seit wann das Grab bestand. Wenn ihre Mutter die Verbindung abgebrochen hatte, als Paula noch ganz klein war, wusste Onkel Rudy womöglich nichts von der Geschichte.

Sie verschränkte die Arme hinter dem Kopf und schaute an die Decke. Etwas war seltsam. Onkel Rudy hatte gesagt, sie gleiche ihrem Vater, seinen Bruder danach aber mit keinem Wort mehr erwähnt. Dabei war er doch das Einzige, was sie verband.

Die Zweifel waren leise, aber beharrlich, sie ließen sich nicht verdrängen. Wenn er nun auch nicht über ihren Vater sprechen wollte? Wenn sie nun das Gleiche erlebte wie mit ihrer Mutter und Cousine Harriet? Wenn er letztlich auch nur das Geheimnis wahren wollte?

Sie drehte sich auf die Seite und schaute zum Fenster, dessen Kreuz sich schwach im Mondlicht abzeichnete.

Nein, dann hätte er sie nicht hergebeten. Onkel Rudy

musste damit rechnen, dass sie ihn nach dem Vater fragen würde. Und genau das würde sie auch tun.

Mit diesem Entschluss zog Paula die Decke bis ans Kinn, drehte sich auf die andere Seite und war bald eingeschlafen.

Der Friedhof war völlig überwuchert, Ranken hingen von den Bäumen, das Unterholz schien undurchdringlich wie ein tropischer Dschungel. Efeu wuchs an den Baumstämmen empor, als wollte es sie erdrücken, und die Grabsteine waren kaum noch zu erkennen, verborgen unter einem dichten Pflanzenteppich. Hier lugte ein steinerner Engelsflügel heraus, da schimmerte eine marmorne Urne, doch ansonsten erinnerten die Grabmäler an Möbel in einem verlassenen Haus, die man mit Tüchern verhängt hatte. Das schwache Sonnenlicht, das durch die Blätter drang, schimmerte geisterhaft grün und malte seltsame Lichtflecke auf den Boden. Doch obwohl diese Wildnis undurchdringlich schien, ging sie sicheren Fußes und zielstrebig hindurch, als wüsste sie genau, wohin sie wollte.

Sie erreichte das Grab, dessen Efeuhülle man gewaltsam abgerissen hatte. Die steinerne Platte lag zerbrochen daneben, und als sie nähertrat und hineinsah, schaute sie in eine leere Höhle aus grauem Stein. Nein, ganz leer war sie nicht. Ein kleines Blatt Papier lag darin, und als sie sich vorbeugte und es aufhob, überlief sie ein Schauer. Ein Mann war darauf zu sehen, die Zeichnung präzise und klar umrissen, die Einzelheiten der Kleidung deutlich zu erkennen. Doch wo sein Gesicht hätte sein müssen, gähnte eine leere weiße Fläche.

Sie wusste nicht, warum gerade dies sie so erschreckte, doch sie ließ das Blatt fallen, schleuderte es förmlich von sich, und rannte los, immer schneller, sprang über Baumwurzeln und bemooste Steine hinweg, als hätte sie Flügel, rannte und rannte, bis sie abrupt stehen blieb.

Denn vor ihr lag ein gewaltiger Strom, ohne Brücke, ohne Fähre, der ihr den Weg versperrte.

Paula fuhr aus dem Schlaf hoch, setzte sich auf und zog die Knie heran. Sie umschlang sie mit den Armen und bettete die Stirn darauf, als wollte sie sich in sich selbst verkriechen und möglichst wenig Angriffsfläche bieten. Sie rutschte nach hinten, bis sie mit dem Rücken an der Wand lehnte. Der kühle Putz half ihr, in die Wirklichkeit zurückzufinden. Sie fühlte sich ein bisschen sicherer.

So blieb sie eine Weile sitzen. Es war noch dunkel, die Morgendämmerung ließ auf sich warten. Da kam ihr ein Gedanke. Paula stand auf, kramte in ihrer Reisetasche und holte ein kleines Notizbuch und einen Bleistift hervor. Sie zündete die Lampe neben dem Bett an und schrieb, so rasch sie konnte, ihren Traum nieder. Während sie ihn in Worte fasste, wurde sie ruhiger, konnte wieder klarer denken.

Sie verstand, was den Traum herbeigeführt hatte. Gewiss, der Friedhof war dramatischer gewesen als der bei St. Mary in der Church Street, aber das hatten Träume so an sich. In ihnen war alles wilder und finsterer und bezaubernder als in Wirklichkeit. Sie verzerrten und verdunkelten das, was man bei Tag erlebt hatte.

Sie hatte von einem leeren Grab geträumt, kurz nachdem sie erfahren hatte, dass ihr Vater nicht dort begraben war, wo sie ihn vermutet hatte. Sie hatte von einem Bild ohne Gesicht geträumt, weil sie oft gemutmaßt hatte, wie ihr Vater wohl ausgesehen haben mochte. Und sie hatte von einem Fluss geträumt, weil sie vorhin zum ersten Mal den Rhein gesehen hatte.

So betrachtet, ließen sich die einzelnen Teile des Traums logisch erklären. Und doch blieb ein letzter Zweifel, ein Rätsel, das sie nicht so einfach lösen konnte. Warum war sie von dem Friedhof zum Fluss gelaufen? Einfach nur, weil sie von London, wo sich der Friedhof befand, nach Bonn gereist war, das am Rhein lag? Und wieso hatte der Traum sie so erschreckt?

Paula klappte das Notizbuch zu, löschte die Lampe und legte sich wieder hin. Ihr ging das Gedicht von Heine durch den Kopf, dessen erste Zeile auf einmal einen anderen Klang besaß.

Ich weiß nicht, was soll es bedeuten.

Falls der erste Traum in einem neuen Haus tatsächlich etwas bedeutete, dann schien er zu bestätigen, dass sie hier, in einer neuen Stadt und einem neuen Land, nach ihrem Vater fragen musste.

7

Am Matterhorn

Zermatt, Schweiz

Das frühe Aufstehen hatte sich gelohnt. Um vier war Benjamin Trevor mit seinem Bergführer von Zermatt aus aufgebrochen. Sie hatten die Kameraausrüstung aufgeteilt, weil der Aufstieg zum Schwarzsee bekanntermaßen steil war.

Benjamin war seit Wochen in der Schweiz unterwegs. Er wusste, dass sein Vater daheim ungeduldig auf ihn und seine Bilder wartete, doch das Wetter war in den letzten Wochen schlecht gewesen. Um das Matterhorn vom Schwarzsee aus zu fotografieren, brauchte er einen klaren Himmel, denn die Aufnahmen sollten der Höhepunkt des Buches werden, von dem sich sein Vater so viel versprach.

Benjamin stapfte wenige Schritte hinter seinem Begleiter her. Sie sprachen kaum miteinander, dafür war das Gehen zu anstrengend. Zwischendurch war er stehen geblieben und hatte auf das Dorf hinuntergeschaut, das in der Morgensonne immer weiter zurückzuweichen schien. Es wäre zu aufwendig gewesen, auch hier Aufnahmen zu machen, die wollte er sich fürs Ziel aufsparen. Doch wenn genügend Zeit blieb, wollte er die Wanderung noch einmal unternehmen und nicht das Matterhorn, sondern den Ort im Tal und die umliegenden Berge fotografieren.

Er war ganz froh, dass er nicht mit dem Bergführer sprechen musste. Die Tragödie, die sich vor drei Jahren hier ereignet hatte, hing noch immer wie eine dunkle Wolke über dem Ort. Damals war das Matterhorn zum ersten Mal bestiegen worden, doch vier englische Bergsteiger waren dabei in den Tod gestürzt. Die Vorwürfe gegen die einheimischen Bergführer hatten in Zermatt zu Unfrieden geführt.

Benjamin hatte seinen Zimmerwirt auf den Vorfall angesprochen und gespürt, wie der Mann förmlich zurückwich. Er war mit den Taugwalders verwandt, die die Engländer auf den Berg geführt hatten, und wollte nichts zu der »unglückseligen Geschichte« sagen. Dennoch, sie hatte den Ort berühmt gemacht, immer mehr Besucher strömten her und brachten Geld in das entlegene Alpendorf.

Benjamin hielt noch einmal inne und blickte ins Tal, das von einem rotgoldenen Schimmer überzogen war. Die Landschaft war atemberaubend schön, und er war dankbar, dass er diese Reise hatte unternehmen können. Er war kein gläubiger Mensch, doch hier oben meinte er, irgendeine göttliche Macht zu spüren. Er wischte sich den Schweiß von der Stirn und trank aus seiner Feldflasche. Es war noch kühl, doch der anstrengende Aufstieg ließ sein Hemd am Rücken kleben.

Sein Bergführer schaute über die Schulter und winkte ungeduldig. Seufzend schraubte Benjamin die Flasche wieder zu und ging weiter.

Als sie den Schwarzsee erreichten, nahm der Schweizer die Tasche mit der Kameraausrüstung ab und stellte sie auf den Boden. Dann sagte er in seinem gebrochenen Englisch: »Gehe ein Stück, besuche jemand. Sie warten. Machen Bilder.«

Anscheinend kannte er jemanden, der hier eine Almhütte betrieb. Die Gegend war ungefährlich und nicht mit dem Aufstieg aufs Matterhorn zu vergleichen. Also konnte Benjamin den Frühsommermorgen unbeschwert genießen und sich ganz der Arbeit widmen.

Als er allein war, stellte er sein Stativ auf und rückte es so zurecht, dass die Füße fest in der Erde verankert waren. Die Kamera war zu teuer, um einen Sturz zu riskieren. Er und sein Vater hatten beschlossen, bei dieser Reise ein Experiment zu wagen. Sie arbeiteten mit Kollodium-Trockenplatten, die sie selbst beschichtet und in einem kleinen Holzkasten verstaut hatten. Das übliche Verfahren, bei dem die Platten in nassem Zustand verwendet wurden, war viel zu umständlich für einen Reisefotografen. Dabei blieben ihm nur zehn bis fünfzehn Minuten, in denen er die Glasplatte flüssig beschichten, in die Kamera einsetzen, das Bild aufnehmen, die Platte herausnehmen und sofort entwickeln musste. Überdies musste man auch noch ein Zelt bei sich führen, das die Dunkelkammer ersetzte.

Wenn er hingegen mit einer Trockenplatte fotografierte, war diese Eile nicht nötig. Allerdings war die Belichtungszeit auch sehr viel länger. Von einem Menschen konnte man unmöglich verlangen, minutenlang vollkommen still zu verharren. Für einen Berg hingegen war das

Verfahren ideal. Der war geduldig und blieb stehen, bis man ihn wunschgemäß fotografiert hatte.

Benjamin trank einen Schluck Wasser und aß einen Apfel, bevor er sich an die Arbeit machte. Als gegen sechs die Sonne aufging und den majestätischen Gipfel in goldenes Licht tauchte, war er bereit. Er setzte die Glasplatte in die Halterung ein und sah auf die Taschenuhr. Er würde zwei Versuche unternehmen, einmal mit sieben und einmal mit vierzehn Minuten. Ein bisschen Glück war immer dabei, denn eine zu hohe oder zu niedrige Belichtungszeit konnte das ganze Bild verderben. Aber als erfahrener Fotograf hatte er ein Gespür dafür entwickelt, wie lange er die Platte dem Licht aussetzen musste, und diese Zeiten erschienen ihm passend.

Er ging mit der Uhr in der Hand auf und ab und genoss den Blick auf den Gipfel, der fern und greifbar zugleich wirkte. Dabei dachte er wieder an die Menschen, die alles dafür gaben, ihr Leben, ihren Besitz, ihren guten Ruf, um dort hinaufzugelangen. Er hatte gelesen, dass die englischen Erstbesteiger eine Gruppe von Italienern verspottet hatten, weil sie ihnen zuvorgekommen waren. Es hieß, sie hätten sogar Steine auf ihre Rivalen hinabgerollt. Nein, das war nichts für ihn, ihm reichte es völlig, die Berge auf Bildern festzuhalten.

Benjamin sah auf die Uhr, holte die erste Platte aus der Kamera und verstaute sie sorgfältig im Kasten. Dann rückte er das Stativ ein wenig zurecht und setzte die nächste Platte ein.

Er genoss es, bei der Arbeit allein zu sein. So musste er

auf niemanden Rücksicht nehmen und konnte seine Bilder gestalten, wie es ihm gefiel. Zwar ging er gern unter Menschen, war beileibe kein Einsiedler, fand aber keine Freude daran, sich mit anspruchsvollen, schlecht gelaunten oder allzu überschwänglichen Kunden zu beschäftigen. Mit Porträts ließ sich viel Geld verdienen, mehr vielleicht als mit den Bildbänden, die er und sein Vater verkauften, doch die Firma lief gut genug. Immer mehr Menschen wollten sich ein Stück der Welt nach Hause holen, und genau das konnten sie mit den Büchern von Trevor & Son. Die Porträtfotografie überließ er gern anderen. Er selbst porträtierte lieber die Welt.

Benjamin wusste, dass sein Vater sich wünschte, er würde für eine Weile daheim bleiben, und diesen Gefallen wollte er ihm auch tun, doch danach stand die nächste Reise an: Griechenland vielleicht, die antiken Stätten, Korfu, einige andere Inseln. Er sehnte sich nach Wärme und Sonne.

Manchmal, wenn sein Vater sich unbeobachtet glaubte, sah er ein bisschen traurig aus. Benjamin ahnte, woran er dachte – die Zukunft, die Frage nach einem Nachfolger, der die Firma übernehmen würde. Doch Benjamin liebte das Reisen zu sehr und konnte sich nicht vorstellen, davon abzulassen, solange er gesund blieb. Außerdem war er stolz darauf, dass Trevor & Son bisher ausschließlich seine eigenen Fotografien veröffentlicht hatte.

Er gab sich einen Ruck und sah auf die Uhr. Noch fünf Minuten. Seltsam, was einem alles durch den Kopf ging, wenn man allein inmitten dieser gewaltigen steinernen Riesen stand.

Als die Zeit abgelaufen war, arbeitete er konzentriert und nahm drei weitere Bilder auf. Als sein Bergführer zurückkam, war er gerade dabei, die Ausrüstung einzupacken.

»Wenn noch Zeit ist, zeige ich etwas.«

»Gern.«

Der Schweizer nickte, lud sich seinen Teil wieder auf und bedeutete Benjamin, ihm zu folgen. Sie überquerten einen kleinen Grat und gingen bergab, was die Knie ordentlich anstrengte. Benjamin war froh über seine genagelten Stiefel, ohne sie wäre er auf dem losen Geröll verloren gewesen.

»Da unten.«

Der Bergführer deutete auf einen kleinen Bergsee, der sich tiefblau von dem grauen Gestein abhob. Er sah aus wie ein Edelstein, der in der Morgensonne schimmerte. An seinem Ufer stand eine kleine Kapelle.

»Maria im Schnee.«

Der Anblick rührte Benjamin, das kleine Gotteshaus inmitten der gewaltigen, einsamen Natur. Das wollte er unbedingt festhalten. Er suchte sich eine Stelle, die nicht zu steil war, und stellte wieder seine Kamera auf. Nachdem er zwei Bilder aufgenommen hatte, bot der Schweizer ihm mit einer Geste an, ihn bis zur Kapelle zu führen.

Sie gingen schweigend den steinigen Weg hinunter und blieben bald darauf vor dem schlichten kleinen Gebäude stehen. Das Dach war mit Schieferplatten gedeckt, die Wände hell getüncht. Ein karges Gotteshaus, das sich vollkommen in die raue Bergwelt einfügte.

Benjamin fotografierte es noch einmal aus der Nähe.

»Das ist genug für heute«, sagte er dann.

Und so stiegen sie in einvernehmlicher Stille hinunter nach Zermatt.

Als sie durch den Ort gingen, spürte er jeden Schritt in den Unterschenkeln, und seine Schultern schmerzten unter der Last der Ausrüstung. Allein hätte er die Exkursion nie geschafft, und er beschloss, dem Schweizer dafür – und für den kostbaren Moment bei der Kapelle – ein zusätzliches Trinkgeld zu zahlen.

Sobald sie das Haus erreicht hatten, öffnete sich die Tür. Seine Zimmerwirtin eilte ihnen entgegen und schwenkte ein Blatt Papier.

»Ein Telegramm für Sie, Herr Trevor!«

Benjamins Magen verkrampfte sich. Waren es schlechte Nachrichten aus der Heimat? War seinem Vater etwas zugestoßen?

Als er das Telegramm entgegennahm, sah er erleichtert, dass es von seinem Vater selbst verfasst war. Niemand war krank oder gestorben. Sein Vater hatte einen neuen Auftrag für ihn.

8

Coopers Reise-Emporium

Bonn

Zum Glück war Paula doch noch einmal eingeschlafen, nachdem sie aus dem Traum aufgeschreckt war. Als sie am Morgen aufwachte, kleidete sich sorgfältig an und wusste nicht recht, was sie tun sollte, bis es Zeit fürs Frühstück war. Sie war gespannt, was der erste ganze Tag mit Onkel Rudy bringen würde, und versuchte, die nächtlichen Gedanken zu verdrängen, doch der Traum schlummerte noch immer in ihr, als könnte ihn jeder kleine Impuls erneut heraufbeschwören.

Pünktlich um halb neun begab sich Paula nach unten. Sie schaute in das Zimmer, in dem sie gestern mit ihrem Onkel gesessen hatte, doch es war leer. Im Flur traf sie auf Tine, die mürrisch dreinschaute. Sie nickte knapp und sagte in ihrem schwerfälligen Englisch: »Guten Morgen, Miss. Ihr Onkel frühstückt heute draußen.« Sie deutete auf eine Tür am Ende des Flurs und verschwand in der Küche.

Was wohl Cousine Harriet zu diesem Betragen gesagt hätte?, dachte Paula amüsiert und trat durch die Tür. Blühende Obstbäume erwarteten sie, deren Blätter auf einen dichten Rasen herabregneten. Auf einer gepflasterten Terrasse war der Frühstückstisch gedeckt. In der Sonne war es schon angenehm warm, und das Tuch, das Paula um die Schultern gelegt hatte, reichte völlig aus. Ihr Onkel saß in einem hellen Sommeranzug auf einem schmiedeeisernen Stuhl und wollte sich erheben, als er sie sah.

»Guten Morgen, Onkel Rudy, bleib bitte sitzen. Du siehst erholt aus.«

Er deutete auf einen Stuhl. »Jedenfalls erholter als du, falls ich so uncharmant sein darf. Möchtest du Tee oder Kaffee?«

Paula schaute auf den Tisch und sah, dass er nach deutscher Art gedeckt war: Brötchen, dunkles Brot mit Körnern, Butter, Aufschnitt, Käse, Marmelade, gekochte Eier. »Kaffee, bitte.«

Er goss ihr lächelnd ein. »Verzeih, falls ich unhöflich war. Du siehst reizend aus, nur ein bisschen übernächtigt.«

»Ich konnte nach den vielen neuen Eindrücken nicht sofort einschlafen.«

»Das kann ich mir vorstellen. Darum solltest du dich für den Tag stärken.« Er hielt ihr den Brotkorb hin, bevor er sich selbst bediente.

Paula belegte sich ein Brötchen und biss herzhaft hinein.

»Ich würde dir heute gern mein Geschäft zeigen, falls es dir recht ist«, sagte Onkel Rudy. »Ich gestehe, ich bin ein wenig stolz auf das, was ich mir hier aufgebaut habe. Und du kannst dir dort ansehen, was die Umgebung an Schönheiten zu bieten hat.«

»Das würde mich freuen.« Insgeheim hatte sie gehofft,

jetzt etwas über ihren Vater zu erfahren, und nahm sich vor, so bald wie möglich danach zu fragen. Fürs Erste setzte sie aber höflich hinzu: »Ich war noch nie so weit weg von daheim. Und schon gar nicht im Ausland.«

»Dann ist dir einiges entgangen. Aber das werden wir nachholen, sofern es meine Gesundheit zulässt.« Er wurde ernst. »Oder musst du bald wieder abreisen?«

Paula zögerte. Wie viel konnte sie ihm anvertrauen? Sie kannten einander gerade erst, und doch verströmte er eine Wärme, die ihr guttat. »Nein, das nicht. Ich … ich kann eine Weile bleiben, wenn du das möchtest. Ehrlich gesagt, weiß ich ohnehin nicht, was danach aus mir werden soll. Wenn ich wieder in England bin, meine ich.«

Onkel Rudy beugte sich vor und schaute sie über den Rand der Kaffeetasse an. »Wie soll ich das verstehen?«

Und dann brach es aus ihr heraus. Sie erzählte ihm, wie sie zwölf Jahre lang immer eine unbestimmte Sehnsucht gespürt hatte, ohne zu wissen, wonach. Wie sie das Heinegedicht gelesen und die Bilder vom Rhein gesehen und von dem Brief erfahren hatte, der sie um ein Haar nicht erreicht hätte. Sie erzählte ihm alles, was in den letzten Tagen geschehen war, und berichtete auch von dem verstörenden Erlebnis auf dem Friedhof.

»Und dann vertraute er mir an, dass das Grab in Wahrheit leer ist, dass derjenige für tot erklärt, aber nie dort begraben wurde. Ich habe natürlich meine …«

»Was sagst du da von einem leeren Grab?«, unterbrach Rudy sie rau.

Paula zuckte zusammen. Onkel Rudys Augen blickten

gütig, aber durchdringend, und sie begriff, dass sein rundliches Äußeres und die weißen Löckchen einen scharfen Verstand verbargen. Sie berichtete in allen Einzelheiten, was auf dem Friedhof vorgefallen war, und bemerkte, wie sich seine Hand um das Messer verkrampfte.

»Deine Mutter hat deinen Vater für tot erklären und einen leeren Sarg bestatten lassen?«

Paula nickte. »Wenn ich dem Geistlichen glauben kann, war es so. Mutter wollte nicht mit mir darüber sprechen.«

Onkel Rudy war blass geworden. »Es ist verständlich, dass sie so gehandelt hat, um die Angelegenheiten rechtlich zu ordnen. Das verüble ich ihr nicht.« Er suchte nach Worten. »Aber dass sie dich jahrzehntelang dorthin gehen und glauben ließ, du stündest am Grab deines Vaters, erscheint mir grausam. Und dass du die Wahrheit von einem völlig Fremden erfahren musstest …«

»Ach, was soll's? Jetzt weiß ich wenigstens ein bisschen über meinen Vater, während ich mein Leben lang gar nichts über ihn wusste«, sagte Paula bemüht gelassen.

»Du bist sehr tapfer«, stellte Onkel Rudy fest, und dieser kurze Satz trieb ihr die Tränen in die Augen. Dann spürte sie eine warme Hand auf ihrer.

»Hör zu, meine liebe Paula. Wir kennen uns gerade erst, aber du hast dich mir anvertraut, und das freut mein Herz. Daher unterbreite ich dir einen Vorschlag: Du frühstückst jetzt zu Ende, dann zeige ich dir Cooper's Reise-Emporium. Heute ist Sonntag, da kannst du dir alles ungestört anschauen. Und wenn wir nach Hause kommen, erzähle ich dir von deinem Vater.«

Sie nickte wortlos, ein bisschen überwältigt. Dann tupfte sie sich mit der Serviette die Augen ab und schenkte Kaffee nach.

Karl wollte Paula gerade in den Wagen helfen, als ein älterer Herr aus einem Nachbarhaus trat und ihren Onkel auf Englisch grüßte.

»Guten Morgen, Mr. Cooper. Ich hoffe, Sie erholen sich weiterhin gut?« Er nahm den Hut ab und verbeugte sich vor Paula. »Gestatten, mein Name ist William Wenborne.«

»Darf ich Ihnen meine Nichte Miss Paula Cooper vorstellen? Sie ist zu Besuch aus der Heimat gekommen. Paula, Mr. Wenborne hat viele Jahre ein Pensionat für englische Knaben geführt, er ist ein Fels unserer britischen Kolonie.«

Mr. Wenborne schaute sie prüfend an. »Die Familienähnlichkeit ist unverkennbar, Miss Cooper.« Dann schwenkte er seinen Gehstock. »Ich will hoffen, dass der gute Cooper Ihnen nicht nur sein Geschäft zeigt, sondern auch die Schönheiten der Umgebung. Er ist sehr stolz auf sein Emporium, und das darf er auch sein, aber ich möchte doch an Horaz erinnern: Beatus ille, qui procul negotiis. Glücklich ist jener, der fern von den Geschäften ist.«

»Ich bin mir sicher, dass mein Onkel eine gelungene Mischung aus beidem finden wird«, sagte Paula höflich und war insgeheim froh, dass der ehemalige Lehrer die Übersetzung gleich mitgeliefert hatte.

»Um es mit Ovid zu sagen: Barbarus hic ego sum, quia non intellegor ulli. Das sollten Sie sich natürlich nicht zu Herzen nehmen. Aber es kann nicht schaden, sich mit der deutschen Sprache ein wenig vertraut zu machen. Es erleichtert den Umgang mit den Einheimischen doch sehr.« Er verbeugte sich knapp. »Nun will ich Sie aber nicht länger aufhalten. Ich wünsche einen angenehmen Tag und weiterhin gute Genesung.«

Nachdem er die Straße überquert hatte, schaute Paula ihren Onkel fragend an.

»Ein Barbar bin ich hier, weil ich von niemandem verstanden werde«, übersetzte er lachend. »Lass dich von dem alten Schulmeister nicht beirren. Er liebt es, bei jeder Gelegenheit seine Klassiker anzuführen. Und er hat gut reden, er musste Deutsch lernen, um sich mit seiner eigenen Frau zu verständigen.«

Der Wagen rollte die Coblenzer Straße entlang auf ein prächtiges Tor zu, das mit dem Universitätsgebäude verbunden war.

»Das Coblenzer Tor. Eigentlich heißt es Michaelstor, weil es früher vom Ritterorden des heiligen Michael genutzt wurde. Siehst du die vier Figuren dort oben? Sie stehen für Frömmigkeit, Ausdauer, Stärke und Treue, das sind die Tugenden des Ordens. Der Engel Michael ist die goldene Figur in der Mitte.«

Paula hörte nur mit halbem Ohr zu, sie dachte unablässig an die Worte ihres Onkels. Konnte es wirklich sein, dass sie noch an diesem Tag endlich mehr über ihren Vater erfahren würde? Doch sie wollte nicht unhöflich sein, und so versuchte sie, sich auf die Sehenswürdigkeiten zu konzentrieren.

»Das Tor ist wunderschön. Gehört es zur Universität?«

»Ja, darin ist der Karzer untergebracht.«

»Was ist das denn?«

Onkel Rudy lachte. »Das Universitätsgefängnis. Wer sich danebenbenimmt, muss hinein. Es geht dort recht munter zu, wenn mehrere Studenten einsitzen und sich die Zeit bei Wein und Kartenspiel vertreiben. Ja, das ist erlaubt«, fügte er hinzu, als er Paulas Blick bemerkte.

Sie lehnte sich zurück, schloss einen Moment lang die Augen und genoss den Frühlingsmorgen. Der warme Wind strich ihr übers Gesicht, und sie hätte am liebsten den Hut abgenommen und die Haare frei wehen lassen.

Hinter dem Tor bogen sie nach links in eine Gasse und fuhren am Universitätsgebäude entlang. Paula spürte, dass Onkel Rudy sie anschaute. »Fühlst du dich besser?«

»Ich bin froh, dass ich hier bin«, sagte sie und merkte, dass ihre Stimme ein bisschen zitterte.

»Dann werde ich mich bemühen, dass es auch so bleibt.« Er räusperte sich, als wollte er seine Rührung verbergen.

Die Kutsche fuhr auf einen gepflasterten Platz, der von stattlichen Häusern mit vielgestaltigen Giebeln gesäumt wurde. In der Mitte erhob sich ein Obelisk, der von einem kleinen Becken umgeben war. Menschen in Sonntagskleidung flanierten umher, ein paar kleine Jungen bespritzten sich mit Wasser und jauchzten vor Vergnügen.

Onkel Rudy ließ Karl anhalten und deutete mit seinem Gehstock auf ein prächtiges Haus mit einer Freitreppe, über der eine große Uhr angebracht war. »Das ist das Rathaus. Und gleich daneben siehst du das Hotel Zum goldenen Stern, eines der besten und ältesten Häuser am Platz. Als ich das erste Mal in Bonn war, bin ich hier abgestiegen, allerdings nur für eine Nacht, mehr konnte ich mir nicht leisten.« Er lächelte versonnen. »Der Marktplatz ist das Herz der Stadt. Tine kauft nur hier ein, sie kennt alle Bauern aus der Umgebung persönlich. Ihr scharfer Blick ist gefürchtet.«

»Das kann ich mir vorstellen«, sagte Paula, die den durchdringenden Blick schon wahrgenommen hatte.

»Sie mag mürrisch wirken, aber sie hat es im Leben auch nicht leicht gehabt. Sie ist die uneheliche Tochter eines französischen Soldaten.« Onkel Rudys Ton wurde wieder leichter. »Meine Tine ist unbestechlich. Wer versucht, sie zu betrügen, wird nie wieder einen Taler an ihr verdienen. Nun aber wollen wir weiterfahren, wir sind gleich da.«

Karl lenkte den Wagen in die Brüdergasse. Auf der rechten Seite tauchte eine graue Kirche mit hohen Spitzbogenfenstern auf.

»Die Remigiuskirche«, sagte Onkel Rudy. »Dort hat der junge Beethoven auf der Orgel gespielt. Aber die eigentliche Sehenswürdigkeit ist dies hier.«

Er kniff ihr ein Auge und zeigte auf ein leuchtend blau gestrichenes Haus gegenüber der Kirche, dessen Giebel mit Fachwerk verziert war. Über der Tür hing ein vergoldetes Schild, das sanft hin und her schaukelte. Auf dem Schild und den großen Schaufenstern beiderseits der Tür stand in goldener Schrift *Coopers Reise-Emporium* zu lesen.

Karl half ihnen beim Aussteigen. Paula trat vor das linke Schaufenster und fühlte sich sofort an London erinnert, wo sie zögernd vor dem Reisebüro gestanden und zuerst nicht gewagt hatte, über die Schwelle zu treten. Hier waren Andenken ausgestellt: Glaskugeln mit Burgen und Schlössern darin, die als Briefbeschwerer dienten; aufwendig bebilderte Leporellos, die ausgeklappt den schönsten Abschnitt des Rheins mit allen Sehenswürdigkeiten zeigten; Schmuckstücke aus bunt schimmerndem Glas, die als Rheinkiesel bezeichnet wurden. Dazu gab es Ansichtsporzellan, wie Onkel Rudy es nannte: Teller, Schalen und Becher, die handbemalt waren und beliebte Motive aus der näheren Umgebung zeigten.

»Das ist aber hübsch«, sagte Paula und deutete auf eine große Papierrosette, die mit Bildern von Bonn, dem Siebengebirge und anderen reizvollen Landschaften bedruckt war.

»Wenn man sie zusammenfaltet, sieht sie wie eine Rose aus und passt in einen Briefumschlag. Ein besonders beliebter Artikel, davon verkaufe ich jede Woche mindestens zwanzig Stück.« Onkel Rudy deutete nach rechts. »Hier drüben siehst du das seriöse Schaufenster.« Es enthielt Landkarten, Reiseführer und Bildbände in englischer und deutscher Sprache. »Oft kommen Kunden herein und wollen nur einen Reiseführer kaufen. Dann schauen sie sich um und entdecken einen Teller, über den sich Erbtante Augusta freuen würde, oder eine Papierrose für die Tochter einer Bekannten. Und so mache ich ein noch besseres Geschäft.«

Onkel Rudy war deutlich anzusehen, wie stolz er auf seinen Laden war. Er stieg die drei Stufen hinauf, schloss die Tür auf und ließ Paula vor sich eintreten. Drinnen war es kühl und roch angenehm nach Flieder. Sie hatte ein Aroma von Papier oder Leder erwartet, doch davon war hier nichts zu spüren. Sie sah sich um, konnte aber nicht entdecken, woher der Duft stammte.

»Führst du das Geschäft ganz allein? Wer hat sich denn darum gekümmert, als du krank warst?«

»Ich habe einen ausgezeichneten Helfer, den jungen Herrn Wörth. Er stammt aus schwierigen Verhältnissen – seine Mutter war eine unverheiratete Bauernmagd –, hat sich aber so gut eingefügt und weitergebildet, dass ich nicht mehr auf ihn verzichten kann.«

Ihr Onkel verstand sich wohl darauf, Menschen mit einem schweren Schicksal zu helfen.

»Ich werde euch bald bekannt machen. Er ist ein reizender Mensch und kennt das Geschäft fast so gut wie ich.« Onkel Rudy trat hinter die Theke und setzte sich auf einen Stuhl. Paula bemerkte, dass er sich mit einem hellblauen Taschentuch die Stirn abwischte. »Sieh dich nur um. Du darfst alles anfassen und jede Schublade öffnen. Und an den Bonbons darfst du dich selbstverständlich auch bedienen.« Er deutete auf ein Glas mit bunt gestreiftem Zuckerzeug, das für kleine Kunden neben der Kasse stand. Paula lehnte ihren Sonnenschirm an ein Regal und drehte sich langsam im Kreis, um sich alles anzusehen. Dank der großen Fenster war es so hell im Geschäft, dass die dunklen Holzregale gar nicht düster wirkten. Die Einrichtung erinnerte an eine Apotheke, lauter Fächer und Schubladen, die mit Porzellanknöpfen und kleinen Pappschildern versehen waren und bis fast unter die Decke reichten. Es gab auch

eine Bibliotheksleiter, mit der man die oberen Regale erreichen konnte.

An einer freien Wand hingen zahlreiche Landkarten, die
mit Nummern versehen waren. Die Fächer darunter waren
mit den gleichen Nummern beschriftet, sodass man mühe-
los die richtige Karte finden konnte. Auf manchen waren
Burgen dargestellt, auf anderen Wanderwege, einige waren
aufwendig koloriert, andere nur schwarz-weiß.

Gegenüber an der Wand waren zahlreiche Bilder ausgestellt, Stahlstiche, Kupferstiche und Fotografien, die Ansichten des Rheintals und seiner Schönheiten zeigten.
Paula erkannte den Alten Zoll, die Universität und das Rathaus, aber auch jene schroffen Felsen und romantischen
Burgruinen, die sie schon bei Mrs. Cranston und im Reisebüro bewundert hatte. Und im Vordergrund immer der
Fluss, breit und majestätisch, im Sonnenschein und Abend-
glanz.

Auf einem langen Tisch lagen viele Bücher, meist Bildbände. Paula ging langsam daran entlang und schaute sich
die Titel an.

»Oh, dieses Buch habe ich bei Thomas Cook in London
gesehen«, sagte sie und nahm *Die Schönheiten des Rheintals*
behutsam in die Hand.

»Es ist ausgezeichnet und immer noch beliebt«, sagte
Onkel Rudy. »Du kannst es mit nach Hause nehmen oder
hier ansehen, ganz wie du möchtest.«

Paula wollte den Bildband gerade aufschlagen, als die
Ladenglocke klingelte. Eine ältere Dame in einem ausladenden Reifrock, die einen spitzenbesetzten Sonnenschirm

trug, trat zusammen mit einem jungen Mädchen ein, worauf sich Onkel Rudy von seinem Stuhl erhob.

»Guten Tag, die Damen, womit kann ich behilflich sein?«

»Wie ungewöhnlich, dass Sie am Sonntag geöffnet haben, aber es passt mir«, sagte die Frau auf Englisch und befahl dem Mädchen: »Halte meinen Schirm.«

Paula schaute zu Onkel Rudy, der angesichts der unhöflichen Entgegnung bewundernswert gelassen blieb, und glitt weiter nach hinten in den Laden. Der Gedanke, hier zu stehen, ständig fremde Menschen zu empfangen, von denen man nicht wusste, ob sie freundlich oder barsch waren, und ihnen freundlich zu begegnen, weil man mit ihnen Geschäfte machen wollte, flößte ihr Angst ein.

»Falls Sie sich umschauen möchten …«, sagte Onkel Rudy nun ebenfalls auf Englisch.

»Na, was habe ich dir gesagt, Rosamund? Hier sprechen alle unsere Sprache, sofern sie etwas auf sich halten oder Geld an uns verdienen wollen«, sagte die Dame.

»Oder weil sie Engländer sind«, fügte Onkel Rudy so charmant hinzu, dass seine Worte ihre Spitze verloren.

»Oh, das trifft sich gut«, sagte die Dame unbekümmert. »Meine Nichte möchte ihrer Mutter ein Andenken schicken. Was können Sie uns anbieten?«

Die Antwort ließ nicht lange auf sich warten. »Wenn Sie einmal hier ins Schaufenster sehen möchten …« – er deutete auf die Papierrosette mit den Bildern, die er Paula vorhin gezeigt hatte – »gefaltet sieht man nur den Rosenaufdruck, und sie kann ohne Weiteres in einem Briefumschlag versandt werden.«

»Nun, da habe ich schon hübschere Abbildungen gesehen«, sagte die ältere Dame, nachdem sie ein Lorgnon hervorgeholt und die Auswahl kritisch beäugt hatte. »Beispielsweise in Rolandseck. Oder auch in St. Goar. Ich hatte damit gerechnet, hier ein ähnlich gutes Angebot zu finden, aber wir müssen uns wohl mit dem bescheiden, was vorhanden ist. Es tut mir leid, Rosamund, deine liebe Mutter wird hoffentlich nicht allzu enttäuscht sein.«

Paula tat, als würde sie etwas in einer Schublade suchen, und schaute dabei unauffällig zu Rosamund, die verlegen von einem Fuß auf den anderen trat. Das herablassende Benehmen der Tante war ihr sichtlich unangenehm. Das junge Mädchen schlenderte umher und nahm ein kleines Bild aus einem Ständer. Als sie es betrachtete, färbten sich ihre Wangen rot. Paula überlegte noch, was darauf dargestellt sein mochte, als die Tante ihr schon das Bildchen wegriss und mit empörter Miene zurückstellte.

»Rosamund, wir warten bis morgen, wenn die anständigen Läden wieder geöffnet haben.« Sie griff nach ihrem Sonnenschirm und wollte schon zur Tür eilen, besann sich dann aber und fügte ein gezwungenes »Guten Tag« hinzu.

Die junge Frau drehte sich noch einmal um und zuckte bedauernd mit den Schultern.

Als die beiden gegangen waren, trat Paula an den Ständer und nahm das anstößige Bild heraus. Es war ein Gemälde der Loreley und stammte von einem gewissen Karl Begas.

Es zeigte eine Frau mit einem Saiteninstrument, die auf einem Felsplateau hoch über dem Rhein saß. Zu ihren

Füßen lagen ein goldener Handspiegel, ein Haarkamm und eine Perlenkette. Allerdings reichte die prächtige Kleidung der Loreley nicht aus, um ihre rechte Brust zu bedecken, die weiß und rundlich aus der Bluse schaute. Schräg unter der Frau waren die Schiffer dargestellt, die flehentlich die Hände nach der verführerischen Frau ausstreckten.

Paula lachte laut heraus. Onkel Rudy, der die Tür hinter den Frauen geschlossen hatte, schaute von ihr zu dem Bild und lachte mit.

»Es tut mir leid, dass du mein Geschäft gleich von der schlechtesten Seite kennenlernen musstest. Nicht alle unsere Landsleute benehmen sich so ungebührlich, ganz im Gegenteil. Aber auch diesen Menschen sollte man zuvorkommend begegnen. Lachen kann ich, wenn sie gegangen sind.«

Paula stellte das Bild zurück. »Ich glaube, ich könnte das nicht.«

»Was meinst du – in einem Laden stehen und Dinge verkaufen, die dir selbst gefallen?«, sagte Onkel Rudy und setzte sich wieder hinter die Theke.

Sie trat ans Fenster und sah auf die grauen Mauern der Kirche gegenüber. In diesem Augenblick ertönten die Glocken, Menschen strömten aus dem Gottesdienst, Bonner Bürger in ihrem besten Sonntagsstaat, die keinen Blick für Souvenirs und Reiseführer hatten, sondern nach Hause zu Tisch strebten.

»Ich habe so lange in einem kleinen Dorf gelebt, stets umgeben von denselben Menschen. Es würde mir schwerfallen, ständig Fremden zu begegnen, mich immer wieder auf Unbekanntes einzustellen. Oder mit Menschen umzugehen, die mir unfreundlich begegnen.«

Onkel Rudy lächelte. »Ach so. Und ich dachte, du fändest es unschicklich, wenn man sein Geld hinter einer Ladentheke verdient.«

Paula schoss herum, sah ihn geradezu bestürzt an. »So … so war es nicht gemeint, ganz und gar nicht! So denke ich nicht. Wenn ich sage, dass ich hier nicht arbeiten könnte, dann nur, weil es mich überfordern würde.« Sie war selbst überrascht, wie sehr es ihr am Herzen lag, ihren Onkel davon zu überzeugen. »Die meisten Menschen arbeiten doch für ihren Lebensunterhalt, nicht wahr?«

»Du bist ein sehr lieber Mensch, Paula.«

Sie spürte, wie ihre Augen brannten.

»Ich wollte dich nicht zum Weinen bringen.«

Sie lächelte angestrengt und zuckte mit den Schultern. »Ich bin nicht traurig. Nur hat mir das lange niemand gesagt.«

»Dann warst du lange von dummen Menschen umgeben.«

Er kam zu ihr herüber und legte ihr die Hand auf den Arm. Seine Augen blickten warm.

»Ich glaube, du hast einiges nachzuholen. Was du brauchst, sind Menschen um dich, die es gut mit dir meinen. Neue Eindrücke. Freunde.« Im letzten Wort schwang eine Frage mit.

Paula schluckte. »Du hast recht. Mit allem.« Sie zögerte, suchte nach den richtigen Worten. »Meine Mutter hat immer viel auf Anstand gegeben. Als ich erwachsen wurde, fand sie es unangemessen, dass ich mit ihren Mietern unter einem Dach wohnte. Also musste ich gehen.« Sie bemerkte eine Bitterkeit in ihrer Stimme, die ihr neu war, und schaute beschämt auf ihre Füße. »So hart habe ich es nicht gemeint.«

Onkel Rudy ging zur Tür und schloss ab. Dann drehte er sich um und verschränkte die Arme. »Doch, das hast du. Nun sieh mich nicht so erschrocken an. Ich nehme an, du hast gerade zum ersten Mal etwas ausgesprochen, das du bislang weder dir noch sonst jemandem eingestanden hast. Du warst verletzt und gekränkt, als du das Haus verlassen musstest, in dem du aufgewachsen bist. Du hast dich nicht darüber beschwert und deine Enttäuschung für dich behalten, weil du wusstest, dass deine Mutter auf die Einnahmen aus der Miete angewiesen war. Und weil sie sich ohnehin schon dafür schämte, dass sie sich mit etwas so Schnödem wie Geldverdienen abgeben musste. Dafür sind gewöhnlich Ehemänner zuständig.«

Paula blickte ruckartig auf.

Onkel Rudy sah sie an und nickte. »Lass uns nach Hause fahren. Und dann erzähle ich dir von deinem Vater.«

9

Eine Truhe von gestern

Lambeth, London

Als die Mieter aus dem Haus gegangen waren und Margaret Cooper endlich allein war, stieg sie auf den Dachboden. Normalerweise hätte sie einen Mieter oder ein Nachbarskind um Hilfe gebeten, doch das hier musste sie allein tun. Sie kletterte die Leiter hinauf, wobei sie in einer Hand eine Öllampe hielt und sich mit der anderen an das wacklige Geländer klammerte. Sie hustete, als ihr Staub in Mund und Nase drang. Dann leuchtete sie geduckt durch den engen Raum und entdeckte die kleine Truhe, die seit fast dreißig Jahren unberührt hier oben stand. Die Truhe, die sie heute herunterholen und zum ersten und einzigen Mal öffnen würde, um endgültig Abschied zu nehmen.

Margaret zerrte die Truhe aus der Ecke. Dann richtete sie sich auf und stemmte die Hände in den Rücken. In solchen Momenten spürte sie ihr Alter und war froh, dass sie sich eine Zugehfrau leisten konnte.

Sie wischte den gröbsten Staub vom Holz, schob die Truhe an den Rand der Klappe und schaute in den dämmrigen Flur hinunter. Dann kletterte sie nach unten und stellte die Lampe neben der Leiter ab. Jetzt kam das schwierige Manöver.

Sie stieg wieder hinauf, kippte die Truhe gegen ihre Brust, hielt sie mit einer Hand fest und bewegte sich langsam und vorsichtig rückwärts die Leiter hinunter. Unten angekommen, klopfte sie den Staub von den Kleidern, schloss die Dachbodenklappe und fuhr sich mit dem Handrücken über die schweißnasse Stirn.

Im Esszimmer platzierte sie die Truhe auf dem Tisch und wischte sie mit einem feuchten Lappen ab. Sie musste ihn mehrmals ausspülen, und als sie fertig war, hatte sich das Wasser in der Emailleschüssel schwarz gefärbt. Margaret kippte es in der Küche in den Ausguss, wusch sich die Hände und kehrte ins Esszimmer zurück.

Die kleine Truhe war nicht schmuckvoll, aber sorgfältig gearbeitet. Dunkles Holz mit schöner Maserung, vorn zwei Messingschließen, hinten zwei Scharniere. Ihr Herz schlug heftig, als sie die Schließen löste und den Deckel hochklappte.

Zuerst sah sie den Schleier. Er lag obenauf, zweimal gefaltet, wunderbar filigran gearbeitet. Er war einmal elfenbeinfarben gewesen – sie konnte sich gut an den warmen Ton erinnern –, hatte sich aber unansehnlich grau gefärbt. Margaret nahm ihn heraus und faltete ihn behutsam auseinander.

Sie wusste noch genau, wie Cousine Harriet ihn mit Rosenwasser besprüht, sorgfältig über Margarets weißen Schutenhut gebreitet und mit kleinen Nadeln festgesteckt hatte. Sie war damals sehr aufgeregt gewesen und hatte kaum stillstehen können, während Harriet sie als Braut herrichtete.

Margaret drückte vorsichtig ihr Gesicht hinein, als hoffte sie, vielleicht noch eine Spur des damaligen Geruchs zu finden, doch von dem Rosenduft war nichts geblieben. Und auch nichts vom Glück.

Margaret legte den Schleier beiseite und nahm ein kleines Tagebuch aus der Truhe. Sie brauchte es nicht aufzuschlagen, denn sie wusste auch nach all den Jahren noch, was in ihrer ordentlichen Jungmädchenschrift darin zu lesen war. Schwärmereien, Träume, Berichte über Picknicks und Konzerte, die sie besucht hatte, Entwürfe für Kleider, die sie gern getragen hätte, die sich ihre Eltern jedoch nicht leisten konnten. Dann hatten sich die Einträge geändert, waren mehr auf ihr Inneres gerichtet, aber auch durchdrungen von einem stillen Glück, das keine lauten Worte brauchte.

Damals hatte sie William Cooper kennengelernt.

Sie verharrte für eine Weile, das Leinen des Büchleins schmiegte sich glatt und kühl in ihre Hand. Dann gab sie sich einen Ruck, legte das Buch zum Schleier und nahm ein Bündel Papiere heraus, das mit einem verblichenen lavendelblauen Band verschnürt war.

Eine erste kurze Nachricht von William. Einige längere Briefe, die darauf gefolgt waren. Eine gepresste Blume, die ihr aus einem Umschlag entgegenfiel. Die Einladung zur Hochzeit. Eine Platzkarte und das Hochzeitsmenü auf Büttenpapier. Eine Liste aller Glückwünsche und Geschenke, die sie bei den Danksagungen zu Hilfe genommen hatte.

Margaret schaute nachdenklich von den Papieren zu dem Schleier und dem Tagebuch. Es war, als betrachtete sie die Erinnerungen einer anderen Frau, die ihr nicht fremd, aber auch nicht mehr vertraut war. Was sie damals empfunden hatte, war verflogen wie der Duft des Rosenwassers. Alle Tränen waren längst geweint. Sie schob die Papiere zusammen und wickelte das Band wieder darum.

Dann aber fand sie die Schiffsfahrkarte und merkte, wie sich nun doch Gefühle in ihr regten. Sie meinte, das vibrierende Deck unter ihren Füßen zu spüren, während der Dampfer durch die raue Nordsee pflügte, bis ihr die Gischt entgegenspritzte. Sie erinnerte sich an die ängstliche Erregung beim Aufbruch, als sie, die England noch nie verlassen hatte, mit einem kleinen Kind und einem Ehemann, der ihr noch fremd war, in ein anderes Land gereist war.

Als Letztes nahm Margaret eine Zeichnung aus der Truhe, die ganz unten lag, in Seidenpapier eingeschlagen.

Ein junger Mann mit glattem Haar und schmalem Gesicht, das freundlich und zuversichtlich blickte. Die Augen waren groß und hell, die Nase gerade und schön geformt, doch als sie das Gesicht betrachtete, bemerkte sie wieder, was sie in ihrer Verliebtheit zu spät erkannt hatte.

Einen Zug um den Mund, der von einer gewissen Schwäche zeugte. Nicht unsympathisch, ganz und gar nicht, doch wenn man diesem Bild glaubte, war William Cooper ein Mensch gewesen, der nicht stark und verlässlich war, auf den man nicht bauen konnte, der genügend Kraft für sich selbst besitzen mochte, nicht aber für eine verunsicherte Frau und ein kleines Kind.

Margaret hatte ihrer Tochter die Zeichnung nie gezeigt. Sie hatte es nicht über sich gebracht und sogar daran gedacht, sie zu vernichten. Nun legte sie sie zurück in die Truhe, räumte alles ein und klappte den Deckel zu. Dann trug sie die Truhe wieder auf den Dachboden und schob sie in die hinterste Ecke, wo kein Lichtstrahl hinfiel.

Sie konnte nichts anderes tun, als abzuwarten, bis Paula heimkehrte. Margaret war ein Mensch, der nach dem Verstand handelte und tat, was nötig war, auch wenn es schmerzte. So hatte sie es immer gehalten, und so war es ihr gelungen, ihrer Tochter ein sicheres Zuhause zu bieten. Doch ihre Tochter hatte einen Weg beschritten, auf dem die Mutter sie nicht mehr begleiten oder schützen konnte.

Gewiss, es gab noch Hoffnung. Falls Paula eine angenehme Zeit in Bonn verbrachte, kehrte sie womöglich zufrieden nach London zurück und nähme ihr altes Leben wieder auf.

Margaret atmete tief durch. Sie würde sich nicht mit Sorgen quälen, sondern darauf hoffen, dass ihr Schwager Paula entweder ablenkte oder zu krank war, um ihr Dinge zu erzählen, die besser ungesagt blieben. Oder dass er einfach mit dem Alter weniger geschwätzig geworden war.

10

Enthüllungen

Bonn

Als sie wieder zu Hause waren, musste Onkel Rudy sich eine Stunde hinlegen, da ihn Ausflüge wie dieser immer noch sehr erschöpften. Im Wagen hatte er ein paarmal gehustet, was er auf die Anstrengung zurückführte. Er brauche nur ein bisschen Ruhe, dann käme er wieder zu ihr herunter, sagte er zu Paula.

Sie wartete im Wohnzimmer bei einer Kanne Tee und blätterte in dem Bildband *Die Schönheiten des Rheintals*, den sie aus dem Laden mitgenommen hatte. So ganz gelang es ihr nicht, sich damit abzulenken, und sie schaute immer wieder zur Wohnzimmertür und horchte auf die Schritte ihres Onkels. Nur Geduld, sagte sie sich. Sie hatte über dreißig Jahre nicht gewusst, was für ein Mensch ihr Vater gewesen war, da konnte sie sich auch noch ein kleines bisschen länger gedulden.

Dann aber knarrten die Stufen, und die Tür öffnete sich. Onkel Rudy trug mehrere Gegenstände herein und legte sie auf einen Beistelltisch. Paula erhob sich und rückte ihm den Sessel zurecht, wobei sie sich einen raschen Blick zum

Tisch nicht verkneifen konnte. Sie sah eine lederne Schreib-
mappe und ein gerahmtes Bild, das mit der Rückseite nach
oben lag. Ihr Herz schlug schneller. Würde sie gleich das
Gesicht ihres Vaters erblicken, zum ersten Mal in ihrem
Leben?

Paula schenkte Onkel Rudy Tee ein und setzte sich in
den Sessel gegenüber. Einen Moment lang herrschte eine
Stille, die vielsagender war als alle Worte. Ein Hauch von
Schweiß schimmerte auf Onkel Rudys Stirn, doch das
musste nichts bedeuten und konnte auch am Licht oder
dem warmen Kaminfeuer liegen.

»Mir war nicht bewusst, dass du gar nichts über meinen
Bruder William weißt«, begann er schließlich, und er lächelte wehmütig. »Denn das war er vor allem für mich –
nicht dein Vater oder der Ehemann von Margaret Cooper,
sondern mein Bruder.« Er drehte sich zur Seite und nahm
das Bild vom Tisch.

»Es gab zwei Exemplare dieser Zeichnung. Eins davon
hat er deiner Mutter geschenkt. Das andere habe ich immer
bei mir, wenn ich schlafe.« Er reichte es Paula. »Wenn deine
Mutter dir nicht von ihm erzählt hat, wirst du auch das Bild
nicht kennen.«

Onkel Rudy lehnte sich zurück und schloss die Augen,
vermutlich, damit sie das Bild ihres Vaters ungestört betrachten konnte, dachte Paula gerührt.

Der silberne Rahmen lag anfangs kühl in ihren Fingern,
erwärmte sich aber, je länger sie ihn hielt und ihrem Vater
ins Gesicht sah.

Ein hübscher Mann, sehr jung, vielleicht etwas naiv, der

mit großen, hellen Augen in eine Welt schaute, von der er noch nicht viel zu wissen schien. Er wirkte unbeschwert, wenn nicht gar leichtsinnig, als hätte er sich noch nicht entschieden, wie ernst er das Leben nehmen wollte.

Die dichten, glatten Haare, die blauen Augen, die Nase – all das hatte Paula oft gesehen, wenn sie in den Spiegel schaute. Nur ihr Mund war anders. Sie hatte ihn bisweilen als zu streng empfunden, doch vielleicht wirkte er nur entschlossen, ein Erbe ihrer Mutter. Der Mund ihres Vaters sah weicher und nachgiebiger aus, und sie fragte sich, ob sich darin wohl sein Wesen gespiegelt hatte.

Paula strich behutsam über den Rahmen, als könnte sie ihren Vater über die Zeit hinweg grüßen.

»Ich wusste nicht einmal, dass es ein Bild von ihm gibt«, sagte sie leise. »Natürlich habe ich mich gewundert, dass im Haus keine Erinnerungen an ihn zu finden waren, aber ich habe es immer Mutters tiefem Kummer zugeschrieben. Sie hat euch beide totgeschwiegen.« Sie zögerte und schaute Onkel Rudy an, der die Augen geöffnet hatte und Zucker in den Tee rührte.

»Warum hat sie nie von dir erzählt? Habt ihr euch gestritten? Du bist doch ihr Schwager und hättest ihr nach Vaters Tod eine Stütze sein können.«

Ein Schatten huschte über Onkel Rudys Gesicht. Dann sagte er rasch: »Ich erinnerte sie wohl zu sehr an William. Sein Tod hat sie schwer getroffen, und mich zu sehen hätte sie ständig daran erinnert.«

Paula konnte es nicht greifen, doch sie spürte, dass etwas an seiner Erklärung nicht recht passte, dass mehr dahinterstecken musste. Nun aber wollte sie etwas über ihren Vater hören, und Onkel Rudy schien ihre Gedanken zu erahnen. »Lass mich von unserer Kindheit erzählen und davon, wie dein Vater als kleiner Junge war.«

Paula erfuhr, dass William gern geträumt und lieber seinen Gedanken nachgehangen hatte, statt für die Schule zu lernen, obschon er, wie Onkel Rudy betonte, ein kluger Kopf gewesen war.

»Er tauchte immer dann nicht auf, wenn er eigentlich zum Essen kommen oder Klavier üben sollte.«

Sie dachte an die langen abenteuerlichen Nachmittage, die sie mit den Almsley-Kindern an der Themse verbracht hatte, und erkannte sich darin wieder.

»Ich musste ihn dann suchen und wurde von meiner Mutter gescholten, wenn ich William nicht sofort fand. Mir kam das ungerecht vor, aber ich war eben dazu erzogen, als Älterer auch der Vernünftige zu sein.«

»Ich kenne das nicht, ich habe keine Geschwister.«

Onkel Rudy sah sie mit einem Blick an, der sowohl mitleidig als auch liebevoll war. Dann fuhr er fort: »Manchmal entdeckte ich ihn unter einem Baum, ganz vertieft in ein Schneckenhaus oder ein Buch mit Rittergeschichten, die er besonders gern mochte.«

»Dann hätten ihm die Burgen am Rhein sicher gut gefallen«, warf Paula ein.

Wieder fiel ein Schatten auf Onkel Rudys Gesicht – oder war es nur die flackernde Lampe?

Sie hörte von der Abenteuerlust ihres Vaters, der einen

Baum nicht als Baum betrachtete, sondern als steilen Berg, den es zu erklimmen galt, wovon ihn nichts auf der Welt abhalten konnte. Für den ein Bach im Wald zum reißenden Strom wurde, dessen Quelle er erkunden musste.

»Das klingt sehr frei und ungestüm.«

»Wir hatten Hauslehrer, weil unsere Eltern es für angemessen hielten, obgleich es ihre Möglichkeiten eigentlich überstieg. Für die Ausbildung ihrer Söhne war ihnen jedoch nichts zu schade. Wie du siehst, ist aus mir dennoch kein Gelehrter geworden, kein Professor oder Arzt oder Rechtsanwalt.«

»Und was wollte mein Vater werden?«

»Auch kein Professor oder Arzt oder Rechtsanwalt. Er liebte die Literatur und wollte Dichter werden. Er hatte vor, selbst einen kleinen Verlag zu eröffnen.«

Der Gedanke gefiel Paula. »War er begabt?«

»Durchaus, wenn auch mehr als Verleger. Er besaß ein echtes Gespür dafür, begabte Kollegen auszuwählen. Er wäre wohl nie ein reicher Mann geworden, hätte aber durchaus bescheidenen Erfolg haben können.«

»Gibt es ein Buch, das er herausgegeben hat? Oder Gedichte, die er geschrieben hat?« Der Wunsch, etwas zu sehen und in der Hand zu halten, das von ihrem Vater stammte, war wie ein ungestillter Hunger tief in ihr.

»Ich besitze eine seiner Gedichtsammlungen, sie sind heute längst vergriffen. Er hat sie ohnehin nur in einer sehr geringen Auflage veröffentlicht.« Onkel Rudy stellte die Tasse ab und schenkte sich Tee nach, doch Paula kam es vor, als müsste er sich auf die nächsten Worte vorbereiten.

»Wenn er sein letztes Vorhaben vollendet hätte, wäre es wohl ein großer Erfolg geworden.«

Paula spürte, dass ihm die Worte schwerfielen, und so fragte sie behutsam: »Möchtest du mir verraten, was für ein Vorhaben das war?«

»Nun, er träumte davon, einen illustrierten Band mit Gedichten und Novellen über den Rhein herauszugeben. Es wäre ein prächtiges Buch geworden.«

Ihr Vater hatte also auch den Rhein geliebt! Paulas Herz schlug heftig. Wie traurig, dass es nie dazu gekommen war. Ein solches Buch wäre ein wunderbares Vermächtnis gewesen, wenn sie es jetzt, so viele Jahre nach seinem Tod, entdeckt hätte. Onkel Rudy hätte sicher ein Exemplar davon behalten und könnte es ihr nun zeigen … Plötzlich hielt es sie nicht mehr im Sessel. Sie stand auf, räumte das Teegeschirr aufs Tablett und ging damit zur Tür.

»Das kann Tine doch machen«, ließ sich Onkel Rudy vernehmen.

»Schon gut, ich bin gleich zurück.« Im Flur blieb sie stehen und atmete tief durch. Nicht einmal die Zeichnung hatte sie so tief bewegt wie die Erkenntnis, dass etwas sie mit ihrem Vater verband, das über die Jahrzehnte hinwegzureichen schien. Sie hatte nicht gewusst, dass ihr Vater den Rhein geliebt hatte, und doch hatte das Gedicht von der Loreley eine Sehnsucht in ihr ausgelöst, die sie seither nicht verlassen hatte. Die Bilder dieser Landschaften hatten sie gelockt, ihr förmlich zugewinkt. Es war nicht rational – und erklärte doch so viel.

Sie trug das Tablett durch den Flur und hielt Ausschau

nach der Küche. Da war sie ja, blitzblank und aufgeräumt, Tine war wohl in ihr Zimmer gegangen. Paula stellte alles ab, wollte ins Wohnzimmer zurückkehren und schaute dabei flüchtig in den Garderobenspiegel. Da fiel ihr die Bemerkung ein, die Mr. Wenborne, Onkel Rudys Nachbar, am Morgen gemacht hatte.

Die Familienähnlichkeit ist unverkennbar.

Sie hatte natürlich geglaubt, er meine Onkel Rudy, dabei sahen sie einander gar nicht ähnlich. Seine weißen Locken waren sicher einmal dunkel gewesen, nicht rotblond wie ihre Haare, und auch ihre Gesichtszüge hatten nichts gemein.

Was, wenn Mr. Wenborne ihren Vater gekannt, wenn er von William statt von Rudy Cooper gesprochen hatte? Eine kühne Vermutung, doch Paulas Herz schlug schneller. Wenn ihr Vater dieses Buch geplant hatte, war es dann nicht denkbar – nein, mehr noch, sogar naheliegend –, dass er selbst den Rhein bereist hatte?

Paula ging ins Wohnzimmer zurück, setzte sich hin und schaute Onkel Rudy eindringlich an. »Ich muss dich unbedingt noch etwas fragen: Ist mein Vater je am Rhein gewesen?« Ihre Worte fielen in die Stille wie Kiesel in einen Teich. »War er vielleicht sogar einmal hier in Bonn?«

Onkel Rudy erhob sich, trat ans Fenster und blieb dort stehen, die Hände auf die Fensterbank gestützt, den Kopf gesenkt.

»Dein Vater hat diese Gegend geliebt.«

Er deutete hinaus, und obwohl dort nur die großen Häuser gegenüber zu sehen waren, wusste Paula genau, was er meinte: das Panorama dahinter, den breiten Strom, die grünen Ufer, den sanften Hügel mit der Godesburg und dahinter die Höhen des Siebengebirges.

»Mir ist sie auch ans Herz gewachsen, aber das ist nichts im Vergleich zu dem, was er für diesen Fluss empfunden hat. Er wurde 1810 geboren, zu einer Zeit, als hier die Franzosen herrschten und kein Engländer auf die Idee gekommen wäre, an den Rhein zu reisen. Doch nach Waterloo holten die Briten alles nach, was sie in zwanzig Jahren versäumt hatten. Es muss eine gewaltige Welle von Besuchern gewesen sein, die sich plötzlich in dieses Flusstal ergoss. Schriftsteller, Maler, Dichter, alle wollten sie mit eigenen Augen die Burgen auf den steilen Klippen sehen.«

»Aber da war er noch ein Kind.«

Onkel Rudy drehte sich um und lächelte. »Es war erst der Anfang. Wir haben den Rhein zu dem gemacht, was er heute ist, wir haben seine Romantik entdeckt. Erst als die Besucher aus Großbritannien kamen und ihr grenzenloses Entzücken äußerten, begriffen die Einheimischen, dass sie mit ihrem Fluss viel Geld verdienen konnten.«

»Das ist alles sehr interessant, und ich höre es mir gern ein anderes Mal an, aber jetzt erzähle bitte weiter von meinem Vater«, entfuhr es Paula. »Als Mr. Wenborne von der Familienähnlichkeit sprach, meinte er nicht uns beide, sondern mich und meinen Vater, nicht wahr? Er hat ihn gekannt.«

Onkel Rudy schaute sie an, als sähe er sie zum ersten Mal. Dann deutete er eine Verbeugung an und kehrte zum Sessel zurück. Seine Schritte wirkten schwer, beinahe schleppend, und Paula half ihm, sich zu setzen.

»Du hast recht. Er war hier.« Und dann begann er zu rezitieren:

»Der turmgekrönte Drachenfels
Schaut düster auf den breiten Rhein,
Das Wasser, am Gestein zerschellt's,
Und grüne Reben blicken drein,
Auf Hügeln Bäume blütenschwer,
Die Flur verheißt uns Korn und Wein,
Und Dörfer liegen ringsumher,
Weiß leuchtend in dem Sonnenschein.
Welch reizend Bild, doch doppelt schön,
Wenn du es könntest mit mir sehn!«

Rudy schaute Paula bedeutungsvoll an. »Die Antwort liegt im letzten Satz.«

Und dann begriff sie. »Er wollte sich den Rhein mit einem geliebten Menschen ansehen. Er war mit meiner Mutter hier!«

Onkel Rudy nickte und hob einen Finger. »Nicht ganz. Er war mit zwei geliebten Menschen in Bonn. Vor mehr als dreißig Jahren.«

Paula sprang auf, sie konnte nicht länger stillsitzen, wäre am liebsten hinausgelaufen, weil sie überrascht, bestürzt, enttäuscht, erfreut und zornig zugleich war.

Ihre Mutter hatte nie erwähnt, dass sie selbst, ihr Mann und Paula in Bonn gewesen waren, dass ihr Vater die Gegend geliebt und schon als Kind von ihr geträumt hatte. Selbst als Paula verkündet hatte, dass sie dorthin reisen würde, hatte ihre Mutter geschwiegen.

Menschen verloren ihr Gedächtnis nach einem Unfall oder schweren Schock. Ihr aber hatte man das Gedächtnis geraubt. Menschen konnten sich nicht selbstständig an ihre frühe Kindheit erinnern. Also erzählten ihnen die Eltern, Geschwister und andere Verwandte davon, woben ein Netz aus Geschichten, das man irgendwann als eigene Erinnerung betrachten konnte.

Paula hingegen hatte niemand davon erzählt. Es war, als hätte ihr Leben erst mit fünf oder sechs Jahren begonnen, in jener Zeit, an die sie eigene Erinnerungen besaß. Da hatte sie schon mit ihrer Mutter in der Church Street gelebt. Alles, was davor geschehen war, lag hinter einer Tür, die stets verschlossen war und zu der sie keinen Schlüssel besaß.

Vielleicht war sie als kleines Kind durch diese Straßen getragen worden, hatte die Stimme ihres Vaters gehört, der ein Gedicht aufsagte, und das Lachen ihrer Mutter, die einen sonnigen Tag am Rhein genoss.

Ein Geräusch riss sie abrupt aus den Gedanken. Onkel Rudy war im Sessel zusammengesackt, er zitterte am ganzen Körper.

Paula stürzte zu ihm hinüber, legte die Hand auf seine Stirn. Sie war schweißfeucht und glühend heiß. Gleich darauf hustete er trocken, und sein ganzer Körper bebte. Er umklammerte ihre Hand und sah zu ihr auf, seine Augen glänzten im Fieber, das so unvermittelt aufgetreten war.

»Es tut mir … leid, dass du so wenig wusstest«, stieß er mühsam hervor. »Ich habe … nicht geahnt, dass sie dir … gar nichts über ihn erzählen würde.«

»Bitte, du darfst jetzt nicht sprechen.«

Doch Onkel Rudy hielt ihre Hand so fest, dass es schmerzte, und sah sie beschwörend an. »Du wirst alles erfahren ... das verspreche ich dir.« Sein Griff lockerte sich.

Paula stürzte in den Flur und rief nach Tine. Sie brauchten sofort einen Arzt.

II

Briefe von gestern

Tine hatte Paula geholfen, Onkel Rudy ins Bett zu bringen, und war sofort zu Dr. Hoffmann gelaufen, der nicht weit entfernt wohnte. Paula saß unterdessen am Bett und legte ihrem Onkel, der erschöpft eingeschlafen war, kühle Lappen auf die Stirn; mehr konnte sie nicht tun. Er musste sich erkältet haben, und das war nicht gut für sein krankes Herz. Sie schaute beklommen zum Fenster und wünschte sich inständig, die Haustür zu hören.

Nachdem sie den Lappen zum dritten Mal erneuert hatte, rührte sich endlich etwas unten im Flur. Dann öffnete sich die Zimmertür, und ein älterer Mann mit Kinnbart trat ein. Er stellte seine Ledertasche ab, gab Paula die Hand und stellte sich als Dr. Hoffmann vor.

»Paula Cooper, ich bin seine Nichte.« Dann berichtete sie von dem Schweiß auf der Stirn, dem Husten und wie er plötzlich kraftlos in sich zusammengesackt war.

»Ich werde ihn jetzt untersuchen, Miss Cooper, wenn Sie bitte draußen warten wollen.«

Im Flur traf sie auf Tine, die besorgt und gar nicht so

mürrisch wirkte wie sonst. »In der Stadt geht eine Grippe um, das habe ich auf dem Markt gehört. Und das zu dieser Jahreszeit. Der arme Herr Cooper.«

»Wir wissen noch nicht, ob es die Grippe ist«, erwiderte Paula, fürchtete aber insgeheim, dass Tine recht hatte. Der Schüttelfrost, das Fieber, die plötzlich Mattigkeit, all das sprach für diese Krankheit.

»Wenn Sie bitte eine klare Brühe zubereiten könnten, am besten für die nächsten Tage.«

Tine nickte. »Ich gehe gleich morgen früh los und kaufe ein Huhn, das gibt die beste Brühe bei einer Grippe.«

Sie schauten einander an, und Paula war dankbar, dass sie sich auf die resolute Frau verlassen konnte.

Dann ging Tine zögernd nach unten und murmelte etwas von Tee, während Paula vor der Tür stehen blieb. Schließlich hörte sie Schritte, und Dr. Hoffmann trat zu ihr.

»Es ist eine Grippe, wie ich fürchte, alle Anzeichen sprechen dafür. Er braucht vor allem Ruhe, und damit meine ich Bettruhe.« Er zog eine Augenbraue hoch. »Ich kenne Rudy Cooper und weiß nur allzu gut, dass es ihn kaum im Bett hält. Aber Sie wissen vielleicht, wie es um sein Herz steht. Wenn er sich überanstrengt, könnte ihn das umbringen.«

Paula nickte, ihre Kehle war ganz eng geworden. »Aber wenn er sich schont und gut gepflegt wird, wird er es überstehen?«

Dr. Hoffmann musterte sie eingehend. »Ich bin kein Hellseher, Miss Cooper, aber er ist ein Kämpfer. Schon nach seinem Herzanfall kam es mir vor, als wollte er noch nicht gehen, als bliebe noch etwas zu tun.« Er sah sie fragend an. »Und nun sind Sie hier. Vielleicht möchte er noch Zeit mit Ihnen verbringen. Das sollten Sie ihm sagen, so etwas macht Patienten Mut. Das ist oft besser als Arznei und Aderlass.«

»Das mache ich«, sagte sie nachdrücklich.

»Ansonsten viel Ruhe, frische Luft, leichte Kost, Wadenwickel, um das Fieber zu senken. Ich komme morgen wieder. Schicken Sie Tine oder Karl, falls Sie mich brauchen.«

Als Onkel Rudy versorgt war, brachte Tine ihr ein Abendessen. Paula merkte, wie hungrig sie auf einmal war, sie hatte seit dem Frühstück nichts gegessen.

Sobald es im Haus still wurde, ging sie nach nebenan ins Wohnzimmer und trat an den Tisch, auf dem das Bild ihres Vaters und die Ledermappe lagen. Sie zögerte kurz, bevor sie beide Gegenstände an sich nahm und damit in ihr Zimmer ging.

Es roch frisch nach Lavendel, Tine hatte zwei Säckchen an die Bettpfosten gehängt. Paula zündete eine Lampe an, lehnte das Bild an eine Vase, setzte sich in den Schaukelstuhl und legte die Mappe auf ihren Schoß. Dann löste sie vorsichtig das Band und schlug sie auf.

Drinnen lag ein Zettel.

Es sind nicht viele, aber Du solltest sie lesen. So wie in diesen Briefen hätte ich ihn gern in Erinnerung behalten. Und ich finde, so solltest Du ihn kennenlernen. Sie zeigen das Beste an ihm.

Es waren tatsächlich nur wenige Seiten, vergilbt, die eine am Rand ein wenig eingerissen. Zum ersten Mal sah

Paula die Schrift ihres Vaters, und sie war erfreulich leicht zu lesen – ausladende, gut geformte Buchstaben, kein enges Gekritzel.

SUNBURY-ON-THAMES, 4. APRIL 1835

Mein lieber Rudy,

ich hoffe, Du bist brav und erliegst nicht gänzlich den Reizen Frankreichs, denen des Gaumens wie auch denen der Damen. So, damit habe ich meiner brüderlichen Pflicht genügt und kann von mir berichten.

Du wirst nicht glauben, was mir passiert ist. Na schön, natürlich wirst Du es mir glauben, weil Du immer vorhersehen kannst, was ich Dir erzählen will. Ich denke lieber nicht darüber nach, wie Du das anstellst. Vermutlich stammst Du von einem Hexenmeister ab, den sie im dunklen Zeitalter übersehen haben.

Ich habe ein Mädchen kennengelernt! Und, hast Du es bereits vermutet? Ganz sicher. Sie ist reizend, ein wenig zurückhaltend, doch wenn man sie näher kennt, öffnet sie sich wie eine Blüte, die sich dem Sonnenlicht entgegenreckt. Du sollst nicht über mich lachen!

Sie heißt Margaret, und ich habe sie bei einem Konzert getroffen, Beethoven (was sonst?). Danach kamen wir ins Gespräch, sie war mit ihrer Cousine Harriet dort, die ein wenig säuerlich wirkte und Anstalten machte, Margaret von mir wegzulocken, doch es ist ihr nicht gelungen. Ich habe sie beide zu einem Glas Limonade eingeladen. Ein so schickliches Angebot konnten sie nicht ausschlagen.

Denk Dir, bei diesem ungemein schicklichen Glas Limonade sprachen wir über Beethoven, und ich erwähnte, dass er in Bonn am Rhein geboren sei. Miss Margaret war überrascht, da sie ihn immer mit Wien in Verbindung gebracht hatte.

Daraufhin brach meine ganze Leidenschaft für den Rhein und seine Schönheiten aus mir heraus, ich konnte einfach nicht anders. Die Cousine schaute mich befremdet an, doch Miss Margaret hing an meinen Lippen.

Ich habe ihr meine Karte gegeben und sie mir ihre, und dann hat sie mir gestattet, bei ihren Eltern vorzusprechen. Auch dies ganz schicklich. Doch ihre Augen funkelten dabei, das lässt mich hoffen.

Ich hoffe, es geht Dir gut. Verzeih, dass ich meinen Brief mit einer Frage nach Deinem Befinden beende, statt ihn damit zu beginnen. Meine Manieren lassen mich wieder einmal im Stich.

Fühle Dich umarmt von Deinem Bruder,
Will

Paula schaute auf die Zeichnung. Die Zeilen passten wunderbar zu jenem Mann, der ihr dort entgegenblickte. Ein Mensch, der sich selbst und das Leben nicht ganz ernst nahm und dafür umso mehr genoss, was ihr durchaus sympathisch war. Jugendlicher Ungestüm sprach aus seinen Worten, vielleicht zu viel für einen Mann von fünfundzwanzig Jahren, aber es gefiel ihr. Die Leidenschaft und den Humor, die aus seinen Worten strahlten, hätte sie gern selbst besessen.

SUNBURY-ON-THAMES, 23. JUNI 1835

Herzallerliebster Bruder,

stell Dir vor, ich trage mich mit einem großen Vorhaben. Und damit meine ich nicht meine Rhein-Anthologie, auch wenn sie mich sehr umtreibt. Ich habe schon drei oder vier Dichterkollegen angeschrieben, die mir ihre Zustimmung signalisiert haben. Das wird ein gelungenes Buch.

Aber darum geht es heute nicht. Ich überlege, ob ich Margaret um ihre Hand bitten soll. Gewiss, wir kennen uns erst seit gut zwei Monaten, aber sie ist ein so liebes Mädchen! Es kommt mir vor, als wären wir schon lange miteinander vertraut. Sie möchte alles von mir erfahren und interessiert sich für meine Arbeit. Das ist mehr, als man von vielen anderen Frauen sagen kann. Und ich wünsche mir eine Gefährtin, mit der ich alle meine Hoffnungen und Wünsche und Sorgen teilen kann, die ich nicht vor Gefahren schützen, sondern mit der ich den Mächten des Schicksals die Stirn bieten kann.

Ich höre Dich förmlich lachen, lieber Bruder, aber nicht alle sind so verknöchert wie Du, wenn es um die Liebe geht.

Ich überlege noch, wie ich es anstellen soll. Ein nüchterner Antrag ist sicher nicht das, was sie von mir erwartet. Mir kam eine Idee, doch ich bin mir nicht sicher, ob Byron schicklich genug wäre. Du kennst doch seine Zeilen über den Drachenfels? Die erste Strophe endet mit den Worten:

> *Welch reizend Bild, doch doppelt schön,*
> *Wenn du es könntest mit mir sehn!*

*Angenommen, ich würde diese Worte für sie aufsagen und sie
dann bitten, mit mir dorthin zu reisen, als meine Frau? Oder
ist das zu übertrieben? Bitte schreib mir, was Du von meinen
ungeordneten Ideen hältst.*

    Immer der Deine,
    Will

Der letzte Brief war ziemlich kurz.

SUNBURY-ON-THAMES, 15. JULI 1835

Rudy, liebster Bruder,
*sie hat Ja gesagt! Ich habe ihr das Gedicht vorgetragen, und
nachdem ich die letzten Worte gesprochen hatte, bin ich vor ihr
auf die Knie gefallen. Lache mich nicht aus, ich weiß genau, dass
Du mich insgeheim beneidest. Wir planen die Hochzeit für den
September, um noch das schöne Wetter zu nutzen, und ich verlange, dass Du bis dahin wieder im Lande bist.*

    *Ich erwarte nämlich, dass Du mein Trauzeuge wirst. Ent-
schuldigungen oder Ausflüchte lasse ich nicht gelten. Entweder
wirst Du mir am Altar beistehen oder keiner.*

    In ungeduldiger Erwartung (und brüderlicher Zuneigung),
    Will

Paula legte die drei Blätter zurück. Endlich hatte sie, wenn
auch nur auf Papier, die Stimme ihres Vaters gehört, hatte
seinen jugendlichen Überschwang vernommen, doch war
es auch wie ein Roman, in dem viele Seiten fehlten. Sie
wusste nicht, was Onkel Rudy ihrem Vater geantwortet

oder wie ihre Mutter sich gefühlt hatte, als er ihr den Antrag machte. War sie ebenso verliebt gewesen wie der junge William Cooper, oder hatte er sie mit seiner ungestümen Art einfach mitgerissen? Auch wusste Paula nicht, wie bald nach der Hochzeit ihre Eltern nach Deutschland gereist waren. Und vor allem nicht, wie ihr Vater gestorben war und weshalb er nicht auf dem Friedhof von St. Mary begraben lag. Oder ob er – die Möglichkeit drängte sich plötzlich in ihren Kopf und raubte ihr einen Moment den Atem – doch noch irgendwo am Leben war.

Sie hätte Onkel Rudy so gern nach all dem gefragt, sie durfte ihn aber nicht damit belasten, solange er so krank war. Sie konnte ihm nur beistehen und hoffen, dass er sich bald erholte. Dann würde sie ihre Antworten bekommen.

12

Eine neue Herausforderung

»August«, hauchte Onkel Rudy, als Paula früh am nächsten Morgen an sein Bett trat. Das Fieber war noch immer hoch, Tine bereitete in der Küche neue Wadenwickel vor.

»Was meinst du?« Sie beugte sich über ihn, damit sie ihn besser verstehen konnte, doch er warf nur unruhig den Kopf hin und her und antwortete nicht. Sie hatte an den Monatsnamen gedacht, doch nun kam ihr ein anderer Gedanke. »Meinst du den Professor, der vorgestern hier war?«

»Ja. Karl ... soll gehen.«

Nachdem sie den Kutscher angewiesen hatte, kehrte sie wieder ins Schlafzimmer zurück. Tine hatte das Fenster ein wenig geöffnet, um frische Luft hereinzulassen, und Paula zog die Decke hoch um Rudys Schultern. Sie wollte gerade hinausgehen, um Tee zu holen, als sie erneut die schwache Stimme ihres Onkels hinter sich hörte.

»Paula ...«

Sie drehte sich um und beugte sich über ihn. »Was kann ich für dich tun?«

»Das Geschäft ... du musst ... hin.«

Sie richtete sich abrupt auf und schluckte mühsam. Er hatte doch von einem Angestellten gesprochen! Ihr Platz war hier, bei Onkel Rudy.

»Du hast doch jemanden, der sich um das Geschäft kümmert. Ich bleibe bei dir, wir haben so viel nachzuholen.«

Ihr Onkel streckte die Hand aus und sah sie aus weit aufgerissenen Augen an. »Bitte.« Er legte seine ganze Kraft in dieses eine Wort. »Du sprichst ... Englisch. Jemand muss ... sich kümmern. Es ist ... wichtig.«

Paula stand ganz still da, erinnerte sich, wie die arrogante Kundin sie eingeschüchtert hatte und wie gelassen und selbstbewusst Onkel Rudy ihr gegenübergetreten war. Das könnte ich nie, hatte sie gedacht. War das wirklich erst gestern gewesen?

Und nun sollte sie selbst ins Geschäft gehen, ohne ihren Onkel, dort einem Angestellten begegnen, den sie nicht kannte – wie hieß er doch gleich, Werth? Nein, Wörth.

Etwas zupfte an ihrem Rock. Trotz des Fiebers hatte Onkel Rudy wohl ihr Zögern bemerkt, suchte die Berührung, um seiner Bitte Nachdruck zu verleihen.

Paula holte tief Luft. »Gut, ich gehe hin. Wenn ich hier dringend gebraucht werde, soll man mich verständigen, ich sage Tine Bescheid.« Sie hörte, wie unten die Haustür aufging und eine Männerstimme ertönte. »Da ist der Professor.« Sie strich Rudy sanft über die Stirn und verließ das Zimmer.

Der Professor kam ihr auf halber Treppe entgegen, sein Gesicht vor Angst verzerrt. »Wie steht es um ihn?«

Paula berichtete, was der Arzt gesagt hatte. »Er hat mich

gebeten, ins Geschäft zu gehen. Können Sie ein bisschen bei ihm bleiben? Aber Sie haben sicher eine Vorlesung.«

Den Blick, mit dem er sie bedachte, würde Paula nicht so schnell vergessen.

»Die fällt heute aus«, verkündete er knapp und verschwand in Onkel Rudys Zimmer.

Paula hatte eine weiße Bluse, einen grauen Rock und eine leichte Jacke gewählt und hoffte, dass sie damit angemessen seriös aussah, um in Onkel Rudys Emporium zu bestehen. Sie hatte sich zudem von Tine den kürzesten Weg zur Brüdergasse erklären lassen, fest entschlossen, zu Fuß zu gehen. Insgeheim versuchte sie, dadurch den Augenblick hinauszuschieben, in dem sie das Geschäft betreten und sich der neuen Herausforderung stellen musste. Ihr Herz schlug heftig, und sie hatte keinen Blick für den Park, durch dessen grünes, sonnengeflecktes Laub man auf das Schloss blickte, das sich im hellen Morgenlicht vor ihr erstreckte.

Ihr kam ein unfreundlicher Gedanke, den sie zu verdrängen suchte, den ihr Verstand aber hartnäckig wiederholte wie den Refrain eines Liedes, das man nicht mehr hören mochte: vom Regen in die Traufe, vom engen Haus an der Schleuse, in dem sie mit einer eingebildeten Kranken gelebt hatte, nach Bonn, wo die Ereignisse sich überstürzten, ihr keine Zeit zum Atmen ließen und wo nun auch ihre Hilfe gefragt war. Wo sie gestern erst begonnen hatte, ihre Herkunft zu entdecken, dem Mann zu begegnen, der ihr Vater gewesen war. Und wo sie nun in eine Rolle gedrängt wurde, der sie sich nicht gewachsen fühlte.

Sie ging unter dem Tor hindurch, durch das sie gestern mit Onkel Rudy gefahren war, und als ein Kutscher neben ihr mit seiner Peitsche knallte, blieb sie abrupt stehen. Es war, als hätte das laute Geräusch sie aufgeweckt, was beinahe stimmte, denn sie war wie im Halbschlaf bis hierher gelaufen.

Paula schaute zu den Mauern empor, die sie umgaben, und straffte den Rücken. Warf einen Blick zurück in die Coblenzer Straße, wandte sich dann um und blickte geradeaus.

Wo war der Mut geblieben, mit dem sie aus Kings Langley abgereist war, mit dem sie das Reisebüro aufgesucht und den Dampfer nach Belgien genommen hatte? Sie hatte in den letzten Tagen mehr erlebt als in den zwölf Jahren, die sie bei Cousine Harriet gelebt hatte, und alles war ihr gelungen. Sie, Paula Cooper, war in die Welt aufgebrochen und fürchtete sich nun davor, hinter einer Ladentheke zu stehen?

Sie gab sich einen Ruck und ging weiter, geradeaus, wie Tine gesagt hatte, und dann links, das war der kürzeste Weg.

Was immer sie auch dort erwartete, zumindest wäre sie nicht eingesperrt.

Nur ein Tag war vergangen, und doch kam Paula alles anders vor. Diesmal zog sie selbst den Schlüssel aus der Rocktasche und sperrte eigenhändig die Tür auf. Herr Wörth kam gewöhnlich erst gegen Mittag, wie Onkel Rudy ihr erzählt hatte, sodass sie ganz auf sich allein gestellt war. Sie konnte nur hoffen, dass bis zum Mittag ausschließlich Kunden kamen, die die englische Sprache beherrschten, sonst wäre sie verloren.

Sie drehte das Schild um, auf dem in geschwungener Schönschrift *We are open – Wir haben geöffnet* zu lesen war, und zog die Tür hinter sich zu. Dann ging sie langsam durch den Laden, drehte sich hierhin und dorthin, nahm alles in sich auf und hoffte, dass ihr ein wenig Zeit bliebe, um sich zurechtzufinden, bevor der erste Kunde …

Die Türglocke klingelte. Der Wunsch blieb also unerfüllt.

Paula zog die Jacke aus, warf sie auf den Stuhl hinter der Theke und drehte sich um.

Eine ältere Dame war eingetreten. Sie war nüchtern, beinahe streng gekleidet und trug eine halbmondförmige Brille, über die sie Paula verwundert ansah.

»Oh, Sie sind neu, ich hatte Mr. Cooper erwartet.«

Eine Engländerin, dachte Paula erleichtert. »Er ist erkrankt, ich vertrete ihn heute. Ich bin seine Nichte, Paula Cooper.«

»Mrs. Emma Jackson, es freut mich, Ihre Bekanntschaft zu machen. Wie reizend, dass Sie Ihren Onkel besuchen! Ich hoffe, es ist nichts Schlimmes, wir haben uns große Sorgen um ihn gemacht, nachdem er den Herzanfall erlitten hatte.«

Die britische Kolonie, dachte Paula trocken. Nun wusste sie, was damit gemeint war: dass jeder jeden kannte und über dessen Gesundheitszustand unterrichtet war.

»Eine Grippe, sie überfiel ihn ganz plötzlich. Er muss sich jetzt sehr schonen.«

Mrs. Jackson lehnte ihren Sonnenschirm an die Theke und nickte nachdrücklich. »Oh ja, vor allem, wenn das Herz bereits angegriffen ist. Sie sind wie ein Geschenk des Himmels nach Bonn gekommen, und nun helfen Sie auch noch hier im Geschäft, das finde ich sehr lobenswert. Für manche Damen ist es womöglich angenehmer, von einer Frau bedient zu werden, auch wenn Ihr Onkel und Herr Wörth natürlich echte Gentlemen sind.«

Paula genoss es, dem Strom der englischen Worte zu lauschen. Irgendwann fiel ihr jedoch ein, wozu sie eigentlich hier war. »Womit kann ich Ihnen dienen, Mrs. Jackson?«

»Ihr Onkel hat mir ein Buch bestellt, Mayhews Reisebericht über den Rhein, den wollte ich meiner Cousine in Shropshire schenken. Sie will mich schon seit Jahren besuchen, und damit kann ich sie vielleicht überzeugen. Das Buch sollte Ende letzter Woche eintreffen.«

Paula überlegte, dann fiel ihr Blick auf die Tür hinter der Ladentheke. Onkel Rudy hatte erwähnt, dass sich dort ein Hinterzimmer befand, das er als Lagerraum benutzte. »Einen Augenblick, bitte.«

Sie öffnete die Tür so weit, dass genügend Licht in den Raum fiel. Ein Regalbrett war mit »Bestellungen« beschriftet, und dort fand sie tatsächlich den Band *The Rhine and Its Picturesque Scenery: Rotterdam to Mayence*, verfasst von Henry Mayhew. Im Buch lag ein Zettel mit Mrs. Jacksons Namen und dem Verkaufspreis.

»Oh, wunderbar.« Mrs. Jackson zückte ihre Geldbörse. Als Paula die Münzen in die Kasse legte, konnte sie ein Lächeln nicht unterdrücken. Ihr erster Verkauf, das war doch gar nicht so schwer gewesen.

Sie wickelte das Buch in Packpapier, verschnürte es und

reichte es Mrs. Jackson. Und auf einmal wünschte sie sich, die ältere Frau würde noch ein bisschen bleiben.

»Leben Sie schon länger in Bonn?«, fragte sie, damit das Gespräch nicht einschlief, während Mrs. Jackson das Päckchen in ihrer Handtasche verstaute.

Wenig später wusste sie, das Mrs. Jackson dreiundsechzig Jahre alt und verwitwet war und ihren Lebensunterhalt mit Sprachunterricht verdiente. »Ich erteile privaten Englischunterricht, für Deutsche und Landsleute gleichermaßen.« Sie sagte es offen und ohne Scheu. »Ich habe es nie als Schande empfunden, für mein Geld zu arbeiten. Mein lieber Peter ist so früh verstorben, dass ich darauf angewiesen war. Als ich hörte, dass die Landschaft hier schön ist und die Lebenskosten günstiger sind als in der Heimat, entschloss ich mich, einige Monate auf Probe in Bonn zu verbringen. Daraus sind nunmehr achtzehn Jahre geworden.«

Sie plauderten zwanglos, und als Paula irgendwann erzählte, dass sie erst vor zwei Tagen angekommen war und von der Stadt bislang kaum etwas gesehen hatte, ganz zu schweigen von der herrlichen Umgebung, verschränkte Mrs. Jackson energisch die Arme vor der Brust.

»Hören Sie, Miss Cooper, ich mache Ihnen einen Vorschlag. Sobald sich Ihr Onkel erholt hat, unternehme ich mit Ihnen einen Ausflug. Dann zeige ich Ihnen ein bisschen von den Schönheiten, die Bonn zu bieten hat. Was halten Sie davon?«

Bevor Paula lange überlegen konnte, platzte sie schon mit der Antwort heraus. »Gern, wirklich gern. Es würde mich sehr freuen, wenn Sie mich ein wenig herumführten.«

Sie zuckte mit den Schultern. »Ich kann natürlich keine feste Zusage bezüglich eines genauen Tages machen, aber …«

»Keine Sorge, meine Liebe«, unterbrach Mrs. Jackson sie. »Ich schaue in einigen Tagen wieder herein, das hatte ich ohnehin vor. Ich muss mich doch vergewissern, wie es dem reizenden Mr. Cooper geht. Er ist wirklich eine Seele von Mensch, nicht wegzudenken aus unserer kleinen Kolonie. Nun muss ich mich aber verabschieden.« An der Tür drehte sie sich noch einmal um und sagte lächelnd: »Sie vertreten Ihren Onkel übrigens sehr gut, Miss Cooper.«

Dann war sie auf der Straße verschwunden.

Bis zum Mittag hatte Paula vierzehn Papierrosetten, einen Bildband und zwei Leporellos mit den schönsten Burgen am Rhein verkauft. Bei einem Kunden musste sie sich mit Gesten und wenigen Brocken Deutsch verständigen, die sie im Reiseführer gelesen hatte, alle anderen waren Landsleute von ihr.

»Guten Tag.« Paula sah vom Kassenbuch hoch, in dem sie penibel alle Verkäufe verzeichnet hatte. Sie war ganz vertieft gewesen und hatte gar nicht bemerkt, dass sich die Tür geöffnet hatte. Auf der Schwelle stand ein junger Mann, rundlich, mit leuchtend roten Haaren und blasser Haut, und schaute sie verwundert an.

»Herr Wörth?«, fragte sie und trat hinter der Theke hervor.

Er eilte ihr entgegen und reichte ihr die Hand. Dann sprach er zu ihrer unendlichen Erleichterung auf Englisch weiter, mit starkem Akzent, aber grammatikalisch einwandfrei. »Ja, ich bin Christian Wörth. Darf ich fragen, wo Mr. Cooper ist?«

Paula erzählte ihm, was geschehen war.

»Das tut mir sehr leid, ich hoffe, er erholt sich bald.« Herr Wörth biss sich auf die Lippe, als fühlte er sich unbehaglich. »Ich ... verzeihen Sie, dass Sie ganz allein hier waren. Das wird nicht mehr vorkommen, ich kümmere mich um alles und ...«

Paula unterbrach ihn sanft. »Herr Wörth, ich möchte gern helfen. Wenn Sie mir alle wichtigen Dinge erklären, werde ich meinen Onkel vertreten, bis es ihm besser geht.« Die Worten kamen von allein, und sie war beinahe überrascht, wie richtig sie sich anfühlten. »Ich war anfangs sehr nervös. Doch dann kam eine sehr freundliche Kundin, eine Mrs. Jackson, und hat mir Mut gemacht.«

Herr Wörth lächelte. »Sie hat mir Englisch beigebracht, ich verdanke ihr viel.«

Und so geschah es, dass sie den Nachmittag einträchtig im Laden verbrachten. Paula hatte instinktiv schon vieles richtig gemacht, und was sie noch nicht wusste, lernte sie nun von Herrn Wörth.

Nach Ladenschluss ging sie zu Fuß nach Hause und merkte bald, dass ihre Schritte viel mehr Schwung besaßen. Das Coblenzer Tor tauchte vor ihr auf, und sie dachte flüchtig daran, wie verunsichert und ängstlich sie heute Morgen hier entlanggegangen war. Nun aber genoss sie die späte Nachmittagssonne und erfreute sich an den frühlingsgrünen Baumkronen, für die sie morgens keinen Blick gehabt hatte.

Zu Hause angekommen, erfuhr sie von Tine, dass Onkel Rudys Fieber ein wenig gesunken sei, der Arzt aber nach wie vor strenge Bettruhe vorschreibe. Paula brachte ihm das Abendessen, flößte ihm Hühnerbrühe ein und berichtete von ihrem Tag, wobei sie ihren Stolz nicht ganz verbergen konnte.

Als er gegessen hatte, sank Onkel Rudy erschöpft ins Kissen zurück und schloss die Augen.

»Gut gemacht«, hauchte er leise.

13

Tee mit dem Professor

In der folgenden Woche entwickelte sich ein fester Tagesablauf: Paula ging morgens ins Geschäft, kam mittags nach Hause, um zu essen und nach Onkel Rudy zu sehen, der sich langsam erholte. Nach Ladenschluss genoss sie ihren Spaziergang nach Hause und machte gerne einen Umweg zum Alten Zoll, um auf den Rhein zu blicken. Zu Hause berichtete sie Onkel Rudy, wie viel sie eingenommen hatten und wer sich nach ihm erkundigt und Genesungswünsche aufgetragen hatte. Und sie schilderte genau, wie der Fluss in der Sonne geglänzt oder bei Wolken bleigrau geschimmert hatte und welche Schiffe dort entlanggefahren waren.

Bevor sie ins Bett ging, hielt sie ihre Erlebnisse und Gedanken in dem Notizbuch fest, in dem sie auch den Traum der ersten Nacht verzeichnet hatte. Die Briefe ihres Vaters las sie immer vor dem Schlafen, als könnte sie das Wissen über ihn so in ihre Träume hinüberretten.

Am Freitag empfing sie Professor Hergeth zum Tee. Sie war ein bisschen nervös gewesen, als sie ihre erste Einladung ausgesprochen hatte, doch er war ihrem Onkel ein so guter Freund. Er kam getreulich jeden Morgen, bevor er in die Universität ging, und nach Ende der Vorlesungen noch einmal. Dann wirkte er erschöpft und abgehetzt, und deshalb wollte Paula ihm etwas Gutes tun.

Tine war nicht sehr erfreut gewesen, als Paula angekündigt hatte, sie werde früher aus dem Laden kommen, um zu backen. Doch schließlich hatte die Haushälterin murrend das Feld geräumt – nicht ohne einen strengen Blick in ihre Küche zu werfen, als wollte sie damit der Hoffnung Ausdruck verleihen, sie in diesem blitzblanken Zustand wiederzufinden.

»Ich besuche meine Schwester in Kessenich«, hatte sie gemurmelt und das Haus verlassen.

Paula warf einen Blick auf die Scones, die zum Gehen auf einem Backblech lagen. Der Ofen war fast geheizt, und sie hoffte, dass der Rahm, den Tine eingekauft hatte, die Clotted Cream ersetzen konnte. Tatsächlich gab es in einigen Kolonialwarenläden englische Lebensmittel wie Orangenmarmelade, die eigens eingeführt wurden, aber natürlich haltbar sein mussten. Erdbeerkonfitüre war den Deutschen hingegen vertraut und leicht zu bekommen.

Als das Backblech im Ofen war, goss Paula sich eine Tasse Kaffee ein, trat ans Fenster und schaute in den Garten. Trotz der vielen Pflichten, die sie so unerwartet übernommen hatte, spürte sie eine Freiheit, die sie im Haus an der Schleuse nie gekannt hatte. Sie bekam Anerkennung für das, was sie leistete, und musste sich nicht rechtfertigen, wenn sie etwas zu ihrem Vergnügen tat.

Onkel Rudy ging es zunehmend besser, und bald würde sie ihm die Fragen stellen können, an die sie tagsüber kaum dachte, die ihr jedoch abends, wenn sie allein in ihrem Zimmer war, unweigerlich durch den Kopf gingen. Sie kannte die Briefe ihres Vaters fast auswendig, musste kaum noch aufs Papier sehen, um die Worte in ihrem Inneren zu hören, und doch gab es so unendlich viel, das noch verborgen war.

Sie hörte, wie jemand die Türglocke läutete. Das musste ihr Gast sein.

»Verzeihen Sie, Miss Cooper, bin ich zu früh?«, fragte der Professor, der im dunklen Gehrock vor der Tür stand, den Hut in der Hand.

»Ganz und gar nicht, kommen Sie bitte herein. Möchten Sie zuerst zu Onkel – o nein!« Sie stürzte in die Küche, wickelte sich Handtücher um die Hände und konnte die Scones gerade noch vor dem Verbrennen retten. Sie stellte das Blech ans Fenster und drehte sich um, als sie Schritte hinter sich hörte.

»Es … entschuldigen Sie, aber der Ofen …«

Der Professor war ihr in die Küche gefolgt und schaute sie besorgt an. »Ich hoffe, Sie haben sich nicht verbrannt.«

»Es ist noch einmal gut gegangen.« Paula strich ihr Kleid glatt und klopfte sich einen Mehlfleck vom Ärmel, den sie vorhin übersehen hatte. »Vermutlich wundern Sie sich, weshalb ich selbst in der Küche stehe.«

Er trat noch zwei Schritte vor und warf einen Blick auf das Backblech. »Nicht sehr. Eine englische Spezialität, wie ich weiß. Die beherrscht Tine sicher nicht so gut.«

Paula musste lachen. »Ich hoffe, sie ist nicht zu gekränkt,

153

dass ich sie aus ihrer Küche vertrieben habe. Ich weiß, dass sie ausgezeichnet backen kann. Aber ich wollte heute etwas Englisches anbieten.«

»Ich bin gelegentlich in den Genuss dieses Gebäcks gekommen«, sagte der Professor. »Aber es sah nie so appetitlich aus wie Ihre Exemplare.«

Paula besann sich auf ihre guten Manieren. »Kommen Sie doch bitte ins Esszimmer.«

»Ich gehe kurz zu Rudy hinauf.«

Paula wusste, dass er schon am Morgen, bevor er in die Universität ging, bei ihrem Onkel gewesen war, nickte aber freundlich. Die Treue des Professors war anrührend.

Sie trug Tee und Scones ins Esszimmer, wo sie den Tisch gedeckt und mit Blumen dekoriert hatte, die Tine im Garten geschnitten hatte. Sie rückte Teller und Löffel zurecht, überzeugte sich, dass genügend Milch, Zucker, Rahm und Erdbeermarmelade vorhanden waren, und wartete, bis der Professor eintrat und Platz nahm.

»Er hat gesagt, ich soll nicht wagen, ihm alles wegzuessen. Mindestens zwei Scones, sonst wäre er uns beiden böse.«

Sie schauten einander an, und die Erleichterung darüber, dass er wieder solche Scherze machen konnte, wob ein unsichtbares Band zwischen ihnen.

Nachdem Paula den Tee eingeschenkt hatte, sagte sie: »Sie sprechen übrigens ein ganz hervorragendes Englisch, wenn ich das bemerken darf.«

Der Professor rührte Zucker in den Tee. »Vielen Dank, Miss Cooper. Ich habe zwei Jahre in Oxford studiert und bei dieser Gelegenheit die Sprache gelernt. Meist nehmen die Studenten jedoch die andere Richtung und kommen aus England nach Bonn. Sogar der Prinzgemahl Ihrer Königin hat einige Zeit hier studiert. Die meisten Briten interessieren sich für Botanik und Altphilologie, aber ich hatte auch das Glück, jungen Herren zu begegnen, die sich der Geschichtswissenschaft widmen, die ich lehre. Und ich muss sagen, die jungen Herren sind wohltuend höflich und gut erzogen.« Er legte eine Pause ein. »Anders als so manche deutschen Studenten.«

Paula sah ihn verwundert an. »Wie meinen Sie das?«

Der Professor lächelte. »Wenn Sie mich das fragen, haben Sie wohl noch keine unangenehme Begegnung mit Burschenschaftlern gehabt.«

Er berichtete von den Verbindungsstudenten, die für lärmende Saufgelage und andere Unarten berüchtigt waren. »Sie sind eine Plage, das steht mal fest. Leider gehört mein Neffe Ferdinand einer dieser Verbindungen an. Natürlich haben wir zu unserer Zeit auch gezecht, aber sie übertreiben es. Vor einiger Zeit haben sie sogar eine diplomatische Krise zwischen unseren Ländern ausgelöst.«

Paula war mit ihren Gedanken bei seinen ersten Worten hängen geblieben. Wie mochte es sein, als junger Mensch an einer Universität zu studieren, vielleicht sogar in einem fremden Land, und neue Sprachen zu lernen?, fragte sie sich beinahe wehmütig.

»Sie sehen so nachdenklich aus.«

Paula zuckte mit den Schultern. »Ach, ich habe mir nur vorgestellt, wie es sein muss, als Student, meine ich. Und dazu in einem anderen Land.«

»Es hat ganz sicher seinen Reiz. Aber man kann auch später noch reisen und es vielleicht sogar mehr genießen. Als reiferer Mensch schätzt man Dinge, die einem früher vielleicht entgangen wären.«

Seine Worte klangen sachlich, aber so warmherzig, dass es Paula mit Freude erfüllte. »Da mögen Sie recht haben. Ich hatte tatsächlich geglaubt, ich würde mein Leben lang in England bleiben und nie etwas anderes sehen. Und nun bin ich hier und fühle mich sehr wohl dabei. Onkel Rudy ist mir ans Herz gewachsen.«

Die Miene des Professors wurde plötzlich ernst. Er schien nach Worten zu suchen und beugte sich dann ein wenig vor. »Wir kennen uns noch nicht lange, aber dürfte ich dennoch etwas Persönliches sagen?«

Paula sah ihn verwundert an. »Gewiss doch.«

»Sie ahnen nicht, wie sehnlich er sich gewünscht hat, dass Sie ihn besuchen. Und wie sehr er insgeheim gefürchtet hat, Sie würden nicht kommen.«

Paula musste schlucken, bevor sie sprechen konnte. »Danke, dass Sie mir das anvertrauen, Herr Professor. Ich hatte große Angst, ich könnte zu spät kommen. Und ich war ungemein erleichtert, ihn so erholt zu sehen, auch wenn ihm die Grippe nun leider einen Rückschlag versetzt hat.«

»Es geht ihm wirklich besser, und das hat er auch Ihnen zu verdanken. Schwierig wird es, wenn er wieder aufstehen kann. Er wird recht unleidlich, wenn man ihn zu sehr behüten will.«

Sie saßen beisammen, aßen Scones und tranken Tee, und doch spürte Paula, dass sie beide an den Mann dachten, der über ihnen im Bett lag. Und so fand sie es auch ganz natürlich, ihren Vater zu erwähnen.

»Ich bin so froh, Onkel Rudy endlich kennenzulernen, er ist die einzige Verbindung zu meinem Vater. Vielleicht hat er von ihm erzählt?«

Der Professor nickte. »Er spricht selten über ihn, aber er hat ihn sehr geliebt.« Er musterte sie und sagte dann: »Nun erkenne ich auch die Familienähnlichkeit. Die Augenpartie bei Ihnen dreien ist nahezu gleich.«

Paulas Löffel fiel klirrend auf die Untertasse. Ihr Herz schlug schneller, und sie fragte beinahe atemlos: »Bei uns *dreien?* Sie kannten meinen Vater?«

Professor Hergeths schmale Wangen färbten sich ein wenig rot, er sah plötzlich verlegen aus. »Nicht persönlich, das nicht. Ich habe nur bei Rudolph im … Nun, ich habe ein Bild von ihm gesehen.«

Paula fragte sich verwundert, warum der Professor plötzlich so unsicher wirkte, doch als sie seine betretene Miene sah, beschloss sie, dass es besser wäre, darüber hinwegzugehen.

Um die Unbeschwertheit wiederherzustellen, sagte sie: »Herr Professor, Sie erwähnten vorhin eine diplomatische Krise, die durch Studenten ausgelöst wurde. Die Geschichte möchte ich gern hören.«

Sie sah die Erleichterung in seinem Gesicht. »O ja, die Krise um den königlichen Koch.« Er tupfte sich den Mund mit der Serviette ab und lehnte sich zurück, die Teetasse in der Hand. »Es war vor drei Jahren. Ein Küchenmeister namens Eugen Daniel Ott, der für einen fürstlichen Studenten hier in Bonn arbeitete, sollte befördert werden. Also feierte er die Ehre mit einigen Freunden, wobei natürlich einiges getrunken wurde. Nach dem feuchtfröhlichen Abend wollten sie zu dritt den Hofgarten betreten, wo ihnen einige Burschenschaftler des Corps Borussia den Zutritt verwehrten. Es kam zu einem Streit, bei dem Ott die Studenten als ›verdammte Burschen‹ bezeichnete. Das war den adligen Herren nicht genehm, worauf einer von ihnen, der dem hiesigen Husarenregiment angehörte, seinen Säbel zog und dem Koch damit auf den Kopf schlug. Dabei wurde Ott so schwer verletzt, dass er wenige Tage später unter großen Schmerzen verstarb.« Der Professor legte eine bedeutungsvolle Pause ein, ehe er fortfuhr: »Als wäre dies nicht schlimm genug, handelte es sich bei dem Adligen, dessen Küchenchef er war, um niemand anderen als Prinz Alfred, den zweiten Sohn der Königin von England. Und die Beförderung hatte darin bestanden, dass er Hofkoch Ihrer Hoheit, der Königin Victoria, werden sollte. Dieser Zwischenfall führte zu einer Krise zwischen unseren Ländern, die bis jetzt nicht beigelegt ist.«

»Und was wurde aus dem Mörder des Kochs?«, fragte Paula gespannt.

Der Professor zuckte bedauernd mit den Schultern. »Nun, der junge Mann, ein gewisser Graf Eulenburg, wurde zu neun Monaten Festungshaft verurteilt, von denen er nur drei absitzen musste. Keine sehr schwerwiegende Strafe, wenn man bedenkt, dass ein unschuldiger Zivilist durch seine Hand gestorben war.« Er schaute Paula betreten an. »Ich hoffe, die Geschichte war für eine englische Dame nicht völlig unangemessen.«

»Ganz und gar nicht, ich finde sie sehr interessant. Allerdings bin ich davon überzeugt, dass man in England eine weitaus härtere Strafe über ihn verhängt hätte. Vor dem Gesetz sollten alle gleich sein, nicht wahr?«

»Sie sind eine kluge Frau«, sagte der Professor. »Und Sie backen auch ganz ausgezeichnete Scones, falls ich das hinzufügen darf. Nicht, dass das eine mit dem anderen zu tun hätte …« Dann wurde er ein bisschen rot, und Paula fragte sich auf einmal, ob er wohl verheiratet war. Weder er noch Onkel Rudy hatten eine Frau erwähnt.

Bevor er sich verabschiedete, ging er kurz noch einmal zu seinem Freund hinauf.

»Er bittet Sie, ihm die Scones zu bringen, die wir ihm hoffentlich übrig gelassen haben«, sagte er nach seiner Rückkehr ins Erdgeschoss, gab Paula die Hand und verbeugte sich leicht. »Es war mir ein Vergnügen, Miss Cooper. Ich würde mich freuen, Sie beide demnächst einmal bei mir zu empfangen, sobald sich Rudolph erholt hat.«

»Das Vergnügen wäre ganz meinerseits, Herr Professor.«

Sie legte die Scones mit Rahm und Marmelade auf einen Teller, kochte frischen Tee und brachte das Tablett nach oben. Onkel Rudy drehte sich zu ihr, als sie hereinkam, und strahlte.

»Ah, darauf habe ich die ganze Zeit gewartet, während ihr herzlos ohne mich geplaudert und geschlemmt habt.«

Sie half ihm, sich ein wenig aufzusetzen. Er hustete und musste ein Glas Wasser trinken, bis er sich beruhigt hatte. Dann lehnte er sich erschöpft zurück, griff aber gleich nach einem Scone.

Paula sah ihm beim Essen zu. Als Onkel Rudy fertig war, schob er das Tablett beiseite und sah sie eindringlich an. »Ich kann dir gar nicht genug danken.«

»Ach, es war doch selbstverständlich, dass wir dir etwas übrig lassen.«

Er lachte. »Ich meine nicht die Scones. Du hast deine Tage im Laden verbracht, statt Ausflüge zu unternehmen, und bei mir gesessen, statt spazieren zu gehen. Du bist fast eine Woche in Bonn und kennst die Stadt noch immer kaum.«

Das war ihr Stichwort. Denn es gab eine Frage, die sie schon den ganzen Tag mit sich herumtrug. Sie legte ihm sanft die Hand auf den Arm.

»Wäre es dir recht, wenn ich morgen mit Mrs. Jackson einen Ausflug unternehme?« Sie zögerte kurz. »Sie hat mich eingeladen, und es wäre nur für wenige Stunden. Herr Wörth sagt, er kann sich so lange allein ums Geschäft kümmern.«

Onkel Rudy lächelte sie an. »Natürlich ist mir das recht, nichts könnte mich mehr freuen! Mrs. Jackson ist eine kluge Frau, die mit beiden Beinen auf der Erde steht. Du könntest keine bessere Fremdenführerin finden.«

»Und dir bleibt auch noch genügend Zeit, um mir vieles zu zeigen. Mich wirst du so schnell nicht los.«

Als Paula das Glück in seinen Augen las, wurde ihr ganz warm ums Herz. »Soll ich dir etwas vorlesen?«

Er nickte. Sie strich ihm über die Stirn und verließ das Zimmer, um ein Buch zu holen.

14

Auf dem Kreuzberg

»Hoffentlich ist es Ihnen nicht zu heiß, Miss Cooper? Wenn ich geahnt hätte, dass sich das Wetter so entwickelt, hätte ich einen überdachten Wagen bestellt.« Mrs. Jackson versuchte, ihren Schirm auch über Paulas Kopf zu halten, um sie vor der Morgensonne zu schützen, doch diese lehnte dankend ab.

»Das ist sehr freundlich von Ihnen, aber ich fühle mich ganz wohl. Mein Hut schützt mich ausreichend vor der Sonne. Außerdem spenden die Bäume hier genügend Schatten.«

Sie rollten gerade eine breite Straße entlang, in der sich die Kronen der Kastanien wie ein grünes Dach über ihnen wölbten.

»Das ist die Poppelsdorfer Allee«, erklärte Mrs. Jackson und deutete nach vorn. »Am Ende liegt das Poppelsdorfer Schloss. Wenn Sie sich umdrehen, können Sie erkennen, wie die Allee beide Schlösser miteinander verbindet.«

Es war eine prachtvolle Achse, die auch in eine Groß-stadt wie London gepasst hätte, nur ging es hier doch be-schaulicher und stiller zu.

Vor dem Schloss ließ Mrs. Jackson den Wagen kurz anhalten. Es war ein wunderbar symmetrischer Barockbau, durch dessen turmgekröntes Tor man in einen Innenhof mit italienisch anmutenden Säulengängen blickte.

Die Lehrerin deutete mit ihrem Schirm links neben das Schloss, wo sich die Sonne in Glas zu brechen schien. »Dort liegt der Botanische Garten, den müssen Sie unbedingt besuchen. Und auch die Mineraliensammlung im Schloss, falls Sie sich für so etwas interessieren.«

»Ich kann es gar nicht erwarten, die Stadt weiter zu erkunden«, sagte Paula. »Aber Sie haben mir noch immer nicht verraten, wohin Sie mich heute führen.«

»Zum Kreuzberg. Mehr verrate ich nicht.«

Die Kutsche rollte wieder und bog nach links ab, und bald tauchte eine Anhöhe vor ihnen auf, die von einer weißen Kirche gekrönt wurde. Mrs. Jackson beugte sich vor, als wollte sie Paula etwas anvertrauen, das nicht für die Ohren des Kutschers bestimmt war.

»Ich hoffe, Sie sind ein aufgeschlossener Mensch, was Religion angeht.«

»Ich denke schon«, entgegnete Paula verwundert.

»Die Anlage, die wir gleich besuchen, ist *sehr* katholisch, nicht das, was wir Anglikanerinnen gemeinhin gewöhnt sind. Dennoch ist der Kreuzberg eine Sehenswürdigkeit, die man sich nicht entgehen lassen sollte.«

»Ich glaube nicht, dass mich eine katholische Kirche schockieren kann«, erwiderte Paula gelassen.

»Es ist mehr als eine Kirche.« Die Lehrerin warf ihr einen Blick zu und schien ihr kleines Geheimnis zu genießen.

Der Wagen rollte einen von Bäumen gesäumten Pfad hinauf, und Paula wäre am liebsten ausgestiegen, damit sich das arme Pferd nicht so anstrengen musste. Kurz vor der Kuppe des Hügels ließ Mrs. Jackson den Kutscher anhalten und wies ihn an, sie in zwei Stunden wieder abzuholen.

Am Ende des Weges gelangten sie zu einem prachtvollen dreitürigen Eingang, über dem ein von Säulen getragener Balkon mit vergoldetem Geländer prangte. Auf dem Balkon standen drei lebensgroße steinerne Figuren, und in den Giebel war eine große Uhr mit rotem Zifferblatt und vergoldeten römischen Ziffern eingelassen.

»Oh, ist das der Eingang zur Kirche?«, fragte Paula. Die mittlere der drei übergroßen Eingangstüren war ein Stück geöffnet, aber mit einem Gitter gesichert, damit man nicht eintreten konnte.

Mrs. Jackson lachte. »Nein. Dies ist die Heilige Stiege. Nur zu, schauen Sie hinein.«

Paula trat an das Gitter, das von einer metallenen Sonne gekrönt wurde. Dahinter erblickte sie eine prächtige Marmortreppe. Die Wände zu beiden Seiten waren mit bunten Fresken verziert, und auch die Decke, die von Marmorsäulen getragen wurde, und die Stirnwand des Raumes waren bemalt.

»Das sieht irgendwie italienisch aus, mit dem vielen Marmor, dem Gold und den Farben«, staunte Paula.

»Da haben Sie recht. Das Original der Treppe befindet sich in Rom. Beide locken viele Pilger an, die sich auf Knien hinaufbewegen. Angeblich wurden auch einige Splitter vom Kreuz Christi in die Treppe eingelassen.« Der Ton, in dem Mrs. Jackson das sagte, verriet Skepsis. »Wenn Sie ein Stück zurücktreten, zeige ich Ihnen noch etwas.« Sie deutete zu der Uhr empor. »Fällt Ihnen etwas auf?«

Paula schaute genauer hin und lachte dann. »Die ist ja nur aufgemalt!«

»Sie zeigt das ganze Jahr über die Stunde an, zu der Jesus verurteilt wurde.«

Kurz darauf schien die Lehrerin genug von dem Gebäude zu haben. Sie klappte den Sonnenschirm zu, den sie nun als Spazierstock benutzte, und winkte Paula mit sich in den Wald. Nach einigen Schritten lichteten sich die Bäume, und vor ihnen tat sich wie durch ein grün gerahmtes Fenster eine herrliche, weite Aussicht auf. Weiße Wolken, tiefblauer Himmel und eine klare Luft, die selbst die fernen Häuser greifbar nah erscheinen ließ. »Bei gutem Wetter kann man von hier aus bis Köln sehen«, sagte Mrs. Jackson.

Paula holte tief Luft. »Es ist, als könnte man die Aussicht einatmen.«

Ihre Begleiterin nickte. »Viele Maler und Zeichner kommen hierher.«

»Es ist wunderschön«, sagte Paula andächtig, doch Mrs. Jackson hatte schon kehrtgemacht. »Es gibt noch einen ganz besonderen Aussichtspunkt, den wir erklimmen können, falls es Ihnen nicht zu anstrengend ist und meine Gelenke mitspielen.« Sie deutete auf den Turm der Kreuzbergkirche, der über den Baumwipfeln aufragte.

Bald betraten sie den dämmrigen, nach Weihrauch duftenden Innenraum des Gotteshauses, wo Mrs. Jackson zielstrebig zu einer Tür in der linken Wand marschierte. Ihre

Gelenke schienen mitzuspielen, wenngleich sie sich auf der engen Treppe mit den ausgetretenen steinernen Stufen sichtlich mühte.

Oben angekommen, mussten die beiden Frauen feststellen, dass sie nicht allein waren. Ein Mann stand mit dem Rücken zu ihnen auf dem schmalen Balkon, der den Kirchturm umgab, und beugte sich über eine Kamera, die auf einem hölzernen Stativ stand. Er hatte eine Tasche mit Ausrüstung neben sich und schaute konzentriert zwischen der Kamera und dem herrlichen Rundblick, der sich hier oben bot, hin und her.

Der Fotograf schien die Frauen nicht zu bemerken. Mrs. Jackson räusperte sich vernehmlich, worauf der Mann resigniert die Schultern hängen ließ und sich zu ihnen umdrehte. Erst jetzt bemerkte Paula, wie nachlässig er gekleidet war. Er trug weder Weste noch Jacke und hatte die Hemdsärmel aufgekrempelt. Seine blonden Haare fielen ihm ins Gesicht, und er wischte sie mit dem Handrücken achtlos beiseite.

»Was ist denn los?«, fragte er mit einem hörbaren Akzent auf Deutsch. Ein Landsmann, dachte Paula sofort.

»Wir möchten die Aussicht genießen«, antwortete Mrs. Jackson auf Englisch. »Dafür haben wir die Mühe auf uns genommen, die Treppe hochzusteigen. Wenn Sie uns ein bisschen Platz machen würden …«

Der Mann blieb ungerührt stehen. »Bedaure, aber das Licht ist gerade günstig. Ich muss Sie bitten, sich noch zu gedulden. Es ist ziemlich eng hier oben, Sie würden mir nur im Weg stehen.«

Paula hielt die Luft an. Auf ihrer ganzen Reise war sie keinem so unhöflichen Menschen begegnet. Sie trat vor Mrs. Jackson und schaute den Mann strafend an. »Sir, die Treppe hat meine Begleiterin angestrengt. Daher gebietet es die Rücksicht, nicht von ihr zu verlangen, unverrichteter Dinge wieder hinunterzugehen oder, schlimmer noch, noch einmal hinaufzusteigen. Vor allem nicht bei diesem warmen Wetter. Das Licht dürfte ja noch eine Weile bleiben.«

Paulas Gesicht wurde heiß, als sie vier Augen auf sich spürte. Sie wusste nicht, woher die Worte gekommen waren. Wenn es um sie selbst gegangen wäre, hätte sie sicher nicht so entschlossen reagiert. Doch sie konnte unmöglich dulden, dass jemand die freundliche Mrs. Jackson derart brüskierte.

Der Mann zog die Augenbrauen hoch, atmete einmal tief durch und trat beiseite. Dann winkte er sie mit einer ausladenden Geste an sich vorbei. »Nur zu. Aber es wäre schön, wenn Sie Ihre Betrachtungen nicht unendlich ausdehnen würden. Ich habe zu arbeiten.« Er griff nach einem breitkrempigen, abgetragenen Hut, den er achtlos auf den Boden gelegt hatte, und setzte ihn auf.

Paula warf einen neugierigen Blick auf die Kamera. Wäre er höflicher gewesen, hätte sie ihn nach seiner Arbeit gefragt, doch das verbot sich nun. Die Aussicht entschädigte sie allerdings für den mühsamen Aufstieg und auch für den unerfreulichen Empfang.

Von hier oben konnten sie die ganze Stadt erkennen, das Poppelsdorfer Schloss, die schnurgerade Allee, die sie vorhin entlanggefahren waren, die fünf Türme des Münsters, wie Mrs. Jackson ihr erklärte. Dahinter erahnte man den Rhein. Weiter nördlich waren tatsächlich die Türme von Köln zu sehen, auch wenn man angestrengt hinschauen musste, um sie im flirrenden Licht zu erkennen.

»Der Venusberg bietet auch eine schöne Sicht«, ließ sich der Fotograf vernehmen. »Godesburg, Drachenfels, das ganze Siebengebirge.«

»Wir sollten hinfahren«, sagte Paula zu Mrs. Jackson, ohne den Mann eines Blickes zu würdigen. »Vielleicht begegnet man uns dort zuvorkommender.«

Sie ließ sich absichtlich Zeit und schaute noch einmal ausgiebig in jede Richtung, bevor sie und Mrs. Jackson wieder in den Kirchenraum hinabstiegen.

Als sie unten ankamen, war die Lehrerin ein wenig außer Atem und musste stehen bleiben, um zu verschnaufen.

Paula trat neben sie und sagte entschuldigend: »Gewöhnlich bin ich nicht so barsch, aber dieser Mann war wirklich unverschämt.«

»Natürlich. Aber wir wissen nicht, welches Schicksal er erlitten hat.«

»Schicksal?«, fragte Paula verwundert.

Mrs Jackson trat näher, als könnte der Mann sie hören. »Haben Sie seinen Hut gesehen? Und wie er angezogen ist? Möglicherweise lebt er in bescheidenen Verhältnissen und muss sich seinen Unterhalt als Fotograf verdienen.«

Paula verbiss sich das Lachen. Es war erstaunlich, dass diese ehrbare Witwe, die selbst für ihren Unterhalt arbeitete, Menschen in der gleichen Lage bedauerte. Anderer-

167

seits zeugte es von Mitgefühl, dass sie sein Verhalten damit zu entschuldigen suchte.

»Ihre christliche Nächstenliebe ehrt Sie, aber selbst wenn er sich mit dem Fotografieren seinen Lebensunterhalt verdient, muss er noch lange nicht unhöflich sein. Er machte auf mich keinen ungebildeten, allerdings einen äußerst ungehobelten Eindruck.«

Mrs. Jackson legte Paula die Hand auf den Arm. »Nun, ich hoffe, dass Sie den Ausblick dennoch genießen konnten. Ich zeige Ihnen jetzt noch etwas, das … « Sie zögerte, als suchte sie nach den richtigen Worten. »Es ist ein wenig morbide, aber eine echte Sehenswürdigkeit. Sind Sie schreckhaft? Fürchten Sie die Begegnung mit dem Tod?«

Nach dem Vorfall auf dem Turm konnte Paula nichts mehr schrecken. »Solange er mich nicht mitnimmt, bin ich zu allem bereit.«

Mrs. Jackson lächelte und blieb in der Nähe des Eingangs stehen. »Sie haben mir doch das Buch von Henry Mayhew verkauft, das ich meiner Cousine schicken wollte.«

Paula nickte.

»Mr. Mayhew schreibt: ›Die Kirche ist alt und derb und ländlich und besitzt keinen architektonischen Reiz.‹ Darin kann ich ihm ganz und gar nicht zustimmen.« Sie deutete nach vorn zum Altar, der von vier roten Marmorsäulen eingerahmt und von einem gewaltigen Baldachin gekrönt wurde. Auch für Paulas Geschmack war dies nicht derb, ganz im Gegenteil, sie fühlte sich von all dem Gold und den Farben beinahe erschlagen.

Die weiß getünchten Wände hätten auch in eine anglikanische Kirche gepasst, bildeten aber nur den Rahmen für zahlreiche Gemälde, deren Prunk Paula befremdlich erschien. Die Kanzel war über und über mit goldenen Ornamenten verziert. Sie fragte sich, welche Sehenswürdigkeit sich hier verbergen mochte, und bemerkte dann, dass Mrs. Jackson sich ein Stück von ihr entfernt hatte und mit einem dunkel gekleideten Mann sprach, den sie Paula nun als Küster der Kirche vorstellte.

»Er wird uns führen«, fügte sie hizu.

Im Mittelgang befand sich eine rechteckige Öffnung im Boden. Beim Näherkommen sah Paula, dass dort Stufen hinunterführten. Wohl zu einer Art Gruft, vielleicht lag hier eine Berühmtheit begraben.

Der Küster entzündete eine Lampe und stieg vor ihnen hinab. Paula hob den Rock, um nicht zu stolpern, und folgte dem Mann und Mrs. Jackson in den unterirdischen Raum.

Was sie dann im Licht der Lampe erblickte, raubte ihr den Atem. Es war tatsächlich eine Gruft. Doch in diesem Raum, dessen hinterste Winkel dem Lampenschein zu trotzen schienen, lagen die Toten in offenen Särgen, die auf dem Boden standen.

Paula verspürte den flüchtigen Impuls, sich umzudrehen und in den Kirchenraum hinaufzulaufen.

Eine Hand legte sich auf ihren Unterarm. »Ich hoffe, Sie haben sich nicht zu sehr erschreckt«, sagte Mrs. Jackson. »Dies sind die Mumien vom Kreuzberg.«

»Mumien? Sie meinen, sie sind nicht verwest?« Dann wurde Paula bewusst, wie dumm die Frage war. »Natürlich nicht, sonst würde man sie kaum offen ausstellen. Aber warum?«

»Die Mönche lebten hier, als dies noch ein Kloster war.« Mrs. Jackson wandte sich an den Küster und fragte ihn etwas auf Deutsch, bevor sie Paula die Antwort übersetzte. »Es sind natürlich entstandene Mumien, nicht wie bei den alten Ägyptern, die ihre Toten eigens präparierten. Der Boden ist sandig und sehr trocken, darum blieben die Leichen von selbst so gut erhalten.«

Der Küster winkte sie heran und leuchtete auf einen bloßen Arm. Dann fuhr er mit einem Finger die Adern nach, die durch die pergamentgelbe Haut schimmerten. Paula erschauerte, konnte die Augen aber nicht abwenden.

»Wie lange liegen sie schon hier?«

»Das weiß man nicht genau«, sagte Mrs. Jackson. »Aber er hat mir erzählt, dass jene, deren Hände überkreuz liegen, über zweihundert Jahre alt sind. Danach habe man die Sitte nämlich aufgegeben. Dieser Mönch wurde wohl als letzter hier bestattet.« Die Lehrerin deutete auf einen Toten, der noch einen geflochtenen Kranz um den Kopf trug. »Angeblich war er der Gärtner des Klosters.«

Paula drückte ihren Rock zusammen, als sie langsam zwischen den Särgen hindurchging. Sie fühlte sich unbehaglich, doch die Faszination überwog. Die meisten Toten waren noch mit ihren Kutten bekleidet, Hemden und Strümpfe waren zu erkennen, selbst die Nägel an Fingern und Zehen waren erhalten geblieben. Unheimlich waren nur die Gesichter, die tatsächlich Gefühle auszudrücken schienen und die Stimmung spiegelten, in der die Männer gestorben waren. Einige sahen aus, als hätten sie dem Tod gelassen entgegengeschaut, bei anderen waren die Münder weit aufgerissen, als hätten sie sich mit einem Schrei dagegen gewehrt, diese Welt zu verlassen.

»Wenn der Mund offen steht, heißt das nur, dass man vergessen hat, ihn zu schließen«, sagte Mrs. Jackson, und Paula fragte sich insgeheim, ob ihr die nüchterne Erklärung oder der leise Nervenkitzel lieber war. »In einem Schauerroman würde man es sicher verschweigen, damit es gruseliger wirkt.«

»Gruselig ist es auch so, aber ich bin froh, dass ich mich heruntergewagt habe.« Paula drehte sich im flackernden Licht einmal um sich selbst und ließ den Raum auf sich wirken. Sie stand in einem Grab, umgeben von namenlosen Toten. Urplötzlich fühlte sie sich auf den Friedhof von St. Mary zurückversetzt, wo sie an einem Grab gestanden hatte, das zwar einen Namen trug, aber keinen Toten barg.

Rasche Schritte näherten sich, dann war Mrs. Jackson neben ihr.

»Fühlen Sie sich nicht wohl, Miss Cooper? Ich weiß gar nicht, wie ich mich entschuldigen soll. Hätte ich geahnt, dass der Anblick Sie derart erschüttert, wäre ich nie mit Ihnen heruntergegangen.«

Paula legte ihr beschwichtigend die Hand auf den Arm. »Liebe Mrs. Jackson, es geht mir gut. Mir kam nur gerade eine Erinnerung.« Sie wandten sich zur Treppe, und als sie oben angekommen waren, fügte Paula hinzu: »Ich danke Ihnen für den faszinierenden Besuch.«

Mrs. Jackson schien noch nicht ganz überzeugt. »Ihr

Onkel würde mir nie verzeihen, wenn Sie einen Schock erlitten hätten.«

»Keine Sorge, das habe ich nicht. Und ich werde ihm von unserem erlebnisreichen Tag berichten.« Sie deutete nach oben zum Turm und lächelte verschmitzt, um ihre Begleiterin endgültig zu beruhigen.

Natürlich würde sie Onkel Rudy von der herrlichen Aussicht und dem unfreundlichen Fotografen und den Mumien in der Gruft erzählen – doch vor allem wollte sie ihm Fragen stellen.

15

Der romantische Rhein

»Ein englischer Fotograf, sagst du?«, fragte Onkel Rudy und schob das Tablett mit den Resten des Abendessens beiseite. Er saß von Kissen gestützt im Bett und wirkte lebhafter als in den ganzen letzten Tagen. »Welche Ausrüstung hatte er denn dabei?«

»Das habe ich mir nicht so genau angeschaut«, entgegnete Paula. Männer stellten bisweilen seltsame Fragen. »Warum möchtest du das wissen?«

»Ich habe mich gefragt, ob er Berufsfotograf oder Amateur ist. Wenn er es beruflich macht, habe ich vielleicht ein Buch mit seinen Bildern im Geschäft. Wenn wir seinen Aufenthaltsort ausfindig machen könnten … Es wäre vielleicht lohnend, ihn zu treffen.« Er hielt inne und schaute erstaunt zu Paula, die abrupt aufgestanden war und ihn mit verschränkten Armen ansah.

»Was ist denn, meine Liebe?«

»Onkel Rudy, dieser Mann hat sich einer älteren Dame gegenüber äußerst unverschämt verhalten. Und du willst ihn ausfindig machen, um über seine Arbeit zu plaudern?«

Onkel Rudy streckte begütigend die Hand aus. »Verzeih, das war taktlos, bitte setz dich wieder. Die Neugier geht bisweilen mit mir durch. Fotografie ist eine hochinteressante neue Kunst. Angenommen, ich könnte ihn ausfindig machen, und er würde sich angemessen bei dir und Mrs. Jackson entschuldigen …«

Paula war von dem Gedanken nicht sehr angetan, doch Onkel Rudy wirkte so begeistert und frisch, dass sie schließlich nachgab. »Na schön. Ich sage dir, was ich über ihn weiß, aber danach möchte ich mit dir über meinen Vater sprechen.«

Ein Schatten huschte über Rudys Gesicht, doch er sagte sofort: »Einverstanden.«

»Ich schätze den Herrn auf Mitte bis Ende dreißig, sonnengebräunt, grau-blonde Haare. Dem Akzent nach stammt er aus Südengland. Und er war recht groß. Nicht sonderlich elegant gekleidet, eher wie ein Vagabund. Er hatte ein hölzernes Stativ für seine Kamera dabei.«

»Das war erstaunlich ausführlich, wenn man bedenkt, wie aufgebracht du warst.«

Im Ton des Onkels lag etwas, das Paula nicht ganz deuten konnte und von dem sie auch nicht wusste, ob es ihr gefiel. Aber es gab ohnehin Wichtigeres.

»Ich habe Vaters Briefe gelesen, an jedem Abend, seit du sie mir gegeben hast. Und ich habe viele Fragen.«

Onkel Rudys Hand krallte sich in die Bettdecke, dann löste er sie wieder und deutete auf den Kleiderschrank. »Im obersten Fach, ganz rechts, steht eine Schachtel. Würdest du sie bitte holen?«

Die Schachtel war aus dicker Pappe und mit wunderschön gemustertem Papier beklebt. Es erinnerte an die bunten Tücher, die in der schottischen Stadt Paisley gewebt
wurden und deren Muster angeblich aus Indien stammten.
Harriet besaß einen Kaschmirschal mit einem solchen
Muster, den Paula immer sehr bewundert hatte. Es kam ihr
ungewöhnlich vor, dass ein Mann Erinnerungsstücke in einer
solchen Schachtel aufbewahrte. Andererseits trug Onkel
Rudy auch einen Umhang mit dramatisch rotem Futter, in
dem er sich inmitten der braven Bonner Bürger reichlich
exotisch ausnahm.

Paula wollte ihm die Schachtel reichen, doch er schüttelte den Kopf. »Nimm sie mit, und sieh sie dir ganz in Ruhe
an.« Dann drehte er den Kopf zur Seite, als wollte er sie dadurch höflich aus dem Zimmer schicken.

Paula setzte sich auf ihr Bett und öffnete die Schachtel. Sie
konnte ihren Herzschlag in der Kehle spüren. Zuoberst lagen einige Briefe, die sie zunächst beiseiteräumte, um sich
die Gegenstände darunter anzuschauen.

Sie nahm eine rötlichblonde Haarsträhne heraus, die von
einem verblichenen rosa Band zusammengehalten wurde.

Als sie genauer hinschaute, bemerkte sie kaum leserliche Buchstaben auf dem Band: *Will 1813.* Es waren die
Haare ihres Vaters, und man hatte sie offenbar abgeschnit-
ten, als er drei Jahre alt gewesen war. Selbst nach so langer
Zeit fühlten sie sich seidenweich an, als wären sie eben
noch auf dem Kopf eines kleinen Kindes gewachsen, dachte
Paula gerührt.

175

Sie entdeckte eine selbst gebastelte Schleuder und ein Buch mit Geschichten von König Artus und seiner Tafelrunde. Natürlich, ihr Onkel hatte erwähnt, wie sehr der kleine William sich für Rittergeschichten begeistert hatte. Sie schlug das Buch auf, das mit bunten Illustrationen versehen war, und stellte sich vor, wie William mit roten Wangen dagesessen hatte, ganz vertieft in die Abenteuer von Sir Gawain, Merlin und Lancelot vom See.

Auf einmal fühlte sie sich ihrem Vater nah. Zum ersten Mal sah sie etwas von dem Menschen William Cooper, und es war, als stiege etwas aus den Buchseiten auf, als ginge etwas von ihm auf seine Tochter über, die er nicht hatte aufwachsen sehen.

Ganz unten in der Schachtel lagen einige gefaltete Blätter, deren Kanten abgerieben waren und die auseinanderzufallen drohten, als Paula sie entfaltete. Sie waren mit einer kindlichen Schrift bedeckt, und die Überschrift auf der ersten Seite lautete:

Für meinen Bruder Rudy – Der Rote Drache, ein Ritterepos, erster Band, erstes Kapitel. Verfasst von William Cooper

Anscheinend war er nie über das erste Kapitel hinausgekommen, doch dass er es seinem großen Bruder gewidmet und dass dieser es all die Jahre aufbewahrt hatte, rührte Paula.

Wie gern hätte sie diesen Mann kennengelernt, der als Junge von Ritterabenteuern geträumt und Geschichten für seinen Bruder erfunden hatte!

Sie entdeckte auch einen Knopf, der mit blauem Samt bezogen war, ein schön gemustertes Schneckenhaus und einen Stein, der mit auffällig glitzernden, beinahe spiegelglatten Einschlüssen durchsetzt war.

Ihr Onkel musste seinen Bruder sehr geliebt haben, wenn er die Andenken aus der Kindheit aufbewahrt hatte. Sie fragte sich, ob auch er manchmal mit der Schachtel dasaß so wie sie jetzt. Aber für ihn wäre es anders; er hätte die Bilder und Stimmen und Gerüche dazu im Kopf, während Paula nur ihre Fantasie bemühen konnte.

Schließlich klappte sie den Deckel zu und stellte die Schachtel auf die Kommode. Sie drehte die Lampe auf dem Nachttisch höher, lehnte sich mit einem Kissen ans Kopfende des Bettes und nahm die Briefe zur Hand.

Als sie das Datum sah, zuckte sie zusammen – in diesem Jahr war ihr Vater angeblich gestorben!

BONN, I. JUNI 1837

Mein lieber Bruder,
bitte verzeih, dass Du so lange auf diese Zeilen warten musstest, aber eine Reise mit einem kleinen Kind ist doch beschwerlicher, als ich dachte. Unterwegs kam es zu Schwierigkeiten, als das Schiff in Rotterdam später als angekündigt ablegte. Nun sind wir seit einer Woche hier in Bonn, und ich finde die Stadt reizvoll und die Umgebung ebenfalls. Ich habe schon einige Landsleute getroffen, die mir gute Ratschläge gegeben haben, was Hotels, Gasthöfe sowie den Umgang mit den Einheimischen angeht. Die Menschen hier sind hilfsbereit und freundlich, aber eben doch Ausländer mit anderen Sitten und Gebräuchen.

Die kleine Paula hat sich erholt, nachdem sie sich unterwegs eine leichte Erkältung zugezogen hatte. Meine liebe Margaret war sehr in Sorge, doch nun geht es der Kleinen wieder gut, und die Stimmung ist gelöst. Wir unternehmen lange Spaziergänge am Rhein, der hier breit und mächtig dahinfließt. Ich weiß noch nicht genau, wann wir weiterreisen können.

Ich werde Dir wieder schreiben, sobald es Neues zu berichten gibt.

Herzlich,
Dein Bruder William

Paula spürte, wie ihr die Tränen kamen, als sie zum ersten Mal ihren Namen in seiner Handschrift las. Ihr Vater hatte sie zärtlich seine »kleine Paula« genannt.

Dann nahm sie die drei früheren Briefe zur Hand und überflog sie noch einmal, bevor sie die vier Blätter nebeneinanderlegte. Wenn man davon absah, dass der Brief aus Bonn auf dem Papier eines Hotels verfasst war, waren sie sehr ähnlich: die runden, ausladenden Buchstaben, die so gut zu lesen waren. Die Unterschrift. Die Zuneigung zum Bruder, die aus den Worten sprach.

Und doch hätte dieses letzte Schreiben von einem anderen Menschen stammen können.

Verschwunden waren die Leichtigkeit und der sorglose Übermut der anderen Briefe. Was ihr Vater geschrieben hatte, wirkte seltsam kraftlos. Den Zeilen fehlte die Begeisterung, die Paula zuvor gespürt hatte, dabei hatte er nun die Reise unternommen, von der er so lange geträumt hatte. Konnte es daran liegen, dass ein solches Unternehmen mit einem kleinen Kind umständlich und wenig romantisch war? Dennoch hätte sie mehr Freude erwartet, nähere Beschreibungen der Stadt und ihrer Umgebung statt dieser nichtssagenden Worte, die man auch an einen Nachbarn hätte richten können.

Als Nächstes hatte ihr Vater eine kurze Nachricht an Rudy verfasst, der eine Ansicht von Godesberg beigefügt war, die ihr Onkel immer noch in seinem Laden anbot. Sie trug den Poststempel vom 17. Juni 1837.

Lieber Bruder,
nur rasch einige Zeilen. Uns geht es gut. Planen Fahrt rheinaufwärts. Habe längere Wanderung nach Godesberg unternommen.
Auf bald,
William

Paula drehte das Blatt nachdenklich hin und her. Das seltsame Gefühl von vorhin verstärkte sich. Was er geschrieben hatte, klang noch belangloser als der Brief. Zwei Wochen waren seitdem vergangen, und er plante immer noch die Weiterfahrt. Auch hörte es sich an, als wäre ihr Vater allein gewandert, dabei war er doch mit Frau und Kind unterwegs. Auch hier war nichts mehr von dem Mann zu spüren, den sie in den anderen Briefen kennengelernt hatte. Was mochte ihr Onkel gedacht haben, als er die Post erhielt? Hatte er geargwöhnt, dass etwas nicht stimmte?

BONN, 2. JULI 1837

Mein lieber Bruder,
wir werden wohl noch in Bonn bleiben müssen, da Margaret
sich Sorgen wegen Paula macht. Mir erscheint sie ganz gesund,
doch sie hat ein paarmal gehustet, und nun fürchtet ihre Mutter,
unser Zimmer könne feucht sein. Sie besteht darauf, das Hotel
zu wechseln, was mir persönlich unangenehm wäre, da man
bei Kley sehr herzlich zu uns ist. Sie sagt, das Haus stünde zu
nah am Wasser, was ich für Unsinn halte, das habe ich ihr auch
gesagt.

Verzeih, dass ich Dich mit solchen banalen Ehesorgen belaste,
aber es verdirbt mir ein wenig den Aufenthalt. Morgen werde
ich den Kreuzberg besuchen, den man mir sehr empfohlen hat.
Margaret zieht es vor, mit dem Kind in der Stadt zu bleiben.
Verstehen kann ich es nicht, da sie dann allein unter Fremden ist,
was ihr auch nicht gefällt.

Aber ich will auch von den Dingen schreiben, die schön sind.
Die Wanderung durchs Siebengebirge, die ich letzte Woche un-
ternommen habe, hat mir neue Ideen für mein Buch geliefert.
Außerdem haben mir zwei Dichterkollegen geschrieben und zu-
gesagt, Beiträge zu verfassen. Ich habe selbst einige Zeichnungen
angefertigt, wenngleich ich nicht sonderlich begabt bin.

Allerdings bin ich hier in der Stadt einem Landsmann be-
gegnet, der sich ausgezeichnet auf diese Kunst versteht. Er hat
mir versprochen, sich meine Entwürfe anzusehen und gege-
benenfalls zu korrigieren. Wenn er es einrichten kann, wird er
sogar einige Zeichnungen beisteuern.

Du siehst, lieber Bruder, dass ich nicht ganz mutlos bin. Margaret und ich müssen uns eben aneinander gewöhnen. Zu Hause war alles vertraut, hier begegnen wir neuen Menschen und sind in einem anderen Land, dessen Sprache ich einigermaßen verstehe, sie hingegen gar nicht. Ich wünschte, sie würde Unterricht nehmen, eine pensionierte Lehrerin hat es uns angeboten, doch sie hat abgelehnt. Es fällt mir schwer zu begreifen, dass jemand sich allem Neuen verschließt.

Ich verspreche Dir, mein nächster Brief wird hoffnungsvoller. Sei umarmt,

Dein William

Zwischen ihren Eltern hatte es Spannungen gegeben. Paula konnte sich allerdings kaum ein Bild machen, solange sie nur eine Seite kannte, und fragte sich, was unterdessen in ihrer Mutter vorgegangen sein mochte. Eine junge Frau musste mit einem kleinen Kind in einem fremden Land zurechtkommen, dessen Sprache sie nicht verstand. Sie hatte sich um ihr Kind gesorgt, doch ihr Mann hatte die Bedenken nicht ernst genommen. Paula empfand Mitleid mit ihrer Mutter, war aber auch ungehalten. Warum hatte sie nicht versucht, etwas zu lernen, sich besser zurechtzufinden? Sie selbst hatte begonnen, Deutsch zu lernen, und saß jeden Tag über ihren Lehrbüchern. Natürlich sprach und verstand sie bislang nur einfache Sätze, doch es war ein Anfang. Ihre Mutter aber hatte sich mit ihrem Kind zurückgezogen. So waren beide unglücklich gewesen: der Mann, der sich so viel von der Reise erhofft hatte, und die Frau, die wohl lieber daheim in England geblieben wäre.

Nur noch ein Brief war übrig, und er war von einer anderen Hand verfasst. Paula starrte auf die Schrift, die sie so gut kannte.

BONN, 21. JULI 1837

Lieber Rudolph,

ich weiß nicht recht, wie ich diesen Brief beginnen soll. Ich schreibe Dir aus tiefster Verzweiflung, denn Dein Bruder – mein Mann – ist verschwunden. Ich weiß es nicht anders zu sagen: Er ist weg, und ich habe nicht die geringste Ahnung, was ich tun soll. Ich bin allein mit meinem Kind im Ausland, in einer fremden Stadt.

Verzeih, wenn ich wirr klinge – ich will versuchen, es Dir zu erklären. William ist Anfang des Monats mit einem Dampfer rheinaufwärts gefahren. Wie es dazu kam, kann ich in der Kürze nicht schildern. Wir hatten uns gestritten – so viel kann ich Dir sagen. Daher beschlossen wir, dass William die Fahrt allein unternimmt. So konnten wir beide in Ruhe nachdenken.

Am Tag der Rückkehr stand ich am Anleger, aber William ging nicht von Bord. Besorgt wandte ich mich an den Kapitän – er sprach zum Glück etwas Englisch. Er schaute in die Passagierliste und konnte bestätigen, dass William auf der Hinreise an Bord gewesen war. Er könne aber nicht sagen, wo er das Schiff verlassen habe. Bei dieser Art der Flussfahrt könnten die Passagiere jederzeit an Land gehen und später mit einem anderen Dampfer weiterfahren. Man warte nicht auf Fahrgäste, sondern lege zur angegebenen Zeit ab, um den Fahrplan einzuhalten. Vermutlich habe Mr. Cooper seinen Aufenthalt verlän-

gert und werde mit einem späteren Schiff nach Bonn zurückkehren. Es komme durchaus vor, dass Reisende solchen Gefallen an der Landschaft und ihren Schönheiten fänden, dass sie ihre Reisepläne änderten.

Du kannst dir vorstellen, wie bestürzt ich war. Ich stand da – mein Kind auf dem Arm –, verzweifelt und ratlos. Um mich herum lauter Fremde, die das Schiff verließen oder ein stiegen wollten. Es war ein ziemliches Gedränge. Ich war in Tränen aufgelöst und wusste nicht, was ich machen sollte.

Dann sprach mich eine ältere Engländerin an, die am selben Tag wie William aufgebrochen war, und fragte, ob sie mir helfen könne. Ich erzählte ihr, was sich zugetragen hatte, und – ich weiß nicht, wie ich es zu Papier bringen soll …

Ich habe mich wieder gefasst. Die Dame sagte mir, William habe sich unterwegs mehrfach mit einer Frau unterhalten und viel Zeit mit ihr verbracht. Sie hätten sich die Gegend angeschaut, seien in Königswinter gemeinsam von Bord gegangen, möglicherweise, um den Drachenfels zu besichtigen. Sie seien vertraut miteinander umgegangen. Ich habe mich furchtbar geschämt, dennoch bin ich zum Zahlmeister gegangen und habe nach dem Namen dieser Frau gefragt. Ich musste die Wahrheit sagen – sonst hätte man mir keine Auskunft gegeben. Die freundliche Dame hatte sie beschrieben: groß, schlank, elegant gekleidet, mit hellblonden Haaren und einem auffälligen Sonnenschirm.

Der Zahlmeister konnte mir nach der Beschreibung tatsächlich sagen, wie sie hieß: die Ehrenwerte Caroline Bennett. Den Namen hatte ich noch nie gehört. Ich muss wie betäubt dagestanden haben, bis mich die freundliche Dame beiseite führte Sie *stellte sich als Mrs. Eldridge vor, eine Witwe aus Bath, und bot mir an, mich ins Hotel zu begleiten.*

Ich weiß nicht, was ich in den folgenden Tagen ohne sie getan hätte. Natürlich musste ich den Vorfall der Polizei melden. Der Besuch war zutiefst beschämend. Als ich in dem kargen Raum saß und einem fremden Mann in Uniform erklärte, dass mein Ehemann ohne ein Wort verschwunden war und sich dabei anscheinend in Begleitung einer mir unbekannten Frau befunden hatte – brach ich zusammen.

Ich musste mich hinlegen – auf eine Pritsche in einer Zelle! Mrs. Eldridge war bei Paula geblieben, daher war ich auf die Dienste eines Englischlehrers angewiesen, den man aus einer nahe gelegenen Schule geholt hatte. Ich musste den beiden Männern erzählen … Es war so demütigend.

Ich weiß noch nicht, was werden soll. Ich bitte Dich, mir zu helfen. Falls Dich dieser Brief erreicht – was ich hoffe – und Du von William gehört hast oder er in einem seiner Briefe angedeutet hat, dass er beabsichtigt – wie soll ich es ausdrücken – mich zu verlassen? Muss ich es so nennen? Wenn er das getan hat, so schreibe es mir, damit ich Gewissheit habe.

Wenn ich nicht bald etwas erfahre, kehre ich heim. Für die Fahrt müssten meine Mittel noch reichen. Doch wie kann ich – ohne Gewissheit zu haben …

Verzeih mein Gestammel, lieber Rudolph.

In tiefer Sorge,

Deine Schwägerin Margaret

Paula las den Brief noch einmal, weil sie nicht glauben konnte, dass dies wirklich geschehen war. Sie presste die

Hand auf die Brust, als könnte sie ihr heftig pochendes Herz dadurch beruhigen. Seit der Begegnung auf dem Friedhof hatte sie gewusst, dass ein Geheimnis den Tod ihres Vaters umgab, aber das hier ...

Die Fragen stürzten nur so auf sie ein. Was hatte ihren Vater und diese Caroline Bennett verbunden? War er wirklich gestorben, und falls ja, wo und auf welche Weise? Und warum dann das leere Grab in St. Mary Lambeth?

Paula vergrub das Gesicht in den Händen. Ihr Kopf tat weh, als hätte sie zu viel hineingestopft, das nun von innen gegen den Schädel drückte und wachsen wollte, aber keinen Platz fand, um sich auszubreiten.

Nun begriff sie auch, weshalb ihre Mutter nie von ihrem Vater gesprochen hatte. Was immer damals geschehen sein mochte, hatte Margaret Cooper so tief verletzt, dass sie ihrer Tochter nicht den gleichen Schmerz zufügen wollte. Zudem erklärte es, weshalb sie und Cousine Harriet versucht hatten, jeden Kontakt zu Onkel Rudy zu unterbinden. Als Williams Bruder stand er für alles, vor dem sie Paula unbedingt beschützen wollten: das Wissen um den verlorenen Ehemann und Vater, das untrennbar mit Deutschland, Bonn und dem Rhein verknüpft war.

Sie sah ihre Mutter, wie sie mit einem kleinen Kind auf dem Arm am Anleger stand und dem Schiff entgegenblickte. War sie hoffnungsvoll gewesen, weil ihr nun, da sie für eine Weile von ihrem Mann getrennt gewesen war bewusst wurde, wie sehr sie ihn liebte? Freute sie sich auf seine Rückkehr, wollte sie sich mit ihm aussprechen? Hoffte sie, dass auch er zur Besinnung gekommen war? Die Vorstel-

185

lung war kaum zu ertragen, und der Gedanke, dass es wirklich so geschehen war, nahm Paula den Atem.

Wie einsam musste ihre Mutter gewesen sein! Und welch ein Glück, dass die freundliche Mrs. Eldridge sich ihrer angenommen hatte.

Doch je länger Paula dasaß und auf den Brief schaute, desto mehr Zweifel kamen ihr. Sie spürte tief im Inneren, dass etwas nicht stimmte. Der Mann, der ihr in den Briefen begegnet war, konnte nicht derselbe sein, der Frau und Kind im Stich gelassen hatte und mit einer Fremden auf Reisen gegangen war.

William Cooper war ein romantischer, verträumter Junge gewesen, der für Ritterabenteuer schwärmte. Wenn er an seinen Bruder schrieb, hatte er unbekümmert geklungen, voller Pläne, hatte zuversichtlich nach vorn geblickt.

Diesen Mann hatte sie schon in seinem ersten Brief aus Bonn nicht mehr wiedergefunden. Sie wusste nicht, was zwischen der Hochzeit und der Reise nach Deutschland geschehen war und ob er Rudy in dieser Zeit geschrieben hatte, doch irgendetwas hatte ihn verändert. Hatte der romantische Träumer gemerkt, dass ein Eheleben anders war, als er es sich in seiner Verliebtheit vorgestellt hatte? Hatten ihn die Pflichten überfordert, denen er sich gegenübersah, vor allem die Verpflichtung, Geld zu verdienen, damit seine Familie versorgt war? Hatte er auf dieser Reise versucht, seine Illusionen wahr werden zu lassen, und war dabei gescheitert?

Paula legte die Briefe in die Schachtel, sprang auf und lief im Zimmer auf und ab. Sie sah aus dem Fenster, es dämmerte schon. Sie ballte die Fäuste, dass ihre Nägel sich ins Fleisch bohrten, schaute wieder zu der Schachtel, konnte die Unruhe, die sie durchströmte, kaum ertragen.

Sie hatte sich so sehr gewünscht, mehr über ihren Vater zu erfahren. Aber hatte sie auch daran gedacht, dass es ihr nicht gefallen, dass es sie enttäuschen oder gar schockieren könnte? Wenn sie noch einmal vor der Entscheidung stünde, die Briefe zu lesen, wohl wissend, was sie in ihr aufwühlten, würde sie es tun?

Ja, dachte sie schließlich, nachdem sie eine Zeit lang mit sich gerungen hatte, ich würde es wieder tun. Ich bin zweiunddreißig Jahre alt und lerne erst jetzt allmählich, wer ich wirklich bin.

Plötzlich hielt es sie keine Sekunde länger im Haus. Dunkelheit hin oder her, sie musste nach draußen.

16

Heldenmut am Hofgarten

Die Straßenlaternen brannten schon, und es war nicht ganz so finster, wie Paula befürchtet hatte. Sie ging einfach drauflos in Richtung Universität und Hofgarten, bog an der nächsten Ecke links ab. Ihre Gedanken kreisten unablässig um die Briefe, es war wie ein Karussell in ihrem Kopf, das einfach nicht anhalten wollte. Sie war schon fast auf Höhe des Anatomiegebäudes, als lautes Geschrei zwischen den Bäumen ertönte.

Paula fuhr zusammen und blieb abrupt unter einer Laterne stehen. Sie schaute zum Hofgarten hinüber, dessen Bäume nur noch schemenhaft zu sehen waren, und dann die Straße auf und ab. Sie lag verlassen da, kein Mensch war zu sehen.

Erneuter Lärm – ein Mann rief um Hilfe! Es wurde still, dann brach ausgelassenes Gelächter los. Paula fiel ein, was ihr der Professor über die rüpelhaften deutschen Studenten erzählt hatte. Sie wagte nicht, die Straße zu überqueren, konnte aber auch nicht tun, als hörte sie nicht, dass dort drüben jemand in Not war. Sie erinnerte sich an die

Geschichte vom Koch der Königin, der mit einem Säbel getötet worden war, und begriff, wie gefährlich ihre Lage war.

Paula holte tief Luft und rief auf Deutsch: »Wer ist da? Ich rufe die Polizei!« Als die Worte heraus waren, konnte sie kaum fassen, dass sie sich das getraut hatte.

Doch das Gelächter hielt unvermindert an. Sie überlegte noch verzweifelt, was sie tun sollte, als mehrere offensichtlich angetrunkene Männer zwischen den Bäumen hervortaumelten. Einer von ihnen brüllte: »Das ist nichts für Damen! Der hier brauchte eine Abreibung, die haben wir ihm verpasst. Und nun kann er sich getrost nach England verziehen!«

Warum England? Ehe sie darüber nachdenken konnte, stieß ein Kommilitone dem jungen Mann gegen die Schulter. »Hör auf, Hergeth, Borussen legen sich doch nicht mit Weibsvolk an! Lass gut sein.«

Paula konterte blitzschnell: »Das wird Ihrem Onkel nicht gefallen.« Zum Glück waren ihr die richtigen deutschen Worte eingefallen.

Die Geschwindigkeit, mit der die jungen Männer ihr den Rücken kehrten und zwischen den Bäumen verschwanden, sprach für sich.

Dann war alles still.

Sollte sie nach Hause gehen? Aber was war mit dem Mann, den sie verprügelt hatten? Paula rang noch mit sich, als jemand zwischen den Bäumen auf die Straße trat, langsam und mit schleppenden Schritten. Er kam genau auf sie zu.

»Sie?«, fragte der Mann auf Englisch und schwankte bedenklich.

Was meinte er damit?

Als er so nah war, dass ihn das Licht der Laterne erfasste, erkannte Paula den Fotografen vom Kreuzberg.

Aus einer Platzwunde am Kopf lief ihm Blut übers Gesicht, zudem hinkte er beim Gehen. Vorhin erst hatte Paula sich über ihn empört, und nun stand sie im Dunkeln allein mit ihm auf der Straße. Was tun? Sie konnte ihn schlecht sich selbst überlassen, aber diesen ungehobelten Fremden mit nach Hause zu nehmen – Onkel Rudy schlief sicher schon – war undenkbar.

Ihr Mund widersetzte sich jedoch diesen Gedanken. »Sie kommen jetzt mit mir. Sie können ja nicht mal allein laufen.«

Dass der Mann nicht antwortete, sondern willig mit ihr in Richtung Coblenzer Straße ging, verriet, wie es um ihn stand. Er stützte sich auf sie und wurde mit jedem Schritt schwerer. Hoffentlich begegneten sie auf dem letzten Stück keinem Bekannten, dachte Paula beklommen … zu spät.

Ein Wagen hielt am Bordstein, und William Wenborne stieg aus, stutzte und schaute zwischen ihnen hin und her. »Miss Cooper, sind Sie das? Was ist passiert? Wo ist Ihr Onkel?«

»Der Herr ist ein Landsmann von uns und wurde soeben von betrunkenen Studenten überfallen.«

Mr. Wenborne musterte sie skeptisch. »Ich habe keine betrunkenen Studenten in der Gegend gesehen. Wo sind die denn hin?«

Nun mischte sich der verletzte Mann ein. »Diese junge Dame« – er deutete auf Paula, die immer noch seinen Arm hielt – »diese junge Dame hat mich mutig gerettet. Sie hat die Trunkenbolde in die Flucht geschlagen. Dafür bin ich ihr zu aufrichtigem Dank verpflichtet. Ich weiß nicht, was ohne ihre Hilfe noch geschehen wäre.«

Paula schaute zu Boden. Es war ziemlich unangenehm, von einem Mann, den sie Onkel Rudy gegenüber schlecht-gemacht hatte, als Heldin gepriesen zu werden. Überhaupt war sie völlig durcheinander von dem, was in den letzten Stunden auf sie eingeprasselt war. Sie spürte, wie der Mann neben ihr schwer atmete, bevor er mit Mühe weitersprach.

»Ich bin natürlich bereit, diese Männer morgen bei der Polizei anzuzeigen. Im Augenblick aber wäre ich dankbar, wenn …«

Bei den letzten Worten sackte er zusammen, und nur Mr. Wenbornes Geistesgegenwart verhinderte, dass er zu Boden fiel. Gemeinsam halfen er und Paula dem Verletzten bis zum Haus, wo sie Tine herausklingelten. Die Haushäl-terin bewahrte ihren mürrischen Gleichmut, nur die hoch-gezogenen Augenbrauen verrieten, dass so etwas nicht alle Tage vorkam.

»Bringen Sie ihn rein.«

Nachdem sie den Mann im Wohnzimmer auf dem Sofa platziert hatten, bedankte sich Paula bei Mr. Wenborne, der sich neugierig umsah, bevor er zögernd zur Tür hinaus-ging.

Sie kehrte ins Wohnzimmer zurück und schaute den Verletzten besorgt an. »Wie fühlen Sie sich? Ist Ihnen schwindelig? Dann sollten wir einen Arzt rufen. Mit einer Gehirnerschütterung ist nicht zu spaßen.«

Er schüttelte den Kopf, hielt aber sofort stöhnend inne. »Das war keine gute Idee. Aber es geht schon, wenn ich etwas zu trinken bekommen könnte … Und dann gehe ich auch gleich nach Hause.«

Tine kam mit einer Schüssel, Tüchern, Verbandszeug und einer Flasche Branntwein herein. Sie schüttete ein ordentliches Glas ein und reichte es ihm. Der Mann trank es in einem Zug aus.

»Soll ich das machen, Miss Cooper?«

»Ach nein, Tine, gehen Sie ruhig schlafen. Ich kümmere mich schon um den Herrn, bis er sich so weit erholt hat, dass er den Heimweg antreten kann.«

Paula tauchte ein Tuch ins Wasser, trat neben das Sofa und fing an, dem Mann das Blut vom Gesicht zu wischen. Er gab keinen Ton von sich und hielt die Augen geschlossen, wofür sie dankbar war. Es kam ihr vor, als wären die letzten Stunden in einem Nebel vergangen, der sich nun allmählich hob. Also ließ sie sich Zeit, arbeitete sorgfältig und überzeugte sich, dass kein Schmutz in die Wunde gelangt war.

Nachdem sie sein Gesicht gesäubert hatte, sah sie den Mann entschlossen an. »Ich glaube, Sie sind mir etwas schuldig. Sie wissen jetzt, wie ich heiße. Da fände ich es nur höflich, wenn Sie sich ebenfalls vorstellten.«

»Bitte verzeihen Sie. Mein Name ist Benjamin Trevor.«

Paula konnte sich nicht erinnern, wo sie den Namen schon einmal gehört hatte; er kam ihr jedoch bekannt vor.

»Halten Sie still.« Sie tupfte sein Gesicht behutsam trocken und fing an, einen Verband um seinen Kopf zu wickeln. »Wie kam es eigentlich zu diesem … Zwischenfall?«

Mr. Trevor schloss die Augen. »Sogar das Denken tut weh, aber ich versuche es. Ich bin durch den Park gegangen, und dann vertraten sie mir auf einmal den Weg. Sie waren völlig betrunken. Der eine fragte, was ich dort zu suchen hätte. Ich antwortete, es sei doch eine öffentliche Grünanlage. Sie mokierten sich über meinen englischen Akzent. Ob ich einer dieser lästigen Touristen sei. Ich wollte an ihnen vorbei, da haben sie mich gepackt. Ich hätte gefälligst Mitglieder des – mir fällt der Name des Vereins nicht ein – nicht zu ignorieren. Das war's. Das haben sie gesagt. Und dann haben sie auch schon zugeschlagen.«

»Corps Borussia.«

»Wie bitte?«

»So heißt der Verein, dem diese Leute angehören. Eine Studentenverbindung. Die berühmteste in ganz Bonn.«

Benjamin Trevor schaute sie neugierig an, was recht komisch wirkte, da nur ein Auge zu sehen war.

»Und mit solchen Leuten verkehren Sie?«, fragte er skeptisch.

»Verkehren ist zu viel gesagt. Ich kenne den Onkel des Studenten, der sich so aufgespielt hat. Ein Onkel, der an der Universität lehrt und ihm sicher Geld zukommen lässt.«

Mr. Trevor lachte. Er zuckte zwar vor Schmerz zusammen, aber sein Lachen war durchaus ansteckend. »Sie haben geistesgegenwärtig reagiert.«

Paula lächelte, doch dann fiel ihr sein Betragen auf dem

Kirchturm wieder ein. Vielleicht begegnete er ihr jetzt nur freundlich, weil er in ihrer Schuld stand. Um Verzeihung gebeten hatte er im Übrigen auch noch nicht.

Sie saßen schweigend da. Paula nutzte die Gelegenheit, um Mr. Trevor genauer zu betrachten. Er war ein recht gut aussehender Mann mit sonnengebräunter Haut, der anscheinend viel Zeit im Freien verbrachte. Er hatte sich umgezogen und trug nun einen eleganteren Anzug als am Morgen, doch sein weißes Hemd war mit Blut befleckt. Jemand würde Mühe haben, sie zu entfernen.

Er war nicht mehr ganz so blass wie zuvor, machte jedoch keine Anstalten, sich vom Sofa zu erheben, sondern schaute sich interessiert im Zimmer um. Als ihre Blicke sich begegneten, sah er fort. Irgendwann wurde das Schweigen unangenehm, und Paula überlegte schon, wie sie es brechen konnte. Da bemerkte sie, dass er behutsam sein Knie berührte.

»Ich bin mit dem Knie auf einen Stein geprallt, als sie über mich herfielen.«

»Können Sie das Hosenbein hochziehen?«, fragte Paula, erleichtert, dass die Unterhaltung wieder in Gang gekommen war.

Er schüttelte den Kopf. »Das Knie ist angeschwollen.«

Sie unterdrückte einen Seufzer. »Ich fürchte, Sie müssen warten, bis Sie daheim sind, in Ihrem Hotel oder wo auch immer Sie wohnen. Es wäre nicht schicklich, wenn Sie hier, im Wohnzimmer meines Onkels, Ihre Hose ablegten.«

Plötzlich wurde ihr bewusst, wie absurd die ganze Situation war. Der Mann, über den sie sich eben noch maßlos empört hatte, saß nun mit einem Kopfverband auf Onkel Rudys Sofa und trank seinen Branntwein.

Mr. Trevor blickte auf, zögerte kurz und fuhr sich mit der Hand durch die graublonden Haare. Er schluckte und gab sich einen sichtlichen Ruck. »Ich muss Ihnen noch einmal danken und gleichzeitig um Entschuldigung bitten. Unsere Begegnung auf dem Turm – ich habe mich nicht gut benommen. Bitte richten Sie Ihrer Begleiterin aus, dass ich es bedauere. Es kommt nicht wieder vor.«

»Ich werde es weitergeben«, sagte Paula knapp.

»In meinem Beruf bin ich viel auf Reisen und bewege mich dabei in, wie soll ich sagen, gemischter Gesellschaft. Oft bin ich unter Menschen, bei denen man keine Rücksicht auf Etikette nehmen muss. Das soll aber keine Rechtfertigung sein, nur eine Erklärung«, fügte er rasch hinzu.

Paula nickte. »Und was ist Ihr Beruf, wenn ich fragen darf?«

»Sie haben mich doch bei der Arbeit angetroffen.«

In diesem Augenblick fügte sich alles zusammen. »Oh, Sie sind tatsächlich Fotograf – und es gibt einen Verlag namens Trevor, der Bildbände herausgibt, nicht wahr? Daher kenne ich auch Ihren Namen. Ich habe *Die Schönheiten des Rheintals* gelesen, das ist ein wunderbares Buch.«

Mr. Trevor legte die Hand auf die Brust und verbeugte sich im Sitzen. »Der Verlag gehört meinem Vater, und das Buch ist unser größter Verkaufserfolg. Ich bin schon die dritte Generation. Mein Großvater war Kupferstecher, mein Vater ist Stahlstecher, und ich habe die neueste Technik in die Firma eingeführt, die Fotografie.«

»Sie meinen, Sie reisen umher und fotografieren die Welt?« Paula merkte zu spät, wie hingerissen ihre Stimme klang.

»So ist es. Ich war schon in Italien, in Ägypten, in Moskau und in Südspanien. Mein Vater sagt, ich sei ein Vagabund. Er würde es vorziehen, wenn ich ihm in der Firma nachfolgen und jemand anderen auf Reisen schicken würde, aber ich eigne mich nicht dazu, in einer Werkstatt oder einem Kontor zu sitzen.«

Paula hätte ihn gern weiter nach seinen Reisen gefragt, wollte aber nicht eingestehen, wie wenig sie selbst von der Welt gesehen hatte.

Stattdessen fragte sie: »Möchten Sie noch etwas trinken? Vielleicht einen Tee?«

Er verzog das Gesicht. »Falls es nicht zu unverschämt ist, hätte ich gern noch etwas Stärkeres.«

Paula goss ihm Branntwein nach.

»Ihr Name ist Cooper, habe ich das richtig verstanden?«

»Ja, Paula Cooper. Ich besuche meinen Onkel, er lebt schon lange hier in Bonn. Er ist zurzeit leider krank.«

Wie aufs Stichwort erklangen Schritte im Flur, und die Tür ging auf. Onkel Rudy stand im Schlafrock auf der Schwelle, ganz blass vor Anstrengung, und stützte sich schwer atmend am Türrahmen ab.

»Ich habe Stimmen gehört und mich gewundert …«

Paula sprang auf und half ihm in einen Sessel.

»Du sollst doch nicht aufstehen, hat Dr. Hoffmann gesagt.«

»Ach, Unsinn, es geht mir schon viel besser.« Dann bemerkte Onkel Rudy den Gast auf dem Sofa und sagte belustigt: »Soll ich noch einmal hinausgehen, mir die Augen reiben und zurückkommen? Oder hast du tatsächlich Besuch, von dem ich nichts wusste?«

Paula wurde rot und deutete auf Mr. Trevor. »Onkel Rudy, der Gentleman, der mit einem Kopfverband auf deinem Sofa sitzt und Branntwein trinkt, wurde von betrunkenen Studenten angegriffen und verletzt.«

»So wie der Koch der Königin?«

»Nicht ganz so schlimm. Er lebt noch, wie du siehst.«

Mr. Trevor sah verständnislos zwischen beiden hin und her. Er wollte schon aufstehen, als Rudy abwehrend die Hand hob. »Ich weise keinen Verletzten aus meinem Haus, Sir. Sie sind mir willkommen. Wie ich sehe, hat man Sie bereits versorgt. Brauchen Sie einen Arzt?«

»Es geht schon, vielen Dank.« Mr. Trevor schaute zu Paula. »Ihre Nichte hat mich gerettet, das war eine echte Heldentat.«

Onkel Rudy zog eine Augenbraue hoch. »Du gehst also abends unbemerkt aus und rettest einem Mann das Leben. Wenn du damals zur Stelle gewesen wärst, hätte der arme Küchenmeister nicht sterben müssen.«

»Unsinn, es war ein glücklicher Zufall, sonst nichts.«

»Ihre Nichte ist viel zu bescheiden. Sie hat mich gerettet, obwohl sie allen Grund hatte, mich zu verabscheuen.« Dann erhob er sich andeutungsweise. »Mein Name ist Benjamin Trevor.«

Paula räusperte sich verlegen. »Der Herr vom Kreuzberg, von dem ich dir erzählt habe.«

»Der ungehobelte Kerl mit der Kamera, über den du so geschimpft hast?«

»Ja.« Sie merkte, dass sie erneut rot anlief.

Onkel Rudy stutzte. »Trevor? Etwa der Verleger von *Die Schönheiten des Rheintals,* mit Sitz in Surrey?«

»Das Buch hat mein Vater herausgegeben, Sir.«

Onkel Rudy sah den Gast streng an. »Ich hoffe, Sie haben sich bei meiner Nichte entschuldigt.«

»Ja, das hat er.«

Als Paula ihre Worte mit einem heftigen Nicken unterstrich, sagte Onkel Rudy: »Dann sind Sie mir willkommen, Mr. Trevor. Ich verkaufe das Buch seit vielen Jahren mit Erfolg und möchte Sie gern etwas fragen. Da gibt es doch diesen Stich von Burg Stahleck auf Seite 83 …«

Irgendwann verfrachtete Paula Mr. Trevor in eine Mietdroschke und wies den Kutscher an, den Fahrgast sicher ins Hotel zu bringen, zumal es inzwischen zu regnen begonnen hatte. Sie hoffte, dass er nicht doch eine Gehirnerschütterung erlitten hatte. Andererseits war er, während sie sich unterhielten, geistig klar gewesen und hatte sogar noch einen Apfel und ein Brot gegessen, sodass kein großer Grund zur Sorge bestand. Paula hatte ihm außerdem dringend geraten, sein Knie zu kühlen, damit die Schwellung zurückging.

»Es gibt schon seltsame Zufälle, nicht wahr?«, fragte Paula, als sie Onkel Rudy wieder nach oben half. Sie selbst war zu aufgeregt, um sofort ins Bett zu gehen. Kaum zu glauben, dass all das an einem Tag passiert sein sollte – der

Ausflug zu den Mumien, einem unfreundlichen Fotografen und schöner Aussicht, die Enthüllungen über ihre Eltern und dann auch noch das Abenteuer am Hofgarten.

Sie war ein bisschen stolz auf sich, dass sie die Übeltäter vertrieben und Mr. Trevor verarztet hatte, auch wenn sie das Wort Heldentat übertrieben fand.

»Du meinst, weil du ausgerechnet jenen Mann gerettet hast, der dich so erbost hat?«, fragte er, als Paula ihm aus dem Schlafrock und ins Bett half. »Das ist wohl wahr.«

Paula wandte sich zum Gehen, doch Onkel Rudy sagte ernst: »Warte noch. Warum bist du allein im Dunkeln hinausgegangen?«

Sie presste die Lippen zusammen, musste es aber aussprechen, sonst würde sie nicht schlafen können.

»Ich hatte mir angesehen, was in deiner Schachtel ist.« Sie zögerte. »Danach hielt ich es im Haus einfach nicht mehr aus.«

»Das kann ich mir vorstellen. Es tut mir unendlich leid.« Er schloss erschöpft die Augen. »Du warst sehr mutig heute Abend ... du wirst ... alles gut ...«

Paula ging mit gesenktem Kopf hinaus, das Herz noch immer voller Fragen.

17

Onkel Rudy erinnert sich

In der Nacht hatte es geregnet, und auch jetzt hingen dichte Wolken über der Stadt. Der Frühsommer hatte sich vorübergehend verabschiedet, und im Kamin knisterte ein Feuer. Paula hatte darauf bestanden, es anzuzünden, nachdem Onkel Rudy verkündet hatte, er werde zum ersten Mal seit fast einer Woche das Bett verlassen.

»Das hast du doch gestern Abend schon getan«, sagte sie streng.

»Das zählt nicht, es waren nur wenige Minuten.«

»Die dich offenbar völlig erschöpft hatten.«

Bei diesen Worten wurde er ein bisschen rot; er schien genau zu wissen, worauf sie mit ihren Worten anspielte. »Bitte verzeih, ich werde dir heute alles erzählen, was ich weiß.«

Kurz darauf saß Onkel Rudy mit einer Decke über den Knien im Sessel, zum Kamin gewandt, als suchte er die Wärme des knisternden Feuers. Tine hatte Tee gebracht. Als sie gegangen war, setzte Paula sich ihm gegenüber. Sie sah, dass es ihm schwerfiel, die richtigen Worte zu finden, und so machte sie den Anfang.

»Früher habe ich an diesem Grab gestanden, Seite an Seite mit meiner Mutter, und versucht, mir sein Gesicht vorzustellen. Damals glaubte ich, dass der Vater, von dem ich kein Bild, keinen Brief, keinerlei Andenken besaß, zu meinen Füßen begraben lag.« Sie holte tief Luft. »Heute weiß ich, dass er nicht dort ist. Aber nichts von dem, was ich in den letzten Wochen erfahren habe, verrät mir, *wo* mein Vater ist, was aus ihm wurde. Wie kann ein Mensch einfach verschwinden?«

Die Frage war wie ein Glockenschlag, dessen Schwingungen sich im ganzen Raum verbreiteten und in der Stille nachhallten, denn sie barg alle anderen Fragen in sich.

Onkel Rudy beugte sich vor, streckte die Hände aus und umschloss die ihren. Seine waren angenehm warm und trocken und schienen Paula mit etwas zu umhüllen, das sich wie Liebe anfühlte.

»Ich werde dir erzählen, was ich weiß, aber es ist leider nicht viel.« Er atmete tief durch. »Der Brief deiner Mutter erreichte mich auf Umwegen, ich habe damals in Frankreich gelebt. Als ich ihn erhielt, war er bereits vier Wochen alt. Natürlich habe ich sofort an das Hotel geschrieben, in dem sie und dein Vater abgestiegen waren. Wenige Tage später erhielt ich ein Telegramm, in dem man mir mitteilte, Mrs. Cooper sei abgereist.

Also habe ich deine Mutter in London aufgesucht, in der festen Überzeugung, meinen Bruder dort anzutreffen. Dass er mit Absicht verschwunden war und seine Frau und die kleine Tochter allein zurückgelassen hatte, hielt ich für undenkbar.« Er musste schlucken und trank von seinem

Tee, vielleicht auch, um Zeit zu gewinnen und sich zu fassen. »Und doch hatte es sich offenbar so zugetragen. Deine Mutter hatte nach William gesucht, die Polizei verständigt, aber alle Erkundigungen waren vergeblich.«

»Und dann ist sie ohne meinen Vater nach England zurückgekehrt?«, unterbrach ihn Paula ungläubig.

Er stellte die Tasse ab und schaute nachdenklich vor sich hin. »Sie war in einem schlimmen Zustand, Paula, sehr verstört und verzweifelt. Williams und meine Eltern waren tot, ihre eigenen Eltern waren mit der Ehe nicht einverstanden gewesen und boten ihr lediglich etwas Geld, das sie annahm. Sie schämte sich furchtbar deswegen, das war nicht zu übersehen. Darum hat sie später wohl auch Zimmer vermietet.«

»Was hat sie zu dir gesagt, wie hat sie sich verhalten?«

»Sie war tief erschüttert, schaute minutenlang aus dem Fenster, sodass ich schon dachte, sie hätte meine Gegenwart vergessen. Sie sagte, sie könne niemandem mehr vertrauen, nachdem William sie so im Stich gelassen habe.«

»Hast du ihr geglaubt?«

Onkel Rudy blickte überrascht auf. »Wie meinst du das?«

Paula wurde rot und sagte hilflos: »Es ist … ich meine, die ganze Geschichte klingt so unvorstellbar.«

»Ja, ich habe ihr geglaubt, wie hätte ich das nicht tun können? Mein Bruder war nicht mit ihr zurückgekehrt. Falls du hingegen meinst, ob ich glauben kann, dass William Cooper, den ich mein Leben lang gekannt und geliebt habe, Frau und Kind ohne ein Wort verlassen würde, lautet die Antwort Nein. Ich habe es damals nicht geglaubt und glaube es bis heute nicht. Ihm muss etwas zugestoßen sein. Mein Herz sagt mir, dass dein Vater euch das niemals grundlos angetan hätte.«

Rudy stützte den Kopf in die Hand und bedeckte die Augen. Paula begriff, wie schwer es ihm fallen musste, nach all den Jahren über die Tragödie zu sprechen. Er hatte die Erinnerung in sich verschlossen und gehofft, sie nie wieder hervorholen zu müssen.

»Hast du versucht, ihn zu finden?«

Er schwieg lange, bevor er sie ansah, und schien dann aus einem Traum zu erwachen. »Ja, das habe ich. Aber erst später, im Oktober. Ich ... bin von London aus nicht gleich nach Bonn gereist. Ich hatte noch in Frankreich ... zu tun.«

Es klang ein bisschen ausweichend, doch Paula war zu gespannt darauf, was seine anschließenden Nachforschungen ergeben hatten, um weiter in ihn zu dringen.

»Ich weiß nicht, ob es etwas geändert hätte, wenn ich sofort nach William gesucht hätte. Im Hotel Kley bestätigte man mir, dass William und Margaret Cooper dort gewohnt hätten und die Dame mit ihrer kleinen Tochter vor Ort geblieben sei, während Mr. Cooper eine mehrtägige Dampferfahrt auf dem Rhein unternahm. Er sei ein freundlicher und großzügiger Gast gewesen. Er habe nur wenig Gepäck mitgenommen und alles Übrige im Hotel gelassen. Also hatte William sein Verschwinden entweder nicht geplant oder aber ...« Rudy verstummte.

»Er wollte keinen Verdacht erregen«, vollendete Paula seinen Satz.

Der Atem ihres Onkels ging stoßweise.

»Möchtest du dich wieder hinlegen?«, fragte sie besorgt. Er war von der Krankheit geschwächt, und sein Herz litt unter den Erinnerungen.

»Nein, ich möchte das zu Ende bringen.« Er lehnte sich zurück, sein Atem beruhigte sich allmählich.

»Hast du auch diese Mrs. Eldridge aufgesucht, die Mutter im Brief erwähnt?«, fragte Paula.

Er schüttelte resigniert den Kopf. »Sie war wohl schon abgereist. Im Schifffahrtsbüro bestätigte man mir, dass ein Herrn namens William Cooper eine Fahrkarte für den betreffenden Tag gekauft und ordnungsgemäß bezahlt habe. Mehr könne man mir leider nicht sagen, es seien zu viele Passagiere auf dem Rhein unterwegs. Ich fragte beim Bordpersonal nach, aber niemand erinnerte sich, da die Reise schon zwei Monate zurücklag. Kurzum, mein Bruder blieb verschwunden.«

»Und was war mit dieser Ehrenwerten Caroline Bennett?« Es fiel ihr schwer, den Namen der Frau auszusprechen.

»Ich habe einige Leute getroffen, die sie flüchtig kannten. Sie hatte sich nicht lange in Bonn aufgehalten, es war nur eine Zwischenstation für sie. Sie wollte in die Schweiz und weiter nach Italien reisen. Ob sie deinen Vater bereits kannte, bevor sie an Bord des Schiffes gingen, weiß ich nicht. Und auch nicht, was aus ihr geworden ist. Ich muss gestehen, danach war ich ratlos.« Rudy schaute wieder auf seine Hände, als wollte er Paulas Blick ausweichen. »Das mag schwach klingen, aber wir besaßen keinen Hinweis außer dem, was diese Mrs. Eldridge deiner Mutter gesagt hatte. Das alles liegt seit dreißig Jahren wie ein Schatten über mir. Und sieh mich an, ich lebe in Bonn, als könnte ich dem Ort, an dem mein Bruder zuletzt lebend gesehen wurde, nicht entfliehen.« Er seufzte. »Wie durch ein Wunder bin ich hier glücklich geworden. Ich habe gute Freunde, vor allem August, und eine Aufgabe, die mich erfüllt. Manchmal denke ich eine Weile nicht an William, und dann geschieht etwas, das mich sofort an ihn erinnert. Ein unbekümmertes Lachen. Eine Familie mit Koffern, die vom Bahnhof kommt, oder ein Mann, der am Anleger steht und auf den Rhein blickt. Dann ist auf einmal alles wieder da.«

Er griff in die Tasche seines Schlafrocks und holte ein Tuch heraus, mit dem er sich über die Augen wischte. Dann sah er Paula an. »Da sitze ich nun und weine. Dabei bist du es, deren ganzes Leben sich auf einen Schlag verändert hat. Es ist nicht einfach, das alles zu bewältigen. Wenn ich dir helfen kann, sag es mir. Ich bin für dich da.«

Paula war zornig, vor allem auf ihre Mutter, die sie so lange unwissend gehalten hatte, und auf Harriet, die sie dabei unterstützt hatte, doch es war ein kalter Zorn, der sie nicht daran hinderte, klar zu denken. Noch vor wenigen Wochen hätte das alles sie überwältigt, doch etwas war mit ihr geschehen. Sie war nicht mehr die Frau, die hinter geschlossenen Vorhängen im Haus an der Schleuse wohnte, die sich damit abgefunden hatte, dass ihr Leben immer so weitergehen würde – sicher, ereignislos, ein bisschen traurig.

Ein einziger Brief hatte sie dazu gebracht, die Vorhänge aufzureißen und die Welt hereinzulassen. Sie war allein auf Reisen gegangen, war neuen Menschen begegnet und hatte

Pflichten übernommen, die sie sich nicht zugetraut hatte. Darum weinte sie nicht mit ihrem Onkel, sondern trat neben ihn und legte ihm die Hand auf die Schulter. Er neigte kaum merklich den Kopf zu ihr und lehnte sich an ihren Arm.

»Du hast recht, ich habe einiges zu verdauen.« Ihre nächsten Worte kamen wie von selbst. »Ich werde meiner Mutter schreiben. Wenn ich von ihr gehört habe, sehe ich weiter.«

Sie setzte sich wieder hin und schenkte sich und Onkel Rudy Tee nach. Dabei wuchs in ihr ein Gedanke, nein, ein Plan. Er erschien ihr naheliegend und abwegig zugleich – und doch so ganz und gar richtig. Spontan beschloss sie, Onkel Rudy davon zu erzählen, denn er hatte sich ihr Vertrauen verdient.

Paula räusperte sich. »Ich habe gerade einen Entschluss gefasst.«

Als sie bemerkte, wie erschrocken Onkel Rudy aussah, bereute sie ihre Worte sofort. »Keine Sorge, ich reise nicht ab, ganz im Gegenteil.«

Er atmete hörbar aus.

»Ich will, nein, ich *muss* versuchen, die Wahrheit über meinen Vater herauszufinden. Natürlich ist viel Zeit vergangen, und die Aussicht, etwas von Bedeutung zu entdecken, ist sehr gering. Aber ich kann nicht anders. Ich würde mir nicht verzeihen, wenn ich es nicht wenigstens versucht hätte. Verstehst du das?«

Onkel Rudy beugte sich vor und umfasste ihren Arm. Er sah jetzt beinahe kindlich aus, ein blasser kleiner Junge mit weißen Löckchen, die sich ins Gesicht kringelten.

»Und ob ich das verstehe. Ich habe nie aufgehört, mich schuldig zu fühlen, weil ich …« Er zögerte. »Weil ich nicht schnell genug hergekommen bin. Weil ich nicht lange genug gesucht habe. Weil ich mir nicht genug Mühe gegeben habe. Weil ich mit meinen Gedanken nicht nur bei William war. Nun aber, da du endlich davon weißt, ist es an dir, die Suche fortzusetzen, den Faden wieder aufzunehmen. Vielleicht bist du auch deshalb hier. Vielleicht habe ich dich unbewusst nach Bonn geholt, damit das Rätsel gelöst wird, bevor ich sterbe.«

Paula schluckte. Sie beugte sich vor und küsste ihn auf die Stirn.

»Das werde ich auf jeden Fall versuchen. Und ich fange gleich damit an.«

Onkel Rudy nickte wortlos. Sie löste vorsichtig seine Hand von ihrem Arm und verließ das Zimmer.

Inzwischen hatte sich der Himmel verdunkelt, dichte Wolken vertrieben auch den letzten zaghaften Sonnenstrahl, doch Paula ließ nicht davon abschrecken. Sie würde dorthin gehen, wo alles angefangen hatte. Vielleicht war das der richtige Ort, um die Suche nach ihrem Vater zu beginnen.

Sie marschierte entschlossen los in Richtung Universität und zog nur ihren Umhang enger, um sich vor dem frischen Wind zu schützen.

Diesmal meinte sie, überall geisterhafte Bilder ihrer Eltern zu sehen. Ein Paar, das mit einem Kinderwagen unter den Bäumen entlangging, ein Mann, der bewundernd vor dem Coblenzer Tor stand, eine Frau, die mit ihrem Kind auf dem Arm vom Alten Zoll herunterkam. Plötzlich empfand Paula die Stadt ganz anders, sah sich überall von Schatten umgeben, Schatten ihrer eigenen Vergangenheit.

Sie war so in Gedanken, dass sie die beiden Männer am Hofgarten nicht bemerkte, sondern achtlos an ihnen vorüberging.

»Miss Cooper?«

Sie stutzte und drehte sich um.

Es war Professor Hergeth, neben sich einen jungen Mann, der die schwarz-silberne Schärpe und die weiße Mütze eines Verbindungsstudenten trug.

»Welch eine Freude, Sie zu sehen, Miss Cooper! Wir kommen gerade vom Mittagessen im Hotel Kley. Bitte richten Sie Rudolph aus, dass ich ihn später besuche.« Der Professor verneigte sich leicht und deutete auf den jungen Mann, der die Mütze abnahm, wobei er angestrengt auf seine Schuhe schaute. »Darf ich Ihnen meinen Neffen Ferdinand vorstellen? Ich glaube, Sie sind einander schon begegnet, wenn auch unter eher ungewöhnlichen Umständen.«

Paula musste ein Lachen unterdrücken, als sie an den vergangenen Abend dachte. »In der Tat, wir sind uns flüchtig über den Weg gelaufen.« Sie hielt ihm die Hand hin, die er mit einer Verbeugung nahm.

Seine Wangen waren hochrot, und als er sie anschaute, blickten seine braunen Augen geradezu flehend. »Es ist mir äußerst unangenehm, dass eine Dame inkommodiert wurde. Ich bitte untertänigst um Verzeihung, auch im Namen meiner Corpsbrüder«, sagte er auf Englisch.

»Das will ich auch hoffen«, ermahnte ihn sein Onkel. »Vor allem, wenn man euren Wahlspruch bedenkt.«

Der Neffe nickte zerknirscht. »Virtus fidesque bonorum corona – Tugend und Treue sind die Krone der Guten.« Er verbeugte sich noch einmal und schaute von seinem Onkel zu Paula. »Danke für das Mittagessen, Onkel August. Es war mir eine Ehre, Miss Cooper.«

Der junge Mann wollte sich gerade entfernen, als Paula ihn zurückhielt. »Es ist sehr nett, dass Sie mich um Verzeihung bitten. Aber gibt es nicht noch jemanden, der eine Entschuldigung verdient?«

Sie sah, wie ein Ruck durch seinen Körper ging. Er ballte die Fäuste und drehte sich wieder zu ihnen um.

Der Professor schaute Paula fragend an. »Mein Neffe hat erzählt, dass er und einige Kommilitonen Ihnen gestern Abend in angetrunkenem Zustand begegnet und dabei womöglich lästig gefallen seien. Ist noch etwas vorgefallen, von dem ich wissen sollte, Ferdinand?«

Paula dachte an Mr. Trevors blutiges Gesicht und wie blass er ausgesehen hatte, als er auf Onkel Rudys Sofa saß.

»Herr Hergeth und seine … Corpsbrüder sind sehr grob mit einem englischen Gentleman umgegangen, der ihnen im Hofgarten nicht schnell genug Platz machte. Ich kam zufällig vorbei und rief eine kurze Warnung. Darauf zogen sich die jungen Herren zurück, und ich habe mich um den Verletzten gekümmert.«

Paula sah, wie eine Ader an der Stirn des Professors pochte. Bevor er zu einer Strafpredigt ansetzen konnte, sagte sie rasch: »Ich bin mir sicher, dass der betreffende

Herr eine schriftliche Entschuldigung annehmen wird. Nun muss ich mich leider verabschieden. Auf bald, Herr Professor. Auf Wiedersehen, Herr Hergeth.«

Mit diesen Worten raffte Paula ihre Röcke und schritt eilig davon.

Sie ging durchs Coblenzer Tor und blieb dann stehen. Links ging es in die schon vertraute Innenstadt, rechts zum Rhein hinunter. Sie atmete kurz durch und wandte sich nach rechts. Sie kannte die Gegend nur von Stadtplänen, sie selbst war noch nie hier gewesen. Dennoch fühlte sie sich seltsam angezogen von den engen Gassen, die ans Wasser grenzten. Der graue Himmel spiegelte sich in den Pfützen. Ein Wind fuhr hindurch, das Bild zerfloss in winzigen Wellen. Als sie das Ende der Straße erreichte, fand sie sich unterhalb des Alten Zolls wieder.

Paula trat wie verzaubert ans Geländer und schaute an der Ufermauer hinunter auf den Fluss, der dicht unter ihr dahinströmte. So nah war sie dem Rhein noch nie gekommen. Sie spürte kaum die vereinzelten Regentropfen, die sie auf Kopf und Schultern trafen, und blickte langsam über das Panorama, das sich ihr bot. Die Häuser am Ufer gegenüber, die Boote und Kähne auf dem Wasser, weiter rechts die wolkenverhangenen Hügel des Siebengebirges.

Links stand ein einfaches, mehrstöckiges Steinhaus, an dem ein Schild mit der Aufschrift *Restauration Rheinkrahnen* angebracht war. Eine kleine Terrasse, die kühn über dem Wasser schwebte, bot eine Aussicht auf den Fluss. Dahinter ragte der hölzerne Arm eines Ladekrans hervor.

Angesichts des unfreundlichen Wetters waren kaum Menschen unterwegs. Paula bemerkte einige Männer in Arbeitskleidung, die Karren zogen oder kleine Lastkähne entluden, und eine alte Frau, die einen Korb voller Eier trug. Touristen waren nicht zu sehen. Auf einmal kam sich Paula ziemlich allein vor. Nicht, dass sie sich gefürchtet hätte, dafür war es am Flussufer zu hell und offen, doch es kam ihr vor wie eine andere Stadt, die wenig mit den prächtigen Schlössern und der ehrwürdigen Universität gemein hatte.

Der Regen fiel nun in dünnen Schnüren, doch sie ging unbeirrt weiter, getrieben von der Erinnerung an die Briefe ihrer Eltern. Und schon bald sah sie, wie im Reiseführer beschrieben, den Anleger.

Es war nur eine metallene Brücke, an der die Schiffe vertäut wurden und über die Passagiere ein- und aussteigen konnten. Hier bot sich kein großartiger Anblick wie im Hafen von Harwich, wo sie an Bord ihres Dampfers gegangen war. Hier wurden keine Schiffe gebaut und keine exotischen Waren entladen, nichts kündete von Fahrten über den Ozean.

Und doch war dieser Ort etwas Besonderes, denn von hier musste ihr Vater vor über dreißig Jahren zu seiner Rheinreise aufgebrochen sein, von der er nie zurückgekehrt war. Hier hatte ihre Mutter mit der kleinen Paula auf dem Arm vergeblich auf ihren Mann gewartet.

Sie meinte wieder, Schatten vor sich zu sehen, Gestalten, die nicht da waren und es doch einmal gewesen waren. Paula schloss die Augen und wünschte eine Erinnerung herbei, die sich nicht einstellen wollte. Es war zu lange her.

Sie besaß keine Erinnerung an das kleine Mädchen, das auf dem Arm der Mutter hier gewartet hatte. Paula schluckte, weil ihre Kehle plötzlich eng geworden war.

Sie kehrte dem Fluss den Rücken, wollte in die nächste Gasse biegen, zurück zur Universität und dem warmen Haus ihres Onkels, denn es war inzwischen ungemütlich kühl und ihre Kleidung ganz durchnässt. Hier war nichts zu finden, keine echte Erinnerung, nur Bilder, die ihr der eigene Verstand vorgaukelte.

Dann aber hielt sie inne. Am Haus gegenüber prangte ein Schild, so groß, dass es nicht zu übersehen war: *Kölnische und Düsseldorfer Gesellschaft für Rhein-Dampfschiffahrt.*

Ob dies wohl das Büro war, in dem Onkel Rudy vor so vielen Jahren nach seinem Bruder gefragt hatte? Er hatte sich damals vergeblich erkundigt, und auch sie machte sich keine Hoffnungen. Doch sie konnte nicht einfach vorbeigehen.

Zögernd trat Paula in den Empfangsraum, in dem ein älterer Mann mit goldbesetzter Schirmmütze hinter einem Schalter saß.

»Guten Tag. Womit kann ich dienen?«

»Sprechen Sie Englisch?«

»Gewiss, Madam.«

»Ich habe eine Frage. Bewahren Sie Ihre Passagierlisten auf?«

Der Mann sah sie erstaunt an. »Ich verstehe nicht ganz …«

»Ich bin auf der Suche nach jemandem, der von hier aus eine Rheinfahrt unternommen hat. Flussaufwärts. Es … ist sehr wichtig.«

Der Mann strich sich nachdenklich übers Kinn, als

müsste er sich die Antwort sorgsam zurechtlegen. »Wir haben jährlich über eine Million Reisende auf dem Rhein. Wann soll das denn gewesen sein? In diesem Jahr?«

»Nein. 1837.« Als Paula die Jahreszahl aussprach, wurde ihr bewusst, wie absurd die Antwort klang.

Sein Blick sprach Bände. »Aus dieser Zeit bewahren wir keine Unterlagen auf, Madam. Bedauere, aber ich kann Ihnen nicht helfen.«

Paula spürte, wie ihre Wangen heiß wurden. »Verzeihung, es tut mir leid, ich wollte Sie nicht belästigen.«

Der Mann merkte wohl, wie sehr ihr die Frage am Herzen lag. »Ich bedauere wirklich, dass ich Ihnen nicht mehr sagen kann. Möchten Sie hier warten, bis der Regen aufgehört hat?«

Paula schüttelte den Kopf, bedankte sich und verließ das Schifffahrtsbüro. Sie meinte zu spüren, wie sich die Augen des Mannes mitleidsvoll in ihren Rücken bohrten.

Der Regen fiel jetzt in Sturzbächen. Paulas Umhang war durchweicht; sie spürte, wie ihr Kleid am Körper klebte. Die nassen Röcke bauschten sich um ihre Beine und hinderten sie daran, schneller voranzukommen. Sie eilte zum Coblenzer Tor hinauf und unter den Bäumen des Hofgartens hindurch, die sie nicht vor dem Regen schützen konnten. Im Gegenteil, das Wasser troff von den ausladenden Ästen auf sie herunter. Ihre Schuhe waren inzwischen auch vollkommen durchnässt, der Boden war von kleinen, reißenden Rinnsalen durchzogen, die in Richtung Straße strömten. Sie wischte sich mit dem Handrücken das Wasser aus den Augen.

213

In Gedanken war Paula noch am Anleger, der wie eine Eisenhand ins graue Wasser ragte, sah den halb verwunderten, halb mitleidigen Blick, mit dem der Fahrkartenverkäufer sie gemustert hatte, dachte daran, dass ihre Mutter, Onkel Rudy und die Polizei vergeblich nach ihrem Vater gesucht hatten. Dreißig Jahre waren seitdem vergangen, ein halbes Menschenleben, gewiss war jede Spur verwischt.

Doch Paula wusste nur zu gut, dass sie es versuchen musste. Es wäre keine Schande, wenn sie scheiterte – es gar nicht erst zu wagen, hingegen schon. Wenn sie das Rätsel um ihren Vater lösen wollte, hatte sie einen langen und steinigen Weg vor sich. Und sie hatte gerade erst begonnen.

Endlich erreichte sie das Haus mit der Nummer 88.

Tine schlug die Hände über dem Kopf zusammen. »Gott im Himmel, was haben Sie nur angestellt?« Sie nahm ihr energisch Hut und Umhang ab, stemmte die Hände in die Hüften und musterte Paula streng. »Ziehen Sie sich sofort um, sonst holen Sie sich was an der Lunge. Ich mache Ihnen Tee. Mit Rum.«

18

Blumen und Gewitter

»Heute kam ein Herr im karierten Anzug herein. Ihn begleitete an der Leine ein Mops, der ein kariertes Mäntelchen trug. ›Führen Sie Schirme?‹, fragte der Mann in blasiertem Ton.« Paula ahmte ihn treffend nach. »›Leider nicht‹, sagte ich. ›Aber es gibt eine gute Schirmhandlung in der Nähe.‹ ›Sind Sie hier die Besitzerin? Es wäre durchaus empfehlenswert, wenn Sie Schirme anböten, wie es sich für einen guten Reiseausstatter gehört. Ich lege großen Wert darauf, dass mein Fido vor jedem Wetter geschützt ist.‹ ›Fido?‹, fragte ich, obwohl ich die Antwort bereits ahnte. ›Mein Hund‹, sagte der karierte Herr. ›Möpse sind empfindsame Tiere, die man nicht der grellen Sonne aussetzen darf.‹«

Onkel Rudy und der Professor brachen in Gelächter aus. »Und was hat er dann gesagt?« Onkel Rudy wischte sich die Augen.

»›Wenn Sie mir nichts anbieten können, empfehle ich mich. Guten Tag.‹ Er hat auf dem Absatz kehrtgemacht und mitsamt Mops den Laden verlassen. Man sagt ja, Herr und Hund würden einander zunehmend ähnlich. Die beiden waren der lebende Beweis dafür«, sagte Paula belustigt, worauf die Männer wieder loslachten.

Nachdem sich alle beruhigt hatten, hob Onkel Rudy die Hand. »Ich habe etwas anzukündigen: Am Donnerstag werde ich mich für einige Stunden ins Geschäft begeben. Dr. Hoffmann hat es mir erlaubt.«

Der Professor sprang auf, trat vor Onkel Rudy und stemmte die Hände in die Hüften. »Rudolph, du treibst Schindluder mit deiner Gesundheit! Das kann ich nicht zulassen!« Diesen Ton und solche schroffen Worte hatte Paula noch nicht bei ihm erlebt, und sie schaute betreten zu Onkel Rudy.

Der saß jedoch mit engelsgleichem Lächeln da, die leichte Decke über den Knien, ein winziges Glas Sherry in der Hand, und nickte.

»Dr. Hoffmann hat Bedingungen gestellt, die ich alle streng einhalten werde. Ich nehme den Wagen, ziehe mich warm genug an und sitze lediglich hinter der Theke. Herr Wörth übernimmt alle körperlichen Tätigkeiten.«

»Aber dein Herz, Rudolph!« Der Professor ließ sich entnervt wieder in den Sessel fallen.

»Mein lieber August, ich weiß deine Sorge zu schätzen, aber ich muss endlich wieder unter Menschen. Mir fehlt die Arbeit. Und Paula muss etwas anderes sehen als dieses Haus und mein Geschäft, sie soll die Schönheiten unserer Gegend entdecken, neue Menschen kennenlernen – ich plane übrigens eine kleine Gesellschaft ihr zu Ehren im Belle Vue, schon nächste Woche.« Er hielt inne und

216

sah Paula betreten an. »Oh, das sollte eine Überraschung sein.«

Sie schluckte. »Das ist es auch. Damit hatte ich nicht gerechnet. Eine Gesellschaft ... darauf bin ich gar nicht vorbereitet.« Alles, was sie an Gesellschaften kannte, waren die Teekränzchen und Kirchenbasare in Kings Langley.

Als hätte er ihre Gedanken gelesen, sagte Onkel Rudy: »Meine Liebe, du hast mich über eine Woche lang hervorragend vertreten. Du bist mit dem Mopsbesitzer fertiggeworden. Furcht einflößender sind unsere Gäste nächste Woche auch nicht.«

Paula behagte die Vorstellung nicht so ganz, doch immerhin war der Professor abgelenkt, was auch sein Gutes hatte. »Sie kommen hoffentlich auch?«, fragte sie ihn freundlich.

»Es ist mir ein Vergnügen, Miss Cooper.«

Die Reisesaison hatte begonnen, und im Geschäft war so viel zu tun, dass Paula am Montag und Dienstag tagsüber kaum an ihr Vorhaben denken konnte. Erst am Abend in ihrem Zimmer fand sie die Muße, erneut die Briefe zu lesen und sich Notizen zu machen, wo sie mit ihrer Suche beginnen könnte – allerdings mit wenig Erfolg. Es fiel ihr schwer, ihre Gedanken zu sammeln, weil sie müde war und sich um Onkel Rudy sorgte.

Eines hatte sie jedoch erledigt, und zwar noch am Sonntag, getrieben von dem Mut, den ihr der Rum im heißen Tee verliehen hatte: den Brief an ihre Mutter. Seither wartete sie beklommen auf die Antwort.

Am Dienstagabend ging sie trotz all ihrer schweren Gedanken beschwingt zu Bett. Entgegen der Bedenken des Professors ging es Onkel Rudy deutlich besser, und sobald er wieder im Geschäft war, würde sie endlich Zeit finden, um ihr Vorgehen genau zu planen.

Und dann kam ihr ein Gedanke – wenn sie nun Onkel Rudys Abendgesellschaft für ihre eigenen Zwecke nutzte und sich unauffällig umhörte? Unverfängliche Fragen stellte? Die Reise ihrer Eltern nebenbei erwähnte? Natürlich war die Aussicht, dass einer der Gäste ihren Vater gekannt hatte, sehr gering, doch Paula hatte nichts zu verlieren.

Mit diesem Gedanken schlief sie ein.

Am Mittwoch geriet Paula in ein Frühjahrsgewitter. Als sie am Nachmittag das Emporium verließ, türmten sich im Westen dunkle Wolken auf, aber über der Stadt schien noch die Sonne, und der Fußweg in die Coblenzer Straße war ein liebes Ritual geworden. Zudem hatte es etwas von einem Abschied, denn dies war der letzte Tag, an dem sie selbst den Laden abschloss, bevor sie nach Hause ging. Ab morgen hatte Onkel Rudy wieder das Sagen.

Nicht schon wieder, dachte sie, als kurz vor dem Coblenzer Tor die ersten dicken Tropfen aufs Pflaster klatschten. Die Wolken waren schneller aufgezogen als erwartet, und schon zuckte ein greller Blitz über den Himmel. Paula wechselte die Straßenseite, bei einem Gewitter wich sie den Bäumen des Hofgartens lieber aus. Nun eilte sie ungeschützt am Alten Zoll und den Hotels vorbei.

»Wollen Sie sich unterstellen?«, rief ein freundlicher

Portier, doch sie schüttelte den Kopf. Sie hatte es einmal heil überstanden, völlig durchnässt zu werden, also würde sie es auch noch einmal schaffen.

Tine würde ihr einen Tee machen, und sie würde die nassen Kleider ausziehen, sich in ein warmes Flanelltuch hüllen, ein Hauskleid anlegen, sich Onkel Rudys Pläne für die Abendgesellschaft anhören …

»Miss Cooper.« Tines Blick, mit dem sie Paula an der Haustür empfing, war noch strenger als die Stimme. Sie deutete mit dem Kopf nach oben. »Wenn Sie sich umgekleidet haben, kommen Sie runter und kümmern sich um Ihren Besuch. Der sitzt seit einer halben Stunde allein im Wohnzimmer. Mit Blumen«, fügte sie hinzu, als wäre Paulas Abwesenheit ein persönlicher Affront.

»Wo ist denn mein Onkel?«

»Er schläft.« Tines Ton verriet, dass kein Besucher der Welt sie dazu bringen würde, ihrem Herrn den Schlaf der Genesung zu rauben.

Paula eilte nach oben in ihr Zimmer und geriet ins Schwitzen, noch bevor sie die nassen Kleider ausgezogen hatte.

Besuch mit Blumen? Sie ahnte, wer es war, wollte aber lieber nicht daran denken.

Also kein Hauskleid, dachte sie seufzend und nahm einen lavendelfarbenen Rock und eine hellgraue Bluse aus dem Schrank. Sie zog alles an, wobei der Stoff unangenehm auf der feuchten Haut haftete, schüttelte den Rock, bis er glatt über der Krinoline saß, und versuchte mit mäßigem Erfolg, die Frisur zu richten. Dies war einer der seltenen

Momente, in denen sie sich eine Zofe wünschte. Dann beschloss sie, dem Besuch so würdevoll gegenüberzutreten wie möglich.

Sie atmete durch, verließ das Zimmer und ging mit erhobenem Kopf die Treppe hinunter, drückte die Klinke der Wohnzimmertür und trat ein.

Der Kopfverband war kleiner und geschickter angelegt, als hätte sich ein Arzt darum gekümmert. Das Hemd war blütenweiß, und Mr. Trevor hatte wieder eine gesunde Gesichtsfarbe. Er erhob sich etwas unbeholfen, als sie hereinkam, und streckte ihr eine Blumenvase entgegen, die einen schönen bunten Strauß enthielt.

Paula musste unfreiwillig lachen. »Haben Sie etwa eine halbe Stunde mit der Vase dagesessen, Mr. Trevor? Sie dürfen Sie gern abstellen.«

Er gehorchte erleichtert und gab Paula mit einer Verbeugung die Hand. »Ihre Haushälterin war so freundlich« – bei dem Wort musste er sich ein Grinsen verbeißen – »mir die Vase zu bringen, damit die Blumen nicht welken.« Er warf einen Blick auf Paulas Frisur und sah zum Fenster. »So ein plötzlicher Wetterumschwung! Als ich vorhin kam, schien noch die Sonne.«

Wie immer, wenn zwei Engländer sich unbehaglich fühlten und nicht recht wussten, was sie sagen sollten, bot das Thema Wetter eine willkommene Ablenkung.

»Ja, in der Tat. Und es ist noch früh im Jahr für ein Gewitter.« Paulas Blick fiel auf das Teetablett, das auf dem Tisch stand. »Ich sehe, man hat uns bereits versorgt.«

»Ich soll Ihnen ausrichten, dass Sie den Tee unverzüglich zu trinken haben. Mindestens zwei Tassen. Es ist Kräutertee«, fügte Mr. Trevor schmunzelnd hinzu.

Paula verzog das Gesicht.

»Ich werde Sie auch gar nicht lange aufhalten«, fuhr er fort. »Ich bin nur gekommen, um mich noch einmal für Ihr beherztes Einschreiten zu bedanken. Ich weiß ehrlich nicht, wie die Sache ohne Sie ausgegangen wäre.«

»Waren Sie beim Arzt?«

Er nickte. »Die Verletzung ist oberflächlich, keine Gehirnerschütterung. Und mein Knie ist rot und blau angelaufen, aber nicht ernsthaft geschädigt.«

Paula setzte sich ihm gegenüber und drehte die Vase bewundernd hin und her. »Am Sonntag bin ich übrigens einem der jungen Herren begegnet, die Sie angegriffen haben – dem, dessen Name mir geläufig war. Ich nehme an, Sie werden noch Post von ihm erhalten. Außerdem dürfte er eine gewaltige Standpauke von seinem Onkel bekommen haben, der Professor an der Universität ist.«

Mr. Trevor schüttelte lachend den Kopf. »Mir scheint, Sie haben ausgezeichnete Verbindungen.«

»Es war ein glücklicher Zufall. Mein Onkel ist mit dem Professor befreundet. Falls Sie Beschwerde gegen seine Komplizen einlegen möchten, können Sie die Schuldigen sicher über ihn ausfindig machen.«

»Nein, das möchte ich nicht.«

Paula sah ihn überrascht an. »Sie wollen ihn so leicht davonkommen lassen?«

Mr. Trevor legte den Kopf ein wenig schief und lächelte. »Ach, wissen Sie, ich möchte meine Zeit hier nicht mit

Streit vertun. Mir scheint, der Onkel wird schon dafür sorgen, dass der junge Mann sich künftig benimmt. Und dieser wird hoffentlich ein Auge auf seine Freunde haben.«

Paula staunte, wie großzügig Mr. Trevor vergab. Es war kaum zu glauben, dass dies derselbe Mann sein sollte, der sich auf dem Kreuzberg so grob verhalten hatte. Sie hatte angenommen, dass dies seine Wesensart sei, fragte sich nun aber, ob sie ihm nur in einem ungünstigen Moment begegnet war.

»Habe ich etwas Falsches gesagt? Sie sehen so ernst aus.«

Sie straffte die Schultern. »Nein, nein, ich war nur in Gedanken.«

Mr. Trevor lehnte sich auf dem Sofa zurück und sah sie prüfend an. »Sie haben von mir zu den Blumen geschaut und sich auf die Unterlippe gebissen. Außerdem haben Sie ein wenig die Stirn gerunzelt, als erörterten Sie ein schwieriges Problem. Das ließ mich befürchten, ich hätte irgendetwas gesagt, das Ihnen nicht gefällt. Vielleicht haben Sie aber auch an unsere erste Begegnung gedacht und sich gefragt, warum Ihnen ein solcher Grobian jetzt Blumen bringt.«

Paula schluckte. Mr. Trevor schien in ihr zu lesen wie in einem Buch, und sie kam sich seltsam entblößt vor. »Finden Sie es höflich, mich so zu beobachten und solche Schlussfolgerungen zu ziehen?«

»Es ging mir nicht um Höflichkeit, die Frage war aufrichtig gemeint.«

»Dann schließen Höflichkeit und Aufrichtigkeit einander aus?«

Er lächelte gelassen. »Tun sie das nicht fast immer?«

»Mir scheint, Sie sind ein Zyniker.«

»So würde ich es nicht beschreiben. Ich bin ein Realist. Ich bemühe mich, die Welt so zu sehen, wie sie ist. Viele Menschen sagen aus Höflichkeit unwahre Dinge. Das liegt mir nicht.«

»Aber zu große Aufrichtigkeit kann verletzend sein.«

Mr. Trevor zog die Augenbrauen hoch. »Falls ich Sie verletzt habe, bedauere ich das sehr. Aber ich nehme meine Worte nicht zurück. Ich bin ein Beobachter und interessiere mich für Menschen.«

Paula schaute auf ihre Hände und dann wieder zu dem Mann, der ihr gegenübersaß. Der Kopfverband ließ ihn ein bisschen verwegen aussehen, fast wie einen Piraten. Es fehlte nur die Augenklappe.

»Sie haben übrigens recht«, sagte sie. Die Worte waren heraus, bevor sie nachdenken konnte. »Ich habe vorhin genau das gedacht, was Sie vermutet haben. Aber Sie haben etwas übersehen: Ich habe mir nämlich auch überlegt, ob Sie auf dem Kreuzberg einfach nicht gestört werden wollten oder ein unangenehmes Erlebnis gehabt hatten oder sich nicht wohlfühlten.«

Er schaute sie nachdenklich an und nickte dann kaum merklich. »Sie sind ein gütiger Mensch, Miss Cooper.« Mehr sagte er nicht, sondern stand auf und verbeugte sich leicht. »Ich bedanke mich noch einmal für die Hilfe und wünsche Ihnen einen angenehmen Tag. Richten Sie Ihrem Onkel bitte meine besten Grüße und Genesungswünsche aus.«

Paula stand auf, um ihn zur Tür zu begleiten. Als er den Mantel angezogen hatte und nach der Türklinke griff, sagte sie spontan: »Mein Onkel gibt am 22. Mai um sieben Uhr eine kleine Abendgesellschaft im Hotel Belle Vue, das ist gleich gegenüber. Es würde mich freuen, Sie dort zu sehen, falls Sie dann noch in Bonn sind.« Ihr Herz klopfte heftig, als bekäme sie nachträglich Angst vor der eigenen Courage.

Mr. Trevor stand mit dem Hut in der Hand da und sah sie überrascht an. Dann ging ein Lächeln über sein Gesicht. »Es wäre mir ein Vergnügen, Miss Cooper.«

19

Ein Brief aus Lambeth

Lambeth, London

Mr. Fenwick und Miss Baldwin saßen noch beim Frühstück, als der Postbote an die Tür klopfte. Margaret Cooper frühstückte stets mit ihren Mietern, weil es so den Anschein hatte, als träfen sich gute Freunde zum Frühstück und nicht Menschen, die gegen Geld von ihr verköstigt wurden. Sie stand auf, entschuldigte sich und verließ den Raum. Das Hausmädchen war auf dem Markt, daher musste sie selbst die Tür öffnen.

Der Postbote hatte sich schon halb zum nächsten Haus gewandt und hielt ihr einen kleinen Stapel Briefe achtlos hin.

Margaret nahm sie entgegen und warf einen Blick auf den obersten Umschlag. Dann legte sie die übrige Post auf den Garderobentisch und eilte in die Küche.

Die Handschrift ihrer Tochter. Eine Adresse in Bonn.

Sie spürte, wie ihr Herz heftiger schlug, und brauchte mehrere Anläufe, bis sie den Umschlag geöffnet hatte. Sie entfaltete den Brief und begann zu lesen. Mittendrin tastete sie wie blind nach einem Stuhl und zog ihn zu sich heran.

Margaret ließ sich schwer darauf fallen, und als sie zu Ende gelesen hatte, saß sie da, das Papier auf dem Schoß, die Augen blicklos aufs Fenster gerichtet.

Da an diesem Tag der wöchentliche Hausputz anstand und zudem ein Handwerker vorsprach, um die undichte Regenrinne zu flicken, blieb Margaret tagsüber keine Zeit, um Paulas Brief zu beantworten. Oder sich Gedanken darüber zu machen, wie sie ihn überhaupt beantworten sollte.

Erst am Abend, als Mr. Fenwick ausgegangen war und Miss Baldwin sich in ihr Zimmer begeben hatte, fand Margaret die nötige Ruhe. Sie saß lange an ihrem Sekretär, vor sich ein leeres Blatt Papier. Sie hatte mit dem Gedanken gespielt, Harriet um Rat zu bitten, spürte aber, dass dies nur sie und ihre Tochter etwas anging. Sie hatte sich lange genug auf ihre Cousine verlassen.

Doch es fiel ihr schwer, die richtigen Worte zu finden. Sie nahm einen Brief aus einem Fach des Sekretärs – die Handschrift war eindeutig männlich, ein Hauch von Tabak stieg aus dem Papier – und überflog ihn.

Sie sollten sich keine Sorgen machen – sie wird die schöne Umgebung genießen – ihr Onkel ist gewiss ein sehr freundlicher Mensch – es liegt so lange zurück, stand dort zu lesen. Die Worte hatten sie beschwichtigt – bis heute, da sie Paulas Zeilen erhalten hatte und erkennen musste, dass weder die schöne Umgebung noch der freundliche Onkel sie daran gehindert hatten, forschende Fragen zu stellen.

Irgendwann setzte Margaret die Feder aufs Papier und begann zögernd zu schreiben.

Meine liebe Paula,

ich freue mich, dass Du es bei Deinem Onkel so gut angetroffen hast. Die Gegend ist wirklich reizvoll, und ich erinnere mich gern daran. Du wirst jedoch verstehen, dass ich nicht mehr dorthin reisen werde, da die Erinnerungen, die ich mit Bonn verbinde, zu schmerzlich sind. Deinen Zeilen entnehme ich, dass Onkel Rudy Dir die Briefe Deines Vaters zu lesen gegeben hat. Ich selbst kenne sie nicht, Du hast mir also etwas voraus. Dennoch werde ich versuchen, Deine Fragen so gut wie möglich zu beantworten.

Du möchtest wissen, ab wann sich zwischen Deinem Vater und mir etwas verändert hat. Nun, wir waren einander herzlich zugetan. Wie Du vielleicht schon weißt, war er ungemein begeisterungsfähig und konnte andere Menschen mitreißen. Wenn er Gedichte vortrug oder mir von seinen Plänen erzählte, hatte ich das Gefühl, vom Boden abzuheben, von seinem Überschwang getragen zu werden. Meine Eltern waren nüchterne Menschen, denen jegliche Romantik fremd war. Bei uns zu Hause ging es stets um das Einkommen einer Person, ums Versorgtsein, regelmäßige Kirchgänge und gute Nachbarschaft – alltägliche Dinge, die weit von dem entfernt waren, was sich Dein Vater erträumte.

Oft es ist es das Andere, Unbekannte, das uns reizt, und so verliebte ich mich in ihn. Die erste Zeit war unbeschwert, er schmiedete Pläne, von denen ich mich mitreißen ließ. Auch waren wir beide überglücklich, als ich feststellte, dass wir ein Kind bekommen würden.

Nachdem Du geboren warst, kamen mir jedoch die ersten Zweifel. Ich fragte mich, ob Dein Vater der Verantwortung gewachsen wäre. Er hatte nun eine Familie zu versorgen, und sein Einkommen war äußerst bescheiden. Einen eigenen Verlag zu gründen und zu führen war schwieriger, als es ihm seine Begeisterung vorgegaukelt hatte, und seine Vorstellungen vom Verlegerdasein schienen sehr verklärt, um nicht zu sagen, unrealistisch. Auch von seinen Eltern hatte er keine großen Mittel zu erwarten.

Und so zeigten sich die ersten Risse. Ich wollte es nicht wahrhaben, immerhin hatten meine Eltern mich vor einer Ehe mit William Cooper gewarnt, und wer möchte schon zu Kreuze kriechen und seinen eigenen Eltern gestehen, dass sie recht hatten und man selbst unrecht? Außerdem hatte ich ihn aus Liebe geheiratet und wollte an dieser Liebe festhalten.

Da schlug William vor, gemeinsam nach Deutschland zu reisen. Er machte sich große Hoffnungen in Bezug auf die Gedichtsammlung und wollte den Rhein unbedingt mit eigenen Augen sehen, vielleicht Künstler auch treffen, die etwas zu dem Buch beisteuern konnten.

Und ich ... Nun, ich sah es als Neubeginn für uns – Abstand von daheim, eine romantische Umgebung, zusammen mit dem Mann, den ich liebte.

Du magst Dich fragen, wie ich so naiv sein konnte. Ich hätte doch ahnen müssen, dass wir uns die Reise nicht leisten konnten – zumal es ein längerer, ernsthafter Aufenthalt werden sollte, wir seien doch keine Touristen. (Das Wort Tourist pflegte Dein Vater mit einer für ihn untypischen Verachtung auszusprechen.)

Er schilderte mir unser Reiseziel in leuchtenden Farben, brachte Bildbände mit nach Hause, las mir Sagen und Gedichte vor, kurzum, er umwarb mich beinahe wie zu unserer Brautzeit, und so war ich bald bereit, mit ihm und Dir dorthin zu fahren.

Die Reise war weniger beschwerlich, als ich befürchtet hatte. Das Dampfschiff brachte uns bis Rotterdam und den Rhein hinauf. Doch als wir in Bonn ankamen, überfiel mich eine seltsame Traurigkeit, eine Bedrücktheit, die ich mir anfangs nicht erklären konnte. Die Umgebung war tatsächlich schön, die Menschen freundlich, dennoch fühlte ich mich schrecklich fremd. Die Briten, auf die ich dort traf, waren ähnlich begeistert wie Dein Vater, und auch wenn sie gelegentlich über die zu kurzen Betten oder das Essen klagten, waren sie so hingerissen von der romantischen Umgebung, dass sie die Nachteile in Kauf nahmen.

Ich aber konnte mich nicht eingewöhnen. Dein Vater versuchte anfangs noch, mich abzulenken, wollte Ausflüge unternehmen und mich neuen Bekannten vorstellen, doch je mehr er sich bemühte, desto tiefer zog ich mich zurück, in unser Hotelzimmer und in mich selbst. Mir war, als könnte er meinen Kummer nicht verstehen, und ich wagte nicht zu sagen, dass ich am liebsten heimgefahren wäre.

Außerdem sorgte ich mich um unsere Zukunft, der Aufenthalt zehrte unsere Mittel noch schneller auf, als ich befürchtet hatte.

Als Du dann auch noch krank wurdest, brach alles über mir zusammen. Ich geriet in größte Not, weil ich den ortsansässigen Ärzten nicht vertraute und mich auch nicht mit ihnen verständigen konnte. Dein Vater wollte mich beschwichtigen. Ich warf ihm vor, er sorge sich nicht genügend um sein Kind. Du kannst dir vorstellen, wie peinigend es war, zu dritt in diesem Hotelzimmer zu wohnen, einander misstrauisch zu betrachten, zwischen uns ein fieberndes Kind.

229

Von da an ließ er mich zunehmend allein und schaute sich die Umgebung an. Einerseits war ich traurig, dass er ohne mich aufbrach, andererseits konnte ich freier atmen, wenn ich mit Dir allein war.

Vielleicht verstehst Du jetzt, weshalb ich nie darüber gesprochen habe. Ich wollte nicht mehr daran denken. Außerdem wirst Du dir gewiss ein Bild von Deinem Vater gemacht haben, das ich nicht zerstören wollte.

Ich vermute, dass er diese Miss Bennett bereits in Bonn getroffen hat. Die Dame ist mir nicht bekannt, aber nach dem, was Mrs. Eldridge mir später erzählte, muss sie sehr schön und geistvoll gewesen sein. Zudem ungebunden und wohlhabend, zwei Eigenschaften, die einem Mann, der sich in einer inneren Krise befand, sich vielleicht unverstanden fühlte, durchaus reizvoll erschienen sein dürften.

Es fällt mir schwer, Dir davon zu schreiben.

Ich weiß nicht, was ich ohne die wunderbare Mrs. Eldridge angefangen hätte, die sich großherzig um uns beide kümmerte. Doch die Erkundigungen nach Deinem Vater blieben allesamt ergebnislos.

Um zu Deiner letzten Frage zu kommen: Nachdem es in all den Jahren nie ein Lebenszeichen Deines Vaters gegeben hatte, waren ich und auch seine Eltern bereit, ihn für tot erklären zu lassen. Ich bestand auf einem Begräbnis, damit Du später einen Ort hattest, an dem Du trauern konntest. Bei der Todeserklärung mussten alle Einzelheiten angegeben werden, und irgendwie sprach sich herum, dass William Cooper seine Ehefrau angeblich allein zurückgelassen hatte, um mit einer schönen Fremden zu verschwinden. Ich schämte mich für das

Gerede, das daraufhin entstand, ertrug es aber um unser beider Willen.

Nachdem Willam für tot erklärt und ich offiziell verwitwet war, brach ich auch die Verbindung zu Deinem Onkel ab. Er ist ein herzensguter Mensch, aber ich wollte mich ganz und gar von der Familie lösen, die so viel Unglück über uns gebracht hatte.

Ich hoffe, ich habe Deine Fragen damit beantwortet. Schreibe mir, wie es Dir geht, liebe Paula, und richte Deinem Onkel herzliche Grüße und Wünsche für sein Wohlbefinden aus.

Deine Dich liebende Mutter

20

Ein Abend im Belle Vue

Bonn

Onkel Rudy hatte kategorisch erklärt, Paula brauche ihm bei der Planung der Abendgesellschaft nicht zu helfen. Es sei nicht angemessen, dass sie das Fest vorbereite, das er ihr zu Ehren geben wolle, und das Hotel Belle Vue sei durchaus in der Lage, das alles selbst zu übernehmen.

Sie konnte nur nicken und hoffen, dass er sich nicht überanstrengte.

Am Donnerstag, dem Tag vor dem Fest, wurde eine große Schachtel für sie abgegeben, auf der das Etikett einer Maßschneiderin aus Endenich klebte. Onkel Rudy steckte den Kopf aus der Wohnzimmertür und sah Paula verwundert im Flur stehen. »Weißt du, was das sein könnte? Ich habe doch gar nichts bestellt.«

Er lächelte strahlend. »Du nicht, aber ich.« Er legte den Zeigefinger an die Lippen, als Paula protestieren wollte. »Du solltest damit nach oben gehen«, fügte er rätselhaft hinzu und kehrte ins Wohnzimmer zurück.

Paula trug die Schachtel in ihr Zimmer, legte sie aufs Bett und nahm den Deckel ab.

»Oh«, konnte sie nur hervorstoßen, als sie das Seidenpapier beiseite geschlagen und das Kleid herausgenommen
hatte. Es war eleganter als alles, was Paula je besessen hatte.
Ihre Kleider waren gewöhnlich braun oder dunkelblau,
höchstens einmal lavendelfarben, und aus Wolle oder Leinen gefertigt.

Onkel Rudy hingegen hatte hellgraue Seide gewählt,
die bei jeder Bewegung wunderbar schimmerte. Der Schnitt
war schlicht und der Rock nicht so ausladend, doch die
Schneiderin hatte sich selbst übertroffen, indem sie den
Halsausschnitt mit zartrosa Stoffblüten besetzte, die sich
auch vereinzelt auf dem Rock wiederfanden.

Paulas Augen brannten, als sie vor den Spiegel trat und
sich das Kleid vorhielt. Es war mit Liebe entworfen und ge-
näht worden; noch nie hatte sich ein Mensch solche Mühe
für sie gegeben. Onkel Rudy hatte sich Gedanken gemacht,
was zu ihr passte, hatte Tine womöglich beauftragt, heim-
lich Paulas Kleider abzumessen.

Paula zog sich aus und streifte das neue Kleid behutsam
über. Sie breitete den Rock über die Krinoline, strich das
blütenbesetzte Oberteil glatt und ging vor dem Spiegel auf
und ab, wobei die Seide leise raschelte.

Es war einfach perfekt – die Blüten wirkten nicht zu
jugendlich, der Schnitt war nicht zu streng –, der Schneiderin war die vollendete Balance zwischen Zartheit und
Reife geglückt.

Es war ein Kleid, in dem man sie bemerken würde. Und
jemand traute ihr zu, es würdevoll zu tragen.

Paula riss die Tür auf und musste sich zwingen, nicht

blindlings die Treppe hinab und ins Wohnzimmer zu stürzen.

Am nächsten Tag war sie schon umgekleidet, als die späte Post einen Brief von ihrer Mutter brachte. Paula stand unschlüssig im Flur und überlegte, ob sie ihn jetzt gleich oder erst am nächsten Tag öffnen sollte. Doch sie wollte den Abend genießen, und ihr Herz schlug angesichts des Umschlags so heftig, dass die Unruhe ihr alles verdorben hätte. Also ging sie in ihr Zimmer und setzte sich behutsam hin, um das Kleid nicht zu zerdrücken.

Als sie den Brief zu Ende gelesen hatte, wusste sie nicht recht, was sie von alldem halten sollte. Was ihre Mutter geschrieben hatte, klang versöhnlich, verriet aber nicht mehr als das, was sie schon aus den Briefen wusste, die Onkel Rudy ihr gezeigt hatte. Paula ging auf und ab und fächelte sich mit den Blättern Luft zu. Wenn sie das Fenster erreichte, drehte sie sich schwungvoll auf der Stelle um, sodass ihr Rock wippte, und schlenderte zurück zur Tür.

Dann blieb sie unvermittelt stehen und las den Brief noch einmal.

Ich hoffe, ich habe Deine Fragen damit beantwortet. Das klang, als hoffte ihre Mutter, sie hätte damit ihre Pflicht erfüllt, als wäre die Angelegenheit jetzt erledigt. Aber konnte Paula sich damit zufriedengeben? Erwuchsen nicht aus jeder Antwort wieder neue Fragen? Niemand wusste, was aus William Cooper geworden war. Und es schien, als wollte ihre Mutter es auch gar nicht mehr wissen.

234

Paula schaute noch einmal auf den Brief. Er klang gütig, aber auch wohlformuliert, als hätte ihre Mutter sich die Worte längst zurechtgelegt. Vielleicht hatte sie geahnt, dass diese Fragen kommen würden, nachdem Paula nach Deutschland gereist war.

Sie legte den Brief auf den Tisch und kehrte ihm den Rücken. Nicht weil sie ihn vergessen wollte – ganz im Gegenteil. Der Brief, der immer noch so viele Fragen offenließ, machte sie umso entschlossener, schon diesen Abend für ihre Nachforschungen zu nutzen.

Um halb sieben schaute sie ein letztes Mal in den Spiegel und konnte kaum glauben, dass dies die Paula Cooper war, die sie seit zweiunddreißig Jahren kannte.

Vor ihr stand eine elegante Frau in einem wunderschönen Kleid, deren Haare kunstvoll aufgesteckt und mit kleinen Rosen verziert waren, die den gleichen Farbton aufwiesen wie jene an ihrem Ausschnitt. Onkel Rudy hatte darauf bestanden, eine Dame herzubestellen, die sich auf besondere Frisuren verstand. Zu ihrem Kleid gehörte auch ein kleiner Seidenbeutel, den sie als Tasche bei sich trug.

Sie drehte sich zur Seite, sah über die Schulter und hob ein wenig das Kinn, als wollte sie ihre Mutter und Cousine Harriet fragen: *Und, erkennt ihr mich wieder?*

Paula schloss die Zimmertür hinter sich und stieg die Treppe hinunter, wobei sie den Rock mit der rechten Hand behutsam zusammendrückte. Onkel Rudy wartete im Hausflur. Als sie auf der letzten Stufe war, drehte er sich so schwungvoll zu ihr um, dass sich sein rot gefütterter

Umhang dramatisch blähte. Er schaute sie an und wich einen Schritt zurück, die Hand vor dem Mund.

»Du siehst hinreißend aus, Paula.« Er trat ihr mit ausgestreckten Armen entgegen, nahm ihre Hände und drehte sie einmal im Kreis. Dann ging er um sie herum, um ihre Frisur und die Schleppe des Kleides zu begutachten.

»Ich habe mich von Herzen darauf gefreut, dich unseren Freunden vorzustellen, aber ich hatte nicht damit gerechnet, mit einer so schönen Frau im Belle Vue zu erscheinen. Alle werden mich beneiden.«

Paula wurde rot. »Ich weiß gar nicht, wie ich dir danken soll.«

»Das hast du gestern schon ausgiebig getan.«

Sie strich liebevoll über den Stoff. »Er schimmert wie der Rhein, wenn die Sonne durch die Wolken bricht.«

»Du wirst noch zur Poetin.«

»Das lässt sich hier wohl kaum vermeiden«, sagte sie lächelnd und wollte zu ihrem Mantel greifen.

»Der Abend ist mild, den brauchst du nicht.« Onkel Rudy bot ihr den Arm an. Dann schritten sie beinahe feierlich zur Haustür hinaus.

Paula besuchte das Hotel Belle Vue zum ersten Mal und staunte über die zwanglose Eleganz der Eingangshalle. Durchs Fenster konnte sie in den schönen Garten sehen, der bis zum Rheinuferweg hinunterführte.

Das Hotel war bei britischen Besuchern besonders beliebt. Onkel Rudy hatte ihr vom Englischen Club erzählt, der sich an jedem Donnerstag hier traf und dem er und sein Freund August seit Langem angehörten. Die Herren, die sich dort einfanden – Briten und ihre deutschen Freunde –, widmeten sich der englischen Konversation, lasen Zeitungen und Magazine, hörten Vorträge und förderten den Sport.

Ein Kellner im Frack empfing Paula und ihren Onkel, begrüßte ihn mit Namen und führte sie in einen kleineren Saal, der mit in Weiß eingedeckten Tischen und Blumenarrangements wunderbar hergerichtet war. Das Silberbesteck glänzte, es gab handgeschriebene Platzkarten, in einer Ecke stand sogar ein Streichtrio bereit.

Paula war überwältigt. »Und das alles wegen mir?«

Onkel Rudy, der sich zur Feier des Tages eine weiße Nelke ins Knopfloch gesteckt hatte, lächelte verschmitzt. »Fast, aber nicht ganz. Ein kleines bisschen feiere ich auch meine Genesung, meine Wiederauferstehung, wie ich es nennen möchte. Das war übrigens Augusts Idee.« Ein Anflug von Röte huschte über sein Gesicht. Dann wandte er sich abrupt zur Tür und ging dem ersten Gast entgegen.

»Wenn man vom Teufel spricht …«

Professor Hergeth sah ihn strafend an und schritt an ihm vorbei auf Paula zu. Er reichte ihr die Hand und verbeugte sich. »Es ist mir ein Vergnügen, heute Abend Ihr Gast zu sein. Auf diesen unhöflichen Menschen dort wollen wir gar nicht achten. Ich freue mich darauf, mit Ihnen anzustoßen. Sehen Sie, da kommt schon der Sekt.«

Ein anderer Kellner brachte ein silbernes Tablett mit drei Gläsern. Der Professor reichte Paula eins, nahm sich selbst ein Glas und warf einen strengen Blick auf seinen Freund. Dann nickte er. »Aber ich behalte dich im Auge.«

Danach traf Mrs. Jackson ein, gefolgt von William Wenborne. Der nächste Gast war William Graham, der Geistliche der schottischen Kirche. Hinzu kamen ein Dr. Madden, ein ehemaliger Stabsarzt der britischen Regierung, und George Cubitt, ein Kapitän im Ruhestand. Ein Mr. Square war Rechtsanwalt. Alle hatten ihre Ehefrauen und, wenn vorhanden, ihre Töchter mitgebracht, damit Paula nicht die einzige jüngere Frau war. Sogar der Bonner Oberbürgermeister Leopold Kaufmann gab sich die Ehre. Er verstand viel von Kunst, wie der Professor bemerkte, worauf Herr Kaufmann bescheiden abwinkte.

»Sie sollten Ihr Licht nicht unter den Scheffel stellen, Herr Oberbürgermeister. Wir haben Ihnen sowohl unser Theater als auch gepflasterte Straßen und eine ordentliche Kanalisation zu verdanken. Das sind Verdienste ums Gemeinwohl, die man gar nicht genug rühmen kann.«

Bald plauderten Kaufmann und Paula halb auf Englisch, halb auf Deutsch über das Theater, und sie begann sich inmitten der vielen fremden Menschen wohlzufühlen. Nach einer Weile erklang eine Stimme hinter ihr.

»Verzeihen Sie, dass ich mich verspätet habe. Diesmal habe ich nicht einmal eine gute Entschuldigung. Ich danke Ihnen noch einmal ganz herzlich für die Einladung.«

Sie drehte sich um und sah sich Benjamin Trevor gegenüber, der tatsächlich einen Frack trug und die Haare ordentlich gekämmt hatte. Er verbeugte sich und wurde mit dem Oberbürgermeister bekannt gemacht.

Daraufhin zog sich dieser zurück, und Paula konnte den neuen Gast in Ruhe mustern. »Von der Verletzung ist nichts mehr zu sehen, das ist erfreulich.«

»Wenn ich den Kopf zu rasch bewege, zwickt es noch, ansonsten kann ich mich nicht beklagen.«

»Das freut mich zu hören.«

»Darf ich Ihnen ein Kompliment machen? Dieses Kleid ist ganz bezaubernd. Sie sehen wunderschön darin aus.«

Sie merkte, wie ihre Wangen heiß wurden. »Es ... es ist ein Geschenk. Von meinem Onkel. Er hat mich damit überrascht.«

»Ihr Onkel besitzt einen ausgezeichneten Geschmack«, entgegnete Mr. Trevor.

In der Tat, dachte sie. Alles, was er trug und womit er sich umgab, war ausgesucht schön.

»Jedenfalls hoffe ich, dass Sie einen angenehmen Abend mit uns verbringen. Wenn Sie mich bitte entschuldigen ...«

Sie trat zu dem alten Schulmeister. »Mr. Wenborne, mir scheint, Mr. Trevor und ich sind die einzigen Neuankömmlinge unter so vielen alt eingesessenen Briten.«

Sein strenges Gesicht verzog sich zu einem Lächeln, das ein bisschen wehmütig wirkte. »Das ist wohl wahr, Miss Cooper. Viele von uns leben schon lange hier, aber es war immer auch ein Kommen und Gehen. Als Lehrer muss man sich daran gewöhnen, dass nichts so bleibt, wie es ist. Ich kann mich gut an die Zeiten erinnern, als ...

Aber ich will Sie nicht mit meinen alten Geschichten langweilen.«

»Das tun Sie ganz und gar nicht! Es dauert noch ein bisschen, bis die Vorspeise serviert wird. Erzählen Sie mir doch von diesen Zeiten.«

Und dann sprudelte es nur so aus ihm heraus. Mr. Wenborne berichtete, wie er als Reisender an den Rhein gekommen war, angelockt von Anne Radcliffe, den Dichtern Shelley und Byron, den Bildern William Turners. »Ich werde nie das Aquarell vergessen – ›Kaub und Burg Gutenfels‹. Es war, als hätte man mir einen Vorhang von den Augen gezogen. Ich begriff, dass ich dorthin reisen musste. Das Geld für die Reise aufzubringen war nicht leicht für einen Studenten, aber ich war jung und unbekümmert.« Ein Leuchten ging über sein Gesicht, und er schien sogar seine klassischen Zitate zu vergessen.

»Meine Eltern waren auch einmal hier«, warf Paula ein. »Damals müsste es sogar Ihre Schule schon gegeben haben. Sind Sie einander vielleicht begegnet?«

Mr. Wenborne nickte. »Ja, aber nur ganz flüchtig, bei irgendeinem Essen. Darum erwähnte ich neulich auch die Familienähnlichkeit.«

»An mehr erinnern Sie sich nicht?«, fragte Paula beinahe flehend. »Es war 1837, das ist natürlich lange her, aber …«

»Ach ja, die Anfangsjahre, da hatte ich viel zu tun. Ich hatte zwei Jahre zuvor die Schule eröffnet und war von frühmorgens bis spätabends dort. Die vielen Reisenden flossen wie ein Strom durch Bonn.«

»Meine Mutter erwähnte eine Bonner Bekannte, der

Sie womöglich begegnet sind. Ich würde meiner Mutter gern mitteilen, was aus ihr geworden ist. Oder sie besuchen, falls sie noch lebt.« Paula spürte, wie ihr bei den kleinen Lügen ganz warm wurde.

»Wie hieß die Dame denn?«

»Mrs. Eldridge.«

Wenborne rieb sich mit den Fingerkuppen die Stirn und schüttelte den Kopf. »Ich muss Sie enttäuschen, aber ich habe den Namen noch nie gehört. Das will natürlich nichts heißen, ich habe sicher nicht alle Briten gekannt, die zu jener Zeit in Bonn lebten. Fragen Sie einmal Reverend Graham. Vielleicht gehörte sie seiner Gemeinde an.«

In diesem Augenblick bat Onkel Rudy alle zu Tisch. Paula ging an den Platz am Kopf der Tafel, den er ihr zugedacht hatte. Sie wurde ein bisschen rot, als sie sich setzte, weil alle Blicke auf ihr ruhten. Dann bemerkte sie jedoch, dass Mr. Trevor links und der freundliche Oberbürgermeister Kaufmann rechts von ihr saßen. Sie nickte beiden zu und fühlte sich gleich sicherer.

Später unterhielt man sich zwanglos bei Kaffee und Dessert, und als der Abend zu Ende ging, hatte Paula nicht nur Mr. Wenborne, sondern auch Reverend Graham, Mrs. Jackson und viele andere anwesende Briten nach Mrs. Eldridge gefragt. Wenn die Frau sich hier aufgehalten und sich um eine verzweifelte junge Mutter gekümmert hatte, die nach ihrem verschwundenen Mann suchte, musste doch irgendjemand es erfahren und weitererzählt haben. Aber niemand kannte auch nur ihren Namen.

241

Als Leopold Kaufmann sich verabschiedete, bedankte er sich noch einmal für die Einladung. »Meine Frau wäre so gern mitgekommen, aber sie musste eine kranke Verwandte in Königswinter besuchen. Ich soll Sie bitten, bald einmal zum Kaffee zu uns zu kommen.«

»Sehr gern«, sagte Paula. »Bitte richten Sie ihr meine Grüße aus.«

»Wenn ich noch eins bemerken dürfte – Ihr Deutsch ist beeindruckend. Dabei weilen Sie doch erst seit Kurzem in Bonn. Ich nehme an, Sie hatten schon Vorkenntnisse, nicht wahr?«

Paula lachte. »Außer ›bitte‹, ›danke‹ und ›Ich zahle zehn Pfennige für das Gepäck‹ habe ich kein Wort Deutsch gesprochen, als ich hier ankam.«

»Dann sind Sie wohl eine Naturbegabung. Ich wünschte, meine Söhne wären so talentiert. Sie tun sich äußerst schwer mit lateinischen Vokabeln«, seufzte Kaufmann.

»Deutsch ist für mich sicher nützlicher. Latein lernt man eher für die Schule.«

»Non scholae, sed vitae discimus«, warf Mr. Wenborne ein, der, angelockt vom Wort Latein, zu ihnen getreten war. »Nicht für die Schule, für das Leben lernen wir.«

»Oder, wie Seneca schreibt, non vitae, sed scholae discimus.«

Paula drehte sich zur Seite und schaute in das schmunzelnde Gesicht von Benjamin Trevor. »Beide Ansichten sind verdienstvoll, aber Senecas Ansicht ist die ältere. Er beendet damit einen Brief an Lucilius, soviel ich weiß.«

Der Oberbürgermeister schaute zwischen den Männern hin und her und sagte diplomatisch: »Man kann es einem Mann, der Lehrer aus Leidenschaft war, kaum verdenken, dass er diese Fassung vorzieht.«

»Gewiss«, sagte Mr. Trevor. »Ich wollte nur bescheiden darauf hinweisen, dass Miss Cooper sicher gut daran tut, die deutsche statt der lateinischen Sprache zu erlernen.«

»Ich höre nur Seneca und Latein«, sagte Onkel Rudy, der sich mit Mrs. Jackson dazugesellte. »Mir scheint, hier werden hochgeistige Gespräche geführt. Ich werde August dazubitten, damit er seine Ansichten als Historiker beisteuern kann.«

Mrs. Jackson schaute Paula lächelnd an. »Wenn das so ist, hole ich mir noch ein Törtchen. Eigentlich wollte mich Ihr Onkel gerade zur Kutsche begleiten.«

Onkel Rudy schlug sich an die Stirn. »Ich bitte um Verzeihung, Mrs. Jackson. Natürlich ziehe ich es vor, Sie nach draußen zu bringen, statt wissenschaftliche Diskussionen zu pflegen.«

Nachdem sich Mrs. Jackson verabschiedet hatte, verließ sie mit dem leicht beschwipsten Onkel Rudy den Saal.

»Nun muss ich aber wirklich gehen«, erklärte der Oberbürgermeister und wiederholte noch einmal die Einladung zum Kaffee. Mr. Wenborne schloss sich ihm an, und da auch die übrigen Gäste bereits gegangen waren, standen Paula und Mr. Trevor auf einmal ganz allein da.

»Wenn Sie jetzt auch noch gehen, hole ich mir ein Glas Likör, um mich in meiner Einsamkeit zu trösten.« Sowie sie die Worte ausgesprochen hatte, schlug sie die Hand vor den Mund. Sie hatte in Maßen Alkohol getrunken, spürte

243

nun aber, dass ihr Kopf sich seltsam leicht anfühlte und ihre Wangen ungewohnt heiß waren.

Falls Mr. Trevor dies bemerkt hatte, erwähnte er es nicht. »Miss Cooper, selbstverständlich lasse ich Sie nicht allein zurück, sondern nutze die Gelegenheit, um mich für den reizenden Abend zu bedanken. Ich habe mich ausgezeichnet unterhalten.«

»Das freut mich«, sagte sie erleichtert. »Und danke für vorhin.« Als er sie fragend ansah, fügte sie hinzu: »Das Seneca-Zitat. Ich kannte es nicht, und Mr. Wenborne … Er denkt sich sicher nichts dabei, aber ich fühle mich immer ein wenig beschämt, wenn er mir seine Bildung vor Augen führt.«

Mr. Trevor zuckte mit den Schultern. »Es war ein Glücksfall. Ich war kein großer Lateiner vor dem Herrn, aber dieses Zitat ist hängen geblieben. Vermutlich, weil es mir damals aus der Seele sprach.«

Plötzlich wurde Paula bewusst, wie still es ohne die anderen Gäste geworden war. Weitab in der Küche erklangen Stimmen und Geschirrgeklapper, dazu Kutschenräder und Pferdehufe auf der Straße, doch im Saal selbst war es so leise, dass sie seinen Atem hören konnte.

»Miss Cooper …« Zum ersten Mal, seit sie ihn kannte, wirkte er leicht verlegen. »Ich würde sehr gern einmal mit Ihnen spazieren gehen. Darf ich fragen, ob Sie einverstanden sind, wenn ich Ihren Onkel um Erlaubnis bitte?«

Paula spürte, wie ihr Herz schneller schlug. Und dann platzte es aus ihr heraus: »Ich … ich glaube, ich bin alt genug, um das selbst zu entscheiden, Mr. Trevor.«

O nein, was hatte sie da nur gesagt? Es war ihr gelungen, in einem einzigen Satz unhöflich zu klingen und gleichzeitig ihr fortgeschrittenes Alter zu betonen. Sie schaute zu Boden und wünschte sich, ihr Onkel möge zurückkommen und sie erlösen, sie über die Straße nach Hause führen, wo sie ihr schönes Kleid in den Schrank hängen und sich im Bett verkriechen konnte.

»Mit Verlaub, aber das war keine Antwort.«

Sie sah hoch. Mr. Trevor stand abwartend vor ihr, ein kaum merkliches Lächeln in den Mundwinkeln. Ihre Worte hatten ihn offenbar nicht abgeschreckt.

»Ja. Ich erlaube es Ihnen. Und ich werde es meinem Onkel mitteilen.« Es klang hoffnungslos unbeholfen.

»Ich freue mich. Wie wäre es morgen Vormittag um elf? Oder lieber übermorgen, falls Sie sich noch von der Feier erholen müssen?«

»Nein, morgen um elf wäre mir sehr recht«, sagte Paula, bevor er es sich anders überlegen konnte.

»Verzeiht, wenn ich störe, aber der liebe August hat mich gezwungen, den Abend zu beenden«, verkündete Onkel Rudy, als er den Saal wieder betrat. »Ich hoffe, Sie fühlen sich nicht hinausgeworfen, Mr. Trevor. Es war mir ein Vergnügen, Sie bei uns zu haben.«

Benjamin Trevor verabschiedete sich, warf Paula noch einen langen Blick zu und verließ den Saal.

»Mir scheint, ihr habt euch gut unterhalten. Du siehst ganz – wie soll ich sagen – erwärmt aus.«

»Mr. Trevor wird mich morgen um elf zu einem Spaziergang abholen.« Sie spürte, wie ihr Herz bei den Worten bebte.

»Das trifft sich gut. Dann kannst du jetzt zu Bett gehen, damit du morgen ausgeschlafen bist, während August und ich zu Hause noch einen Schlummertrunk nehmen. Es gibt nur heiße Schokolade für mich, alles andere hat er mir untersagt. Was tut man nicht alles um der Freundschaft willen.«

Paula war in ihrem Zimmer, hatte das Kleid ausgezogen und zum Lüften an den Schrank gehängt, die Blumen aus der Frisur gelöst und auf der Fensterbank ausgebreitet, die Nadeln und Klammern herausgezogen und die Haare ausgeschüttelt und gebürstet. Sie war müde und aufgeregt zugleich, als sie ihr Nachthemd überstreifte, und wollte sich schon ins Bett legen, als sie plötzlich Durst verspürte. Der Krug am Waschtisch war leer, Tine musste vergessen haben, ihn aufzufüllen. Sie zog Pantoffeln an und legte sich ein Tuch um die Schultern, bevor sie mit einer kleinen Lampe nach unten ging.

Die Tür zum Wohnzimmer war einen Spalt geöffnet, und Paula konnte die Stimmen der beiden Männer hören. Auf Höhe der Tür hielt sie plötzlich inne. Warum, vermochte sie später nicht zu sagen, doch irgendetwas – vielleicht der Klang von Onkel Rudys Stimme oder das leise, kehlige Lachen des Professors – brachte sie dazu, ins Zimmer zu schauen.

Sie standen nebeneinander am Kamin, mit dem Rücken zu ihr. Onkel Rudys Kopf ruhte an der Schulter seines Freundes. Dieser hatte eng den Arm um Rudy geschlungen und seine Wange auf die weißen Haare gebettet.

246

21

Mr. Trevor

»Sie verzeihen mir hoffentlich, wenn es eine Spazierfahrt und dann erst ein Spaziergang wird«, sagte Mr. Trevor. Er trug wieder den Anzug, den er auf dem Kreuzberg angehabt hatte, nun aber gebürstet und ordentlich hergerichtet; er hatte sogar eine Krawatte umgebunden. Paula hatte ein dunkelblaues Kleid gewählt, das sie mit einer Schärpe und einem Strohhut mit blauem Band aufgelockert hatte.

Als der Wagen mit einem leichten Ruck anfuhr und auf der Coblenzer Straße wendete, lehnte Paula sich zurück. Es versprach, ein herrlicher Tag zu werden, doch sie war in Gedanken woanders. Sie hatte noch lange wachgelegen, weil ihr die Szene im Wohnzimmer nicht aus dem Sinn gegangen war. Gewiss, sie hatte die eine oder andere Kleinigkeit bemerkt, die sie sich allerdings mit freundschaftlicher Fürsorge erklärt hatte – wie der Professor ihren Onkel immer ansah, wie Onkel Rudy im Fieber so dringend nach ihm verlangt hatte, das angstverzerrte Gesicht des Professors, als er fragte, wie es um Onkel Rudy stünde ...

Freunde umarmten einander, das war üblich. Doch wie die beiden dagestanden hatten – das hatte über alle Maßen vertraut gewirkt. Fast wie ein … Sie wurde rot, als sie daran dachte. Fast wie ein Liebespaar.

»Ich entführe Sie übrigens in den Botanischen Garten«, riss Mr. Trevor sie aus ihren Gedanken.

Paula schluckte und zwang sich, ruhig zu antworten. »Das ist ja wunderbar! Der Botanische Garten steht schon länger auf meiner Wunschliste, ich bin nur noch nicht dazu gekommen. Daheim hatten wir auch einen Garten, in dem ich gern gearbeitet habe.« War das Haus an der Schleuse immer noch ihr Heim? War es das je gewesen? Aber ihr fiel kein besseres Wort dafür ein.

»Wo liegt dieses Daheim?«, fragte Mr. Trevor prompt.

»Kings Langley in Hertfordshire. Ich stamme ursprünglich aus London, habe aber die letzten zwölf Jahre bei einer Verwandten gelebt.«

»Und in deren Garten gearbeitet?«

»Eigentlich war ich ihre Gesellschafterin«, sagte Paula. »Aber wenn es mir drinnen zu eng wurde, bin ich gern in den Garten gegangen. Dort konnte ich freier atmen.«

Sie spürte Mr. Trevors Blick auf sich. »Es klingt, als wären Sie dort nicht sehr glücklich gewesen.«

Nun, da sie sich daran gewöhnt hatte, genoss Paula seine unverblümte Art. »Ich glaube, ich war tatsächlich nie richtig glücklich. Das ist mir erst bewusst geworden, seit ich von dort weggegangen bin. Manchmal muss man sich von etwas entfernen, um es wirklich zu erkennen.« Sie sah ihn zweifelnd an, doch er nickte sofort.

»Als stünde man auf einem Turm oder Berg. Oder sähe das Ufer von einem Schiff aus.«

Sie rollten die Poppelsdorfer Allee entlang, und Paula fiel ein, an welchem Tag sie das letzte Mal dort entlanggefahren war. Sie musste unwillkürlich lächeln.

»Darf ich mitlachen?«, fragte er.

»Ach, ich habe mich nur daran erinnert, wie ich mit Mrs. Jackson zum Kreuzberg gefahren bin. Ob Sie es glauben oder nicht, bei diesem Ausflug hatte ich eine äußerst unerfreuliche Begegnung.« Ihr Blick strafte die Worte Lügen.

»Dann hoffe ich, dass der heutige Tag diese Erinnerung auslöscht«, sagte Mr. Trevor.

Paula wandte sich ab. »Jedenfalls bin ich froh, dass ich nach Bonn gekommen bin, auch wenn der Anlass nicht erfreulich war.«

»Die Krankheit Ihres Onkels?«

»Ja, aber nicht diese Grippe, die hat er zum Glück überwunden. Er ist auch herzkrank, und ich fürchte, er kann jederzeit einen Rückfall erleiden. Er schont sich nicht so, wie er sollte, obwohl sich alle sehr um ihn bemühen.«

»Und wie lange muss Ihre Verwandte nun ohne Gesellschafterin auskommen?«

Sie näherten sich dem Schloss, doch Paula sehnte das Ende der Fahrt nicht herbei.

»Möglicherweise wird sie für immer ohne Gesellschafterin auskommen müssen. Ohne mich, meine ich.«

Mr. Trevor sah sie überrascht an. »Haben Sie vor, sich auf Dauer hier niederzulassen? Sie sagen bitte, wenn Ihnen meine Fragen zu aufdringlich erscheinen.«

»Ich weiß noch nicht, wie lange ich bleibe, aber man hat mir zu verstehen gegeben, dass ich in Kings Langley nicht mehr erwünscht bin. Es … es gab einen Streit, bevor ich abgereist bin.«

Die Kutsche hielt auf dem Vorplatz des Poppelsdorfer Schlosses. Mr. Trevor half Paula beim Aussteigen, bezahlte den Kutscher und reichte ihr den Arm. »Nun haben Sie mich richtig neugierig gemacht, Miss Cooper. Werden Sie die Geschichte irgendwann weitererzählen?«

»Falls Sie sie wirklich hören möchten.«

»Sonst würde ich nicht fragen. Sie wissen schon, Höflichkeit und Aufrichtigkeit. Doch nun wollen wir uns der Fauna fremder Länder widmen.«

Mr. Trevor war es gelungen, den Inspektor des Gartens, einen äußerst kundigen Herrn namens Sinning, als Führer zu gewinnen. Der alte Herr hatte ein schmales Gesicht, dessen Wangenknochen stark hervortraten, und bewegte sich erstaunlich rüstig für sein Alter. Da er nur stockend Englisch sprach, mussten sie sich gelegentlich mit Gesten verständigen. Allerdings waren die Pflanzen gekennzeichnet, sodass sich die Führung einfacher gestaltete als gedacht.

Staunend betrachtete Paula die ungeheure Vielfalt – Bäume aus fernen Ländern, Büsche, Blumen, Kakteen in allen Formen, mit gewaltigen, abschreckenden Stacheln oder feinem Flaum, der an die Haare eines alten Mannes erinnerte.

Herr Sinning zog ein Buch aus der Tasche und reichte es ihnen. »Das habe ich mitgebracht, vielleicht möchten Sie hineinschauen.«

Überrascht las Paula seinen Namen auf dem Einband.

»Ich war damals noch sehr jung und natürlich stolz, daran mitarbeiten zu dürfen.« Er lächelte bescheiden.

Paula setzte sich auf eine Bank und schlug das Buch auf. Die kolorierten Bilder waren hinreißend – filigrane Darstellungen exotischer Blütenpflanzen, darunter waren Einzelteile wie Samen, Blätter, Früchte detailliert dargestellt. Die Verfasser erklärten genau, woher die Pflanzen stammten, wie sie gepflegt und vor der kühlen Witterung geschützt werden mussten.

Gleich der erste Name, die Veränderliche Georgine, klang wie ein Romantitel und versetzte Paula in Entzücken.

Als sie wieder aufstand, warf sie einen Blick zu Mr. Trevor und stutzte. Er stand da, die Hände auf dem Rücken, und sah sie an. Etwas in seinen Augen löste bei ihr ein Kribbeln im Bauch aus, und sie wandte sich ab. Was war nur mit ihr? So kannte sie sich gar nicht.

Ihre Augen wanderten zu ihm zurück, unwiderstehlich angezogen, und er lächelte kaum merklich. Dann bot er ihr den Arm, und sie ließen sich von Herrn Sinning weiter durch seinen Garten führen. Er zeigte ihnen die Veränderliche Georgine, die aus Mexiko stammte und prachtvolle Blüten in Weiß, zartem Orange, Rosa und dunklem Rot trug.

Paula folgte mit den Augen einer Biene, die von einer Blüte zur nächsten tanzte, aber immer kurz verharrte, bevor sie sich niederließ, als wollte sie sich die schönsten aussuchen.

Sie sahen wild rankende Clematis mit tiefroten und violetten Blüten, Kanaren-Wolfsmilch und Passionsblumen.

Schließlich verabschiedete sich Herr Sinning, da er Studenten von der Universität erwartete. Doch Paula und Mr. Trevor machten noch keine Anstalten, den Garten zu verlassen. Sie spazierten weiter umher, bewunderten Pflanzen, deren Namen Fernweh weckten, und genossen die Düfte, die durch die laue Luft wehten.

Als sie um eine Ecke bogen, blieb Paula unvermittelt stehen und rief: »Wie wunderschön! Schauen Sie nur, die Kamelien.« Vor ihnen wuchs eine Reihe von Sträuchern mit tiefgrünen Blättern, von denen sich vor Farben geradezu berstende Blüten abhoben. Dazwischen warteten noch grüne Knospen und andere, die schon die kommende Farbe ahnen ließen – zartrosa, karminrot, scharlachrot, zweifarbig rot und weiß. Manche Blüten hatte nur wenige große Blätter, andere waren so rund und prall, dass sie an blühende Kugeln erinnerten.

»Ich habe versucht, eine im Garten zu ziehen, aber sie hat den Winter nicht überstanden.«

Mr. Trevor schaute sich vorsichtig um und wollte die Hand nach einer Blüte ausstrecken, doch Paula hielt ihn auf. »Nein, bitte nicht. Ich mag sie lieber ansehen, während sie noch leben.«

Dann wurde ihr bewusst, dass ihre Hand auf seiner ruhte. Einen Moment verharrte sie so, reglos.

Er wandte sich ihr zu – er war sehr nah –, streifte ihren Handschuh ab und küsste behutsam ihre Handfläche. Dann zog er Paula den Handschuh wieder über, trat einen Schritt zurück und sah sie fragend an.

Sie schluckte. »Mr. Trevor … wie soll ich das verstehen?«

»Als Zeichen meiner respektvollen Zuneigung«, erwiderte er. »Als ich Sie in Ihrer Begeisterung für die Kamelien sah, konnte ich nicht anders. Verzeihen Sie, falls ich Sie gekränkt habe.«

»Nein«, sagte sie, bevor sie nachdenken konnte. »Ich bin nicht gekränkt, nur überrascht.«

Er bot ihr erneut den Arm, und sie gingen weiter. Paula hoffte, dass er ihr Herzklopfen nicht spürte oder die Wärme, die sie durchflutete. Der Mann an ihrer Seite kam ihr so vertraut vor – dabei kannten sie einander kaum. Die Vernunft riet ihr ab, sich auf eine tiefere Freundschaft einzulassen. Die Vernunft sagte ihr, dass eine derartige Beziehung für sie nicht infrage kam, dass dies etwas für junge Frauen war, die begehrenswert und voller Hoffnung waren, Frauen, die nicht in zweiunddreißig Jahren gelernt hatten, sich zu fügen und nichts vom Leben zu erwarten.

Doch Paula mochte nicht auf die Vernunft hören.

»Sie sehen nachdenklich aus«, sagte Mr. Trevor. »Habe ich mir etwas vorzuwerfen, Paula?«

Sie blieb stehen, mit herabhängenden Armen, die Augen gesenkt. Dann schaute sie hoch. »Ich bin nicht mehr jung.«

»Ich auch nicht.«

»Sie sind ein Mann, Mr. … Benjamin.«

»Stimmt, und ich weiß nicht, wie alt Sie sind, aber Sie scheinen mir ganz rüstig, wenn ich bedenke, wie beherzt Sie am Hofgarten für mich eingeschritten sind. Außerdem scheint der Spaziergang Sie nicht im Geringsten zu ermüden.«

»Jetzt machen Sie sich über mich lustig.«

»Keineswegs.« Er hielt inne, als müsste er sich ausnahmsweise die Worte zurechtlegen, die ihm sonst so glatt von der Zunge gingen. »Ich bin beeindruckt. Von Ihrem Mut, Ihrer Tapferkeit.«

»Ich bin nicht tapfer«, sagte Paula verwundert.

»Oh doch. Für mich ist jemand tapfer, wenn er Schwierigkeiten überwindet, wenn er wagt, das Gewohnte hinter sich zu lassen und ins Unbekannte aufzubrechen, ein sicheres Leben aufzugeben, dem zu folgen, was er für richtig hält, und nicht dem, was einfach ist.«

Paula spürte, wie eine Träne über ihre Wange lief.

Benjamin ergriff ihre Hände. »Und nun weinen Sie auch noch.«

»Ach … es ist schön, was Sie da gesagt haben. So hat mich noch niemand beschrieben, darum weine ich.«

Seine Hände umfassten leicht ihre Oberarme. »Dann sind die Menschen in Ihrem Leben ziemlich blind gewesen.«

Sie gingen untergehakt weiter, aber dichter beieinander als zuvor.

Nachdem sie durch den ganzen Garten spaziert waren, fragte Benjamin, ob sie noch ausgeruht genug sei, um zu Fuß in die Coblenzer Straße zurückzugehen.

Paula überlegte kurz. »Ich habe einen Vorschlag. Begleiten Sie mich zum Geschäft meines Onkels. Dort kann ich ein wenig ausruhen, und Sie können ihm guten Tag sagen.«

Er war einverstanden, und so liefen sie gemächlichen Schrittes, als wollte keiner von ihnen schnell das Ziel erreichen, die Poppelsdorfer Allee entlang. Paula war, als berührten ihre Füße kaum den Boden. Das Sonnenlicht, das durch die Bäume fiel, zeichnete wogende Flecken auf den Weg und tanzte über ihr Gesicht. Sie hatte den Sonnenschirm zugeklappt und genoss die Strahlen, die vereinzelt durchs dichte Kastanienlaub drangen.

Paula deutete auf ein rotes Backsteingebäude auf der rechten Seite, das von einem weißen Türmchen gekrönt wurde. »Das ist die Sternwarte von Professor Argelander«, sagte sie und war stolz, dass sie sich inzwischen ein wenig in der Stadt auskannte. »Mein Onkel hat mir davon erzählt. Er war einmal dort und durfte durch das Fernrohr schauen. Professor Argelander hat 325 000 Sterne vermessen und auf Karten eingezeichnet, können Sie sich das vorstellen?«

»Das ist unvorstellbar für unseren Verstand. Nicht nur, dass sie alle vermessen wurden, sondern auch, dass es noch viel mehr da oben gibt.«

Sie schwiegen, als hätte die Fülle der Sterne sie ehrfürchtig verstummen lassen. Beide wurden noch langsamer, wollten das Ende des Spaziergangs hinauszögern. In diesem Moment der Stille fühlte Paula sich Benjamin innig verbunden und verspürte plötzlich den Wunsch, sich ihm anzuvertrauen. Sie blieb stehen und wartete, bis er sich umdrehte und sie fragend ansah.

»Ich möchte Ihnen etwas erzählen, das mir sehr am Herzen liegt. Würden Sie mir zuhören?«

»Es gibt nichts, das ich lieber täte«, sagte Benjamin lächelnd. »Wollen wir uns auf die Bank dort drüben setzen?«

Sie nahmen im Schatten einer Kastanie Platz.

»Ich möchte Ihnen von meinem Vater erzählen. Meinem Vater, den ich nie kennengelernt habe. Deshalb erin-

nere ich mich nicht an sein Gesicht oder seine Stimme, ich
kannte bis vor Kurzem nicht einmal ein Bild von ihm. Mein
Vater verschwand vor über dreißig Jahren, und damals war
er hier in dieser Stadt. Sie müssen wissen, er hatte schon
lange davon geträumt, den Rhein zu sehen …«

22

Enttäuschungen

Eine Stunde später betraten sie den Laden, Paula mit erhitzten Wangen und großem Durst, gefolgt von Benjamin, der sich den Finger in den Kragen schob und sich mit dem Hut Luft zufächelte.

»Oh, wie schön, euch zu sehen«, sagte Onkel Rudy, der sich gerade von einer Kundin verabschiedet hatte. »Wie es der Zufall will, hat mir Herr Wörth soeben einen Krug Limonade aus dem Gasthaus nebenan besorgt. Bitte bedient euch.« Er deutete auf ein Tablett mit Krug und Gläsern, das hinter der Kasse stand.

Paula bemerkte, dass er schwer atmete, und zog ihm einen Stuhl heran. »Setz dich, Onkel Rudy. Du solltest dich ausruhen.«

Er verdrehte die Augen, ließ sich aber schwer auf den Stuhl fallen, als hätte er nur darauf gewartet.

Herr Wörth kam aus dem Hinterzimmer und begrüßte Paula und Benjamin. Sie plauderten kurz über das Wetter und die Schönheiten des Botanischen Gartens, bevor er sich an Onkel Rudy wandte.

»Herr Cooper, soll ich nun, da Sie nicht mehr allein sind, zur Post gehen und nach der Sendung fragen?«

»Tun Sie das, Herr Wörth. Und lassen Sie sich Zeit, Sie hatten noch keine Mittagspause.«

Als er gegangen war, schaute Onkel Rudy von Paula zu Benjamin. »Ich hoffe, der Spaziergang war angenehm.«

Sie unterhielten sich ungezwungen, und Paula fragte sich, wie sie sich so anders fühlen und doch unverändert aussehen konnte, denn ihr Onkel schien nichts zu bemerken. Sie war nicht mehr dieselbe, die am Morgen aufgebrochen war, doch statt dies zu kommentieren, erkundigte er sich, ob Mr. Trevor auch Blumen fotografiere, worauf dieser erklärte, er habe sich auf Landschaften und Architektur spezialisiert.

Paula schlenderte durch den Laden, rückte Bücher und Landkarten gerade, ordnete eine Postkarte im Ständer richtig ein und schaute verstohlen zu den beiden Männern, die sich prächtig zu verstehen schienen.

»Wie konnte ich das vergessen!«, rief ihr Onkel plötzlich und holte einen Brief unter der Theke hervor. »Schauen Sie, Mr. Trevor, ich habe Post von Ihrem Vater erhalten. Ich musste sein Rheinbuch nachbestellen – es ist immer noch einer unserer beliebtesten Titel –, und nutzte die Gelegenheit für einige private Zeilen. Ich erwähnte, dass ich Sie kennengelernt habe und Sie sozusagen ein Freund des Hauses geworden sind.«

Bevor Benjamin etwas sagen konnte, begann Onkel Rudy vorzulesen.

Sehr geehrter Mr. Cooper,

herzlichen Dank für Ihre freundlichen Zeilen und die neuerliche Bestellung. Für mich als Verleger ist es eine Freude, dass sich mein vor so langer Zeit erschienenes, bescheidenes Werk beim Publikum noch immer einer gewissen Beliebtheit erfreut.

Mein Sohn, dessen Bekanntschaft Sie gemacht haben, steuert seit geraumer Zeit Fotografien zu unseren Reisebänden bei, was ich für eine gelungene Verbindung zwischen der alten Kunst des Stahlstichs und dieser neueren Entwicklung halte.

Es ist ein hübscher Zufall, dass Sie meinen Sohn in Bonn kennengelernt haben – es scheint, Briten finden im Ausland wie von selbst zueinander. Ich spreche aus Erfahrung, denn wie Sie vielleicht wissen, bin ich vor vielen Jahren – damals bereitete ich die Schönheiten des Rheintals vor – Ihrem Bruder beruflich in Bonn begegnet.

Ich empfehle mich und danke noch einmal für die Bestellung. Hochachtungsvoll,

Charles Trevor

Paula hielt inne, den Krug mit der Limonade in der Hand.

»Ist das nicht kurios?«, fragte Onkel Rudy, den die plötzliche Stille nicht zu kümmern schien. »Da haben Ihr Vater und mein Bruder einander gekannt, und ich habe nichts davon geahnt. Zwei Engländer, die sich in Bonn am Rhein trafen, und nun die nächste Generation. Wussten Sie von der Bekanntschaft?«

Benjamin warf hastig ein: »Das ist in der Tat kurios. Aber leider muss ich mich nun verabschieden. Ich habe noch eine Verabredung, das war mir ganz entfallen.«

Er verbeugte sich knapp vor Onkel Rudy und wollte Paula die Hand geben, doch sie zog ihre zurück. Er stutzte und sagte dann: »Darf ich bald wieder einmal mit Ihnen spazieren gehen? Oder Ihnen den Drachenfels zeigen? Suchen Sie sich etwas aus. Ich wohne im Hotel Zum Goldenen Stern, bitte schreiben Sie mir.«

Dann war er schon draußen auf der Straße.

»Das kam aber plötzlich«, sagte Onkel Rudy.

Paula hielt noch immer den Krug in der Hand. Das Glas wurde warm, doch sie konnte sich nicht rühren. Sie schaute zur Tür, durch die Benjamin verschwunden war. »Ich … ich glaube, ich gehe am besten nach Hause. Der Spaziergang war anstrengend.«

Onkel Rudy sah sie stirnrunzelnd an. »Trink erst deine Limonade, du siehst ein wenig angegriffen aus. Zu viel Sonne, meine Liebe, tut nicht gut.«

Es war nicht die Sonne, dachte Paula erregt, ganz und gar nicht. Sie hatte sich zu Fuß auf den Heimweg gemacht, weil sie hoffte, die körperliche Betätigung werde ihr zu einem klaren Kopf verhelfen. Ihr taten die Füße weh, jeder Stein war durch die dünnen Sohlen zu spüren, doch das war ihr egal. Der Brief bereitete ihr Kopfzerbrechen, nicht die schmerzenden Füße.

Sie hatte Benjamin die Geschichte ihrer Eltern erzählt, sie war förmlich aus ihr herausgeströmt, als wäre ein Damm gebrochen. Die privaten Augenblicke, die sie mit ihm erlebt hatte, die ungewohnte Aufmerksamkeit, die zärtliche Nähe, all das hatte sie vertrauensselig werden lassen. Sie hatte kaum etwas ausgelassen, und er hatte geduldig zugehört, zwischendurch die eine oder andere einfühlsame Frage gestellt und sie ansonsten einfach reden lassen. Aber er hatte mit keinem Wort erwähnt, dass ihre Väter einander gekannt hatten.

Sie hielt inne und tat, als würde sie eine Hutauslage betrachten.

Wenn er es nun wirklich nicht gewusst hatte? Wenn es seinem Vater zu fern und unbedeutend erschienen war, um es anzusprechen? Paula wollte es glauben, und doch spürte sie, dass Benjamin von dem Brief unangenehm überrascht worden war. Er hatte den Laden geradezu überstürzt verlassen, als Onkel Rudy weiterfragen wollte.

»Kann ich Ihnen helfen, mein Fräulein?«

Paula richtete sich gerade auf und schaute die ältere Frau an, die aus dem Laden getreten war. Sie war klein, hatte ein Vogelgesicht und dunkle Augen, die aufmerksam und ein bisschen durchdringend blickten.

»Sie stehen schon so lange vor dem Schaufenster. Falls Sie einen Hut probieren möchten, kommen Sie doch herein.«

Paula lehnte dankend ab und eilte weiter. Vor ihr tauchten die Bäume des Hofgartens auf. Junge Männer liefen lärmend in Richtung Universität, einer riss dem Kommilitonen die Verbindungsmütze vom Kopf und rannte damit fort, gefolgt von dem Bestohlenen, der vor Lachen kaum von der Stelle kam.

Es war wie ein Zeichen.

Paula machte auf dem Absatz kehrt und eilte zum Marktplatz. Vor dem Hotel Zum Goldenen Stern blieb sie stehen und schöpfte Atem. Es war ein eindrucksvoller Bau mit einer ebenmäßigen, klassizistischen Fassade, das größte Haus am Marktplatz, neben dem sich das Rathaus geradezu bescheiden ausnahm. Ihr Herzschlag beruhigte sich nur langsam, doch sie durfte nicht zu lange verweilen, sonst verließe sie der Mut.

Der Hoteldiener, der ihr die Tür aufhielt, musterte sie skeptisch, und Paula spürte die Haarsträhnen, die unter dem Hut hervorgerutscht waren und feucht an ihren Schläfen klebten. Sie drückte die Schultern durch und schritt hocherhobenen Hauptes an ihm vorbei.

An der Rezeption wurde sie freundlicher empfangen. »Guten Tag, Madame, womit kann ich dienen?«, fragte der junge Mann im schwarzen Gehrock.

Als er ihr Zögern bemerkte, wiederholte er die Frage in ausgezeichnetem Englisch. Paula war noch sie so dankbar gewesen, ihre Muttersprache zu hören. »Ich möchte einem Gast eine Nachricht hinterlassen. Haben Sie für mich etwas zum Schreiben?«

Er deutete auf eine halb geöffnete Tür gegenüber. »Dort befindet sich unser Schreibzimmer, wo Sie alles finden, was Sie benötigen. Wenn Sie fertig sind, geben Sie mir die Nachricht, und ich lasse sie unserem Gast so bald wie möglich zukommen.«

»Vielen Dank.«

Das Schreibzimmer war mit dunklen Möbeln eingerichtet. Es gab mehrere kleine Tische, die mit ledernen Schreibunterlagen, Briefpapier, Umschlägen, Tintengläsern, Federhaltern und Schreibsand ausgestattet waren. Kleine Lampen spendeten warmes Licht, bequeme Polsterstühle standen bereit. An der gegenüberliegenden Wand hing ein großer Spiegel.

Paula wollte sich gerade am erstbesten Tisch niederlassen, als sie Benjamin Trevor bemerkte, der mit dem Rücken zu ihr saß und mit der Feder fieberhaft über das Papier kratzte.

Sie erstarrte. Konnte sie den Raum unauffällig verlassen? Wäre es klüger, sich schnell oder langsam zu bewegen? Während sie noch zögerte, blickte er auf und sah sie im Spiegel. Abrupt drehte er sich zu ihr um.

»Paula, was machen Sie denn hier?«

Sie räusperte sich und trat einen Schritt vor. »Ich wollte Ihnen einen Brief schreiben.«

Er stand auf und zog einen Stuhl für sie zurück. »Dann können Sie sich die Tinte und die Mühe sparen und es mir einfach sagen, nicht wahr?«

Paulas Herz hämmerte. Sie sah wieder zur Tür, spielte mit dem Gedanken, einfach davonzulaufen. Warum nur war sie hergekommen?

Doch er hatte sie mutig genannt, vor nicht einmal zwei Stunden. Also setzte sie sich und fragte geradeheraus: »Sie hatten gar keine Verabredung, nicht wahr?«

Er senkte den Blick.

»Sie haben nach einem Vorwand gesucht, um davonzulaufen. Die Verabredung fiel Ihnen sehr plötzlich ein, nachdem mein Onkel sich erkundigt hatte, ob Sie von der Bekanntschaft unserer Väter wussten. Mir kam es vor, als wollten Sie nicht darüber sprechen.«

»Warum sollte ich nicht darüber sprechen wollen?«

Sie wusste es selbst nicht; es war mehr Gefühl als Gewissheit. »Nun, ich habe Ihnen vorhin von meiner Familie erzählt, habe Ihnen sehr persönliche Dinge anvertraut. Da wäre es naheliegend gewesen, die Bekanntschaft zu erwähnen, falls Sie davon wussten.«

Benjamin blickte auf. »Falls, wie Sie schon richtig sagen. Denn ich hatte noch nie davon gehört. Mein Vater hat es nicht erwähnt.«

Paula lehnte sich zurück und drehte eine Schreibfeder zwischen den Fingern. »Warum sind Sie dann weggelaufen?«

Benjamin räusperte sich, und sie meinte, einen Anflug von Röte in seinen Wangen zu sehen. Dann stand er auf, schloss die Tür und setzte sich wieder. »Meine liebe Paula, falls ich Sie so nennen darf. Ich habe etwas zu beichten. Zwar habe ich nicht gelogen – ich wusste wirklich nicht, dass unsere Väter einander kannten –, wohl aber etwas verschwiegen.« Er atmete tief durch. »Ich war bis vor Kurzem in der Schweiz, um Fotografien für einen neuen Bildband anzufertigen. Dann aber beorderte mich mein Vater nach Bonn und bat mich, Ihre Bekanntschaft zu suchen.«

Paula wollte etwas sagen, brachte jedoch kein Wort heraus. Ihre Brust hob und senkte sich heftig, und ihr wurde ganz flau.

»An jenem Abend, an dem Sie mich vor den Studenten gerettet haben, kam ich gerade von Ihrem Haus. Ich bin die Coblenzer Straße entlanggegangen, um es mir anzusehen. Ich habe sogar eine ganze Weile gegenüber gestanden und es betrachtet.«

Sie erhob sich so heftig, dass ihr Stuhl nach hinten kippte und mit einem dumpfen Aufprall auf dem dicken Teppich landete.

»Ihr Vater hat Sie *beauftragt*, meine Bekanntschaft zu suchen? Warum sollte er das tun? Und warum haben Sie sich darauf eingelassen?«

Sie fühlte sich hintergangen, und das Gefühl war unangenehm vertraut. So war es gewesen, als der Postbote nach dem Brief aus Deutschland gefragt, als der Geistliche ihr von dem leeren Grab erzählt, als sie aus Onkel Rudys Briefen erfahren hatte, dass ihr Vater verschwunden war, vielleicht mit einer fremden Frau. Sie spürte die Enttäuschung, und diesmal war sie umso bitterer, weil sie sich Benjamin so nah gefühlt hatte.

Paula stützte sich mit beiden Händen auf den Tisch und beugte sich vor. »Ich weiß nicht, welche Beweggründe Ihr Vater hatte. Aber Sie haben ihm gehorcht.« Sie warf einen Blick auf das Schreibzeug. »Sind Sie vielleicht gerade dabei, ihm Bericht zu erstatten? Er muss doch von unserem Spaziergang erfahren, nicht wahr?« Ihr stockte kurz der Atem vor Zorn. »Oder erzählen Sie ihm auch von der Geschichte meiner Familie, die ich Ihnen anvertraut habe? Besser gesagt, die Sie mir entlockt haben, indem Sie mich glauben ließen, Sie hätten mich gern?« Ihre Stimme klang jetzt laut und bitter.

Benjamins Gesicht fiel förmlich in sich zusammen. Er schob einen Finger in den Kragen, als bekäme er keine Luft.

»Paula, bitte …«

»Miss Cooper.«

Er stand auf, doch Paula wich zurück.

»Mein Vater schrieb, er wolle einer alten Freundin einen Gefallen tun, die in Sorge um eine Verwandte sei. Er nannte mir Ihren Namen und die Anschrift Ihres Onkels, das war alles.«

Der Zorn schlug in Wellen über ihr zusammen. Sie waren gleich, alle miteinander, Benjamin Trevor und ihre Mutter und Cousine Harriet. Nein, er war noch schlimmer, denn die beiden Frauen hatten immerhin geglaubt, sie handelten zu Paulas Bestem, während Benjamin nur einen Auftrag übernommen hatte. Jedes Wort, das er gesagt hatte, jede Berührung, jeder Blick waren berechnet gewesen, darauf angelegt, ihr zu schmeicheln, ihr Vertrauen zu wecken.

Sie hatte geglaubt, sie habe sich befreit, als sie England verließ, doch der Arm ihrer Mutter reichte weiter, als sie dachte.

Paula bekam auf einmal keine Luft mehr. Sie verließ den Schreibraum und stürzte durch die Hotelhalle nach draußen auf den sonnigen Marktplatz.

23

Erkenntnisse

»Ihr Onkel macht sich große Sorgen, Miss.« Tines Stimme drang durch die Tür, doch Paula blieb reglos im Sessel sitzen. »Er wirkt sehr bedrückt. Und Sie wissen, wie es um sein Herz steht.«

Und was ist mit meinem Herzen?, dachte sie, sprach es aber nicht aus. Sie bemitleidete sich selbst, kam nicht dagegen an. Sie hatte das Zimmer in den letzten beiden Tagen nur verlassen, um die Toilette aufzusuchen. Das Essen, das Tine ihr auf einem Tablett vor die Tür stellte, hatte sie nicht angerührt, bis der Hunger schließlich zu groß geworden war.

Im Zimmer lag Papier verstreut, als wäre ein Wirbelwind hindurchgefegt: der letzte Brief ihrer Mutter, die alten Briefe ihrer Eltern an Onkel Rudy, ihre eigenen Aufzeichnungen, Landkarten, der aufgeschlagene Baedeker. Sie hatte über einer Karte des Rheins gebrütet, auf Namen wie Bacharach, St. Goar, Bingen und Rüdesheim gestarrt, Bilder von Burgen und Ruinen betrachtet und sich gefragt, wo ihr Vater damals ausgestiegen sein mochte. Und vor allem, wo er von dort aus hingegangen war. Wie konnte ein

Mensch in einer belebten Gegend, in der es von Touristen wimmelte, spurlos verschwinden?

Doch Paula brachte keinen klaren Gedanken zustande, weil sich immer wieder ein Gesicht davorschob, eine Hand, die ihre hielt, ein Kopf, der sich darüber beugte, ein Mund, der ihre Haut berührte. Die wenigen Stunden, die sie mit Benjamin Trevor im Botanischen Garten und beim Spaziergang verbracht hatte, hatten sie unwiderruflich verändert.

Sie hatte sich erlaubt, vorsichtig an das Glück zu glauben, dass sie in ihrem Leben vielleicht doch einen Menschen finden könnte, der sie verstand und der sie gern hatte. Einen Menschen, der ihr nicht verpflichtet war und ihr nur um ihrer selbst willen nah sein wollte, der ihr nicht vorschreiben wollte, was sie zu tun hatte, der sie nicht vor allem schützen wollte und ihr damit den Raum zum Atmen nahm. Sie hatte zu glauben gewagt, Benjamin Trevor könnte dieser Mensch sein.

Und dann war alles zerbrochen.

Sie fühlte sich verraten. Mehr noch als von ihrer Mutter, die ihr so vieles verschwieg, mehr noch als von Cousine Harriet, die ihr keine Freude gegönnt und sie an sich gefesselt hatte.

Benjamin – warum nannte sie ihn noch immer bei dem vertrauten Namen? – hatte ihre Unerfahrenheit und Naivität ausgenutzt, hatte behauptet, ihm sei Aufrichtigkeit wichtiger als Höflichkeit. Die Erinnerung daran erfüllte sie mit Bitterkeit. Letztlich war er wohl nur einmal aufrichtig zu ihr gewesen – auf dem Kreuzberg, als er noch nicht wusste, wer sie war.

Paula hörte, wie Tine seufzend das Tablett abstellte und nach unten ging. Sie kämpfte mit sich, wäre ihr am liebsten gefolgt, hätte sich vor Onkel Rudys Sessel gekniet und den Kopf auf seinen Schoß gebettet, um sich trösten zu lassen. Doch sie brachte es nicht über sich. Sie konnte ihm nicht erzählen, was zwischen ihr und Benjamin Trevor vorgefallen war, weil sie nicht wusste, was größer war – ihr Kummer oder ihre Scham.

Also blieb sie sitzen und schaute vor sich hin. Sie wollte an nichts denken, wollte einschlafen und irgendwann aufwachen und sich wieder fühlen wie damals, bevor sie Benjamin begegnet war.

»Miss Cooper?« Sie fuhr hoch. Sie musste eingenickt sein und hatte daher nicht gehört, wie jemand nach oben kam.

Ein Räuspern, männlich und tief. »Darf ich eintreten?«

Es war die Stimme von Professor Hergeth.

Sie sprang auf, strich sich über Kleid und Haare und räumte in Windeseile die Papiere zusammen, die überall im Zimmer lagen.

»Bitte«, sagte sie dann.

Der Professor trat ein, in der Hand das Tablett, das er auf den Tisch stellte. Er deutete auf den freien Stuhl. »Darf ich Platz nehmen?«

Sie nickte, ohne ihn anzusehen.

Der Stuhl knarrte unter seinem Gewicht, dann herrschte für einen Augenblick Stille, ehe der Professor zu sprechen begann.

»Ich weiß nicht, was geschehen ist, und es geht mich

auch nichts an. Das heißt, es würde mich nichts angehen, wenn ich nicht in Sorge um Rudy wäre. Er hat mich um Hilfe gebeten, weil er nicht mehr aus noch ein weiß.«

Paula fühlte sich unbehaglich, als ihr Tines Worte von vorhin einfielen. »Ich ... ich will ihm keinen Kummer bereiten.«

»Gewiss, aber Sie tun es dennoch. Er hat Sie sehr liebgewonnen, Miss Cooper, und er kann nicht mit ansehen, wie Sie leiden, zumal er gar nicht weiß, was Ihnen auf der Seele liegt. Er befürchtet, Sie gekränkt zu haben, und möchte es wiedergutmachen.«

Sie blickte auf. Professor Hergeth saß da, ruhig, hager, wie immer im dunklen Anzug und mit einem blütenweißen Hemd. Aber mit Schatten unter den Augen, die sie nicht an ihm kannte.

»Ich kann Ihnen versichern, dass Onkel Rudy mich nie gekränkt hat. Er ist der beste und gütigste Mensch, den ich kenne.«

Die Mundwinkel des Professors zuckten flüchtig, und ihr wurde klar, dass er genauso dachte.

»Würden Sie sich mir anvertrauen, Miss Cooper? Vielleicht kann ich vermitteln, als Außenstehender, meine ich.«

»Oh, aber das sind Sie nicht.«

»Wie meinen Sie das?«

»Sie sind kein Außenstehender.« Paula stand auf und trat ans Fenster. Ihre nächsten Worte waren so heikel, das sie ihn dabei nicht anschauen konnte. »Sie lieben ihn, nicht wahr?« Die Stille hinter ihr war greifbar, schien sich in ihrem Rücken auszubreiten. Als sie es nicht mehr aushalten konnte, drehte sie sich um.

Professor Hergeth sah sie an, die Augen weit geöffnet, die Lippen aufeinandergepresst.

»Ich habe Sie beide gesehen, am Abend nach dem Fest. Sie standen im Wohnzimmer. Es ... wirkte sehr vertraut.«

Er schlug die Hand vor den Mund, und in diesem Augenblick begriff sie, dass sie etwas Gewaltiges angerührt hatte. Vor ihr saß ein erwachsener Mann, angesehen, hoch gebildet, ein Universitätsprofessor, und schaute sie an wie ein Junge, den man bei einem Vergehen ertappt hatte.

»Ich ... Miss Cooper ... ich kann Sie nur bitten, uns nicht ... ich bitte Sie um Ihr Schweigen. Nicht für mich, sondern für ihn. Rudy ist mein ... er ist alles für mich.« Er verstummte.

Paula hatte keine Vorstellung davon, wie die Liebe zwischen Männern aussehen mochte. In England sprach man nur hinter vorgehaltener Hand darüber, und die Andeutungen in der Bibel waren ebenso vage wie abschreckend. Sie hatte einmal mitbekommen, wie jemand in Kings Langley bemerkte, in Frankreich seien alle Arten von Unzucht erlaubt, weshalb die Franzosen auch ein dekadentes und moralisch verkommenes Volk seien. Doch wenn sie schon unerfahren war, was die Liebe zwischen Mann und Frau betraf, so kam ihr der Gedanke an eine Liebe zwischen Männern noch viel fremder vor.

Wie es schien, waren Onkel Rudy und der Professor wohl das, was man als überzeugte Junggesellen bezeichnete. Sie fragte sich auf einmal, ob man damit wohl stets Männer umschrieb, die der Ehe abgeneigt waren, weil ihre Zuneigung dem eigenen Geschlecht gehörte.

Der Professor seufzte. »Das hatte ich erwartet.«

Paula sah ihn an. »Was meinen Sie?«

»Sie sind schockiert, und das zu Recht. Ich kann nichts zu meiner Verteidigung vorbringen, als dass ich Ihren Onkel von ganzem Herzen liebe und er mich. Wie es das Glück will, haben wir juristisch nichts zu befürchten, eine angenehme Hinterlassenschaft der Franzosenzeit. Als sie 1815 endete, blieb uns Napoleons Gesetzbuch erhalten, und das spricht uns von Strafen frei. Dennoch ist die Gefahr, in der wir uns befinden, beträchtlich. Wenn es bekannt würde, wäre Ihr Onkel als Geschäftsmann ruiniert. Und mir würde man kaum noch die Bildung junger Männer anvertrauen.«

Er saß da, den Kopf gesenkt, die Hände flach auf den Oberschenkeln, als rechnete er mit einem Urteilsspruch.

»Herr Professor, was glauben Sie, was ich jetzt tun werde?«, fragte Paula leise.

Er sah zu ihr auf. »Ich könnte verstehen, wenn Sie abreisten und Ihrer Familie den Grund dafür mitteilten, vielleicht auch Ihren Bekannten hier in Bonn.«

Zu ihrer eigenen Überraschung lachte Paula auf. »Ich weiß nicht, was Onkel Rudy Ihnen über meine – oder unsere – Familie erzählt hat, aber ich werde ihnen ganz gewiss nicht die Genugtuung geben und demütig heimkehren. Ich verliere kein Wort über das, was Sie mir anvertraut haben.«

Er blickte erst verwundert drein, lächelte dann zaghaft und wurde ein wenig rot.

»Meine Hochachtung, Miss Cooper. Wenn ich Ihnen irgendwie zur Seite stehen kann, sagen Sie es mir. Sie wer-

den in mir immer einen loyalen Freund finden, falls Sie es
wünschen.«

Paula spürte, wie Tränen in ihren Augen brannten.

»O nein, nun müssen Sie auch noch weinen.«

Sie hob die Hand, um ihn zum Schweigen zu bringen.
»Aber nicht aus Kummer. Und im Übrigen habe ich Ihnen
zu danken. Vorhin habe ich zum ersten Mal seit Tagen gelacht.«

Der Professor erhob sich vom Stuhl und reichte ihr die
Hand. »Würden Sie mit mir nach unten gehen? Ich fürchte
um Rudys Herz.«

»Solange es Ihnen gehört, ist es in guten Händen«, sagte
sie mit warmer Stimme. »Aber wir wollen ihn nicht länger
warten lassen.«

Als Paula ins Wohnzimmer trat, schaute ihr Onkel sie forschend an, stand auf und umarmte sie. »Ich bin so froh, dich
zu sehen.«

Dann blickte er zu seinem Freund. »Du bist ein Magier,
mein Lieber. Dir ist gelungen, was ich und Tine mit verein-
ten Kräften nicht geschafft haben. Hat sie dir anvertraut,
weshalb sie niemanden sehen wollte?«

Der Professor räusperte sich und lehnte sich mit dem
Rücken an den Kaminsims, bevor er seine Pfeife anzündete.
»Von Magie kann keine Rede sein. Miss Paula hat mir gar
nichts anvertraut, sondern mich im Gegenteil dazu gebracht,
selbst etwas preiszugeben.« Sein Blick war durchdringend.

Paula setzte sich und sah zwischen den Männern hin
und her, nahm die kaum merkliche Verständigung zwischen

ihnen wahr. Der Professor nickte Onkel Rudy zu, hob die Augenbrauen und deutete mit dem Kopf auf Paula. Onkel Rudys Mund öffnete sich, er berührte seine eigene Brust und zeigte dann flüchtig auf seinen Freund.

»Euch mag diese Art des Gesprächs faszinierend erscheinen, aber für mich als Zuschauerin wird sie ein bisschen eintönig«, sagte sie belustigt.

»Wie hast du …?« Ihr Onkel wandte sich zu ihr.

»Ich habe euch gesehen, genau dort, wo der Professor jetzt steht, am Abend nach dem Fest. Ich hätte nichts dazu gesagt, aber vorhin … er war so freundlich, und wir sprachen so vertraut miteinander …«

Der Professor trat zu Rudy und legte ihm die Hand auf die Schulter. »Du brauchst dich nicht zu sorgen. Deine Nichte ist eine bemerkenswert großzügige Frau.«

»Und verschwiegen«, fügte sie hinzu und stand auf. Der Professor trat beiseite, damit sie ihren Onkel noch einmal umarmen konnte.

Als sie sich wieder gesetzt und eine lose Haarsträhne aus dem Gesicht geschoben hatte – sie hatte sich seit zwei Tagen nicht frisiert –, sagte Onkel Rudy zögernd: »Deine Mutter ahnte wohl, dass ich … anders lebe als die meisten. Als sie die Verbindung zu mir abbrach, deutete sie so etwas an. Sie sagte, sie wolle nichts mehr mit der Familie Cooper zu tun haben und könne auch nicht verantworten, dass jemand wie ich Umgang mit ihrer Tochter pflege.« Er zuckte ein wenig hilflos mit den Schultern.

»Es tut mir sehr leid«, erwiderte Paula aufrichtig. »Ich weiß, dass du mich nicht im Stich lassen wolltest.«

Er deutete erleichtert auf die Karaffe mit Sherry. »Darauf sollten wir uns einen genehmigen, den haben wir uns verdient.«

Als sie ihre gefüllten Gläser in Händen hielten und eine angenehme Stille über dem Raum lag, hoffte Paula schon, dass ihr unangenehme Fragen erspart bleiben würden. Doch sie hoffte vergeblich.

»Nun, da wir dies geklärt haben – und ich kann dir gar nicht sagen, wie glücklich und erleichtert ich darüber bin –, möchte ich endlich wissen, weshalb du dich dort oben vor der Welt verkrochen hast«, ließ sich Onkel Rudy aus der Tiefe seines Sessels vernehmen.

»Ich ziehe mich lieber zurück«, sagte der Professor und wollte aufstehen, doch Paula hob die Hand.

»Sie haben sich aufopfernd um meinen Onkel gekümmert. Ohne Sie hätte er sich nie so rasch erholt. Sie gehören zur Familie, und darum bitte ich Sie zu bleiben.«

Er neigte leicht den Kopf und hob sein Sherryglas.

Eigentlich hatte sie ihre Geschichte zensiert erzählen wollen, doch nachdem sie begonnen hatte, wurde ihr klar, dass sie die ganze Wahrheit sagen musste, damit die Männer das Ausmaß des Verrats begriffen. Es schien, als hätte sie alle Tränen geweint, und so konnte sie ruhig und gefasst berichten, was geschehen war, seit Benjamin Trevor nach Bonn gekommen war.

Als sie geendet hatte, knallte Onkel Rudy sein Glas auf den Tisch und hieb mit der Faust auf die Sessellehne. »Es bricht mir das Herz, das zu hören, jawohl! Der junge Trevor war mir auf Anhieb sympathisch. Ich war aufrichtig froh, dass du deine Meinung über ihn geändert hast und ihm freundlicher begegnet bist. Und als ihr beide zu mir in den Laden kamt, habe ich sehr wohl etwas an dir bemerkt, das ich nur als inneres Strahlen bezeichnen kann. Dass deine Mutter dich in dieser Weise hintergangen hat, empört mich. Damit beleidigt sie dich, weil sie dir nicht zugetraut hat, allein auf Reisen zu bestehen. Und sie beleidigt mich, da sie offenbar glaubt, du wärst bei mir nicht sicher. Und dass sich die beiden Trevors auf dieses Unterfangen einge-lassen haben, ist ebenfalls enttäuschend.« Er griff nach der Karaffe und schenkte sich nach, ohne auf den strafenden Blick des Professors zu achten. »Was sagst du dazu, August, das ist doch unerhört!«

Der Professor schaute auf seine Hände, als fühlte er sich unbehaglich. Dann räusperte er sich und sagte in einem Ton, den er vermutlich auch bei seinen Vorlesungen an-schlug: »Ich muss gestehen, dass ich mich in Herzensdin-gen nicht auskenne, zumindest nicht in denen einer jungen Dame. Aber mit rationalem Denken und logischen Über-legungen lassen sich viele Probleme ergründen, und wenn ich diese Ansätze auf Ihren Fall anwende, Miss Paula, ge-lange ich zu dem Schluss, dass zunächst eine entscheidende Frage zu klären ist.« Er legte eine Pause ein, als wollte er die Worte wirken lassen. »Die Frage lautet: Warum hat Ihre Mutter überhaupt zu diesem Mittel gegriffen? Geschah es aus Sorge um Ihre Sicherheit, weil Sie lange zurückgezogen gelebt hatten und nun allein ins Ausland gereist sind, oder gab es einen weiteren Beweggrund? Ich neige zu letzterer Ansicht, denn mich verwundert die Geheimniskrämerei, mit der sie vorgegangen ist. Solange wir dieser Frage nicht auf den Grund gegangen sind, erscheint es mir wenig aussichtsreich, in dieser Angelegenheit zu einem zuverlässigen Urteil zu gelangen.«

»Deine philosophischen Betrachtungen sind im wahren Leben manchmal wenig hilfreich«, warf Onkel Rudy ein, doch Paula unterbrach ihn.

»Er hat völlig recht.« Sie atmete tief durch. »Ich habe in den vergangenen Tagen viel nachgedacht und bin zu einem Entschluss gelangt. Alle Fragen, die mich quälen, sind miteinander verbunden, und darum muss ich unbedingt herausfinden, was damals mit meinem Vater geschehen ist – für dich, für mich und für ihn. Mein Vorhaben mag verrückt und aussichtslos erscheinen, aber ich werde keine Ruhe finden, ehe ich es weiß. Und wenn ich dafür selbst auf Reisen gehen und seinen Spuren folgen muss, werde ich es tun.«

24

Vater und Sohn

Mr. Benjamin Trevor an Mr. Charles Trevor:

BONN, DEN 23. MAI 1868

Lieber Vater,
bitte verzeih, dass Du so lange auf eine Antwort warten muss-
test. Die Arbeit macht gute Fortschritte. Ich habe einige gelun-
gene Aufnahmen vom Kreuzberg, der Universität, dem Bota-
nischen Garten mit dem Poppelsdorfer Schloss und dem Alten
Zoll angefertigt. Ich beabsichtige, weitere Ansichten zu suchen,
vielleicht von der anderen Rheinseite aus und in Godesberg. In
den nächsten Tagen sende ich Dir ein Paket, damit Du schon
einen Eindruck gewinnst, dazu auch die letzten Fotografien
aus Zermatt.
Nun zu dem, was mir eigentlich auf der Seele liegt:
Ich habe Miss Coopers Bekanntschaft gemacht, wie Du mir
aufgetragen hast, wobei dies jedoch zufällig geschah und nicht
sehr erfreulich verlief. Ich muss gestehen, dass ich sie mit meiner
ungehobelten Art abgeschreckt habe. Erst als sie mich kurz dar-

auf aus einer misslichen Lage rettete, erfuhr ich, mit wem ich es zu tun hatte. Sie ist eine mutige Frau, der ich zu großem Dank verpflichtet bin.

Und darum kann ich Deinen Auftrag nicht erfüllen, Vater. Miss Cooper und ihr Onkel haben mich in ihrem Haus versorgt, mich eingeladen, sind mir herzlich begegnet. Sie vertrauen mir, und ich kann dieses Vertrauen unmöglich noch mehr missbrauchen, als ich es schon getan habe.

Mr. Cooper hat Deinen Brief im Beisein seiner Nichte vorgelesen, wodurch ich in eine peinliche Lage geriet.

Ich weiß nicht, welchen Grund Mrs. Cooper – sie dürfte wohl Deine Auftraggeberin sein – dafür anführt, dass man ihre Tochter im Auge behalten soll. Was immer es sein mag, es wird mich nicht dazu bewegen, irgendetwas weiterzugeben, das ich bei meinen Begegnungen mit ihrer Tochter erlebt oder erfahren habe. Ich empfinde das ganze Vorgehen als fragwürdig, zumal Miss Cooper eine erwachsene Frau ist.

Falls ich sie dazu bringen kann, mir zu verzeihen, was nach den heutigen Vorfällen durchaus fraglich erscheint, werde ich ihr meine Freundschaft anbieten. Denn ich könnte mich selbst nicht mehr im Spiegel ansehen, wenn ich Deiner Bitte nachkäme, und schon gar nicht Miss Cooper gegenübertreten.

Du verstehst hoffentlich, dass ich Dir diesen einen Gefallen nicht tun kann, und vertraue darauf, dass Du dies Mrs. Cooper erklärst.

Dein Dich wie immer liebender Sohn,
Benjamin

P.S. Es ist vermutlich viel verlangt, da ich Dir gerade einen Gefallen abgeschlagen habe ... Aber ich bitte Dich dennoch darum: Würdest Du mir verraten, was Du über Mrs. Cooper und ihren verstorbenen Mann weißt und wie Ihr Euch begegnet seid? Auch würde es mich interessieren, ob Du damals in Bonn eine Engländerin namens Mrs. Eldridge gekannt hast. Dies könnte für Miss Cooper von Bedeutung sein, und ich könnte auf diese Weise den angerichteten Schaden ein wenig gutmachen.

Sobald ich mich mit ihr versöhnt und ihr zur Seite gestanden habe, kehre ich nach Surrey zurück, das verspreche ich Dir.

25

Ermittlungen

In den folgenden Tagen bemerkte Paula, dass Onkel Rudy sie gelegentlich besorgt betrachtete, als wäre ihm ihre neu gewonnene Kraft unheimlich. Sie stürzte sich nicht zuletzt so entschlossen in die Ermittlungen, um sich von ihrem Kummer abzulenken. Seit der Begegnung im Hotel hatte sie nichts von Benjamin Trevor gehört. Tagsüber gelang es ihr, die Gedanken beiseitezuschieben, doch wenn sie abends allein in ihrem Zimmer war, kehrte die Erinnerung zurück.

Wenn sie dann die Augen schloss, sah sie wieder die Blumen im Botanischen Garten, roch die Düfte, hörte die Stimme des Mannes, mit dem sie ein paar verzauberte Stunden verbracht hatte. Sie saß wieder mit ihm auf der Bank und sprach so frei wie nie zuvor in ihrem Leben.

Paula erwog, noch einmal mit William Wenborne zu reden, und Onkel Rudy bestärkte sie darin. Zwar hatte Wenborne ihre Eltern nur flüchtig und Mrs. Eldrige gar nicht gekannt, lebte aber immerhin seit 1835 in der Stadt. Vielleicht war ihm ja später etwas zu Ohren gekommen, oder er wusste etwas, das er aus Höflichkeit bisher verschwiegen hatte.

So kam es, dass Paula sich vor dem Haus der Wenbornes einfand, mit klopfendem Herzen, da der ehemalige Schuldirektor sie immer ein wenig einschüchterte.

Das Hausmädchen ließ sie eintreten und nahm ihr den Mantel ab. »Wen darf ich melden?«

»Miss Paula Cooper.«

Kurz darauf saß sie im Arbeitszimmer des Hausherrn und war mit Kaffee versorgt. »Verzeihen Sie, dass ich Sie hier empfange, aber meine Frau hat darauf bestanden, das Wohnzimmer streichen zu lassen.« Das erklärte die Farbtöpfe und Leitern, die Paula im Hausflur gesehen hatte.

»Mir war gar nicht aufgefallen, dass es einen Anstrich benötigt, aber meine gute Emilie meinte, Lindgrün sei nicht mehr in Mode.« Seine hochgezogenen Augenbrauen verrieten, dass er solchen Überlegungen wenig Bedeutung beimaß. »Was verschafft mir das Vergnügen Ihres Besuchs? Ich möchte mich übrigens noch einmal für den angenehmen Abend im Belle Vue bedanken.«

Paula hatte sich einige Worte zurechtgelegt, doch nun, da sie diese tatsächlich vorbringen sollte, war ihre Kehle trocken, und sie musste zuerst einen Schluck Kaffee trinken. »Mr. Wenborne, ich komme heute mit einem persönlichen Anliegen zu Ihnen. Ich versuche, ein bisschen Familienforschung zu betreiben, und da ich keinen Landsmann kenne, der länger in Bonn wohnt als Sie, hoffe ich auf Ihre Hilfe.«

Er neigte den Kopf und schaute sie mit unverhohlener Neugier an. »Medias in res, direkt zur Sache. Wenn ein alter Schulmeister Ihnen helfen kann, nur zu.«

Es fiel ihr schwerer als erwartet, doch es half nicht, sich mit langen Vorreden aufzuhalten. »Wie Sie wissen, haben meine Eltern 1837 Bonn besucht. Ich war damals noch ein Kleinkind.« Sie zögerte.

Er schaute sie mitfühlend an. »Sie können sich auf meine Diskretion verlassen. Ich möchte nicht unbescheiden sein, aber sie war einer der Gründe, aus denen mein Pensionat so gut gediehen ist. Wer mir etwas anvertraut, kann sich darauf verlassen, dass es vertraulich bleibt.«

Paula nickte erleichtert. »Mein Vater hat damals eine Fahrt auf dem Rhein unternommen, während meine Mutter mit mir hier in der Stadt geblieben ist. Von dieser Reise ist er nicht zurückgekehrt. Ich habe erst kürzlich davon erfahren.«

Als sie seinen fragenden Blick bemerkte, fügte sie hinzu: »Meine Mutter ließ mich glauben, er sei gestorben und in London begraben worden. Wir haben regelmäßig sein Grab besucht. Inzwischen habe ich jedoch herausgefunden, dass dieses Grab leer ist.« Sie schluckte. »Ich weiß nicht, was aus meinem Vater geworden ist. Und diese Ungewissheit quält mich.«

Mr. Wenborne schenkte ihr Kaffee nach, lehnte sich zurück und strich sich über den Backenbart. »Wie ich schon sagte, ich kann mich tatsächlich kaum daran erinnern, Ihren Eltern begegnet zu sein. Sie müssen verzeihen, ich bin ein alter Mann, der sich besser an lateinische Aphorismen erinnert als an lange zurückliegende Ereignisse. Nun aber, da Sie sein Verschwinden erwähnen, kommt mir ein Gedanke.« Er hielt inne, und Paula konnte ihre Ungeduld

283

kaum bezähmen. »Eine Bekannte erwähnte damals einen mysteriösen Vorfall. Ein englischer Reisender sei von einer Rheinfahrt nicht zurückgekehrt. Seine Frau sei nun allein in Bonn, mit einem kleinen Kind. Ich muss gestehen, ich war damals so sehr mit meiner Schule beschäftigt, dass ich nicht weiter nachgefragt habe.«

Paula spürte ein Pochen in der Kehle, ihr Herz schlug schneller. »Das können nur meine Eltern gewesen sein.«

Mr. Wenborne nickte ernst.

»Hat Ihre Bekannte auch erzählt, wie sie davon erfahren hatte?«, fragte sie atemlos.

Er seufzte. »Es ist so lange her, und mir ging damals so vieles durch den Kopf ...« Er stützte das Kinn in die Hand und schwieg eine Weile. »Möglicherweise – sicher bin ich mir nicht – erwähnte sie ein Ehepaar, das damals in Bonn weilte und mit dem Verschwundenen bekannt war. Der Mann war aus beruflichen Gründen hier. Lassen Sie mich überlegen – war er Maler? Nein, das war es nicht. Aber ich meine mich zu erinnern – cum grano salis, das gilt im Übrigen für alles, was ich hier sage –, dass er einer irgendwie gearteten künstlerischen Beschäftigung nachging. Meine Bekannte – Gott habe sie selig – war eine geschwätzige Frau, bei der ich mir immer vorkam, als ginge ein Regen aus Worten auf mich nieder. Vieles ließ ich einfach an mir abtropfen, ganz als trüge ich einen Mackintosh.«

Mit seiner umständlichen Redeweise stellte Mr. Wenborne Paulas Geduld gehörig auf die Probe, doch dann kam ihr ein Gedanke. »Könnte es sein, dass er Stahlstecher war und illustrierte Reisebücher veröffentlichte?«

Mr. Wenborne schaute sie verwundert an. »Sie überraschen mich, Miss Cooper. Wie kommen Sie auf eine so präzise Vermutung?«

»Sagen wir, ich hatte eine Eingebung.«

Er nickte. »Es wäre durchaus möglich. Ich habe eine vage Erinnerung, dass er mit bildender Kunst zu tun hatte, aber auch einem Geschäft nachging. Er war kein Gentleman, der lediglich zum Vergnügen reiste. Würde es Ihnen denn helfen, wenn der Mann Stahlstecher gewesen wäre?«, fragte er zweifelnd.

»Es würde mir ungemein helfen, Mr. Wenborne«, erwiderte Paula nachdrücklich. »Dann kenne ich nämlich seinen Sohn.«

Seine Neugier war nicht zu übersehen, doch er hielt sich zurück. »Es tut mir leid, dass ich Ihnen nicht mehr sagen kann, aber das Alter …«

»Mit Verlaub, Sie machen einen durchaus wachen Eindruck«, entgegnete Paula, die nun nicht mehr eingeschüchtert war. »Fällt Ihnen sonst noch jemand ein, der von meinen Eltern gehört haben könnte? Vorzugsweise Menschen, die heute noch hier wohnen?«

Er überlegte. »Sie könnten sich an das Hotel wenden, in dem Ihre Eltern damals abgestiegen sind.«

»Dort bin ich schon gewesen. Sie haben die Geschäftsbücher aus dieser Zeit leider nicht aufbewahrt.«

»Hm. Da wäre noch Reverend Anderson, der anglikanische Geistliche. Ich fürchte, er war 1837 noch nicht hier, könnte aber später etwas erfahren haben. Es lohnt eine Nachfrage. Er wohnt in der Quantiusstr. 7.«

Paula notierte sich Namen und Adresse und kam dann zu ihrer nächsten Frage. »Sagt Ihnen der Name Ehrenwerte Caroline Bennett etwas?«

Die Reaktion kam prompt, Mr. Wenborne schnaubte hörbar. »Oh ja, das war eine, wie soll ich sagen, etwas zwielichtige Dame. Alleinstehend, sehr lebenslustig, immer nach der neuesten Mode gekleidet. Damals schrieb die Damenmode auffällige Hüte vor, und sie übertraf alles, was man bis dato in Bonn gesehen hatte. Zudem trug sie sogar tagsüber Kleider, die die Schultern entblößten. Man erzählte sich, sie habe ein ganzes Zimmer nur für ihr Gepäck gemietet. Sie stieg im Grandhotel Royal gleich gegenüber ab, und ich musste meine Schüler daran hindern, sie anzustarren, wenn sie in großer Garderobe das Haus verließ. Sie kümmerte sich nicht im Geringsten darum, was man von ihr dachte.« Sein Tonfall verriet, dass er dies bei einer Frau als einen wenig wünschenswerten Wesenszug betrachtete.

»Die Dame scheint einen bleibenden Eindruck hinterlassen zu haben.«

»Gewiss, wenn auch keinen guten. Ich war für meine Schüler verantwortlich, sie befanden sich in einem heiklen Alter, in dem Knaben leicht zu beeindrucken sind.« Er schüttelte den Kopf. »Darf ich fragen, warum Sie sich nach dieser Frau erkundigen?«

»Weil sie zur selben Zeit wie meine Eltern hier in Bonn war.«

Der alte Lehrer sah sie zweifelnd an. »Mit Verlaub, ich kann mir kaum vorstellen, dass Ihre Eltern mit der Dame gesellschaftlichen Umgang gepflegt haben.«

»Da mögen Sie recht haben, Mr. Wenborne. Ich danke Ihnen jedenfalls ganz herzlich für die Hilfe. Falls Ihnen noch etwas einfallen sollte, würde es mich sehr freuen, wenn Sie mir Bescheid gäben.«

Paula erhob sich, und er tat es ihr nach. Statt ihr die Hand zu reichen, deutete er eine Verbeugung an. »Mir scheint, Sie haben sich auf eine schwierige Reise begeben, Miss Cooper. Ich wünsche Ihnen alles Gute dabei und möchte ein Zitat hinzufügen, das ich meinen Schülern gern mit auf den Weg gegeben habe: Labor omnia vincit. Harte Arbeit siegt über alles.«

Paula ging mit vielen neuen Fragen heim. Benjamins Eltern hatten die ihren tatsächlich gekannt. Der Wunsch, mit ihm darüber zu sprechen, war nahezu überwältigend, und wieder spürte sie den Verlust wie eine Wunde.

Was sie über die Ehrenwerte Caroline Bennett erfahren hatte, bereitete ihr ebenfalls Kopfzerbrechen. Ein alter Schulmeister mochte strenge Ansichten hegen, doch schien sie wirklich eine ungewöhnliche, wenn nicht gar skandalumwitterte Frau gewesen zu sein. Paula konnte sich beim besten Willen nicht vorstellen, dass sie Umgang mit ihrem Vater gepflegt hatte, ganz zu schweigen von einer intimeren Freundschaft, wie Mrs. Eldridge sie angedeutet hatte.

Der Blick, mit dem Tine ihr die Tür öffnete, verriet Paula, dass etwas nicht stimmte.

»Ich hätte den Herrn nicht reingelassen«, stieß sie in ihrer schroffen Art hervor, »aber Mr. Cooper hat ausdrücklich gesagt, er sei erwünscht.«

Paulas Kehle zog sich zusammen. Ihr erster Impuls war, kehrtzumachen und das Weite zu suchen, aber so feige war sie dann doch nicht. Sie reichte Tine Hut und Mantel und stieß die Wohnzimmertür auf.

Er hatte sich so elegant gekleidet wie zu ihrem Fest. Es war ein anderer Anzug, aber das Hemd war genauso blütenweiß, der Gehrock dunkelgrau, die Hose grau gestreift, und er hielt einen glänzend schwarzen Zylinder in der Hand. Paula bemerkte, dass er den Zylinder hin und her drehte. Gut, immerhin war nicht nur sie nervös.

»Mr. Trevor?« Sie reichte ihm nicht die Hand. »Sagen Sie mir, was Sie zu sagen haben, und dann verlassen Sie bitte das Haus.«

Er zog eine Augenbraue hoch, verzichtete aber auf eine ähnlich kühle Entgegnung. »Ich bin gekommen, um Ihnen zu helfen, Miss Cooper. Darf ich mich kurz setzen?«

»Bitte.« Sie deutete auf einen Sessel und nahm selbst auf einem Stuhl Platz, der möglichst weit entfernt stand.

Ihr war nicht wohl in seiner Gegenwart. Die letzten Tage waren schmerzhaft gewesen, und sie konnte nicht einfach darüber hinweggehen. Andererseits war sie gespannt, welche Hilfe er ihr anbieten wollte. Paula kämpfte mit sich, und Mr. Trevor schien wieder einmal in sie hineinzuschauen.

»Miss Cooper, ich kann verstehen, dass es Ihnen schwerfällt, mich zu empfangen. Sie fühlen sich von mir getäuscht. Spätestens bei unserem Ausflug hätte ich Ihnen vom Auftrag meines Vaters erzählen müssen und habe dennoch geschwiegen. Aber ich bitte Sie, mich anzuhören.« Er holte

288

tief Luft. »Als wir uns im Schreibzimmer des Hotels begegneten, war ich in der Tat dabei, einen Brief an meinen Vater zu verfassen. Darin habe ich erklärt, dass ich keinerlei Erkundigungen über Sie einziehen oder weitergeben werde. Außerdem habe ich ihn gebeten, mir alles zu schreiben, was er über Ihre Eltern weiß, und hoffe sehr, dass er darauf eingeht.«

Paula atmete tief durch. Der Kummer der vergangenen Tage hatte tiefe Spuren hinterlassen. Die Verheißung, die sie an jenem Nachmittag im Botanischen Garten gespürt hatte, war verloren gegangen, doch zum ersten Mal ließ sie den Gedanken zu, dass sie vielleicht noch einmal neu beginnen konnten.

»Das ist sehr freundlich von Ihnen. Bitte melden Sie sich, sobald Sie von Ihrem Vater hören.« Ihr Blick wanderte zur Tür, doch bevor sie aufstehen und damit das Ende des Gesprächs anzeigen konnte, sprach Mr. Trevor weiter.

»Das ist aber noch nicht alles. Ich möchte Ihnen anbieten, einen Ausflug mit mir zu unternehmen.«

Paula lachte auf. »Mit Verlaub, aber das erscheint mir doch ein wenig verfrüht.«

»Einen Ausflug nach Königswinter und zum Drachenfels«, fuhr Mr. Trevor ungerührt fort. Als er ihren fragenden Blick bemerkte, fügte er hinzu: »Spätestens seit Byron ist es ein Höhepunkt jeder Rheinfahrt. Fast alle großen und kleinen Dampfer legen dort an, und es ist wahrscheinlich, dass Ihr Vater dort gewesen ist. Der Gipfel ist ohne größere Mühe erreichbar.«

»Nun ja, ich gestehe, es wäre mein Wunsch, dorthin zu

fahren. Und Sie haben sogar schon Erkundigungen eingezogen.«

»Quid pro quo, wie der gute Mr. Wenborne sagen
würde. Ich stehe in Ihrer Schuld und möchte sie beglei-
chen.« Er zögerte. »Ich gebe zu, dass hierfür keine aufwen-
digen Erkundigungen nötig waren. Dass Ihre Eltern oder
zumindest Ihr Vater Königswinter und den Drachenfels
besucht haben, ist naheliegend, da jeder britische Reisende
dorthin fährt. Außerdem ist es nur ein Katzensprung von
Bonn.«

»Nun verderben Sie nicht Ihr schönes quid pro quo«,
sagte Paula rasch. »Es dürfte schwer sein, nach so langer
Zeit etwas herauszufinden, aber …«

Er hob die Hand. »Aber Sie geben nicht auf, nun, da Sie
einen Helfer haben.«

»Habe ich das?«

»Immerhin sitze ich noch hier, und Sie haben mir nicht
die Tür gewiesen.« Er beugte sich vor und schaute sie eindringlich an. »Miss Cooper, ich bin ein rationaler Mann,
ich glaube nicht an Sagen, Legenden und übernatürliche
Dinge. Aber ich bin viel gereist und habe dabei eins gelernt – dass manche Orte eine ganz bestimmte Atmosphäre
besitzen, dass man dort etwas spürt, wenn man mit dem
Ort auf irgendeine Weise verbunden ist. Vielleicht kann
der Gedanke, dass Ihr Vater dieselben Wege gegangen ist,
die Sie nun beschreiten, etwas in Ihnen bewirken, Sie auf
neue Ideen bringen.« Seine Stimme klang beinahe bittend.

Paula fühlte sich auf einmal leichter als in den letzten
Tagen. Es war, als hätte sich ein Gewicht gelöst, das sie mit

sich herumgetragen hatte. »Ich … nehme Ihr Angebot gern an. Lassen Sie uns zum Drachenfels fahren.«

Mr. Trevor lächelte, auch er wirkte sichtlich erleichtert. »Dann hole ich Sie übermorgen um sieben Uhr ab. Wir sollten zeitig aufbrechen, damit sich der Ausflug lohnt.«

»Ich erwarte Sie am Freitag, Mr. Trevor. Und ich danke Ihnen.«

Er stand auf. Als sie die Hand ausstreckte, ergriff er sie und verbeugte sich knapp. »Danken Sie mir, wenn wir etwas herausgefunden haben.«

»Meine liebe Paula, ich kann dir gar nicht sagen, wie froh ich bin.« Onkel Rudy hielt ihre Hände fest in seinen und sah sie strahlend an.

»Ich hatte mich gesorgt, du könntest es unschicklich finden.«

Er lächelte verlegen. »Eigentlich solltest du wissen, dass meine Maßstäbe, was Unschicklichkeit angeht, nicht allzu streng sind.«

Sie saßen in der Abendsonne auf einer Bank am Alten Zoll. Paula schaute hinüber zum Siebengebirge, dessen Gipfel wie mit flüssigem Gold übergossen aufragten, und konnte kaum glauben, dass sie übermorgen selbst dort sein würde, mit Benjamin Trevor an ihrer Seite. Sie schaute ihren Onkel von der Seite an.

»Darf ich dich etwas fragen?«

»Nur zu.«

»Du hast früher in Frankreich gelebt, nicht wahr? Hatte es mit … mit deiner Neigung zu tun?«

Er lachte leise. »Ja, das hatte es. Napoleon mag unser Feind gewesen sein, aber er hat sich durchaus einige Verdienste erworben. In seinem Gesetzbuch gibt es keine Strafe für Männer wie mich.«

Paula erinnerte sich, dass der Professor dies auch erwähnt hatte.

Onkel Rudy zuckte mit den Schultern. »Aus diesem Grund lebe ich seit über dreißig Jahren nicht mehr in England. Der Gedanke, dass man mich für das, was ich nun einmal bin und nicht ändern kann, mit dem Tode bestrafen könnte, war mir unerträglich.«

»Mit dem Tode?«

»Die Todesstrafe für …« Er schien nach einem Wort zu suchen, das ihr weibliches Feingefühl nicht verletzte. » … für gewisse Handlungen zwischen Männern wurde in England erst vor sieben Jahren abgeschafft.«

Sie biss sich auf die Lippe. »Ich muss dich noch etwas fragen. Du … du hast erzählt, du seist damals nicht sofort nach Bonn gefahren, um meinen Vater zu suchen. Warum?« Es beschäftigte sie schon länger, doch sie hatte bisher nie gewagt, danach zu fragen.

Onkel Rudy schaute sie offen an. »Das werfe ich mir seit dreißig Jahren vor. Ich hätte aufbrechen müssen, sowie ich davon erfahren hatte, als seine Spur noch nicht erkaltet war. Aber ich hatte einen Freund in Frankreich – Jean-Luc –, und … ich war auch wütend auf William. Es mag herzlos klingen, aber als ich den Brief deiner Mutter las, habe ich ihr geglaubt. Es kam mir zwar alles äußerst unverständlich vor, aber wie hätte ich ihr nicht glauben sollen?«

Er hatte sich abgewandt, und Paula sah, dass er mühsam schluckte. Sie legte ihm die Hand auf den Arm. »Dich trifft keine Schuld. Was immer geschehen ist, du hattest keinen Anteil daran. Es ist nicht an mir, dir Absolution zu erteilen, aber falls es dich tröstet: Ich habe dir nichts zu verzeihen.«

Er schaute sie an, und die Abendsonne schien warm auf sein rundliches Gesicht. »Ich danke dir, Paula. Nicht nur für diese Worte, auch dass du hergekommen bist. Ich hätte nie geglaubt, dass ich einen weiteren Menschen neben August so lieb gewinnen könnte.«

Sie saßen eine Weile schweigend da. Dann sagte Onkel Rudy: »Ich möchte dir etwas geben. Vielleicht hilft es dir bei deiner Suche. Sie wird schwierig genug, aber die Ähnlichkeit ist groß. Wenn du es den Leuten zeigst, könnte ihn mit sehr viel Glück jemand wiedererkennen.« Er zog ein Päckchen aus der Tasche seines Umhangs, das in Seidenpapier gehüllt war.

Paula wickelte es aus und fand darin den Bilderrahmen mit der Zeichnung ihres Vaters. Ihr Herz schlug schneller. »Du willst mir das einzige Bild anvertrauen, das du von ihm hast?«

»In deinen Händen ist es nützlicher als auf meinem Nachttisch.«

Sie schaute hinaus auf den Fluss und stellte sich vor, wie der Mann, dessen Zeichnung sie in Händen hielt, auf einem Schiff gestanden und voller Bewunderung zu den steilen, von Burgen gekrönten Hängen hinaufgesehen hatte: jung, voller Erwartung, getrieben von einer Sehnsucht, die sich im Nichts verlor.

Dann kam ihr ein Gedanke, und sie lachte leise auf. »Gerade wird mir etwas klar. Der Professor hat geglaubt, er hätte euch versehentlich verraten.«

Onkel Rudy sah sie überrascht an. »Wie meinst du das?«

»Als ich allein mit ihm Tee getrunken habe, erwähnte er, dass wir drei, du, mein Vater und ich, uns ähnlich sähen. Also musste er das Bild kennen. Das hattest du mir allerdings gegeben, also musste er es vorher schon auf deinem Nachttisch gesehen haben. Natürlich habe ich mir nichts dabei gedacht, aber er glaubte wohl ...« Sie wurde rot, und Onkel Rudy stieß sie lachend an.

»Wie gut, dass es nun keine Geheimnisse mehr zwischen uns gibt. In diesem Punkt mag August deine Kombinationsgabe überschätzt haben, aber auch nur darin. Du bist eine aufmerksame Beobachterin, bist klug und warmherzig und großzügig. Und du gibst nicht auf. Falls es jemand schafft, das Dunkel zu durchdringen, bist du es.«

26

Der turmgekrönte Drachenfels

Königswinter bei Bonn

Karl setzte sie frühmorgens am Anleger ab und wünschte
ihnen einen angenehmen Tag. Mr. Trevor hatte die Fahr-
karten bereits besorgt. Um diese Tageszeit war es noch still
am Ufer, außer ihnen wartete nur ein älteres Ehepaar auf
den Dampfer. Ein Stück weiter hockte ein Fischer in seinem Boot und flickte ein Netz. Die Sonne glitzerte golden
auf dem Wasser, wärmte aber noch nicht richtig, und Paula
zog die Jacke eng zusammen. Sie trug ihr bequemstes Kleid,
robuste Schuhe und einen Strohhut mit breiter Krempe,
um sich vor der Sonne zu schützen.

Plötzlich fiel ihr etwas ein. Sie öffnete ihre Tasche und
holte den Bilderrahmen heraus. »Ich muss Ihnen etwas zeigen, Mr. Trevor. Dies ist das einzige Bild meines Vaters.
Mein Onkel hat es mir geliehen, wir müssen sehr gut darauf
achtgeben. Er meinte, wir könnten es vorzeigen, in Restaurants, auf dem Schiff – ich weiß, es ist eine kühne Hoffnung, aber ...«

Mr. Trevor nahm den Rahmen behutsam entgegen und
betrachtete die Zeichnung. »Miss Cooper, das ist eine wun-

295

derbare Idee. Und ich sehe die Ähnlichkeit, ohne jeden Zweifel. Wer weiß, vielleicht hilft es uns tatsächlich weiter.« Dann deutete er rheinaufwärts, wo sich ein kleiner Dampfer näherte. »Das da müsste er sein.«

Als das Schiff nur noch ein kleines Stück von dem Anleger entfernt war, ertönte eine laute Klingel, die das ältere Paar zusammenschrecken ließ. Der Dampfer wurde an einem Poller vertäut, und ein älterer Mann mit Schirmmütze ließ sich ihre Eintrittskarten zeigen. »Möchten Sie in den Salon gehen?«

Was von dem Raum unter Deck zu erkennen war, sah nicht sonderlich einladend aus, und Paula entgegnete, sie wolle lieber draußen sitzen.

Der Mann schickte sie aufs Dach des Salons, von dem aus sie nicht nur einen Blick in alle Richtungen, sondern auch auf den Kapitän genossen, der am Steuerrad stand und sie mit einem freundlichen Winken begrüßte.

Bevor sich Paula auf die Holzbank setzte, bot Mr. Trevor ihr eines der Kissen an, die auf einem Stapel bereitlagen. »Ein Salondampfer ist das hier nicht gerade, aber diese legen unter der Woche nicht in Königswinter an«, sagte er belustigt und nahm sich ebenfalls ein Kissen.

»Wozu brauche ich einen eleganten Salon, wenn ich mir die Umgebung ansehen möchte? Da könnte ich mich ebenso gut in ein Restaurant setzen, ganz ohne Burgen und Weinberge.«

Sie schaute zum anderen Ufer, wo sich gerade die Fliegende Brücke in Bewegung setzte, ein breiter, an Seilen befestigter Holzkahn, der mit der Strömung quer über den Fluss trieb.

»Irgendwann wird man eine richtige Brücke bauen«, sagte Mr. Trevor, als hätte er ihre Gedanken gelesen. »Aber bis dahin ist es ein hübscher Anblick.«

»Als wäre die Zeit stehen geblieben. Vielleicht hat mein Vater sie einmal benutzt«, sagte Paula nachdenklich. »Er …«

In dem Moment wurde wieder wild geklingelt, als wollten die Schiffer ganz Bonn aufwecken. Der Kapitän rief einen Befehl durch ein langes Messingrohr, Dampf quoll aus dem kleinen Schornstein in den blauen Morgenhimmel, und dann drehten sie langsam ab, rheinaufwärts, wo die Sonne gerade über die Gipfel des Siebengebirges stieg.

Paula hatte ihren Baedeker studiert: Der von einer kleinen Kapelle gekrönte Petersberg war flach wie ein Tisch, der Ölberg erinnerte angeblich an einen Adlerkopf, vom Drachenfels blickte die stolze Ruine hinunter auf den Strom. Die Berge waren wie Menschen, jeder mit einer eigenen Geschichte, mit unverwechselbaren Wesenszügen und Eigenarten, um jeden von ihnen rankten sich Sagen und Legenden.

Paula fragte sich, was ihr Vater bei diesem Anblick empfunden haben mochte, ob er den Reiseführer noch in der Hand oder die Aussicht schon im Kopf gehabt hatte. Ob er allein an der Reling gestanden hatte oder mit der Frau, von der man so verächtlich sprach.

»Schauen Sie, die Rückseiten der Hotels«, sagte Mr. Trevor und deutete zum rechten Ufer.

Zum ersten Mal sah Paula die Stadt vom Wasser aus, die prächtigen Bauten vom Hotel Kley, vom Grandhotel

Royal und vom Belle Vue, deren Gärten sich bis zum Wasser zogen. Gärtner schnitten Büsche, die Terrassen wurden für den neuen Tag geputzt, Tische und Stühle für jene bereitgestellt, die ein Frühstück im Freien wagten. Die Namen der Hotels waren in großen Lettern auf die Ufermauer gemalt, eine lockende Reklame für alle Reisenden, die in Bonn abstiegen und ein hübsches Hotel mit Rheinblick suchten.

Dann folgten die Villen, deren Grundstücke ähnlich groß waren wie die der Hotels. Aufgereiht wie Perlen auf einer Schnur leuchteten die Häuser aus dem grünen Laub hervor, weiß und grau und gelb, in unterschiedlichen Stilen, als hätte ein Architekt seine ganze Fantasie über diesen Uferstreifen ausgegossen. Onkel Rudy hatte ihr von den Familien erzählt, die sich dort angesiedelt hatten und nach denen die Häuser benannt waren: die Villa Arndt, die Villa Nasse, die Villa Loeschigk, die ein Tuchfabrikant aus Amerika gekauft hatte, der tatsächlich aus dem fernen New York ins beschauliche Bonn gezogen war.

Dann war es mit der Idylle vorbei. »Schauen Sie, davon hat Onkel Rudy auch erzählt.« Paula deutete auf die Fabrik gleich hinter den Villen. Aus ihren hoch aufragenden Schloten drang schwarzer Qualm, der sich wie ein dunkles Tuch über den Häusern und Gärten ausbreitete.

»Zum Glück ist es die einzige Fabrik weit und breit. Ich habe einmal in Manchester fotografiert«, sagte Mr. Trevor nachdenklich. »Dort herrscht ein Elend, wie man es sich hier wohl gar nicht vorstellen kann.«

»Ich dachte, Sie fotografieren nur Landschaften.«

»Landschaften und Architektur. Aber ich bemühe mich, auch die Menschen in ihrer Umgebung einzufangen, seien es Schiffer auf dem Rhein, Bergbauern in den Alpen oder eben Fabrikarbeiter in Manchester. Die Not dort war so groß, dass ich mich gefragt haben, ob ich es verantworten kann, so viel Schönheit zu fotografieren, wenn solches Unglück existiert.«

Der kleine Dampfer stemmte sich gegen die Strömung, doch sie kamen erstaunlich schnell voran und passierten Dörfer, deren Namen Paula aus ihrem Reiseführer kannte: Oberkassel, Ober- und Niederdollendorf, dann folgte auf der rechten Seite Godesberg, das von der gleichnamigen Burg überragt wurde. Bald tauchte auf der linken Seite auch schon Königswinter auf, das sich vom Wasser aus hübsch machte, und der Kapitän steuerte das Schiff zum Anleger. Vor dem eleganten Hotel Berliner Hof standen mehrere Kutschen bereit, um die Fahrgäste zu empfangen, ein Stück abseits auch einige Ponys.

Mr. Trevor packte die Reste des Imbisses ein – Schinkenbrote und Obst –, den er aus dem Hotel mitgebracht hatte, und half Paula beim Aussteigen. Sie ging ein paar Schritte und schaute dann zu dem Berg hinauf, der steil über der Stadt aufragte, gekrönt von der Burgruine, die Reisende und Dichter inspiriert hatte.

»Denken Sie auch an Byron?«, fragte er.

»O ja. Wie könnte ich das nicht?«

Als Paula bemerkte, dass er sie nicht zu den Kutschen, sondern zu den schwarzen, zotteligen Ponys hinübersteuerte, schaute sie ihn entgeistert an. »Ist das Ihr Ernst?«

Mr. Trevor nickte zum Berg hinüber. »Wollten Sie etwa zu Fuß hinaufgehen?«

»Das nicht.« Sie schluckte. »Aber ich … bin noch nie geritten.«

»Reiten kann man das kaum nennen, außerdem wird Ihr Tier am Zügel geführt. Unfälle sind da so gut wie ausgeschlossen.«

Sie schaute sich um. Ein junger Bursche stand in der Nähe der Tiere und sah neugierig zu ihnen herüber. Paula presste die Lippen aufeinander, kämpfte mit sich und gelangte zu einem Entschluss.

»Ich schlage einen Kompromiss vor. Wir reiten hinauf und laufen hinunter.« Sie zeigte ihre Füße in den robusten Schnürstiefeln. »Ich bin durchaus für eine Wanderung gerüstet.«

»Wir können durch das Nachtigallental hinuntergehen, das soll besonders schön sein.«

Das klang romantisch und verlockend. Mr. Trevor winkte dem jungen Burschen, der sich eilig von der Mauer abstieß, an der er gelehnt hatte. Worte und Münzen wurden gewechselt, dann half der Ponyführer Paula in den Damensattel. Als sie die richtige Position gefunden hatte, beugte sie sich vor und klopfte dem Tier vorsichtig auf den Hals. Es schnaubte leise. Mr. Trevor hielt plötzlich eine Möhre in der Hand, mit der er das Pony fütterte.

»Sie sind wohl auf alles vorbereitet.«

Er stieg auf, und der Ponyführer gab einem älteren Mann Bescheid, damit er sich um die übrigen Tiere kümmerte. Dann ergriff der Bursche die Zügel von Paulas Pony, und sie konzentrierte sich ganz darauf, im Sattel zu bleiben. Es war ungewohnt, ein Tier unter sich zu spüren, das hin und her schwankte und schnaubte und gelegentlich den Kopf nach hinten warf. Sie tätschelte dem Pony den Hals und redete ihm leise zu in der Hoffnung, sich gut mit ihm zu stellen und heftigere Bewegungen zu vermeiden. Die Vorstellung, auf offener Straße – und vor den Augen von Mr. Trevor – abgeworfen zu werden, war entsetzlich.

Einige Touristen wanderten schon in Richtung Berg, doch sah man vor allem Bauern in blauen Kitteln, die ihre Waren auf Karren und in Kiepen zum Markt brachten, und Frauen mit Körben, die zum Einkaufen gingen.

Paula merkte bald, dass sie ihr Gewicht verlagern musste, als es bergauf ging, und staunte, weil sie nun, da der Weg nach oben führte, ruhiger saß als zuvor. Sie hielt den Sattelknauf locker umfasst, statt sich daran zu klammern, und schaute lächelnd zu Mr. Trevor hinüber, der ihr anerkennend zunickte.

Über ihnen ragte die Ruine empor, als wollte sie die Reisenden mit der herrlichen Aussicht locken. Rechts von ihnen, ein Stück vom Weg entfernt, stand ein kleines Fachwerkhaus, das von einem hübschen Garten umgeben war. Am Tor, über dem *Weingut Kuckstein* zu lesen war, blieb der Ponyführer stehen.

»Möchten die Herrschaften ein Glas Wein verkosten?«

»Dafür ist es noch ein bisschen früh. Aber ich hätte nichts gegen eine kleine Erfrischung. Mr. Trevor?«

Er stieg vom Pony und warf dem jungen Burschen die Zügel zu. »Warte bitte hier.« Dann half er Paula aus dem Sattel.

Sie hätte natürlich nie erwähnt, dass sich die Streben des Reifrocks mittlerweile schmerzhaft in ihr Hinterteil drückten, nickte aber erleichtert. »Außerdem würde ich gern die Zeichnung vorzeigen.«

Sie betraten die kleine Gaststube, die verlassen und dunkel war. Doch nach kurzer Zeit tauchte eine füllige Frau aus einem Hinterzimmer auf und wischte sich die Hände an der Schürze ab. »Einen schönen guten Morgen. Darf ich Ihnen ein Glas Drachenblut anbieten oder lieber einen Weißwein?«

Sie entschieden sich für Himbeersaft. Die Wirtin führte sie am Haus vorbei auf eine begrünte Terrasse und verkündete stolz: »Einer der schönsten Ausblicke im Siebengebirge.«

Sie hatte recht. Von hier aus blickte man nach Norden auf den Rhein und konnte an diesem klaren Tag nicht nur die Godesburg, Bonn und die Fliegende Brücke, sondern weit dahinter auch die Türme von Köln erkennen. Von hier aus sahen die Boote auf dem Fluss wie Spielzeuge aus, und Paula staunte, wie viel Betrieb auf dem Wasser herrschte und wie geschickt die Schiffer rheinauf und rheinab aneinander vorbeisteuerten.

»Das ist wunderschön.«

Und noch schöner war es, dass sie den Anblick nicht allein genießen musste.

Die Wirtin brachte ihnen zwei Gläser Himbeersaft, und Paula lobte noch einmal gebührend die Aussicht. Eine Aussicht, die sicher auch ihr Vater vor so langer Zeit bewundert hatte. Sie holte den Bilderrahmen aus der Tasche.

Die Frau war höchstens vierzig, doch sie musste es versuchen.

»Gibt es vielleicht jemanden, der 1837 auch schon hier gearbeitet hat?« Sie suchte mühsam nach den deutschen Worten und notierte die Jahreszahl auf einem Blatt Papier.

Die Frau betrachtete die Zeichnung und runzelte die Stirn. »Da gab es unser Lokal noch nicht«, sagte sie in stockendem Englisch.

Paula hatte sich fest vorgenommen, nicht enttäuscht zu sein, war es nun aber doch.

»Wir haben die Weinstube erst vor sieben Jahren eröffnet.« Sie bemerkte Paulas Blick und fügte hilfsbereit hinzu: »Fragen Sie im Gasthof auf dem Drachenfels. Der ist viel älter. Gehört einem Herrn Mattern.«

Paula steckte die Zeichnung wieder ein, hatte aber das Gefühl, der freundlichen Wirtin eine Erklärung schuldig zu sein. »Mein verstorbener Vater war vor vielen Jahren hier. Ich reise, um mich an ihn zu erinnern.«

Die Frau nickte mitfühlend. »Das ist schön. Viel Glück für Sie und Ihren Mann.«

Paula musste ein Lächeln unterdrücken. Mr. Trevor bezahlte den Saft, dann traten sie mit den Gläsern an den Rand der Terrasse und schauten auf die weite Landschaft.

»Das war elegant«, sagte er.

»Dass ich die Wirtin nicht korrigiert habe?«

Er lachte. »Ich meinte Ihre Erklärung, aber das andere war auch elegant.«

Paula trank ihren Saft aus, der erfrischend und nicht zu süß schmeckte, und stellte das Glas auf den Tisch. »Wir sollten wieder aufbrechen. Ich finde allmählich Gefallen am Ponyreiten.«

Als sie durch die Gaststube nach draußen gingen, strich Benjamins Arm an ihrem vorbei, und Paula wich nicht zurück. Bevor sie aufs Pony stieg, berührte sie flüchtig die Stelle und hatte das Gefühl, als wäre sie noch warm.

27

Der Gasthof am Gipfel

Der Weg wurde zunehmend belebter. Manche Leute ritten auf Eseln oder Ponys, andere marschierten zu Fuß mit Wanderstöcken und Rucksäcken bergauf. Ein Fotograf baute am Wegrand seine Ausrüstung auf, die Mr. Trevor interessiert zur Kenntnis nahm, ohne jedoch stehen zu bleiben. Ein Stück weiter hatte sich eine junge Frau auf einem Klappstuhl niedergelassen und ihr Aquarellbuch aufgeschlagen, neben sich einen wunderschönen Farbkasten aus dunkelrotem Holz. Sie schaute verträumt zu der Ruine hoch, die in den Morgenhimmel ragte.

»Wie viele Menschen sich vom Drachenfels inspirieren lassen«, sagte Paula. »Es muss etwas an diesen Bergen sein, das die Fantasie anregt.« Sie selbst verspürte nicht den Wunsch, sich am Wegrand niederzulassen. Es drängte sie, den Gasthof zu erreichen und dort ihr Glück zu versuchen.

Die Ruine rückte langsam näher. Unterhalb des Gipfels bog der Weg scharf nach rechts ab, und vor ihnen tauchte ein Gebäude mit einer großen Terrasse auf, das sich auf einem Plateau über den Steilhang erhob. Die Terrasse war von einer Mauer umgeben und bot weite Ausblicke in alle Richtungen. Neben dem Gebäude standen von Bäumen beschattete hölzerne Tische und Bänke, die zum Essen und Trinken im Freien einluden. An der Stirnseite des Gasthofs befand sich ein hölzerner Balkon, von dem eine Fahne im Wind flatterte.

Paula ließ sich von Mr. Trevor aus dem Sattel helfen. Die Berührungen waren wirklich nicht unangenehm, dachte sie bei sich.

»Sind Sie sicher, dass Sie den Abstieg zu Fuß wagen wollen?«, fragte er mit einem Blick zum Ponyführer.

»Ganz sicher«, sagte Paula. Ihr Stolz verbot, sich von einem Pony nicht nur auf den Berg, sondern auch wieder hinuntertragen zu lassen.

Mr. Trevor steckte dem Jungen eine Münze zu, worauf dieser die Tiere zu einem Grasstreifen führte, auf dem sie ungestört weiden konnten.

Obwohl sich Paula von dem Gasthof magisch angezogen fühlte, konnte sie nicht umhin, zunächst an die steinerne Brüstung zu treten und in den felsigen Abgrund zu schauen.

»Professor Hergeth hat erzählt, dass es hier im Mittelalter einen Steinbruch gab. Man hat die Steine für den Bau des Kölner Doms verwendet. Irgendwann war der Berg so angegriffen, dass ein Teil der Ruine einstürzte. Also hat die preußische Regierung den Steinbruch gekauft, um den Drachenfels zu retten.«

»Wofür ihr die Gastwirte und Touristen ewig dankbar sein dürften. Sie kennen sich wirklich aus, Miss Cooper.«

Paula lachte. »Mit einem Onkel, der einen Andenkenladen betreibt, und einem Bekannten, der als Geschichtsprofessor tätig ist, bleibt mir gar nichts anderes übrig.«

Dann standen sie schweigend da und genossen die Aussicht. Rechts blickte man auf Königswinter und ins weite Land bis nach Bonn und Köln. Rheinaufwärts waren zwei baumbestandene Inseln zu erkennen. Am gegenüberliegenden Ufer entdeckte Paula einen steinernen Bogen, der ihnen wie ein Fenster entgegenzuwinken schien – der Rolandsbogen, der efeuumrankte Überrest einer stolzen Burg.

»Sie haben den richtigen Tag gewählt, Mr. Trevor. Es sieht aus, als hätte sich der Rhein nur für uns herausgeputzt. Er glitzert in der Sonne wie ein goldenes Armband.«

Sie wurde verlegen, als sie den Überschwang in ihrer Stimme vernahm, doch ihr Begleiter nickte zustimmend. »Es ist wirklich herrlich.«

An den Tischen des Gasthofs saßen einige Besucher. Manche waren an ihrer Kleidung als Landsleute zu erkennen, und Paula schnappte einige englische Bemerkungen auf. Auch hier wurde eifrig gezeichnet und in Reiseführern geblättert.

»Jetzt möchte ich zur Ruine«, sagte sie. »Meine erste Burg am Rhein, ich kann es gar nicht erwarten.«

Mr. Trevor reichte ihr den Arm, und sie gingen zum Ende der Terrasse, wo ein schmaler Pfad das letzte Stück hinaufführte. Sie mussten aufpassen, wohin sie traten, überall ragten Steine und Grasbüschel aus dem festgetretenen Boden. Paula hob ein wenig den Rock und stützte sich mit einer Hand an Bäumen und Felswänden ab. Als sie dann inmitten der uralten Mauern umherging, die sonnenwarmen Steine berührte und auf den Fluss hinunterblickte, spürte sie plötzlich, warum es so viele Menschen hierherzog.

Obwohl die Ausflugsboote, der Gasthof und die Touristen von der modernen Zeit kündeten, fühlte sie sich der Vergangenheit ganz nah. Sie standen an einem sehr alten Ort, und wenngleich er längst in Trümmern lag, war noch etwas von der Atmosphäre da.

Paula schloss die Augen und versuchte, sich ihren Vater hier oben vorzustellen, jünger als sie jetzt und getrieben von einer überschwänglichen Begeisterung für die Landschaft.

Sie stieg auf eine kleine Mauer und reckte einen Arm in die Höhe, als hielte sie ein Schwert. »Ich kann mir glatt vorstellen, ein Raubritter zu sein, jemand, der im Tal reiche Kaufleute überfällt und seine Beute hier oben versteckt. Der Zoll von den Schiffern verlangt und ihnen schreckliche Gewalt androht, falls sie ihm nicht gehorchen.«

Mr. Trevor betrachtete sie mit verschränkten Armen. »Gleich bekomme ich Angst vor Ihnen.«

»Ach ja? Eigne ich mich etwa nur zum Edelfräulein, das vor dem Drachen gerettet werden muss?«

»Die Aufgabe würde ich gern übernehmen.« Seine Stimme klang auf einmal ernst.

Paula spürte, wie ihr warm wurde, und sprang leichtfüßig von der Mauer. »Ich brauche nicht gerettet zu werden. Aber einen Kämpfer an meiner Seite zu wissen kann nicht schaden.«

Im nächsten Moment fiel ein Schatten über sie. Er

stand ganz nah vor ihr, ohne sie zu berühren. »Würden Sie mich wieder Benjamin nennen?«

Paula biss sich auf die Lippe, während tausend Gedanken durch ihren Kopf jagten – du bist zu alt, es steht dir nicht zu, du kannst ihm nicht vertrauen. Sie schaute sich kurz um, sah die uralten, schroffen Mauern, die grünen Hänge, die Gipfel des Siebengebirges und den majestätischen Fluss mit seinen bewaldeten Inseln, spürte die laue Sommerluft auf der Haut, und ihre Bedenken verflogen.

»Wenn Sie mich wieder Paula nennen.«

Die Berührung war so flüchtig, dass sie nicht sicher wusste, ob er ihre Haare geküsst oder sich nur darüber gebeugt hatte. Doch als er zurücktrat, bemerkte Paula einen Hauch von Rot unter seiner Sonnenbräune.

Er bot ihr die Hand an, und sie gingen gemeinsam den Pfad hinunter.

Sie betraten die Gaststube, die mit einfachen Holztischen und -stühlen eingerichtet war. Der Raum erinnerte ein wenig an eine Jagdhütte, auch wenn es hier keine kapitalen Hirschgeweihe oder Wildschweinköpfe zu bestaunen gab, sondern ausgestopfte Eichhörnchen und Igel, die auf den Fensterbänken saßen und die Besucher aus schwarzen Knopfaugen betrachteten. Die Wände waren mit Bildern geschmückt, darunter eine Darstellung Napoleons bei Waterloo, wohl eine Reverenz an die preußische Regierung und die britischen Besucher. Daneben wurden Andenken wie beliebte Rheinansichten, Panoramen und Flaschen mit Kölnischwasser angeboten.

Sie erkundigten sich an der Theke nach dem Besitzer, worauf ein kleiner, schmal gebauter Mann aus einem Hinterzimmer auftauchte, der sich als Moritz Mattern vorstellte. Er sprach recht gut Englisch und lächelte erfreut, als Benjamin ihm deshalb ein Kompliment machte.

»Als ich meinen Gasthof eröffnet habe, konnte ich nur einige Brocken Französisch und noch weniger Englisch. Aber das ist lange her, und wenn man Erfolg haben möchte, muss man sich mit seinen Gästen verständigen können.« Er schaute sich mit unverhohlenem Stolz in seinem Lokal um.

»Was kann ich für die Herrschaften tun? Möchten Sie zu Mittag essen? Wir haben auch Fremdenzimmer mit schöner Aussicht.«

»Wir möchten in der Tat bei Ihnen essen, aber vorher würde ich Sie gern etwas fragen«, sagte Paula. »Wie lange gibt es Ihren Gasthof schon?«

Herr Mattern schien erfreut, dass sich jemand zur Abwechslung für sein Haus und nicht nur für die Ruine interessierte. »Ich betreibe ihn seit 1836. Ich weiß nicht, wo die Zeit geblieben ist, außer wenn ich beim Rasieren in den Spiegel schaue.«

Paula und Benjamin lachten über seinen Scherz, und er fuhr angeregt fort: »Das Haus selbst ist noch ein bisschen älter. Es wurde 1832 von der Königswinterer Steinhauer-Gewerkschaft erbaut, damals gab es noch den Steinbruch. Wer das Plateau besuchen wollte, musste fünf Silbergroschen dafür zahlen, eine ungeheure Summe, selbst für eine so schöne Aussicht. Nachdem der Steinbruch geschlossen wurde, bot sich die Gelegenheit, den Gasthof zu übernehmen. Ich habe nicht gezögert, weil ich spürte, dass ich hier mein Glück machen konnte. Also bin ich mit meiner Familie und einigen Stück Vieh heraufgekommen. Und habe es nie bereut«, setzte er hinzu.

Paula holte das Bild aus der Tasche. »Das hier ist mein Vater, William Cooper. Er hat 1837 den Rhein besucht.« Sie hielt kurz inne. »Ich weiß, dass Sie seither unzählige Gäste hatten. Dennoch möchte ich Sie bitten, sich die Zeichnung anzusehen und mir zu sagen, ob sie sich vielleicht an ihn erinnern.«

Herr Mattern schaute sie forschend an und streckte die Hand aus. Dann trat er mit dem Bild an die Tür und betrachtete es im hellen Sonnenlicht. Als er sich umdrehte, las Paula die Antwort in seinen Augen. Ihr Herz schlug schneller.

»Es ist lange her, und das Gesicht verrät mir nichts«, sagte der Gastwirt. »Aber der Name kommt mir bekannt vor. Damals hatte ich den Gasthof gerade übernommen, und wir hatten bei Weitem nicht so viele Gäste wie heute.« Er zögerte und tippte sich mit dem Zeigefinger an die Lippen. »Ich habe eine Idee.«

Herr Mattern verschwand im Hinterzimmer und kam mit einem Buch zurück, das in dunkelgrünes Leder gebunden und etwas größer als ein Schulheft war. »Kommen Sie bitte.« Er führte Paula und Benjamin zu einem Tisch am Fenster, wo das Licht besser war, und schlug das Buch auf. Auf der ersten Seite war in Schönschrift mit schwarzer Tinte das Wort *Gästebuch* zu lesen. Herr Mattern begann zu blättern.

311

Für das Jahr 1836 gab es kaum Einträge, doch im Frühjahr 1837 begannen sich die Seiten zu füllen.

»Ich habe mich den Winter über bemüht, unser Haus bekannt zu machen«, sagte er. »Wir haben Werbezettel drucken lassen, Annoncen in Zeitungen aufgegeben, auch in England und Frankreich. Und als das Wetter schöner wurde, kamen endlich auch die Gäste.«

Er blätterte bis zum Juli 1837 und schob ihr das Buch hin. Für den 5. Juli stand dort zu lesen:

Ein besonderer Dank an unseren reizenden Wirt, den Ehrenwerten Moritz Mattern, der meinen Leib mit seinem rheinischen Sauerbraten verwöhnt und meinen Geist mit seinen Erzählungen gefesselt hat.

William Cooper, Esq.

Paula stockte der Atem. Selbst ohne die Unterschrift hätte sie die Handschrift mittlerweile überall erkannt. Sie schaute Benjamin an und umfasste seinen Arm.

»Er war hier! Er war tatsächlich hier!«

Sie las die Zeilen noch einmal und stutzte. »Hier steht an *unseren* Wirt.« Sie blätterte weiter. Auf der nächsten Seite war in schwungvollen Buchstaben zu lesen:

Dem habe ich nichts hinzuzufügen.

Caroline Bennett

Paula saß wie betäubt da und achtete nicht darauf, dass Benjamin ein Notizbuch zückte und die beiden Einträge abschrieb. Dann gab er Herrn Mattern das Gästebuch zurück.

»Ganz herzlichen Dank, Sie haben uns sehr geholfen. Allerdings könnten wir jetzt wirklich eine Stärkung vertragen.«

»Wie wäre es mit einem Glas von unserem Drachenblut?«

Als Paula heftig den Kopf schüttelte, sagte Benjamin: »Bringen Sie uns lieber zwei Bier. Falls Sie einverstanden sind, Paula.«

»Ja, bitte«, entgegnete sie zerstreut.

Als Herr Mattern gegangen war, ergriff Benjamin vorsichtig Paulas Hände und strich mit den Daumen darüber. »Das hat noch nichts zu bedeuten.«

»Aber sie waren zusammen hier, genau wie Mrs. Eldridge gesagt hat.«

»Das mag sein, aber es heißt nicht, dass Ihr Vater Sie und Ihre Mutter wegen dieser Frau im Stich gelassen hat. Übrigens habe ich mir die folgenden Seiten angesehen. Eine Mrs. Eldridge habe ich nicht gefunden.«

»Vielleicht ist sie auf dem Schiff geblieben oder in Königswinter. Sie könnte auch in einem anderen Gasthof eingekehrt sein oder sich einfach nicht ins Gästebuch eingetragen haben.«

Benjamin nickte, wirkte aber skeptisch. »Sie haben in Bonn niemanden gefunden, der die Frau kannte, nicht wahr?«

»Es ist dreißig Jahre her«, erwiderte Paula ungehalten, bereute ihren Ton aber sofort. »Verzeihen Sie. Nur erfüllen sich Wünsche nicht immer so, wie man es sich erhofft hat. Nun weiß ich, dass er hier war, aber …«

»Sie hatten sich gewünscht, er sei allein gekommen.«

Sie nickte.

Herr Mattern brachte ihr Bier, und sie bestellten Braten mit Klößen. Paula war zwar der Appetit vergangen, aber sie konnte die schmerzende Leere im Magen nicht ignorieren.

Als sie wieder allein waren, räusperte sich Benjamin. »Die Antwort meines Vaters steht noch aus. Ich habe ihn nach Mrs. Eldridge gefragt. Wenn er zur selben Zeit in Bonn war wie Ihre Eltern, weiß er womöglich mehr, als wir ahnen.«

Paula sah ihn nachdenklich an. »Haben Sie einmal darüber nachgedacht, wie nahe Ihr Vater und meine Mutter einander wohl stehen oder gestanden haben? Immerhin hat sie ihn um Hilfe ersucht, und er hat Ihnen diesen Auftrag erteilt.«

Benjamin nickte. »Und doch hat er sie vorher nie erwähnt. Ehe mich der Brief in der Schweiz erreichte, hatte ich nie von einer Familie Cooper gehört.«

»Meine Mutter hat auch nie von Ihrem Vater gesprochen. Aber das will nichts heißen, sie hat so viel vor mir verborgen ... Jedenfalls hoffe ich sehr, dass er Ihrer Bitte nachkommt.«

Benjamin legte seine Hand auf ihre, seine grauen Augen schauten Paula klar und unverwandt an. »Wenn er nicht antwortet, reise ich nach Hause und stelle ihn zur Rede. Ich lasse mich ungern benutzen. Abgesehen davon, dass ich Ihnen helfen möchte, das Rätsel Ihrer Vergangenheit zu lösen.«

Paula rührte sich nicht und genoss die trockene Wärme seiner Haut. Sie konnte die Augen nicht von Benjamins

Gesicht wenden, und erst als sich jemand neben ihnen leise räusperte, löste sie sich von ihm.

»Der Braten. Und hier ist zusätzliche Sauce.« Herr Mattern stellte ein Porzellankännchen auf den Tisch. »Geheimrezept meiner Frau. Angeblich hat sie es von ihrer Mutter, die es wiederum von einem französischen Soldaten gelernt haben will, der einen Gasthof in Burgund besaß. Ich wünsche einen guten Appetit.«

Der Gastwirt entfernte sich rasch und diskret.

Paula hob ihr Bierglas und stieß mit Benjamin an. »Auf die Familiengeheimnisse – meine, Ihre und die der Schwiegermutter und ihres Franzosen.«

Sie waren schon ein Stück den Weg gegangen, der ins Tal hinunterführte, als sie Schritte hinter sich hörten. Sie drehten sich um und sahen, dass Herr Mattern ihnen nachgeeilt war. Er blieb keuchend stehen und stützte die Hände auf die Knie, um Atem zu schöpfen. Dann richtete er sich auf.

»Ich habe meiner Frau erzählt, dass Sie nach Ihrem Vater gefragt haben. Und ihr ist noch etwas eingefallen.«

Paula sah ihn gespannt an.

»Sie spricht kein Englisch und hat mich gebeten, es Ihnen auszurichten. Ihr Vater kam damals mit mehreren Leuten zu uns ins Gasthaus. Darunter war auch eine Dame, die auffallend elegant gekleidet war, viel zu elegant für einen Gasthof wie unseren. Die Damen, die uns beehren, sind gewöhnlich vernünftig gekleidet, so wie Sie. Daher konnte sie sich auch an die Besucherin erinnern. Sie hatte ihre Begleiter wie einen Hofstaat um sich geschart und schien die

Aufmerksamkeit zu genießen.« Er lächelte verlegen. »Ich hoffe, es klingt nicht unhöflich, aber so hat meine Frau es mir erzählt.«

»Ich danke Ihnen beiden ganz herzlich«, sagte Paula beinahe überschwänglich vor Erleichterung. »Ihr Gedächtnis ist bewundernswert.«

Der Wirt neigte bescheiden den Kopf. »Damals waren wir froh über jeden Gast.«

Paula und Benjamin bedankten sich noch einmal und setzten den Abstieg fort.

»Vielleicht fuhren die beiden einfach auf demselben Schiff und haben gemeinsame Besichtigungen unternommen. Das ist sicher nicht ungewöhnlich, wenn Landsleute im Ausland aufeinandertreffen.«

Sie bogen nach rechts in den Wald in Richtung Nachtigallental ab. Hier war es stiller als auf dem Weg, der zum Drachenfels führte. Die Sonne drang kaum durch die Bäume, die sich wie ein grünes Dach über den Weg wölbten. Nach einigen Schritten blieb Paula stehen und schaute Benjamin von der Seite an.

Er hielt inne, schien zu ahnen, dass der Augenblick bedeutsam war. Etliche Sekunden vergingen, doch er rührte sich nicht, gab ihr die Zeit, die sie brauchte, um die richtigen Worte zu finden.

»Selbst wenn ich heute nichts herausgefunden hätte, wäre es kein verlorener Tag«, sagte sie schließlich.

Im nächsten Moment spürte sie seine Arme, die sich um sie schlossen, und den rauen Tweedstoff seines Anzugs an der Wange.

28

Post aus Surrey

Bonn

GUILDFORD, 27. MAI 1868

Mein lieber Benjamin,
ich danke Dir für Deinen Brief. Natürlich war ich zunächst ein
wenig bestürzt. Mir scheint, dass Du eine gewisse Zuneigung zu
Miss Cooper gefasst hast, was für einen Mann Deines Alters
ebenso naheliegend wie überfällig ist. Leider ist mir die junge
Dame nicht persönlich bekannt, aber ich bin davon überzeugt,
dass Du Dein Herz nicht an eine Frau verschenken würdest, die
es nicht wert ist. Daher würde ich Dir gern einfach nur Glück
wünschen und mich darauf freuen, bei Gelegenheit ihre Be-
kanntschaft zu machen.
  Doch Du ahnst, dass ich mich in einem Zwiespalt befinde.
Ich kenne Margaret Cooper seit vielen Jahren, wenngleich wir
gesellschaftlich nicht miteinander verkehren. Sie vertraut mir,
und es gibt Dinge, die uns verbinden und über die ich ohne ihre
Zustimmung eigentlich nicht sprechen darf.
  Dennoch möchte ich Deine Erwartungen nicht enttäuschen.
Wie du weißt, habe ich vor vielen Jahren mit Deiner Mutter

Deutschland besucht, um die Zeichnungen für Die Schönheiten des Rheintals *anzufertigen. Es war im Jahre 1837, Du warst damals fünf Jahre alt. Wir haben Dich und Deine Schwestern bei Großmutter Trevor gelassen, weil uns eine derartige Reise mit drei kleinen Kindern zu anstrengend erschien. Außerdem werden Kinder häufig krank, und wir hielten es für ratsam, Euch in der Nähe englischer Ärzte zu lassen.*

William und Margaret Cooper entschieden sich hingegen, ihre Tochter mit auf Deutschlandreise zu nehmen, was ich natürlich erst später erfuhr.

In Bonn wurden wir einander von einem gemeinsamen Bekannten vorgestellt und verstanden uns vom ersten Augenblick an. Ich werde nie vergessen, wie wir neben der Marktfontäne standen und miteinander plauderten, als wären wir daheim in England. Schon bald planten wir eine Zusammenarbeit an William Coopers Rheinbuch.

Ich lud die Coopers zum Essen in unser Hotel ein, doch William kam allein. Er entschuldigte seine Frau, die kleine Tochter sei erkrankt. Deine Mutter und ich drückten unser Bedauern aus und erklärten, dass wir das Kennenlernen bald nachholen wollten.

Das geschah dann eher zufällig. Ich wollte William im Hotel abholen, weil wir einen Ausflug zur Godesburg ins Auge gefasst hatten, doch er hatte noch Besorgungen zu machen, und so traf ich Margaret Cooper allein dort an. Was mir sofort auffiel, war ihre Traurigkeit. Sie wirkte irgendwie verloren, auch wenn sie sich offenkundig freute, einen Landsmann zu treffen. Ich fragte, wie es ihrer Tochter gehe, und sie sagte, schon besser, doch die Vorstellung, mit dem kleinen Kind im Ausland zu sein, flöße ihr zunehmend Angst ein.

*Am nächsten Tag schickte ich Deine Mutter zu Mrs. Cooper,
und die beiden unterhielten sich beim Tee. Die kleine Paula sei
ein reizendes Kind, berichtete Deine Mutter. Allerdings gelang
es ihr nicht, Mrs. Cooper in die Gesellschaft einzuführen. Sie
wollte sie einigen britischen und deutschen Bekannten vorstellen,
sie zu einem kleinen Ausflug überreden oder mit ihr in ein Konzert gehen, doch Mrs. Cooper lehnte stets gleichbleibend freundlich ab.*

*Ich habe William Cooper darauf angesprochen. Er druckste
zunächst herum und erklärte dann, er habe wohl einen Fehler
begangen. Es sei besser gewesen, entweder das Kind oder aber
Mutter und Kind gemeinsam in England zu lassen und die
Reise allein zu unternehmen.*

*Ich war mir nicht sicher, wie es um die Ehe der Coopers be-
stellt war, da ich die beiden fast nie zusammen erlebte. In meinem Beisein wirkte William jedenfalls lebhaft und wie befreit.*

*Nach und nach stellte sich heraus, dass er unter Geldsorgen
litt. Er vertraute mir an, dass er das Kapital für seinen Verlag
noch nicht zusammenhabe und hoffe, es leihen und vom Erlös des
ersten Buches die Schulden zurückzahlen zu können. Die Tatsache, dass er nun für eine Familie verantwortlich sei, mache die
Last noch schwerer. Damals brachte ich diese Sorgen und das
Verhalten seiner Frau nicht zusammen, erfuhr aber später, dass
Margaret Cooper sich sowohl davor fürchtete, die Liebe ihres
Mannes zu verlieren, als auch, mittellos zu werden.*

*Wie Du Dir vorstellen kannst, war ich damals sehr mit
meiner eigenen Familie und beruflichen Zukunft beschäftigt,
sodass ich nicht weiter darüber nachgedacht habe. Nachdem
die Bemühungen Deiner Mutter wiederholt zurückgewiesen*

wurden, gab sie es schließlich auf und lud Mrs. Cooper nicht mehr ein.

Ich wusste, dass William Cooper – wie Deine Mutter und ich – eine Rheinreise plante, auf der ihn Frau und Kind begleiten sollten. Kurz vor der Abreise erklärte er jedoch, er werde allein fahren, da seine Tochter erneut erkrankt sei. Mir erschien das, wenn ich ehrlich bin, ein wenig kaltherzig, doch war es nicht an mir, ihn zurechtzuweisen.

Von dieser Reise kehrte William Cooper nicht zurück. Ich gehe davon aus, dass Miss Cooper dies weiß und Dir davon erzählt hat. Ihr Vater ist seither verschollen und wurde später für tot erklärt.

In Bonn hielt sich damals eine schöne, wohlhabende und unabhängige Engländerin auf, die Ehrenwerte Caroline Bennett. Sie fuhr auf demselben Schiff wie William Cooper, Deine Mutter und ich.

Während ich mich Mrs. Cooper verpflichtet fühle, möchte ich Dir dennoch die wichtigen Dinge nicht vorenthalten. Es entspricht der Wahrheit, dass Caroline Bennett und William Cooper viel Zeit miteinander verbrachten.

Deine Mutter und ich stiegen in Linz aus, weil ich dort zeichnen wollte. Daher kann ich nicht sagen, wie die weitere Fahrt verlaufen ist. Du kannst Dir vorstellen, wie schockiert wir waren, als wir bei unserer Rückkehr erfuhren, dass William Cooper angeblich verschwunden war.

Deine Mutter sprach mit Mrs. Cooper, und als diese den Namen Caroline Bennett hörte, erlitt sie einen Anfall. Anders kann ich es nicht bezeichnen, sie weinte und schrie und musste etwas zur Beruhigung erhalten.

Dann hat sie Deiner Mutter anvertraut, dass sie fürchtete, ihr Mann wolle sie betrügen oder habe dies bereits getan. Sie war so sehr davon überzeugt, dass sie bald nicht mehr zwischen dem, was sie wusste, und dem, was sie nur vermutete, unterschied.

Deine liebe Mutter hat versucht, ihr zu helfen, indem sie sich um die kleine Paula kümmerte, während Mrs. Cooper sich Mühe gab, etwas über den Verbleib ihres Mannes herauszufinden. Deine Mutter hatte großes Mitgefühl mit ihr, zumal sie sich nach Euch Kindern sehnte, die sie zunehmend schmerzlich vermisste. Doch der Mann blieb verschwunden.

Nun zu deiner Frage aus dem Postskriptum: Ich kenne keine Mrs. Eldridge und bin weder in Bonn noch anderswo einer Frau dieses Namens begegnet. Auch kann ich mich nicht daran erinnern, dass Mrs. Cooper oder ein Mitglied der britischen Kolonie sie erwähnt hätte. Du hast mir nicht geschrieben, wer sie sein soll und von wem Du ihren Namen erfahren hast, doch kann ich Dir versichern, dass er mir gänzlich unbekannt ist.

Ich hoffe, dass ich Dir dennoch ein wenig behilflich sein konnte. Was Mrs. Cooper angeht, werde ich ihr noch heute schreiben, dass von Dir keine Nachrichten zu erwarten sind.

Natürlich möchte ich Dir auch noch für Deine Postsendung danken. Die Aufnahmen aus Bonn und der Schweiz sind exzellent geworden, und ich hoffe gespannt auf weitere Fotografien. Obwohl ich sehnlich auf Deine Rückkehr warte, respektiere ich Deinen Wunsch, noch zu bleiben. In diesem Falle solltest Du baldmöglich rheinaufwärts fahren, am besten bis Mainz oder Bingen, da dies das schönste Stück des Mittelrheins ist, auf dem Du zahlreiche Ansichten finden wirst, die sich für unsere Zwecke eignen. Im Übrigen ist nicht ausgeschlossen, dass Du dabei

*das Angenehme – oder Dir am Herzen liegende – mit dem
Nützlichen verbinden kannst.*

Dein Dich liebender Vater

»Es gibt sie nicht, oder?«

»Mrs. Eldridge? Nein, ich glaube nicht.«

Paula und Benjamin saßen in Onkel Rudys Wohnzimmer, zwischen ihnen auf dem Tisch lag der Brief von Charles Trevor. Benjamin war an diesem Morgen unangekündigt erschienen und hatte ihr den Umschlag wortlos hingehalten.

Paula stand auf und ging unruhig im Zimmer auf und ab. Dann hielt sie inne und schaute wieder auf den Brief, den sie zweimal hatte lesen müssen, um alles zu begreifen.

»Warum sollte meine Mutter diese Frau erfunden haben?« Als Benjamin etwas sagen wollte, hob Paula die Hand. »Ich denke nur laut vor mich hin. Ich glaube, dass meiner Mutter die Unterstützung, die sie einer Mrs. Eldridge zuschreibt, in Wahrheit durch Ihre Eltern zuteilgeworden ist. Und um dies zu verschleiern, erfand sie diese Witwe aus Bath. Sie wollte nicht, dass die Verbindung zwischen ihr und den Trevors bekannt wurde. Würden Sie mir da zustimmen?«

Er trank seinen Tee aus und sah Paula nachdenklich an. »Ja, das würde ich. Die Geschichte ist äußerst vertrackt. Ihre Mutter hat nämlich nicht nur Sie getäuscht, sondern auch Ihren Onkel. Und zwar schon damals. Sie hat von Anfang an einen falschen Namen angegeben. Sie hatte wohl nicht damit gerechnet, dass jemand genauer nachforschen würde – ihr Schwager nicht und schon gar nicht ihre Tochter.«

Paula runzelte die Stirn. »Ich wüsste zu gern, was sie dazu bewogen hat, diese Frau zu erfinden.«

»Das frage ich mich auch. Warum nicht erwähnen, dass meine Eltern sie unterstützt haben? Daran ist nichts Verwerfliches, im Gegenteil, es zeugt von der Güte meiner Mutter.« Ein wehmütiges Lächeln zuckte über sein Gesicht.

»Sie hatten sie sehr gern«, sagte Paula vorsichtig.

»Sie ist vor drei Jahren gestorben, und ich vermisse sie noch immer.«

»Wie gut, dass Ihr Vater Sie und Ihre Schwestern hat.«

»Nur treibe ich mich ständig in der Welt herum. Er hätte mich lieber öfter um sich«, sagte Benjamin verlegen.

Paula wechselte zuvorkommend das Thema. »Jedenfalls bin ich ihm sehr dankbar für den ausführlichen Brief. Meine Mutter zu fragen, weshalb sie Mrs. Eldridge erfunden und mir all das verschwiegen hat, dürfte wenig aussichtsreich sein. Wenn sie mir dreißig Jahre lang nichts erzählt hat, wird sie es auch jetzt nicht tun.« Sie setzte sich in den Sessel und stützte den Kopf in die Hand. »Einerseits sind wir weit davon entfernt, das Rätsel zu lösen. Aber wir stehen zum Glück auch nicht mehr ganz am Anfang. Einige Dinge haben wir schon herausgefunden.«

Benjamin nickte und zählte an den Fingern ab: »Wir wissen, dass unsere Eltern sich kannten, dass Ihre Mutter diese Bekanntschaft geheim halten wollte, dass Ihr Vater in einer Gruppe, zu der auch Caroline Bennett gehörte, den Drachenfels besucht und dass es Spannungen zwischen Ihren Eltern gegeben hat.«

»Ich bin mir sicher, dass meine Mutter mehr als nur eine mögliche Affäre meines Vaters verschweigt. Ich bin eine erwachsene Frau, und obgleich die Enthüllung nicht erfreulich wäre, könnte ich sie ertragen. Er wäre nicht der erste Mann, der Frau und Kind wegen einer anderen verlassen hat. Nein«, sagte sie kopfschüttelnd, »es steckt noch mehr dahinter.«

»Wenn wir Caroline Bennett ausfindig machen könnten …« Benjamin sah Paula fragend an.

»Wie sollen wir das anstellen? Sie kann gestorben sein oder geheiratet haben, vielleicht lebt sie auch im Ausland.«

Benjamin schenkte ihnen beiden Tee nach. »Darf ich etwas fragen, das möglicherweise indiskret ist?«

Paula lachte leise. »Ich glaube nicht, dass Sie noch indiskret sein können, nachdem Sie so viel über meine Familie wissen.«

»Fürchten Sie sich davor, etwas herauszufinden, das die Geschichte Ihrer Mutter bestätigen würde?«

Sie dachte kurz nach. »Ich könnte herausfinden, dass mein Vater seit dreißig Jahren mit dieser Frau zusammenlebt und meine Mutter und mich im Glauben gelassen hat, er sei tot. Das wäre das Schlimmste, nicht wahr?« Paula wartete Benjamins Antwort nicht ab. »Zu erfahren, dass ich einen Vater habe, der mich nicht wollte, der nie Interesse an mir gezeigt und mich und meine Mutter nicht unterstützt hat. Denkbar wäre auch, dass meine Mutter davon gewusst und es mir verschwiegen hat, dass sie ihn wider besseres Wissen hat für tot erklären lassen, damit ich nicht erfahre, was er getan hat.« Sie schaute Benjamin an, war seltsam ruhig trotz der ungeheuerlichen Gedanken. »Was immer wir herausfinden, ist besser als die Ungewissheit, auch für Onkel Rudy. Darum habe ich ihn, Mrs. Jackson und Mr. Wenborne gebeten, sich für mich umzuhören. Aber das meiste muss ich natürlich allein tun.«

Benjamin stand auf und reichte ihr die Hand. Er zog sie aus dem Sessel hoch und führte sie ans Fenster. »Da draußen ist die Welt, und sie gehört Ihnen. Sie wartet darauf, Ihre Fragen zu beantworten. Sie müssen nur hartnäckig bleiben und dürfen nicht aufgeben.« Er legte ihr die Hände auf die Schultern und berührte mit dem Mund sanft ihre Haare. »Und Sie brauchen es nicht allein zu tun.«

29

Alte Freunde

Mrs. Margaret Cooper an Mr. Charles Trevor:

LONDON, 2. JUNI 1868

Lieber Charles,

danke für Ihre Zeilen. Es kostet mich Mühe, Ihnen zu antworten, das will ich nicht verhehlen. Ich habe mich darauf verlassen, dass das, was sich vor dreißig Jahren zugetragen hat, zwischen uns bleibt und nicht weitergetragen würde.

Gewiss, Blut ist dicker als Wasser, und wenn der eigene Sohn einen um Hilfe bittet, wird man sie gewähren. Doch möchte ich betonen, dass es mir genauso geht – auch ich habe ein Kind, das ich schützen und dem ich helfen möchte, und Paula ist am besten gedient, wenn sie möglichst wenig über jene Ereignisse erfährt.

Sie schreiben mit erkennbarer Freude, Ihr Sohn habe Sympathien für meine Tochter entwickelt. Ich kann verstehen, dass Ihnen eine solche Verbindung am Herzen liegt. Doch bitte ich Sie, auch mich zu verstehen. Paula ist behütet aufgewachsen, nicht mit den gesellschaftlichen Möglichkeiten, die ich mir für sie gewünscht hätte, aber doch sicher und geborgen. Sie hat Erfüllung als Gesellschafterin gefunden, in einem kleinen Ort, den der Skandal, der wie ein Schatten auf unserer Familie ruht, nicht erreichen würde. Es war kein großes, überschäumendes Glück, das sie dort erlebte, aber wie vergänglich solche Gefühle sind, wissen wir als lebenserfahrene Menschen nur zu gut. Sie hatte ein gutes Leben, und der Gedanke, dass sie es mit meiner Cousine verbringen würde, mit einer sinnvollen Aufgabe, in einer ruhigen, ländlichen Umgebung und inmitten eines Gartens, den sie liebte, hat mich beruhigt.

Ihre Zuversicht lässt mich befürchten, dass Sie Ihrem Sohn bereits erzählt haben, was vor dreißig Jahren in Bonn geschehen ist. Wenn er sich mit meiner Tochter so gut versteht, wird Paula es auch erfahren, obwohl ich ihr Leben lang versucht habe, sie davor zu schützen. Nun gut, damit muss ich mich abfinden.

Dennoch beschwöre ich Sie, nicht preiszugeben, dass Paula eine Woche ihres Lebens in der Obhut Fremder verbracht hat. Unser Verhältnis zueinander ist schwierig genug, und sie könnte es missverstehen und glauben, ich hätte mich nicht genug um sie gekümmert. Bitte bedenken Sie das.

In dankbarer Freundschaft,
Margaret Cooper

30

Der Donnerstagsclub

Bonn

»Es ist doch nur auf der anderen Straßenseite«, sagte Rudy wegwerfend.

»Du weißt, was Dr. Hoffmann gesagt hat«, warnte August. »Es war von Schonung und Ruhe die Rede, nicht von abendlichen Besuchen im Club.«

»Ich muss aber dorthin, ich habe etwas Wichtiges zu erledigen.« Rudy hatte trotzig die Arme verschränkt, was seinen Freund nur noch mehr aufzubringen schien. Er lief unruhig im Zimmer auf und ab und blieb dann vor Rudys Sessel stehen.

»Du übernimmst dich, obwohl du dich kaum von der Grippe erholt hast, ganz zu schweigen von deiner Herzerkrankung, gehst fast jeden Tag ins Geschäft, nimmst Abendeinladungen an, hast ein Fest für deine Nichte ausgerichtet.«

»Ich genieße die Zeit, die mir bleibt«, entgegnete Rudy heftig. »Ich habe Paula sehr lieb gewonnen, sie ist die einzige Familie, die ich noch habe. Den Vater kann ich ihr nicht ersetzen, aber ich werde alles tun, was möglich ist, um ihr zu helfen.«

»Nicht um den Preis deines eigenen Lebens!«, rief August und schaute im selben Moment besorgt zur Tür. Rudy spürte, wie sich etwas in ihm zusammenzog. Also stand er auf und legte dem Freund besänftigend die Hand auf den Arm.

»Du weißt, wie sehr ich dich liebe, August. Aber glaube mir, mein Herz ist groß genug für dich *und* Paula«, sagte er mit einem reumütigen Lächeln.

August schwieg eine Weile und seufzte dann. »Ich bin nicht eifersüchtig. Und dass du ein großes Herz hast, weiß niemand besser als ich. Aber dieses Herz ist krank, und … ich will dich nicht verlieren. Ich flehe dich an, höre auf deinen Arzt. Du musst dir mehr Ruhe gönnen.« Dann fügte er hinzu: »Denk auch an Paula. Sie hat dich gerade erst wiedergefunden. Sie würde nicht wollen, dass du deine Gesundheit und dein Leben aufs Spiel setzt, nur um sie bei ihren Nachforschungen zu unterstützen.«

Rudy ließ sich entnervt in den Sessel fallen. »Herrgott noch mal, es ist nur dieser eine Abend. Ich überquere die Straße, meinetwegen mit Paulas Hilfe, setze mich in einen Sessel, unterhalte mich mit meinen Freunden und gehe die wenigen Schritte wieder nach Hause. In dem Raum darf nicht einmal geraucht werden, also sind keine anstrengenden Hustenanfälle zu befürchten.«

August sah auf seine Taschenuhr und wandte sich zur Tür. »Ich muss in die Vorlesung.«

Draußen im Flur nahm er den Hut vom Haken. Rudy folgte ihm und legte ihm die Hand auf den Rücken.

»Ist alles wieder gut?« Sein Herz schlug heftiger, als es

sollte. Es war ein angespannter Moment, und er vergaß völlig, dass sie nicht allein im Haus waren.

»Ja, das ist es. Aber versprich mir, dir ab morgen mehr Ruhe zu gönnen.« August drehte sich um und strich ihm sanft über die Wange. Dann ging er zur Tür hinaus.

Rudy betrat den mit dunklem Holz getäfelten Clubraum, in dem trotz des sommerlichen Wetters ein Kaminfeuer brannte. Die Hotelbesitzerin fand es wohl besonders englisch oder war davon überzeugt, dass ihre britischen Gäste auch in der freundlichen Jahreszeit ein warmes Feuer schätzten.

Dr. Madden, der ehemalige Stabsarzt, und Kapitän Cubitt waren schon zugegen, ebenso Mr. Wenborne, der Rudy freundlich zunickte. Nachdem er sich eine Zeitung genommen und in einen Sessel gesetzt hatte, brachte ein Kellner seinen Brandy.

Kurz darauf kam noch Walter Copland Perry hinzu, ein Jurist und Gelehrter, der seit vielen Jahren in seinem Haus an der Poppelsdorfer Allee junge Briten aus gutem Hause unterrichtete. Er war ein begeisterter Sportler und leitete das Comité für Wettläufe des Clubs, das vor einigen Jahren ein großes internationales Leichtathletikfest organisiert hatte. Er pflegte zu sagen, Deutschland habe ihm so viel gegeben, nicht zuletzt eine neue Heimat, dass er den Bonnern auch etwas zurückgeben wolle: die Liebe seiner Landsleute zum Sport.

Rudy war froh, dass an diesem Abend keine Abstimmungen anstanden und keine fremden Gäste zugegen waren, was seinem Vorhaben zugutekam.

330

Nachdem die Männer die Zeitungen studiert und sich über Neuigkeiten aus der Heimat ausgetauscht hatten, fragte Rudy beiläufig in die Runde: »Kennt einer von Ihnen zufällig die Ehrenwerte Caroline Bennett, entweder persönlich oder vom Namen her?«

Wenborne wollte etwas sagen, doch Rudy schüttelte nachdrücklich den Kopf. Er wusste genau, was Paula von seinem Nachbarn erfahren hatte, aber das half ihnen bei den Nachforschungen nicht weiter. Außerdem ging es die Herren nichts an, dass er Paula zuliebe fragte.

»Der Name sagt mir nichts«, erwiderte Madden. »Darf ich fragen, worin Ihr Interesse an der Dame besteht?«

»Sie hat sich vor vielen Jahren in Bonn aufgehalten. Jemand erwähnte sie kürzlich und fragte, was aus ihr geworden sei. Sie muss eine eindrucksvolle Frau gewesen sein, die unabhängig reiste und ein gewisses Aufsehen erregte.«

Als niemand antwortete, spürte Rudy, wie sich Resignation in ihm ausbreitete. Es war nur ein Versuch gewesen, aber er hatte gehofft, Paula helfen zu können.

»… wieder ein.«

Er schrak zusammen. »Verzeihung, ich war in Gedanken.«

Perry kaute auf dem Stiel seiner kalten Pfeife, von der er sich trotz Rauchverbots nicht trennen mochte. »Ich sagte, jetzt fällt es mir wieder ein. Bennett ist ihr Mädchenname, nicht wahr?«

»Davon gehe ich aus. Soweit ich weiß, war die Dame damals unverheiratet. Ist sie Ihnen etwa bekannt?«

Perry lachte. »Nicht mir persönlich. Aber meine Tochter hat vor einigen Jahren eine Tante in London besucht. Bei einer Gesellschaft, zu der sie eingeladen war, machte sie die Bekanntschaft einer recht mondänen Dame namens Carolina Giannini-de Rojas. Ich erinnere mich an den Namen, weil er so exotisch klang. Meine Eliza war von der Dame sehr beeindruckt. Sie war weit gereist, sprach mehrere Sprachen. Als meine Tochter später ehrfürchtig von der Begegnung berichtete, entgegnete ihre Tante, mit ihr sei es nicht weit her, die illustre Dame entstamme einer Fabrikantenfamilie aus Manchester.«

»Die Dame hätte ich auch gern getroffen«, entfuhr es Kapitän Cubitt, der als Casanova bekannt war.

Rudy war zu aufgeregt, um auf die Bemerkung einzugehen. »Wann ist das gewesen, Perry? Wissen Sie das noch?«

»Vor sechs Jahren. Das weiß ich so genau, weil Eliza deswegen unser großes Sportfest versäumt hat. Eine echte Schande.«

Rudy spürte, wie sich die Aufregung in seinem ganzen Körper ausbreitete. Er spielte mit dem Gedanken, noch einen Weinbrand zu bestellen, um sich zu beruhigen, dachte dann aber an August und sein liebes, besorgtes Gesicht und entschied sich dagegen.

Danach plauderten die Herren ungezwungen weiter, doch Rudy war still geworden. In seinem Kopf kreisten unablässig die Gedanken, und er wartete nur auf den passenden Augenblick, um gehen zu können.

»Gentlemen, man hat mich ermahnt, nicht zu lange zu bleiben. Das dumme Herz, Sie wissen schon. Daher möchte ich mich für heute verabschieden. Perry, würden Sie mich zur Tür begleiten? Ich möchte Sie noch kurz wegen des Comités sprechen.«

Im Flur schaute Perry ihn prüfend an. Rudy räusperte sich. »Die Angelegenheit ist etwas heikel, daher wollte ich es nicht vor den anderen erwähnen. Wäre es möglich, dass meine Nichte Paula Ihrer Tochter ihre Aufwartung macht?«

»Aber gewiss. Das hätten wir im Übrigen längst tun können. Eliza wird sich sehr freuen, Ihre Nichte kennenzulernen. Wie wäre es mit morgen Vormittag um elf?«

»Mit Vergnügen. Ich werde es ihr ausrichten. Noch einen schönen Abend, Perry. Meine Empfehlung an Mrs. Perry.«

Er eilte durch die Hotelhalle auf die Coblenzer Straße hinaus. Dort blieb er einen Augenblick stehen, weil sein Herz so hämmerte. Dunkle Flecken tanzten vor seinen Augen, und er musste sich an einem Laternenpfahl abstützen, bis er wieder zu Kräften gekommen war. Nervös schaute er sich um, ob jemand die vorübergehende Schwäche bemerkt hatte, und als er keine Menschenseele sah, überquerte er erleichtert die Straße. Er konnte es nicht erwarten, Paula die Neuigkeit zu überbringen.

31

Die weitgereiste Carolina

Das großzügige Haus, in dem die Perrys mitsamt ihren Internatsschülern lebten, stand auf der rechten Seite der Poppelsdorfer Allee, noch vor den Bahngleisen, hinter denen die eigentliche Allee mit dem grünen Mittelstreifen und den Reihen der Kastanienbäume begann. Neben der Haustür prangte ein makellos glänzendes Messingschild mit der Aufschrift *W. C. Perrys Pensionat für junge Engländer*. Paula blieb stehen, rückte den Hut zurecht und klingelte.

Ein Hausmädchen in Häubchen und Schürze öffnete die Tür.

»Guten Morgen. Sind Sie Miss Cooper? Miss Perry erwartet Sie bereits.«

Das Mädchen führte Paula in einen Salon, der so durch und durch englisch wirkte, dass sie sich nach Hause versetzt fühlte. Geschwungene Holzlehnen, zartgrüne Polster, an den Wänden Aquarelle und Stiche, die englische Landschaften zeigten.

Eine junge Frau erhob sich vom Sofa und kam ihr mit ausgestreckter Hand entgegen.

»Ich freue mich sehr, Ihre Bekanntschaft zu machen, Miss Cooper. Eliza Perry. Darf ich Ihnen Tee anbieten?«

Kurz darauf servierte das Mädchen Tee und Scones und verschwand ebenso diskret, wie es gekommen war.

»Es ist schön, ein neues Gesicht in unserer Kolonie zu sehen. Und es gibt nicht viele jüngere Frauen hier, daher freut es mich besonders, Sie kennenzulernen«, sagte Miss Perry und schenkte ihnen ein. »Ich bin immer ganz begierig darauf, Neuigkeiten aus England zu erfahren.«

Sie war auf eine blasse Art hübsch, mit zarter Haut, hellem Haar und porzellanblauen Augen.

»Darf ich fragen, wie lange Sie schon hier leben?«, fragte Paula und rührte in ihrem Tee.

»Oh, ich bin hier geboren, sozusagen eine halbe Preußin. Meine Eltern sind vor vierundzwanzig Jahren nach Bonn gezogen.« Sie schaute nachdenklich in ihre Tasse. »Es ist eine sonderbare Existenz. Es gibt zwei Länder, die ich als Heimat bezeichnen kann, zwei Sprachen, zwei Kulturen. Haben Sie immer in England gelebt?«

Paula plauderte über Kings Langley und streute ein paar Kindheitserinnerungen an Lambeth, den Palast und das Leben am Flussufer ein, die Miss Perry förmlich aufzusaugen schien.

»Sie waren aber schon mal in England, nicht wahr?«, fragte Paula, die das Gespräch nun gern auf ihr Anliegen lenken wollte.

Die porzellanblauen Augen blickten verträumt. »Vor sechs Jahren habe ich den Sommer bei meiner Tante verbracht. Es war herrlich. Am liebsten wäre ich gar nicht heimgefahren. Natürlich schätze ich Bonn«, sagte sie rasch, »aber es ist eben nicht England. Dort fühlte ich mich sofort heimisch, weil alle dieselbe Sprache sprachen. Hier muss ich immer zwischen Deutsch und Englisch wechseln. Da fällt mir ein, Sie wollten mich etwas fragen. Das hat mein Vater angedeutet.«

»Das stimmt. Ich wäre Ihnen sehr dankbar, wenn Sie mir weiterhelfen könnten. Es geht um eine Dame namens Carolina Giannini-de Rojas, der Sie einmal begegnet sind.«

Miss Perry strahlte. »O ja, so eine interessante Frau! Was möchten Sie wissen?«

»Alles«, sagte Paula lächelnd.

Miss Perry beugte sich vertraulich vor. »Nun ja, man erzählte sich, sie sei keine echte Dame, aber das reizte mich umso mehr. Also bin ich möglichst lange in ihrer Nähe geblieben und habe das eine oder andere aufgeschnappt. Stellen Sie sich vor, sie ist als unverheiratete junge Frau auf die Grand Tour gegangen, hat die Schweiz, Italien und Griechenland bereist, wie es sonst nur junge Gentlemen tun. In der Toskana hat sie einen Adligen aus Lucca geheiratet und ist mit ihm nach Florenz in einen Palazzo gezogen. Sie spricht fließend Italienisch und liest Dante und Boccaccio im Original.«

Paula hing gebannt an Miss Perrys Lippen, darauf bedacht, den Redefluss nicht zu unterbrechen.

»Dann kam es wohl zu einem Skandal, aber sie ist nicht weiter darauf eingegangen. Jedenfalls muss es wohl etwas Tragisches gewesen sein. Da sie Italien mit ihrem geliebten

Mann verband, konnte sie das Land nicht länger ertragen und übersiedelte nach Spanien. Sie begann zu malen, hatte sogar eine Ausstellung in Madrid. Dort hat sie dann einen reichen Kunsthändler namens Felipe de Rojas kennengelernt, mit dem sie wohl bis heute glücklich ist.« Eliza Perry schaute Paula erwartungsvoll an.

»Das klingt nach einer wahrhaft faszinierenden Frau.«

Miss Perry nickte. »Und wie spannend sie erzählen konnte! Sie begleitete alles mit ausdrucksvollen Gesten, als wäre sie selbst eine Südländerin.«

»Hat sie erwähnt, ob sie auch einmal in Deutschland war? Vielleicht sogar am Rhein?«

Miss Perry sah sie verwundert an, und Paula fürchtete schon, ihre Spur könnte ins Leere laufen, doch Miss Perry sprach gleich darauf weiter.

»Nein, nein, Sie haben recht, Miss Cooper. Ihre Frage hat mich nur überrascht. Die Dame hat auf dem Weg nach Italien tatsächlich auch den Mittelrhein besucht.« Sie lächelte. »Mir scheint, Sie finden Carolina Giannini-de Rojas ähnlich fesselnd wie ich.«

Worauf Paula ihr die Wahrheit erzählte, besser gesagt, eine zensierte Version, in der es keinen verschwundenen Vater gab, sondern Eltern, die zu jener Zeit Bonn besucht und eine gewisse Caroline Bennett erwähnt hatten. Aber es sei sicher unwahrscheinlich, dass es sich um dieselbe Frau handle.

Miss Perry lächelte wissend. »Das ist ganz und gar nicht unwahrscheinlich.«

Paula spürte ein Kribbeln, das sich von ihren Händen

über die Arme in den ganzen Körper ausbreitete. »Wie meinen Sie das?«

Miss Perry stand auf und holte ein leuchtend rotes Buch, das auf einem Beistelltisch gelegen hatte. *Burke's Peerage,* das Adelsverzeichnis.

»Als ich meiner Tante erzählte, wie sehr mich Mrs. Giannini-de Rojas faszinierte, schaute sie mich missbilligend an. Die Frau sei kein geeigneter Umgang für ein junges, unerfahrenes Mädchen und überdies weder exotisch, da sie aus Manchester stamme, noch wirklich vornehm. Ihr Vater sei Baron Ashenden, habe sein Vermögen aber mit Textilfabriken gemacht.« Eliza blätterte kurz und hielt Paula das aufgeschlagene Buch hin, wobei sie mit dem Finger triumphierend auf eine Zeile deutete.

Roderick Francis Bennett, Textilfabrikant, geb. am 28. April 1785, seit 1832 1. Baron Ashenden

Paula eilte Am Neutor entlang und bog nach rechts in die Straße Am Hof, die unmittelbar am Schloss vorbeiführte. Fast wäre sie mit einer Marktfrau zusammengestoßen, die ihr gerade noch ausweichen konnte, dabei aber einige Kartoffeln aus ihrem Korb verlor, die übers Pflaster kullerten. Paula kümmerte sich nicht um die Flut rheinischer Schimpfwörter, die ihr bis zur nächsten Ecke folgten. Sie erinnerte sich flüchtig, dass sie erst kürzlich mit demselben Ziel durch die Gassen gelaufen war, verbittert, enttäuscht, von Zorn erfüllt.

Diesmal rannte sie beinahe, soweit ihr Reifrock es zuließ, eilte in die schmale Rathausgasse und konnte es gar nicht erwarten, dass sich der weite Marktplatz vor ihr auftat. Dann stand sie schweratmend vor dem Hotel Zum Goldenen Stern und wartete, dass ihr Herzschlag sich beruhigte. Sie schob eine Haarsträhne hinters Ohr, die aus ihrem Knoten gerutscht war, und zupfte den Rock zurecht.

»Mr. Trevor ist ausgegangen, will aber zum Mittagessen zurück sein«, erfuhr sie kurz darauf am Empfang des Hotels.

Man bot ihr an, im Schreibzimmer zu warten. Nein, diesen Raum wollte sie lieber nicht betreten, dachte Paula spontan, er weckte böse Erinnerungen. Doch dann gab sie sich einen Ruck. Sie war nicht abergläubisch, die unschöne Szene, die sich hier abgespielt hatte, gehörte der Vergangenheit an. Also ging sie hinein, griff zu Papier und Schreibzeug und notierte, was Miss Perry ihr erzählt hatte.

»Welch reizende Überraschung!«

Sie schaute hoch und sah Benjamin, der mit Tasche und Stativ bepackt war, in der Tür stehen. Er trug den Anzug, den sie vom Kreuzberg kannte, und wieder einmal keinen Hut. »Mein Vater möchte Aufnahmen vom Inneren der Schlosskirche haben. Wollen wir gemeinsam zu Mittag essen? Ich bringe nur rasch die Sachen nach oben. Bitte laufen Sie nicht weg.«

Paula trat in die Hotelhalle und wurde ein bisschen rot, als sie den belustigten Blick des Empfangschefs bemerkte. Sei's drum, heute konnte ihr selbst das nicht die Laune verderben.

Wie versprochen stand Benjamin wenige Minuten später wieder vor ihr.

»Sie müssen mir verraten, welchen Zaubertrick Sie beherrschen, dass Sie sich so schnell umziehen können«, sagte sie lächelnd.

»Mit Verlaub, aber bei Männern geht das deutlich schneller.«

»Dennoch, Ihr Tempo war beeindruckend«, sagte sie ohne jede Verlegenheit und staunte flüchtig über sich selbst.

Benjamin trug jetzt einen grauen Anzug und hatte die Haare mit Wasser glatt gekämmt. »In meinem Arbeitsanzug kann ich unmöglich mit einer Dame ins Restaurant gehen.«

Als sie im Speiseraum saßen, wo ihnen ein beflissener Kellner einen Zweiertisch mit Blick nach draußen angeboten hatte, sagte Paula: »Wenn ich ehrlich bin, habe ich eine gewisse sentimentale Zuneigung zu diesem Anzug entwickelt.«

Benjamin sah sie über den Rand des Wasserglases schmunzelnd an. »Weil ihn der ungehobelte Kerl auf dem Kreuzberg trug, der Ihnen die schöne Aussicht verwehren wollte?«

Sie lachte los und musste die Hand vor den Mund halten, um nicht unangenehm aufzufallen. »Eben darum. Aber jetzt muss ich Ihnen unbedingt erzählen, weshalb ich hier bin.« Dann sprudelte die Geschichte von Carolina Giannini-de Rojas, geborene Caroline Bennett, Tochter eines geadelten Textilfabrikanten aus Manchester nur so aus ihr heraus. »Sie ist dieselbe Frau, mit der mein Vater angeblich durchgebrannt ist«, sagte sie am Ende eindringlich und mit gesenkter Stimme. »Sie hat einen Italiener aus Lucca ge-

340

heiratet und danach einen spanischen Kunsthändler. Von einem englischen Geliebten oder Ehemann war keine Rede.« Paula trank einen Schluck Wein, wohl wissend, dass ihr das mitten am Tag nicht gut bekam. Ihre Wangen waren schon ganz heiß. »Ist Ihnen klar, was das bedeutet?«

Benjamin nickte. »Alle Wege führen zu Ihrer Mutter. Es sieht aus, als hätte sie ihrem Mann das Schlimmste zugetraut, an eine Liaison mit der Ehrenwerten Miss Bennett geglaubt und danach um jeden Preis versucht, sich selbst und Sie vor dem Skandal zu schützen.«

Paula stützte das Kinn in die Hand und runzelte die Stirn. »Unterdessen reiste Miss Bennett unbehelligt nach Italien, suchte dort ihr Glück, zog weiter nach Spanien und tauchte 1862 auf einer Abendgesellschaft auf, bei der Miss Perry ihre Bekanntschaft machte. Eine glaubhafte Geschichte. Nur ...«

Benjamin berührte mit den Fingerspitzen ihren Arm, eine kaum merkliche Botschaft, die nur für sie bestimmt war. »Nur klafft in ihr ein großes Loch. Wenn Ihr Vater nicht mit dieser Frau davongelaufen ist, was ist dann mit ihm geschehen?«

32

Dinge fügen sich zusammen …

Am nächsten Morgen hatte Onkel Rudy sich gerade von Paula verabschiedet, um ins Geschäft zu fahren, als er noch einmal den Kopf ins Wohnzimmer steckte. »Besuch für dich, meine Liebe.« Er zwinkerte ihr zu und ließ einen älteren, dunkel gekleideten Herrn eintreten. »Dies ist Reverend Anderson von der anglikanischen Gemeinde. Ich habe ihm von deinem Vorhaben erzählt, und er möchte sich gern mit dir deswegen unterhalten. Ich wünsche einen angenehmen Tag und empfehle mich.«

Dann war Onkel Rudy wieder verschwunden. Paula begrüßte den Reverend höflich, dankte ihm für seinen Besuch und bot ihm dann einen Platz an. »Möchten Sie Kaffee?«

»Da sage ich nicht Nein«, erwiderte er freundlich.

Als Tine den Kaffee gebracht hatte, schenkte Paula ein und sah den Geistlichen erwartungsvoll an, wobei sie sich fragte, was genau Onkel Rudy ihm gesagt haben mochte.

»Man hatte mir bereits empfohlen, mich an Sie zu wenden, ich bin nur noch nicht dazu gekommen. Daher freut es mich umso mehr, dass Sie nun hier sind.«

»Mr. Cooper hat mir erzählt, dass Sie ein wenig Familienforschung betreiben.«

Paula war unwillkürlich erleichtert. So konnte man es natürlich auch ausdrücken, wenn man diskret sein wollte.

»In der Tat. Meine Eltern haben vor vielen Jahren Bonn besucht, und ich versuche, mehr darüber in Erfahrung zu bringen. Unter den Briten, die sich 1837 hier aufhielten, befand sich auch eine gewisse Ehrenwerte Caroline Bennett, die Tochter eines Barons aus der Gegend von Manchester. Angeblich waren meine Eltern mit ihr bekannt, und es würde mich interessieren, etwas über die Dame zu erfahren.« Paula behagte es nicht ganz, das Schicksal ihrer Eltern derart zu verschleiern – ihre Worte konnten durchaus gedeutet werden, als wären *beide* verstorben.

Der Reverend stellte seine Kaffeetasse ab und verschränkte die Hände im Schoß. »Wie Sie vielleicht wissen, bin ich erst seit neun Jahren auf dieser Pfarrstelle. Die Dame, die Sie meinen, ist mir persönlich nicht bekannt, und ich kann mit großer Sicherheit sagen, dass sie sich seit 1859 auch nicht mehr in Bonn aufgehalten hat.«

Paula spürte, wie sich Enttäuschung in ihr breitmachte – zu früh, wie sie erkannte, als der Reverend fortfuhr: »Dennoch kann ich Ihnen etwas berichten. In meiner Anfangszeit hier habe ich eine alte Dame betreut, die inzwischen verstorben ist, Miss Dorothy Palmer. Sie war hochbetagt, aber geistig rege, und liebte es, aus ihrem Leben zu erzählen. Ihr Gedächtnis war präziser als das vieler jüngerer Menschen. Und nun, da Sie den Namen Caroline Bennett erwähnen, fällt mir etwas ein. Ach, würden

343

Sie mir noch etwas von Ihrem köstlichen Kaffee nachschenken?«

Paula fragte sich ungeduldig, warum er ausgerechnet nun, da es spannend wurde, Kaffee trinken musste, riss sich aber zusammen und schenkte ihm lächelnd nach.

Als er getrunken und anerkennend geseufzt hatte, fuhr er fort: »Miss Palmer hatte vor etwa zwanzig Jahren eine Fahrt auf dem Rhein unternommen, die sie bis Basel führte. Sie schwärmte von den Schönheiten der Landschaft und plauderte sehr unterhaltsam von den unterschiedlichen Menschen, mit denen sie auf dem Schiff unterwegs gewesen war. Natürlich waren viele Briten darunter. Dabei erwähnte Miss Palmer auch eine ungewöhnliche Frau, die mit ihr bis nach Mainz gefahren war. Sie sei jung gewesen, vermögend und selbstbewusst und tatsächlich ohne Anstandsdame gereist, wie Miss Palmer mit tadelndem Unterton bemerkte. Im Übrigen sei an ihr wenig ehrenwert gewesen. Ich weiß noch, dass ich nachfragte, wie sie das meine. Und sie antwortete lachend, die Frau habe zwar einen Titel getragen – die Ehrenwerte Caroline Soundso –, doch ihr Allerweltsname habe gar nicht großartig geklungen.«

Paula spürte, wie sich etwas in ihr zusammenzog. »Hat sie sonst noch etwas über die Frau gesagt?«

Der Reverend schaute auf seine Hände, als wollte er ihrem Blick ausweichen. »Sie erwähnte, die Dame habe sich unterwegs mehrfach angeregt mit einem Herrn unterhalten, dessen Name Miss Palmer nicht bekannt war. Er sei etwa Ende zwanzig und recht gut aussehend gewesen. Manche Fahrgäste hätten darüber spekuliert, ob die beiden ineinander

344

verliebt gewesen seien. Dann aber sei der Mann von Bord gegangen und die Ehrenwerte Caroline allein weitergereist.«

»Wo war das?«, platzte Paula heraus. »Wo ist er von Bord gegangen?«

Der Geistliche schaute sie verwundert an. »Das hat Miss Palmer nicht erwähnt.«

Paula nickte beschämt. »Verzeihen Sie, dass ich Ihnen ins Wort gefallen bin, ich war nur so überrascht. Sie haben mir weit mehr erzählt, als ich zu hoffen gewagt habe. Ich danke Ihnen ganz herzlich, Reverend Anderson.«

Er sah sie prüfend an. »Diese Frau liegt Ihnen sehr am Herzen, nicht wahr?«

»Ja und nein. Der Mann, den Sie erwähnten, ist viel wichtiger für mich.«

Und dann erzählte sie ihm alles. Er unterbrach sie kein einziges Mal, hörte ruhig zu und nickte gelegentlich. Am Ende beugte er sich vor, die Hände zwischen die Knie geklemmt, und sagte: »Ich hoffe, dass Sie Ihre Antworten finden, Miss Cooper. Falls ich Ihnen noch irgendwie helfen kann, lassen Sie es mich wissen.« Er zögerte kurz. »Einen Rat möchte ich allerdings äußern. Was immer Sie herausfinden – vergessen Sie die Vergebung nicht.«

Paula sah ihn überrascht an und wollte nachfragen, doch er hob die Hand und stand aus seinem Sessel auf. »Sie werden merken, ob und wann Vergebung nötig ist. Danke für die freundliche Bewirtung. Gott segne Sie.«

Onkel Rudy kehrte gegen Mittag aus dem Geschäft zurück und ließ sich von Paula alles berichten. Während er zuhörte, nickte er, fuhr sich mit der Hand über die Stirn und schlug zwischendurch mit der Faust auf die Sessellehne. Als sie zu Ende gesprochen hatte, war er sehr still geworden.

»Geht es dir nicht gut?«, fragte Paula besorgt.

Er schüttelte den Kopf. »Es gab so viel herauszufinden. Hätte ich mich doch nur darum gekümmert.«

Sie beugte sich vor und legte ihm die Hand aufs Knie, eine vertraute Geste, die ihr mittlerweile selbstverständlich erschien. »Du sollst dir keine Vorwürfe machen. Damals hast du meiner Mutter geglaubt, das hätte jeder andere auch getan. Sie war in Not und klang überzeugend. Außerdem hattest du noch andere Sorgen.«

»Du bist ein liebes Mädchen.«

Paula spürte, wie Tränen in ihren Augen brannten. Es war ein Satz, wie ihn ein Vater zu seiner Tochter sagen würde.

»Seit heute bin ich überzeugt, dass wir meinen Vater finden können.« Sie fuhr sich mit der Hand über die Augen. »Ich meine, dass wir herausfinden können, was mit ihm geschehen ist.«

Sie saßen schweigend da, und als es an der Tür klingelte, atmeten beide erleichtert auf. Paula erkannte die Stimme, noch bevor sich die Zimmertür öffnete.

Benjamin Trevor trat schwungvoll ein und begrüßte ihren Onkel, ehe er vor Paula stehen blieb. »Ich habe Neuigkeiten für Sie.«

Sie bot ihm einen Platz an. »Da bin ich sehr gespannt. Und ich habe auch einiges zu berichten.«

»Sie zuerst«, sagte er höflich und ließ sich auf dem Sofa nieder.

Sie erzählte vom Besuch des Reverend. »Und das alles haben wir der guten Miss Palmer und ihrem ausgezeichneten Gedächtnis zu verdanken. Möge sie in Frieden ruhen.«

Benjamin wiegte staunend den Kopf. »Ihre Ermittlungen erinnern mich an eine Lawine. Sie haben mit Ihren Fragen einen Schneeball in Gang gesetzt, und er rollt immer schneller und nimmt neuen Schnee auf, der ihn größer und mächtiger macht. Je mehr Menschen Ihre Geschichte hören, desto mehr Antworten bekommen Sie.«

»Hoffen wir nur, dass die Antworten nicht die Zerstörungskraft einer Lawine besitzen.« Onkel Rudy sagte es mit einem Lachen, doch einen Moment lang kam es Paula vor, als hätte ein kalter Hauch sie gestreift.

»Jetzt sind Sie aber dran.«

Benjamin legte die Hände auf die Sessellehnen. »Nun, meine Neuigkeiten sind nicht ganz so aufregend wie Ihre, aber sie bestätigen, was Miss Palmer dem Reverend erzählt hat.« Er holte ein Notizbuch aus der Tasche und schlug es auf. »Mr. Wenborne hat erzählt, Caroline Bennett sei im Grandhotel Royal gegenüber seiner Schule abgestiegen. Also habe ich mich dorthin begeben. Man begegnete mir zurückhaltend, was verständlich ist, wenn jemand Fragen nach früheren Gästen stellt. Also unterbreitete ich dem Empfangschef ein Angebot, das er nicht abschlagen konnte – exklusive Fotografien vom Haus, die sie zu Reklamezwecken verwenden dürfen. Er hielt Rücksprache mit dem Hotelbesitzer, der mich persönlich begrüßte und einen Angestellten in den Keller schickte, um die verstaubten Unterlagen des Jahres 1837 zu durchsuchen. »Ich durfte im Gästebuch blättern. Was glauben Sie, was ich darin fand?« Er legte eine dramatische Pause ein. »Einen Eintrag, in dem Caroline Bennett die komfortable Unterkunft und die herrliche Aussicht lobte.« Er hob die Hand, als Paula etwas sagen wollte. »Es kommt aber noch besser. Man zeigte mir einen Brief, der in Basel abgeschickt worden war und in dem die Dame darum bat, eine von ihr vergessene Hutschachtel samt Inhalt nachzusenden. Und zwar an eine Adresse in Lucca – die des Palazzo Giannini.«

Paula hielt es nicht in ihrem Sessel. »Giannini war also keine Zufallsbekanntschaft, die sie auf ihrer Reise gemacht hat! Sie hatte ein festes Ziel in Italien: den Palast des Mannes, den sie später heiraten würde. Also ist es unwahrscheinlich, dass sie je erwogen hat, mit meinem Vater wegzugehen. Vielleicht hat sie seine Aufmerksamkeit oder gar Bewunderung genossen, mehr ist es jedoch nicht gewesen.«

Onkel Rudy schaute von Paula zu Benjamin. »Hut ab, ihr beiden! Es ist beeindruckend, was ihr in so kurzer Zeit herausgefunden habt. Nun geht es darum, wo mein Bruder das Schiff verlassen hat. In Königswinter wurde er gesehen, in Mainz war er nicht mehr an Bord. Also muss er zwischen diesen beiden Orten verschwunden sein.«

Benjamin nickte entschlossen. »Darum kümmern wir uns als Nächstes.« Er sah auf seine Taschenuhr, steckte sie wieder ein und erhob sich. »Ich frage in den Schifffahrtsbüros nach, wo damals Dampfer angelegt haben. Sobald ich etwas herausgefunden habe, komme ich zurück.«

Beflügelt von den neuen Erkenntnissen, vertieften sich Paula und Onkel Rudy in die ausführlichste Panoramakarte des Rheins. Sie notierte sich alle größeren Orte von Königswinter an rheinaufwärts, die besondere Sehenswürdigkeiten boten, während Onkel Rudy zu jedem Ort kleine Geschichten beisteuerte.

»Hach, in Linz gibt es eine herrliche Weinstube, da bin ich mit August gewesen, nachdem wir uns zum ersten Mal ... Ach, da haben wir den Rolandsbogen«, sagte er rasch, um seine Verlegenheit zu überspielen. »Herrliche Aussicht auf den Drachenfels, und es gibt natürlich auch eine passende Sage.«

Und so ging es weiter. Paula kam es vor, als reisten sie mit dem Finger auf der Landkarte rheinaufwärts, als sprängen sie von einem Ufer zum anderen, und die Liste wurde immer länger. Sie meinte, das schwankende Schiffsdeck unter ihren Füßen zu spüren, selbst diesen Fluss hinaufzufahren, der ihrem Vater so wichtig gewesen war. Es war wie eine Schatzsuche, an deren Ende eine Belohnung winkte ... Dann aber blitzte ein Gedanke auf, der ihre freudige Erregung dämpfte und sie innehielten ließ.

Onkel Rudy merkte es sofort und sah sie forschend an. »Was ist mit dir? Wir sind erst bei der Loreley.«

Paula stützte den Kopf in die Hand und zögerte. Dann sagte sie leise: »Ich frage mich gerade, ob es Spaß machen darf.«

Onkel Rudy faltete die Hände auf der Karte und schaute sie entgeistert an. »Was um Himmels willen meinst du?«

Sie zuckte mit den Schultern, war sich selbst nicht sicher,

ob ihre Gedanken einen Sinn ergaben. »Nun ja, eigentlich geht es um etwas Ernstes, das ich nicht genießen sollte. Und doch überkommt mich in letzter Zeit immer wieder eine Art Vorfreude, eine gespannte Erwartung. So war es, als ich bei Mr. Wenborne war und bei Miss Perry, bei meiner Unterhaltung mit dem Reverend und auch jetzt wieder. Wann immer wir etwas Neues entdecken, werde ich ganz aufgeregt. Und nun frage ich mich, ob das verwerflich ist.«

Onkel Rudy lachte spontan, sah sie dann aber entschuldigend an. »Verzeih, liebes Kind, aber du solltest dir kein Vergnügen versagen. Das Leben kann morgen vorbei sein, was nutzt es da, auf eine Freude zu verzichten?«

Als sie schwieg, fügte er hinzu: »Was zählt, ist das Ergebnis. Wenn du deine Nachforschungen genießt, bedeutet das lediglich, dass du dich ihnen mit besonderem Eifer widmest. Und wenn du das tust, hast du eher Erfolg. Es kann also nur von Vorteil sein.«

Paula stand auf, trat vor ihn hin und küsste ihn auf die Wange. »Du bist ein weiser Mann.«

Er schmunzelte. »Ich weiß nicht, ob ich das als Kompliment auffassen soll. Es klingt nach alt und gebeugt.«

»Dann bist du eben ein weiser, reifer Mann in den besten Jahren.«

Onkel Rudy nickte und tätschelte ihre Hand. Dann arbeiteten sie weiter, bis Paula sich schließlich seufzend zurücklehnte. »Südlich von Königswinter gibt es tatsächlich einige Sehenswürdigkeiten, bei denen mein Vater ausgestiegen sein könnte: Rolandsbogen, Linz, Burg Rheineck, Schloss Arenfels, die Stadt Koblenz, die Festung Ehrenbreitstein. Und hinter Koblenz fängt es erst richtig an. Bevor Benjamin nicht weiß, wo die Schiffe angelegt haben, ist die Suche völlig sinnlos.«

»Benjamin?«

Paula sah ihn verwundert an, da sie zuerst nicht wusste, worauf er hinauswollte. Dann sagte sie: »Ach, ich dachte, du hättest es schon bemerkt.«

Rudy lächelte. »Du könntest es deinem alten Onkel auch persönlich sagen, wenn ihr zu einer Übereinkunft gelangt seid.«

Sie hob energisch die Hand. »Erstens: Seit wann bist du so förmlich? Zweitens: Wir sind zu keiner Übereinkunft gelangt.«

Onkel Rudy verschränkte seelenruhig die Arme. »Ach, ich bin dir zu förmlich? Dann formuliere ich es eben anders: Du bist bis über beide Ohren in den Mann verliebt, und ich kann es verstehen. Er besitzt sämtliche Eigenschaften, die du an einem Mann schätzt.«

»Woher willst du wissen, welche Eigenschaften ich an einem Mann schätze? Ich habe nicht die geringste Erfahrung mit Männern.«

»Ich schon.« Er grinste. »Außerdem kenne ich dich inzwischen ganz gut und kann mir vorstellen, was dich an Mr. Trevor anspricht. Er ist nicht mehr ganz jung, besitzt also Lebenserfahrung. Er hat einen interessanten Beruf, sieht passabel aus« – dabei kniff er ihr ein Auge – »und er ist ehrlich. Er hat keine Allüren und gibt nicht vor, jemand zu sein, der er nicht ist. Er nimmt keine Rücksicht auf Empfindlichkeiten, auch nicht im Umgang mit Frauen. Und er

351

ist loyal.« Er hielt inne und fragte selbstzufrieden: »Kannst du einen Fehler darin entdecken?«

»Nein, aber du hast etwas vergessen«, sagte Paula leise. »Er hat ein gutes Herz, das schätze ich am allermeisten. Und ich weiß, dass er bald wieder auf Reisen geht. So lebt er, das ist ihm wichtig. Und dann werden wir Abschied nehmen müssen.« Sie holte tief Luft und lächelte. »Ansonsten war deine Einschätzung sehr treffend.«

Sie mussten sich bis zum Abend gedulden, bevor Benjamin wiederkehrte.

»Ich habe den ganzen Nachmittag gebraucht, es war mehr Arbeit, als ich erwartet hatte«, sagte er ein wenig atemlos, als er ins Wohnzimmer trat. Dann zog er sein Notizbuch aus der Tasche und schwenkte es triumphierend. »Aber es hat sich gelohnt.«

»Sie waren also erfolgreich?«, fragte Paula gespannt. »Erzählen Sie.«

»Lass ihn doch erst einmal Platz nehmen. Und sag Tine Bescheid, dass wir heute einen Gast zum Abendessen haben«, warf Onkel Rudy tadelnd ein.

Als Benjamin mit einem Getränk versorgt und der Tisch nebenan für drei Personen gedeckt war, schaute er von Paula zu Onkel Rudy und schlug das Notizbuch auf.

»Wie es das Glück wollte, verwies man mich an einen hochbetagten, inzwischen im Ruhestand lebenden Angestellten der Kölnischen und Düsseldorfer Gesellschaft für Rhein-Dampfschiffahrt. Er hat früher bei der« – er warf einen Blick in sein Notizbuch – »Preußisch-Rheinischen

Dampfschiffahrt-Gesellschaft gearbeitet. Der gute Mann besitzt ein bewundernswertes Gedächtnis und konnte mir fast alle alten Fahrpläne aufzählen, teilweise mit den genauen Abfahrtszeiten. Damit sollten wir endlich weiterkommen.«

Paula bemerkte, wie ein verstohlenes Lächeln über Onkel Rudys Gesicht huschte.

33

Die große Fahrt

Paula eilte durch die Flure des gewaltigen Schlosses, treppauf, treppab, um eine Ecke, dann um die nächste, wie der Hausmeister es ihr mit misstrauischem Blick erklärt hatte.

Als sie im Historischen Seminar die richtige Tür gefunden hatte, war sie so erleichtert, dass sie gar nicht erst das Vorzimmer betrat, sondern direkt beim Professor anklopfte. Sie hörte Schritte, dann ging die Tür auf, und ein überraschter Hergeth stand vor ihr.

»Miss Cooper, was machen Sie denn hier? Ist etwas mit Rudy?«

»Nein, nein, Herr Professor, aber ich brauche Ihre Hilfe.«

Er bat sie, sich zu setzen, und ließ sich ihr gegenüber hinter dem Schreibtisch nieder. »Sie sind ja ganz erhitzt. Möchten Sie etwas zu trinken haben?«

»Nein, danke. Ich will nur kurz mit Ihnen sprechen. Es … es tut mir leid, dass ich einfach so vor Ihrer Tür erscheine. Ich hoffe, es bereitet Ihnen keine Unannehmlichkeiten.« Erst jetzt, da sie in seinem Arbeitszimmer saß, wurde Paula bewusst, dass Frauen in der Universität Aufsehen erregten; womöglich hatte sie den Professor kompromittiert. Sie schaute verlegen auf ihre Füße.

»Wenn es so wichtig war, dass Sie sich eigens dafür herbemühen, ist es wohl verzeihlich«, sagte der Professor milde. »Erzählen Sie.«

»Onkel Rudy möchte, dass ich auf Reisen gehe. Den Rhein hinauf. Er hat sogar schon mit Mr. Trevor gesprochen, damit er mich begleitet.«

»Nun, das scheint mir eine reizende Idee zu sein«, sagte Hergeth unbekümmert und schaute sie über seine zusammengelegten Fingerspitzen hinweg an. »Möchten Sie es denn etwa nicht?«

»Doch, natürlich, aber … es geht auf einmal so schnell. Und es wäre eine längere Reise, kein Tagesausflug. Wir würden überall dort haltmachen, wo mein Vater gewesen sein könnte, würden uns umhören, nach Spuren suchen.«

Der Professor schaute sie fragend an. »Ich verstehe nicht ganz, wo die Schwierigkeit liegt. Das klingt nach einem guten Plan.«

Paula hob entnervt die Arme und ließ sie wieder sinken. »Die Schwierigkeit ist Onkel Rudy! Sie sind doch auch immer in Sorge um ihn. Nun will er, dass ich ihn für längere Zeit verlasse, ohne zu wissen, ob … Sie ahnen doch auch, dass es ihm schlechter geht, als er uns glauben machen will, nicht wahr? Er gibt sich tapfer und gut gelaunt, aber wenn er sich unbeobachtet fühlt, wirkt er schwach und angestrengt. Er hat die Grippe überwunden, aber sie hat Spuren hinterlassen.«

355

Der Professor schwieg eine Weile. Er strich sich mit der flachen Hand über die Haare, obwohl sie tadellos frisiert waren, und sagte dann bedächtig: »Darin gebe ich Ihnen recht, Miss Cooper, er spielt uns gelegentlich etwas vor. Das macht mir Sorgen, aber ich kann nicht über ihn befehlen. Er ist ein freier Mensch. Meiner Ansicht nach sollten Sie Rudys Entscheidung respektieren. Wenn er Ihnen dieses Geschenk machen möchte, sollten Sie es annehmen.«

Dass es ein Geschenk war, hatte sie noch gar nicht erwähnt, dachte Paula verwundert. »Sie wussten also schon davon?«

Er nickte. »Rudy fragt mich in allen wichtigen Dingen um Rat.«

»Und was halten Sie davon?«

»Wie ich schon sagte – Sie sollten das Geschenk annehmen. Ich versichere Ihnen, er hat lange darüber nachgedacht und sich aus gutem Grund für diesen Weg entschieden.« Hergeth schien nach den richtigen Worten zu suchen. »Zum einen werden Sie eine Aufgabe zu Ende bringen, bei der er, wie er glaubt, versagt hat. Nein, hören Sie bitte zu. Sie können Rudolph keine Absolution erteilen, das kann niemand. Aber Sie können versuchen, die Aufgabe zu vollenden, und ihm damit helfen.« Er hielt kurz inne. »Aber da wäre noch etwas.«

Paula schaute ihn erwartungsvoll an.

Der Professor schien etwas verlegen, als bewegte er sich bei dem, was er nun ansprechen wollte, auf unbekanntem Terrain. »Rudy hat angedeutet, dass zwischen Ihnen und Mr. Trevor – wie soll ich sagen – eine gewisse Vertrautheit entstanden ist. Er hält es für wünschenswert und dachte, es würde Ihnen gefallen, mit dem Gentleman gemeinsam diese Nachforschungen anzustellen. Nicht, dass er damit irgendetwas Unschickliches, ich meine …«

Paula musste lächeln und erlöste den bedauernswerten Professor von seiner Qual. »Ich verstehe, was Sie damit sagen wollen, und weiß es zu schätzen. Mein Onkel ist ein außergewöhnlich großzügiger und toleranter Mensch. Mir schwant, ich selbst bin schuld daran, dass er diesen Plan geschmiedet hat.«

Nun war es am Professor, sie fragend anzusehen.

»Ich habe ihm gegenüber angedeutet, dass Mr. Trevor nur vorübergehend in Bonn weilt und danach wieder seinem Beruf nachgehen wird. Er wird durch die Welt reisen und fotografieren, wie es seine Leidenschaft ist, und dann müssen wir uns voneinander verabschieden. Ich fürchte, Onkel Rudy betätigt sich als Cupido, und diese Reise ist sein Pfeil.«

Hergeth schaute sie an, und das Lächeln verwandelte wie immer sein strenges Gesicht. »Dann sollten wir Cupido sein Werk tun lassen, nicht wahr?«

»Vergessen Sie die Vergebung nicht!« Die Stimme klang donnernd, doch sie konnte nicht erkennen, woher sie kam. Weil es dunkel war? Weil sich alles unter ihren Füßen bewegte? Weil Wasser von allen Seiten auf sie einströmte? Sie klammerte sich an kaltes Metall, ihr nasser Rock drohte sie herabzuziehen – dann plötzlich wurde alles grellweiß und kalt, sie überschlug sich, wurde hin und her gewirbelt, eine federleichte, eisig kalte Masse drang in ihren Mund – Schnee, warum Schnee, es war doch Frühjahr, und vorhin war da doch noch Wasser gewesen …

Im nächsten Moment saß Paula aufrecht im Bett. Ihr Herz hämmerte, die Haare klebten feucht am Kopf, und auch ihr Kissen war ganz klamm. Sie drückte die Finger an die Schläfen und atmete tief durch, genoss es, ihre Lungen mit Luft zu füllen, nachdem sie eben noch gefürchtet hatte zu ersticken.

Paula lehnte sich ans Kopfende, zog die Decke um sich und sah zum Fenster, durch das helles Mondlicht schien. Es dämmerte nicht, der Morgen war noch fern.

Sie war voller Zuversicht ins Bett gegangen, ein bisschen aufgeregt, das schon, aber was hatte diesen Traum herbeigeführt?

Der Reverend, der von Vergebung sprach, Wasser und Schnee, eine Lawine … unbestimmte Angst, die ihren Puls beschleunigte.

Sie rutschte herunter, bis sie wieder auf dem Rücken lag. Doch es dauerte lange, ehe sie eingeschlafen war.

Paulas Koffer stand gepackt neben dem Bett, Hut und Mantel lagen bereit. Beim Frühstück lächelte Onkel Rudy vor sich hin, ohne viel zu sagen. Vielleicht war er zu höflich, um ihr übernächtigtes Gesicht anzusprechen.

Als Benjamin an die Tür klopfte, stand Rudy auf, und Paula tat es ihm nach. »Einen Moment, bitte«, rief er. Dann trat er vor sie und legte ihr die Hände auf die Schultern. »Es ist wohl alles gesagt. Ich wünsche dir Glück, bei allem. Und grüße Mr. Trevor von mir.« Dann küsste er Paula auf die

Stirn, machte eine ungeduldige Handbewegung, als wollte er sie wegschicken, und trat ans Fenster.

Benjamin wartete im Hausflur. Nachdem er Paula begrüßt hatte, sagte er: »Karl bringt uns zum Anleger. Mein Koffer ist schon im Wagen.« Dann schwieg er verlegen.

»Freuen Sie sich nicht auf die große Reise?«, fragte Paula, als sie mit dem Mantel über dem Arm das Haus verließ.

»Das Gleiche könnte ich Sie fragen. Sie sind ein wenig blass.«

Sobald sie einander im Wagen gegenübersaßen, räusperte sie sich. »Ich habe schlecht geträumt, lauter seltsames Zeug. Außerdem bin ich aufgeregt. Und nicht nur wegen … unserer Suche.«

Als Benjamin nichts sagte, schaute sie ihn vorwurfsvoll an. »Sie wissen genau, was ich meine.«

Ihre Blicke begegneten sich, und dann mussten beide lachen. »Wir sind vielleicht ein Paar«, sagte er mit schiefem Grinsen und beugte sich vor, damit Karl ihn nicht hören konnte. »Verliebte, die eine Rheinreise geschenkt bekommen und sich nicht trauen, sie zu genießen. Wir sind ganz schön dumm, wenn Sie mich fragen.«

Paula wurde ganz heiß, und in Gedanken wiederholte sie immer nur das eine Wort.

»Verliebte?«, stieß sie schließlich hervor.

Benjamin war ihr immer noch ganz nah. »Ich erkenne die Anzeichen bei mir. Und bei Ihnen – nun ja, ich bin ein guter Beobachter. Ich hoffe sehr, ich habe mich nicht geirrt.« Er schaute sie beinahe flehend an, und Paula legte lächelnd ihre Hand auf seine.

Dann bogen sie schon schwungvoll in die Rheingasse ein, die zum Anleger hinunterführte, und alle weiteren Worte mussten warten.

Die Kutsche hielt an, Karl wuchtete die Koffer heraus, Benjamin half Paula beim Aussteigen.

Sie blieb abrupt stehen. Erst in diesem Augenblick wurde ihr wirklich klar, was sie vorhatten, und der Anblick des Salondampfers *Friede* ließ ihr Herz schneller schlagen. Er war grün und weiß gestrichen, hatte ein gewaltiges Schaufelrad und zwei hohe, schwarz-weiße Schornsteine. Es gab ein überdachtes Deck, auf dem man sich auch bei schlechtem Wetter aufhalten konnte, und die Flaggen an Bug und Heck flatterten in der Sommerbrise.

Am Anleger herrschte großes Gedränge, Gepäckträger schleppten Koffer, Taschen und Hutschachteln an Bord, während die Fahrgäste sich von Freunden und Verwandten verabschiedeten und gemächlich über die Laufplanke schlenderten.

Ein Junge kam herbeigerannt und fragte, ob er das Gepäck an Bord tragen dürfe, worauf Benjamin ihm eine Münze zusteckte.

»Das ist ein wunderbares Schiff«, sagte Paula andächtig.

»Noch ganz neu. Eines der ersten Salonboote, die auf dem Rhein verkehren. Die Fahrgäste sollen es so angenehm wie möglich haben, und die einzige Kohle, die hiermit transportiert wird, treibt das Schiff an«, sagte Benjamin belustigt.

»Es ist so viel größer als der Dampfer, mit dem wir nach Königswinter gefahren sind.« Paula schaute sich um. Sie hoffte insgeheim, keine Bekannten zu entdecken, da sie die

360

Reise mit Benjamin allein genießen wollte. Sie wollte gerade an Bord gehen, als sie eine vertraute Stimme hörte.

»Miss Cooper!«

Paula drehte sich um und sah sich Mrs. Jackson gegenüber. »Ich habe von Ihrem Onkel erfahren, dass Sie diese Reise unternehmen.«

»Verzeihen Sie, dass ich mich länger nicht gemeldet habe, aber es ist so viel passiert. Ich erzähle es Ihnen, sobald ich zurück bin«, erwiderte Paula mit leicht zerknirschter Miene.

Mrs. Jackson hob beschwichtigend die Hand. »Sie brauchen sich nicht zu entschuldigen. Ich wollte mich nur von Ihnen verabschieden und Ihnen eine gute Reise wünschen. Und das hier möchte ich Ihnen leihen. Es hat meinem Mann gehört.« Sie hielt Paula eine kleine Ledertasche hin. Darin steckte ein Opernglas mit vergoldeten Initialen.

»Damit können Sie ganz wunderbar die Burgen vom Schiff aus betrachten«, sagte Mrs. Jackson und fügte augenzwinkernd hinzu: »Oder die anderen Fahrgäste.«

Paula bedankte sich herzlich, versprach, das Opernglas wie ihren Augapfel zu hüten, und umarmte die ältere Frau. Dann gingen sie an Bord. An Deck drehte Paula sich noch einmal um, doch Mrs. Jackson war schon in der Menge verschwunden.

Da Paula und Benjamin die Strecke bis Königswinter bereits kannten, suchten sie sich einen Tisch im Salon, bestellten Kaffee und überließen das Aussichtsdeck den Fahrgästen, die den Blick auf das Siebengebirge noch nicht genossen hatten.

Vor ihnen lagen zwei Listen: die Sehenswürdigkeiten zwischen Königswinter und Mainz, die Paula zusammengestellt hatte, und die Orte, an denen die Rheindampfer vor dreißig Jahren angelegt hatten.

Feste Anlegestellen gab es damals nur in Koblenz und Bonn, wie Benjamin herausgefunden hatte. Er deutete auf seine Liste. »In Königswinter, Rolandseck, Remagen, Linz, Andernach, Neuwied, Boppard, St. Goar, Kaub, Bacharach, Bingen und Eltville wurden die Reisenden mit Kähnen an Land geholt, weil die großen Dampfer dort nicht anlegen konnten.«

Sie glichen die Listen ab und überlegten, welche Orte am malerischsten waren und einen Mann wie William Cooper wohl besonders inspiriert hätten.

Sie tranken einen Kaffee und noch einen und redeten sich die Köpfe heiß, während über ihnen entzückte Rufe erklangen, als sich der Dampfer dem Drachenfels näherte. Am Ende einigten sie sich auf Koblenz mit der Festung Ehrenbreitstein, St. Goar wegen der Loreley, Bacharach mit der Burg Stahleck und schönen Fachwerkhäusern und Bingen mit der Nahemündung.

»Falls wir nichts herausfinden«, setzte Benjamin zögernd an, »bleibt uns immer noch der Rückweg.«

»Ich weiß, dass die Aussichten gering sind.« Paula spürte, wie das Schiff langsamer wurde, als sie den Anleger von Königswinter ansteuerten. Sie wollte jetzt, da sie noch ganz am Anfang ihrer Reise standen, nicht über das Ende nachdenken und dass sie vielleicht mit leeren Händen heimkehren würden.

Ihr wurde bewusst, dass sie nun zweimal aufgebrochen war und auf Schiffen einen Schritt ins Unbekannte gewagt hatte. Erst hatte sie Kings Langley und damit ihr altes Leben hinter sich gelassen, und nun saß sie an Bord eines Salondampfers auf dem Rhein, zusammen mit einem Mann, den sie kurz schrecklich gefunden und sehr bald lieb gewonnen hatte.

Plötzlich überkam sie der überwältigende Drang, nach draußen zu gehen. Sie streckte spontan die Hand aus, und Benjamin ergriff sie.

»Unsere Arbeit ist fürs Erste getan. Nun sollten wir Onkel Rudy ehren, indem wir uns an Deck begeben und die Reise genießen.« Sie schaute auf Benjamins Hand, die ihre umschloss.

Er nickte und berührte die ihre mit den Lippen. »Ja, das machen wir.«

34

Cousinen

Miss Harriet Farley an Mrs. Margaret Cooper:

KINGS LANGLEY, 9. JUNI 1868

Meine liebe Margaret,
es freut mich zu hören, dass Du wohlauf bist. Meine Gesundheit
ist immer noch angegriffen, doch meine neue Gesellschafterin,
eine Miss Walters, kümmert sich aufopfernd um mich. Es ist mir
nicht leichtgefallen, sie zu engagieren, doch nach allem, was mit
Paula vorgefallen ist, blieb mir keine andere Wahl. Die Kosten,
die mir entstehen, sind natürlich höher. Auch muss sich die Ver-
trautheit, die eine solche Beziehung erfordert, erst einstellen,
während sie bei einer jungen Verwandten ganz natürlich ent-
steht.

Aber wie dem auch sei, wir müssen uns mit dem abfinden,
was das Schicksal uns zugedenkt, und ich bin inzwischen bei-
nahe über den Schmerz hinweg, den Paulas Verhalten und ihr
Weggang in mir hervorgerufen haben.

Umso mehr kann ich Dich meines Mitgefühls versichern,

denn Deine Lage ist mehr als unerfreulich. Dass Dein Schwager uns beide in eine solche Situation gebracht hat, ist schlimm genug; nun auch noch zu erfahren, dass Deine Tochter mit einem unpassenden Mann Umgang pflegt und gemeinsam mit ihm Nachforschungen über die Familie anstellt, schockiert mich außerordentlich.

Ich kann mich erinnern, dass Du mir damals von Mr. Trevor Senior erzählt hast, der ja ein äußerst ehrenwerter Mann, geradezu ein Gentleman zu sein schien. Es ist ihm hoch anzurechnen, dass er und seine verstorbene Frau sich damals so mitfühlend und diskret um Dich gekümmert haben. Ich kann nur hoffen, dass er einen mäßigenden Einfluss auf seinen Sohn und damit auch auf Paula ausüben wird. Allerdings fürchte ich, dass Mr. Cooper, der sich stets bohemienhaft gegeben und wenig von bürgerlichem Anstand gehalten hat, die beiden in ihrem Vorhaben unterstützt. Daher ist es tatsächlich nicht undenkbar, dass Deine Tochter und Mr. Trevor der Jüngere – ein unverheiratetes Paar, wenngleich fortgeschrittenen Alters – eine gemeinsame Rheinreise unternehmen. Die Vorstellung ist, gelinge gesagt, befremdlich.

Andererseits möchte ich Dir aber auch Trost zusprechen, liebe Margaret. Deine Tochter hat sich aus freien Stücken entschieden, diesen Weg einzuschlagen. Du als Mutter hast alles getan, was man für sein Kind, das einen so schwierigen Start ins Leben hatte, tun kann. Dass sie sich nun als unbedacht und allzu wagemutig erweist, ist nicht Deine Schuld.

Natürlich ist mir bewusst, dass Du Williams Spiegelbild in ihr siehst, dass ihr Verhalten ein Echo des seinen zu sein scheint. Er hat vor vielen Jahren am selben Ort eine Schiffsreise in unpassender Begleitung unternommen und ist nie zu Dir zurück-

gekehrt. Und nun fürchtest Du, auch Deine Tochter zu verlieren. Aber lass Dich beruhigen, dazu wird es nicht kommen. Es ist so viel Zeit vergangen, alle Spuren sind verweht. Wer kann schon wissen, was vor dreißig Jahren war? Sei versichert, liebe Margaret, dass ich Dir jederzeit beistehen und mich sogar in Begleitung meiner guten Miss Walters nach London begeben würde, wenn Du mich brauchtest. Ich hoffe jedoch von ganzem Herzen, dass dies nicht nötig sein wird, und sende Dir meine aufrichtigsten Grüße,

Deine Dir verbundene Cousine Harriet

35

Eine Begegnung in Koblenz

Koblenz

Der Blick, der sich vor ihnen auftat, war atemberaubend. Tief unterhalb von Ehrenbreitstein vereinigten sich beinahe im rechten Winkel Rhein und Mosel, in der Farbe zunächst noch unterschiedlich, als widersetzte sich der kleinere Fluss dem breiten Strom, der ihn verschlingen wollte, bis sie miteinander verschmolzen. Am Ufer sahen sie die Basilika St. Kastor, die sie am Morgen besichtigt hatten. Der Himmel spannte sich strahlend blau über die Landschaft, die Sonne tauchte die Türme und Dächer von Koblenz auf der anderen Rheinseite in goldenes Licht, doch Paula war plötzlich mutlos. Benjamin schien das zu spüren und strich ihr sanft über den Arm. »Was ist los?«

Sie schluckte. »Sehen Sie nur, wie groß die Stadt ist. Wenn mein Vater damals hier ausgestiegen ist, kann er überallhin verschwunden sein. Er könnte die Mosel hinuntergefahren sein oder in die Eifel. Mit einem anderen Schiff den Rhein hinauf oder auch abwärts in Richtung Köln. Oder ...« sie deutete hinter sich und zuckte hilflos mit den Schultern – »in den Westerwald.«

Benjamin kehrte der prächtigen Aussicht den Rücken und schaute Paula eindringlich an. »Sie dürfen jetzt nicht aufgeben! Das lasse ich nicht zu.«

Er hatte so heftig gesprochen, dass sie ihn erschrocken ansah. Er atmete durch, zog die Schultern hoch und ließ sie wieder fallen. »Verzeihen Sie, ich wollte Sie nicht … «

Sie legte ihm die Hand auf den Arm. »Schon gut, Sie haben recht. Aber als ich das gewaltige Panorama sah, verließ mich der Mut. Er muss die Reise ja nicht freiwillig abgebrochen haben. Er könnte einen Unfall erlitten haben, einem Verbrechen zum Opfer gefallen sein …«

»Gewiss. Doch wenn das in einer Stadt wie Koblenz geschehen wäre, hätte es jemand bemerkt. Die Polizei wäre verständigt worden, man hätte ermittelt und Ihre Mutter benachrichtigt.«

Sie nickte. »Koblenz ist nicht London, kein Moloch mit einer Unterwelt und einem riesigen Hafen, in dem Menschen verloren gehen.«

Benjamin drehte sich wieder um und schaute nachdenklich auf die beiden Flüsse. »Selbst wenn er ins Wasser gestürzt wäre, hätte man ihn irgendwo gefunden.«

Das war es! Paula stieß sich entschlossen von der Brüstung ab, denn ihr war eine Idee gekommen. »Wir können nicht die ganze Stadt absuchen, so viel steht fest. Aber Städte haben ein Gedächtnis.«

Sie schaute ihn erwartungsvoll an. Als er nicht sofort verstand, fügte sie aufgeregt hinzu: »Wir werden es nicht schaffen, in allen Hotels, Restaurants oder Schifffahrtsbüros nachzufragen. Aber wir können zur Zeitung gehen.

Zeitungen haben ein Archiv, das nach Jahren geordnet ist. Sollte 1837 irgendetwas geschehen sein, das Aufsehen erregt hat, erfahren wir es dort.«

Danach hatten beide keinen Sinn mehr für die Sehenswürdigkeiten, die die Festung zu bieten hatte, und machten sich an den Abstieg. Unten angekommen, nahmen sie die Schiffsbrücke, die auf sechsunddreißig hölzernen Kähnen ruhte und es Fußgängern ermöglichte, rasch den Rhein zu überqueren. Auf dem Hinweg hatte Paula das hölzerne Gebilde etwas zaghaft betreten, doch es war solide gebaut, und nun, da sie ein Ziel vor Augen hatte, ging sie beinahe zu schnell hinüber.

»Einen Augenblick!«, rief Benjamin, der am Geländer stehen geblieben war.

Paula drehte sich um und kam zu ihm zurück.

»Ich möchte morgen einige Aufnahmen machen. Die Perspektive von der Brücke ist einzigartig.«

Sie sah, wie seine Augen leuchteten, und ihr wurde ganz warm.

»An welche Motive haben Sie gedacht?«

»Ich habe eine neue Idee, die ich gern ausprobieren möchte. Ich stelle die Kamera hier hin« – er deutete in die Mitte der Brücke – »und nehme vier Bilder auf. Koblenz mit St. Kastor und der Moselmündung, den Blick auf Ehrenbreitstein und zwei Ansichten des Rheins, rheinaufwärts und rheinabwärts. Dann könnte mein Vater sie auf einer Doppelseite abdrucken, sodass ein Panorama entsteht, als wäre der Betrachter selbst auf der Brücke und würde sich im Kreis drehen und dabei die Aussicht betrachten.«

Paula stellte sich an die fragliche Stelle und drehte sich langsam um sich selbst. »Ja, das wäre großartig. Und man könnte auch ein echtes Panorama daraus machen, einen viereckigen oder runden Pappstreifen, auf den die Bilder gedruckt werden und in den man sozusagen hineintreten kann, indem man ihn über den Kopf hält. Die Andenkenläden würden ihn bestimmt ins Sortiment aufnehmen. Onkel Rudy wäre hingerissen.«

Ihre Begeisterung sprang auf Benjamin über. »Mehr noch – man könnte einen Ausstellungsraum in einem Museum oder einem Hotel oder Restaurant einrichten, in dem die Bilder in starker Vergrößerung an den Wänden angebracht sind.«

»Holla, hier müssen Leute durch, die zu arbeiten haben!« Ein ungehaltener Mann wollte mit seinem hoch beladenen Marktkarren an ihnen vorbei.

Erst jetzt bemerkten sie, dass sie die halbe Brücke blockierten, schauten einander an und gingen lachend weiter.

»Nichts für ungut!«, rief Benjamin dem Markthändler nach.

Paula genoss das Gefühl, gemeinsam Ideen zu ersinnen und weiterzuspinnen. Das hatte sie zuletzt erlebt, als sie und die Nachbarskinder am Themseufer Strandgut gesammelt und sich dabei ausgemalt hatten, was hinter den Mauern des alten Bischofspalastes vorgehen mochte. Seitdem war sie immer allein gewesen mit ihren Wünschen und Gedanken. So vieles hatte sich in Bonn verändert, und es war

370

wie ein Geschenk, dass sie ihre Ideen nun mit einem anderen Menschen teilen konnte.

Am Ende der Brücke bogen sie nach links ab und dann nach rechts auf den Clemensplatz, an dem das sogenannte Wiener Café lag, das man ihnen im Hotel empfohlen hatte. Es war ein geschmackvolles Kaffeehaus mit hohen Decken, Spiegeln und einem Kronleuchter, und der Kaffee war tatsächlich ausgezeichnet. Ebenso die Linzer Torte, die sie auf Anraten des Kellners bestellt hatten.

Als er kassierte, nutzte Paula die Gelegenheit. »Darf ich fragen – welche Zeitung liest man hier in der Stadt?«

»Ich empfehle die Coblenzer Zeitung, Madame. Sie ist an jedem Zeitungsstand und in allen einschlägigen Geschäften erhältlich.«

»Können Sie uns sagen, wo sich die Redaktion befindet? Wir würden gern etwas im Archiv nachschauen«, erkundigte sich Benjamin und steckte seine Geldbörse ein.

Der Kellner erbot sich, im Adressbuch nachzuschlagen. Kurz darauf kam er zurück und reichte Benjamin einen Zettel, auf dem stand:

Coblenzer Zeitung, Redaktionsbüro Rheinstraße 11, Herr Caspar Doetsch, Redakteur.

»Laut Adressbuch befindet sich dort auch eine Druckerei, die demselben Herrn gehört, Sie können das Haus also gar nicht verfehlen. Soll ich Ihnen den Weg erklären?«

Wie sich herausstellte, war die Rheinstraße nur einen kurzen Spaziergang vom Clemensplatz entfernt. Benjamin gab dem Kellner ein besonders großzügiges Trinkgeld und schaute Paula entschuldigend an. »Ich wollte das Gespräch nicht an mich reißen.«

»Schon gut, Ihre Frage war sehr hilfreich.«

»Dennoch.« Er half ihr in den Mantel. »Mich stört es, wenn Damen in Gesellschaft übergangen werden. Vor allem, wenn sie so klug und selbstständig sind wie Sie.«

Ihre Wangen wurden warm, und sie berührte flüchtig seine Hand. »Sie verstehen es, einem den Tag zu versüßen.«

»Als wenn die Linzer Torte das nicht schon geschafft hätte«, erwiderte er grinsend und hielt ihr die Tür zur Straße auf.

Bald standen sie vor dem Haus, auf dem in großen Lettern *Krabben'sche Buchdruckerei* und *Verlag der Coblenzer Zeitung* zu lesen stand. In einem Schaufenster waren zahlreiche Bücher ausgestellt.

»Dieser Herr Doetsch scheint gut im Geschäft zu sein«, sagte Paula.

»Hoffen wir, dass er ein ordentliches Archiv führt und bereit ist, es uns zu öffnen.«

Beide Wünsche gingen in Erfüllung. Herr Doetsch war ein freundlicher Herr von Anfang sechzig, dessen Weste über dem Bauch spannte, was ihn allerdings nicht daran hinderte, sich flink durchs Redaktionsbüro zu bewegen.

»Besuch aus England, das ist uns immer ein besonderes Vergnügen. Nehmen Sie doch Platz.«

Er hatte die Tür geschlossen, um den Lärm der benachbarten Druckerei zu übertönen. »Was kann ich für Sie tun?«

Paula trug ihr Anliegen vor, erwähnte auch die Ehrenwerte Caroline Bennett und holte am Ende das Bild aus der

Tasche, mit dem sie auf dem Drachenfels Erfolg gehabt hatte. Der Redakteur betrachtete es eingehend und schüttelte den Kopf. »Es tut mir leid, aber das Gesicht sagt mir nichts. In welchem Jahr war Ihr Vater hier?«

»1837.«

»Nun, ich bin seit 1829 Verleger dieser Zeitung, meine beiden Großtanten Krabben haben mir die Aufgabe damals übertragen. Seitdem ist viel Zeit vergangen, aber wenn sich etwas wirklich Aufsehenerregendes ereignet hätte, würde ich mich erinnern.« Er hielt inne. »Nein, nein, bitte schauen Sie nicht so enttäuscht. Sie dürfen gern die fraglichen Ausgaben aus dem Archiv einsehen. Wir bewahren dort Exemplare aller unserer Zeitungen seit 1721 auf.«

Paula war erleichtert. »Wir können den Zeitraum, in dem mein Vater hier gewesen sein muss, eingrenzen. Es kommen nur wenige Tage infrage, dann müssen Sie nicht so lange suchen.«

»Das ist ausgezeichnet und wird die Sache erleichtern. Nennen Sie mir doch bitte die Tage, dann schicke ich einen Mitarbeiter ins Archiv.«

Nachdem der junge Mann, den er gerufen hatte, mit dem Zettel verschwunden war, plauderten sie über die Schönheiten der Umgebung und dass noch immer zahlreiche britische Gäste kamen, wenn auch nicht mehr so viele wie vor zwanzig Jahren.

»Wir wollen uns nicht beschweren«, sagte Herr Doetsch, »der Rhein ist nach wie vor ein starker Anziehungspunkt für Reisende. Und Bonn bietet mit seiner Universität nun mal eine Attraktion, mit der es Koblenz nicht aufnehmen kann. Miss Cooper, wenn ich noch einmal auf Ihr Anliegen zurückkommen darf: Ich habe mich, seit ich für diese Zeitung arbeite, mit den Kriminalfällen in Koblenz und Umgebung beschäftigt. Und ich kann Ihnen versichern, dass es in jenem Jahr keine Vorfälle gegeben hat, denen ein Engländer zum Opfer gefallen wäre. Mehr noch, ich kann mich an überhaupt kein Kapitalverbrechen oder einen Unfall erinnern, bei denen ein Landsmann von Ihnen zu Schaden gekommen wäre.« Er schien etwas verlegen, als wäre er nicht sicher, ob er gegen die Regeln der Höflichkeit verstoßen hatte, indem er andeutete, William Cooper könne etwas derart Schlimmes zugestoßen sein.

Doch Paula zog wie immer das offene Wort vor. »Natürlich sind mir derartige Gedanken gekommen, Herr Doetsch. Andererseits hätte man gewiss die Behörden und auch meine Mutter verständigt. Es ist kaum vorstellbar, dass ein Toter unbekannt geblieben wäre.« Sie sah ihn dennoch mit einem Fünkchen Hoffnung an, wurde aber enttäuscht.

»In der Tat, es ist kaum vorstellbar. Und ich weiß auch von keinem derartigen Fall.«

Paula wurde unruhig und begann, nervös über ihr Kleid zu streichen. Sie wäre am liebsten aufgestanden und gegangen. Welchen Sinn hatte es denn noch, die alten Zeitungen zu sichten, wenn sie ohnehin nichts darin finden würden?

Benjamin schien ihre Verunsicherung zu spüren und wechselte rasch das Thema. »Wir haben vorhin die Schiffsbrücke überquert, und da kam mir eine Idee. Ich bin nämlich Fotograf von Beruf ...«

Worauf sich eine angeregte Unterhaltung über die junge Kunst der Fotografie entspann, die Herr Doetsch sehr schätzte.

Paula hörte zu, ohne sich am Gespräch zu beteiligen, fühlte sich hin und her gerissen zwischen Hoffnung und Resignation. Gerade eben noch war sie voller Elan und Vorfreude gewesen, und nun fürchtete sie beinahe, ihr Vater könne keinem Verbrechen zum Opfer gefallen sein. Jede andere Tochter wäre erleichtert. War ihr Wunsch, eine Antwort zu finden, so übermächtig geworden, dass sie ein Verbrechen der Ungewissheit vorzog?

In diesem Augenblick öffnete sich die Tür, und der Angestellte kam mit einer großen Mappe herein, die er Herrn Doetsch reichte.

»Vielen Dank. Hier haben wir unsere Ausgaben der fraglichen Tage. Bitte schauen Sie sie ganz in Ruhe an, Miss Cooper.«

Paula trat an den Tisch und schlug die Mappe auf. Das Papier der alten Zeitungen war sehr dünn, und sie berührte es behutsam, weil sie fürchtete, etwas einzureißen.

Da ihr Deutsch noch nicht gut genug war, um die Artikel richtig zu verstehen, konzentrierte sie sich auf die Namen. Bei der dritten Ausgabe wurde sie fündig.

»Hier ist etwas«, sagte sie aufgeregt und legte die aufgeschlagene Zeitung so hin, dass die Männer sie sehen konnten. »Caroline Bennett. Könnten Sie mir bitte übersetzen, was da steht, Herr Doetsch?«

Der Redakteur setzte eine Lesebrille auf und folgte ihrem Finger mit den Augen. »Ach ja, das ist unser kleiner

Gesellschaftsteil. Darin kündige ich an, wer gerade in der Stadt zu Besuch ist, so etwas lesen die Leute gern.« Er räusperte sich.

Am 6. Juli traf die Ehrenwerte Caroline Bennett, eine adlige Engländerin, per Dampfschiff in Koblenz ein. Sie stieg im Hotel Belle Vue in Begleitung eines Herrn ab und verweilte zwei Tage in unserer Stadt. Dem Vernehmen nach besuchten sie und ihr Begleiter die Festung Ehrenbreitstein und weitere Sehenswürdigkeiten.

»Gibt es das Hotel noch?«, fragte Paula aufgeregt.

»Gewiss. Es ist eines der besten Häuser am Ort«, erwiderte Doetsch. »Falls Sie dort nachfragen möchten, berufen Sie sich ruhig auf mich. Dann wird man Ihnen die gewünschte Auskunft geben.« Er schüttelte missmutig den Kopf. »Wie es aussieht, lässt mich mein Gedächtnis allmählich im Stich. Sonst hätte ich mich doch an diese Meldung erinnert …

»Es ist lange her«, sagte Paula. »Und es ging nicht um einen dramatischen Unglücksfall, es war nur eine Meldung unter vielen.« Sie reichte dem Redakteur die Hand. »Ich danke Ihnen herzlich für Ihre Hilfe.«

Doetsch neigte den Kopf. »Ich hätte gern mehr für Sie getan. Viel Erfolg für Ihre weiteren Nachforschungen.«

Das Hotel war ein eleganter weißer Bau am Rheinufer, von dem aus man einen herrlichen Blick aufs Wasser und die gegenüberliegende Festung genoss.

Sie betraten die Eingangshalle, und als Paula dem Empfangschef den Namen Caspar Doetsch nannte, verwandelte sich seine routinierte Höflichkeit in echte Hilfsbereitschaft. »Selbstverständlich, Madame, stehen wir Ihnen zur Verfügung. Wenn Sie in unserem Café Platz nehmen möchten – ich schicke sofort einen Pagen ins Archiv, um das fragliche Gästebuch zu holen.«

Im Café servierte man ihnen Kaffee und Gebäck. Benjamin lehnte sich im Sessel zurück und schloss für einen Moment die Augen. Paula betrachtete sein Profil, die Lachfalten um die Augen, ihr Blick wanderte hinunter zum glattrasierten Kinn und zum Hals …

»Eine reizende Aussicht.«

Sie schrak zusammen und wurde rot. Benjamin deutete mit dem Kopf zu den großen Fenstern, durch die man auf den Rhein blickte, doch sein Augenzwinkern war nicht zu übersehen.

»Ja, das kann man so sagen«, erwiderte sie betont gelassen. »Ich könnte den ganzen Tag hinschauen.«

Ich flirte mit einem Mann, dachte sie verwundert. Ich fühle mich ganz und gar wohl in seiner Gegenwart. Ich würde ihn gern berühren.

Sie saßen da und schwiegen, und es war gar nicht unangenehm. Die Stille war ihre Sprache, und es war, als säßen sie allein in diesem Café, als wären die Minuten, in denen sie warteten, nur ihnen vorbehalten.

Paula bedauerte es beinahe, als sich Schritte näherten. Ein Page in goldbesetzter Uniform trat vor sie hin und fragte: »Sie wünschen, dieses Gästebuch zu sehen?«

»Ja, vielen Dank.«

Er reichte es ihr und blieb in respektvoller Entfernung stehen. »Ich soll dabeibleiben, falls Madame Fragen haben.«

Paula schlug es auf und blätterte zu den Daten, die sie berechnet hatten. Sie fuhr mit dem Finger die Spalten entlang, und dann sah sie es:

Die Ehrenwerte Caroline Bennett, Manchester, England, Zimmer 11, vom 6. bis 8. Juli 1837
Mr. William Cooper, Middlesex, England, Zimmer 12, vom 6. bis 8. Juli 1837

»Liegen die Zimmer nebeneinander?« Paulas Stimme klang heiser.

Der Page nickte. »Es sind unsere besten, sie haben einen herrlichen Rheinblick und eine luxuriöse Ausstattung.« Er zögerte kurz und fügte hinzu: »Sie werden gern von Gästen genommen, die einander gut kennen, da es eine Verbindungstür zwischen den Zimmern gibt.«

Paula klappte das Buch zu und reichte es ihm mit zitternden Händen. »Ich danke Ihnen für die Hilfe.«

Benjamin holte sie erst ein, als sie schon draußen stand und wie blind aufs Wasser schaute. Er trat neben sie und sagte nichts.

»Sie sind so still«, sagte Paula tonlos.

»Mir fällt gerade nichts ein, das klug oder hilfreich wäre.«

»Das Zimmer muss mehr gekostet haben, als mein Vater sich leisten konnte. Meine Mutter war also zu Recht um seine finanzielle Lage besorgt. Und es hat eine Verbindungstür.« Sie hielt inne, brachte kein Wort mehr heraus.

Benjamin legte die Arme um sie, zog sie an sich, gerade so fest, dass sie sich sicher und geborgen fühlte. Paula drückte das Gesicht an seine Schulter, und sie standen reglos da, während die gleichgültige Sonne auf den Wellen funkelte.

36

Ich weiß nicht, was soll es bedeuten …

Auf dem Rhein und in Bacharach

»Schau mal, damit hat alles angefangen«, sagte Paula und deutete auf den Felsen, der schroff am anderen Ufer emporragte. Sie hatten mittags in Koblenz abgelegt und waren nun auf dem schönsten Abschnitt ihrer Reise unterwegs.

»Erzähl's mir.«

Sie lächelte und genoss einen Moment lang die Vertrautheit, mit der sie einander nun ansprachen. Dann stützte sie die Hände auf die Reling und sah wieder den braunen Lederband vor sich, das Lesezeichen mit den zartblauen Vergissmeinnicht, hörte die warme Stimme der Pfarrersfrau, die sie bat, das Heine-Gedicht vorzutragen. Seither waren nur wenige Monate vergangen, doch Paula kam es vor, als wäre es in einem anderen Leben gewesen.

»Und als ich diese Worte las, war es, als hätte jemand eine Saite in mir zum Klingen gebracht. Als erzeugten sie in mir eine Musik, die ich mir nie erträumt hatte.« Sie lachte leise. »Jetzt klinge ich selbst wie die romantischen Dichter. Aber wenn ich zurückdenke, war es tatsächlich dieser Augenblick, in dem sich etwas verändert hat. Als wäre

ich erwacht, als hätte ich eine Brille aufgesetzt und die Welt
auf einmal schärfer gesehen als zuvor.«

»Sag es mir auf.«

Paula wurde ein bisschen rot, weil sie sich von ihrer Begeisterung so mitreißen ließ. »Es heißt ›Das Lied von der
Loreley‹.«

> Ich weiß nicht, was soll es bedeuten,
> Daß ich so traurig bin;
> Ein Märchen aus alten Zeiten,
> Das kommt mir nicht aus dem Sinn.

> Die Luft ist kühl und es dunkelt,
> Und ruhig fließt der Rhein;
> Der Gipfel des Berges funkelt
> Im Abendsonnenschein.

> Die schönste Jungfrau sitzet
> Dort oben wunderbar,
> Ihr goldnes Geschmeide blitzet,
> Sie kämmt ihr goldenes Haar.

> Sie kämmt es mit goldenem Kamme,
> Und singt ein Lied dabei;
> Das hat eine wundersame,
> Gewaltige Melodei.

> Den Schiffer, im kleinen Schiffe,
> Ergreift es mit wildem Weh;

Er schaut nicht die Felsenriffe,
Er schaut nur hinauf in die Höh.

Ich glaube, die Wellen verschlingen
Am Ende Schiffer und Kahn;
Und das hat mit ihrem Singen
Die Loreley getan.

Als sie zu Ende gesprochen hatte, schaute sie Benjamin von der Seite an. Er hatte die Augen auf den Felsen gerichtet, der von der Abendsonne angestrahlt wurde.

»Es gibt Momente, in denen das wirkliche Leben und die Dichtung ineinanderfließen, nicht wahr? Heine könnte genau diesen Abend beschrieben haben, nur ohne die Gewalt. Keine verlockende Frau dort oben, keine Schiffer, die an den Felsen zerschmettert werden.«

»Mir ist es lieber so«, sagt Paula. »Wir nehmen uns das aus dem Gedicht, was uns gefällt, und lassen die unschönen Dinge einfach weg.«

Als Benjamin nicht antwortete, schaute sie ihn an. »Warum schweigst du?«

Er wirkte ungewohnt ernst. »Im Leben können wir uns nicht aussuchen, was wir gern hätten.«

»Das stimmt. Aber bei einem Gedicht ist das anders.«

Er lächelte. »Sagen wir einfach, die Loreley hat sich vorübergehend zurückgezogen und uns diesen Abend geschenkt.«

Er nahm ihre Hand, und Paula überließ sich seiner Wärme, ohne einen Gedanken an die anderen Reisenden zu verschwenden. Nun, da die Erschütterung, die sie in Koblenz erlebt hatte, überwunden war, spürte sie neuen Wagemut. Sie war nicht wie ihr Vater, sie hatte niemanden in Bonn zurückgelassen, sie war frei. Frei, mit Benjamin zusammen zu sein und die Reise mit ihm gemeinsam zu erleben, ohne sich schuldig zu fühlen.

In Bacharach brachte man sie samt Gepäck in einem Kahn ans Ufer. Es war ein kühler, feuchter Abend, und die alten Häuser verströmten einen leicht modrigen Geruch. Sie sahen hübsch aus mit ihrem Fachwerk, das sich von den grauen Steinen der Stadtmauer und der Wehrtürme abhob, doch etwas an ihnen behagte ihr nicht.

»Es ist einsam hier«, sagte sie zu Benjamin. Er hatte den Reiseführer aufgeschlagen und deutete auf die Häuser mit den Laubengängen, die oben auf die Stadtmauer gebaut waren.

»Dort soll es ein Gasthaus geben. Wir hätten freie Sicht auf den Rhein, und der Weg zum Schiff ist auch nicht weit.«

»Einverstanden.« Dennoch überlief sie ein Schauer.

»Ich glaube, du brauchst ein warmes Essen und ein Glas Wein«, sagte Benjamin. »Oder ist es etwas anderes?«

Sie machten sich auf den Weg zur Stadtmauer, und Paula hob ein wenig den Rock, damit sie besser gehen konnte. Sie sagte nachdenklich: »Ich dachte nur gerade daran, dass es unsere vorletzte Station ist. In St. Goar haben wir gar nichts erfahren. Und hier – ich kann es nicht beschreiben …«

»Du bist müde und ein bisschen mutlos. Aber das vergeht. Morgen früh, wenn es wieder hell und warm ist, sieht alles anders aus.«

Paula schätzte seinen Optimismus, auch wenn sie ihn gerade nicht teilen konnte. Aber sie hatte gelernt, sich nicht von ihren Stimmungen überwältigen zu lassen, und schritt entschlossen aus. Als sie sich der trutzigen Stadtmauer näherten, bemerkten sie das Schild eines Gasthofs, den man über eine Treppe an der Mauer erreichte. Sie stiegen hinauf, doch als sie vor dem Haus standen, schauten sie einander zweifelnd an. Die Fensterscheiben waren schmierig, die Türklinke nicht poliert, die Mauer unten von Schimmel überzogen. Kurzum, der Gasthof sah nicht sonderlich einladend aus.

Benjamin hob die Augenbrauen und nickte in Richtung Innenstadt. »Ein zweiter Versuch?«

»Ich bitte darum.«

Sie stiegen die steinernen Stufen wieder hinunter und gingen durch eine schmale Gasse, an deren Ende sich ein kleiner Platz auftat. Und hier entdeckten sie, was sie sich erhofft hatten: ein prächtiges, großes Fachwerkhaus mit einem hübschen Eckturm, das dicht mit Efeu bewachsen war. Durch die Fenster fiel warmes Licht aufs Pflaster, drinnen erklang fröhliches Stimmengewirr.

»Das muss das Alte Haus sein, es wird im Reiseführer empfohlen.«

Paula war dankbar, als sie in die warme Gaststube traten, in der es nach gebratenem Fleisch duftete. Zum Glück waren noch zwei Zimmer frei, und sie gelangten zu dem

Schluss, dass Onkel Rudy den höheren Preis für die angenehmere Unterkunft verschmerzen konnte.

Später zeigten sie der Wirtin und ihrem Mann die Zeichnung von William Cooper, vergeblich. Das Glück vom Drachenfels schien sich nicht zu wiederholen.

Dennoch genossen sie den Abend, tranken Wein, und Benjamin las Paula die Geschichte eines jungen Märtyrers, dessen Leiche in Bacharach ans Ufer geschwemmt worden war. Daraufhin hatte man ihm dort eine Kapelle errichtet.

»Diese Sagen sind ganz schön düster«, stellte Paula fest.

»O ja. Denk nur an die Loreley und die armen Schiffer.«

»Heftromane für eine andere Zeit«, sagte sie. »Als wenn das Leben nicht grausam genug wäre.«

»Ja, aber dem Leben fehlt das Schaurige, das viele so reizvoll finden.«

»Kein Wunder, dass ausgerechnet Ann Radcliffe den Rhein bereist hat.«

»Verzeihen Sie bitte, wenn ich mich einmische«, sagte ein älterer Herr am Nebentisch in gutem Englisch. »Mein Name ist Paul Heymanns, ich bin Reiseführer und habe gehört, wie Sie über unsere Sagen sprachen.«

Bald plauderten sie angeregt miteinander. Herr Heymanns bestellte eine weitere Flasche Wein, und sie erzählten ihm, was sie auf ihrer Reise schon gesehen hatten.

»Als Nächstes geht es nach Bingen? Dann sollten Sie sich unbedingt die Mühe machen und mit der Fähre nach Rüdesheim übersetzen. Der Niederwald lohnt einen Besuch. Und natürlich Ehrenfels.«

»Ist das auch eine Burg?«, erkundigte sich Paula.

»Eine Ruine, die Sie unbedingt besuchen müssen«, erklärte Herr Heymanns nachdrücklich. »Sie ist wunderbar gelegen, inmitten der Weinberge. Das sollten Sie sich nicht entgehen lassen. Und falls Sie gut zu Fuß sind – oder die Dame ein Pony mieten möchte –, empfehle ich eine Wanderung durch den Niederwald nach Assmannshausen. Dort können Sie im Gasthof Krone den herrlichen Spätburgunder probieren, für den der Ort bekannt ist. Am nächsten Tag können Sie durch die Weinberge zurück nach Ehrenfels wandern und Ihre Reise von Rüdesheim aus fortsetzen.«

»Gab es den Gasthof vor dreißig Jahren schon?«, fragte Paula und warf Benjamin einen Blick zu.

Herr Heymanns lachte. »Den gab es auch vor dreihundert Jahren schon.«

»Dann sollten wir unbedingt dort haltmachen.«

Paula war unruhig, als sie am nächsten Morgen in Bacharach an Bord gingen. Es war der letzte Abschnitt ihrer Reise, und obwohl sie sich dagegen wehrte, wog die Erwartung, doch noch eine Spur des Vaters zu finden, schwer. Sie wurde aus ihren Gedanken gerissen, als ein Angestellter der Schifffahrtsgesellschaft an Deck trat und die Passagiere in englischer Sprache um ihre Aufmerksamkeit bat.

»Wir nähern uns nun dem Binger Loch. Früher verlief hier ein Riff aus besonders hartem Stein quer durch den ganzen Fluss. Im Mittelalter konnte kein Schiff den Rhein an dieser Stelle passieren. Alle Waren mussten ausgeladen und über den sogenannten Kaufmannsweg im Niederwald befördert werden. Erst im 17. Jahrhundert gelang es, ein

Loch in das Riff zu sprengen, das sogenannte Binger Loch. Dennoch haben viele Schiffer, die eine Durchfahrt wagten, mit ihrem Leben dafür bezahlt.« Er lächelte. »Diese Riffe haben weit mehr Opfer gefordert als die schöne Loreley, sie sind nur weniger romantisch.«

Die Hänge an beiden Ufern wurden noch steiler, sie schienen den Rhein in seinem Bett zu bedrängen. Paula verspürte wieder die Unruhe von vorhin und schaute nervös zwischen den Hängen mit ihren Burgen und den Felsen hin und her, die aus dem tosenden Wasser ragten. Es war, als spiegele die Natur ihre Ungeduld, endlich eine Antwort zu finden, und zugleich ihre Furcht, am Ziel mit leeren Händen dazustehen. Was, wenn sie nichts fanden? Sie waren weit gefahren und hatten mit vielen Menschen gesprochen, und doch wusste sie noch immer nicht, was aus ihrem Vater geworden war. Und was aus ihr werden sollte, wenn das hier vorüber war …

Benjamin schien zu spüren, dass etwas nicht stimmte, und trat näher an sie heran.

Bald darauf meldete sich der Reiseführer noch einmal zu Wort.

»Schauen Sie dort!« Er deutete ans linke Ufer, wo sich inmitten der Weinberge eine Burgruine erhob. »Das ist Ehrenfels. Ein wenig abgelegen, aber umso reizvoller. Wer den Fußweg auf sich nimmt, wird mit einer herrlichen Aussicht belohnt. Denn von dort oben sehen Sie geradewegs auf den Mäuseturm.« Er deutete auf eine baumbestandene Insel, die sich inmitten des Rheins erhob. An ihrer Spitze ragte ein steinerner Turm empor. »Sie kennen sicher die Sage vom grausamen Bischof Hatto, der die Menschen hungern ließ und zur Strafe von den Mäusen bis in diesen Turm verfolgt und bei lebendigem Leibe aufgefressen wurde. Die Wahrheit ist nicht ganz so malerisch, aber auch weniger grausam. Der Turm diente dazu, Zoll einzutreiben. Heute ist er ein Signalturm für die Schiffe, die den Fluss befahren.« Er legte eine dramatische Pause ein. »Aber wenn Sie in einer dunklen Nacht am Ufer stehen und ganz leise sind, können Sie die Mäuse quieken hören. Weiter flussaufwärts sehen Sie am linken Ufer einen schroffen Felsen, der mit einem Kreuz gekennzeichnet ist. An dieser Stelle wurden Herz und Hirn des Dichters Nicolaus Vogt in einem Gefäß versenkt. Er liebte seinen Rhein so sehr, dass er nicht einmal im Tode von ihm getrennt sein wollte.«

Nun brandete Beifall auf, Heymanns hatte die Zuhörer für sich gewonnen.

Paula aber achtete nicht mehr auf ihn. Sie stand an der Reling und schaute zu der Ruine Ehrenfels hinauf, die seit Jahrhunderten stolz und gleichgültig auf den Strom hinunterblickte.

Eine unerklärliche Kraft zog sie dorthin, und sie merkte erst, wie gedankenverloren sie war, als Benjamin ihre Schulter berührte. »Was ist mit dir?«

Sie zuckte mit den Achseln. »Ich kann es nicht erklären, aber diese Gegend … zum ersten Mal fühle ich mich meinem Vater nah. Ich spüre, dass er hier gewesen ist.« Sie klopfte mit der flachen Hand auf die Reling, ungeduldig mit sich selbst, weil sie nicht die richtigen Worte fand. »Ich *weiß* natürlich, dass er auf dem Drachenfels und in Koblenz

war, aber hier ist es anders, hier kann ich ihn beinahe greifen.« Sie wandte sich ab, ein wenig verlegen, weil sie so dramatisch klang.

»Wenn es so ist, solltest du dich davon leiten lassen.«

Paula drückte Benjamins Hand, das war Antwort genug.

37

Am Ende der Reise

Rüdesheim und Assmannshausen

In Bingen warteten sie am Anleger auf die kleine Fähre, die sie nach Rüdesheim hinüberbringen würde. Wenn ich eine Antwort finde, dachte Paula, als sie über das Wasser schaute, dann nur dort drüben. Sie konnte es nicht rational erklären, sowie sie auch die Gefühle nicht erklären konnte, die sie beim Anblick der Ruine überkommen hatten.

An diesem Ort vermochte sie sich endlich in den unbekannten Vater hineinzuversetzen, sich vorzustellen, wie er vor so vielen Jahren erwartungsvoll hinübergeschaut hatte: auf die Insel mit dem Mäuseturm, die Ruine Ehrenfels inmitten der grünen Weinberge, die Stadt Rüdesheim mit ihren alten Mauern und dem weißen Tempel, der hoch oben vom Niederwald über die Landschaft blickte. Paula erinnerte sich an die Leidenschaft, mit der er über den Rhein geschrieben hatte – er musste einfach die Sehnsucht verspürt haben, hinüberzufahren und sich alles aus der Nähe anzuschauen.

Denn hier bei Rüdesheim und Bingen endete, was die Sehnsucht aller Reisenden weckte. Die Berge verschwanden, der Fluss wurde breiter und durchschnitt nun eine Ebene, die von bedeutenden Städten gesäumt wurde, aber nicht mehr den wildromantischen Reiz der burgbestandenen Hänge besaß.

Als die Fähre anlegte, trug Benjamin das Gepäck an Bord und reichte ihr die Hand. Er schien zu wissen, woran sie dachte, denn er sagte nichts und trat schweigend neben sie an die Reling, während das kleine Schiff langsam abdrehte und den Fluss überquerte. Mühsam stemmte es sich gegen die starke Strömung, und Paula wurde immer aufgeregter. Sie schaute flüchtig zu den Häusern von Rüdesheim, der unscheinbaren Burgruine, die am Ortsrand aufragte, doch zog es sie unwiderstehlich nach links, zur Ehrenfels, deren gelbliche Mauern in der Sonne flimmerten.

Die Burg war auf einem Felsvorsprung errichtet worden, schwer einzunehmen und mit einer ausgezeichneten Sicht in alle Richtungen. Die Ruine stand heute immer noch für sich allein inmitten der Weinberge, weitab des Ortes, nichts lenkte von ihr ab, als wollte sie sagen, hier bin ich, ausgehöhlt, geschändet, und habe doch die Zeit überdauert.

Plötzlich schob sich eine Wolke vor die Sonne, ein kühler Schatten legte sich über die Landschaft, und Paula wandte sich mit einem Ruck ab. Es kam ihr vor, als hätte sie mit ihren Gedanken die Veränderung heraufbeschworen. Es war beinahe unheimlich, als wollte jemand sie daran erinnern, dass Sommerlicht und Sonnenschein nur flüchtig waren und jeden Augenblick verschwinden konnten.

Sie gab sich einen Ruck und sagte entschieden: »Da will ich hoch.« Sie deutete auf die bewaldeten Berge.

Benjamin sah sie erstaunt an. »Meinst du wirklich?«

»Ich war nie in meinem Leben so entschlossen.«

»Außer als du entschieden hast, die Einladung deines Onkels anzunehmen und allein ins Ausland zu reisen. Oder das Verschwinden deines Vaters aufzuklären. Oder als du einen ungehobelten Kerl zurechtgewiesen hast, der dich von seinem Turm verjagen wollte.«

Benjamin verstand sich darauf, eine düstere Stimmung zu vertreiben. Paula lachte herzhaft, worauf sich einige Leute nach ihr umdrehten. »So wie du mich darstellst, bin ich nicht.«

»Oh, doch«, sagte er rasch und fügte leise hinzu: »Und dafür liebe ich dich.«

Bevor sie reagieren konnte, ging ein Ruck durch die Fähre, und sie mussten nach der Reling greifen. Sie waren angekommen.

Der Gasthof zur Goldenen Rebe war in einem schönen Fachwerkhaus untergebracht, das auf den Rhein und die Anlegestelle blickte. Paula und Benjamin hatten Glück. Obwohl der Gasthof so ideal gelegen war, hatte man dort zwei Zimmer frei, da eine englische Familie überraschend abgesagt hatte.

»Sie möchten also insgesamt drei Nächte bleiben?«, erkundigte sich der Wirt auf Englisch und schob ihnen das Register hin.

»Ja«, entgegnete Benjamin. »Die zweite Nacht verbringen wir in Assmannshausen, die dritte wieder hier.«

»Dann müssten Sie aber trotzdem für alle drei Nächte bezahlen.«

»Selbstverständlich«, sagte Paula rasch, worauf der Wirt die Stirn runzelte, als wäre er es nicht gewöhnt, dass Frauen so etwas entschieden.

Nachdem sie sich eingetragen hatten, holte sie die Zeichnung ihres Vaters hervor und legte sie auf die Empfangstheke. Dann folgte die übliche kleine Geschichte, es sei lange her, aber wenn er so freundlich sein und einen Blick auf das Bild werfen und ihr sagen könne, ob ihm der Mann darauf irgendwie bekannt vorkomme …

Statt zu antworten, schaute der Wirt zu Benjamin. Sein Blick verriet, dass er die Frage lächerlich fand, und er schien zu hoffen, dass der andere Mann ihm zustimmte. Was natürlich nicht geschah. »Falls Ihnen das zu lästig sein sollte, können wir uns gern nach einer anderen Unterkunft umsehen. Wenn wir erwähnen, dass wir hier nicht willkommen waren …«

Der Wirt griff rasch nach dem Bild. »Dreißig Jahre, sagen Sie? Das ist eine lange Zeit.«

Paula war es leid, diesen Satz wieder und wieder zu hören, und so sagte sie ein wenig ungehalten: »Ich weiß, aber es ist wichtig.«

Der Wirt, der nun deutlich zuvorkommender wirkte, antwortete bedächtig: »Damals war ich noch in der Schule, drüben in Bingen. Mein Vater führte eine Weinstube am Nahe-Ufer. Die hat mein Bruder übernommen, und ich bin hier nach Rüdesheim gezogen.« Er hielt die Zeichnung ans Licht, drehte sie hin und her, nun fast übertrieben beflissen, und gab sie zurück. »Bedauere, aber ich habe diesen Mann noch nie gesehen.«

Paula bedankte sich und nutzte die Tatsache, dass der Wirt recht kleinlaut geworden war. »Eine letzte Frage hätte ich noch: Kann ich mir bei Ihnen Wanderstiefel leihen?«

»Hast du seinen Blick gesehen? Als hätte ich ihn etwas Unschickliches gefragt.«

Er lachte. »Ich glaube, es fand es unschicklich, dass du überhaupt etwas gefragt hast. Er scheint es nicht gewöhnt zu sein, dass Damen ihn ansprechen, wenn sie sich in männlicher Begleitung befinden.«

»Hätte ich ihn etwa nicht um die Stiefel bitten sollen?« Es war so leicht, mit Benjamin zu lachen, dachte Paula flüchtig.

»Es war genau die richtige Frage, vernünftig und geradeheraus. Und seine Tochter ist ein reizendes Mädchen.«

»Ja, wie bereitwillig sie mir ihre Stiefel gegeben hat!«

»Ich glaube, es hat sie gerührt, dass du auf den Spuren deines Vaters wandeln willst.«

Am nächsten Morgen brachen sie nach Assmannshausen auf. Paula hoffte, dass ihre Füße die Wanderung überstanden. Die Stiefel passten zwar einigermaßen, waren aber nicht von ihr eingetragen, und der Weg schien durchaus kräftezehrend. Doch sie konnten sich Zeit lassen und unterwegs rasten und die Füße ausruhen.

Die Sonne schien herrlich, und der Himmel war so blau, dass Paula die klobigen Stiefel bald vergaß und sich ganz dem Rhythmus ihrer Schritte überließ. Die Trauben waren noch klein und grün, aber sie konnte sich vorstellen, wie

394

herrlich die Berge im Herbst aussahen, wenn sich das Laub rötlich-gelb färbte und die blauvioletten und weißen Trauben prall von den Reben hingen. Wenn sie nach oben schaute, sah sie den weißen Tempel, der vom Rand des Niederwalds grüßte. Sie hatten sich für den Waldsaumweg entschieden, der etwas unterhalb der Anhöhe verlief, weil die Wanderung sonst zu beschwerlich geworden wäre.

So konnten sie die Sicht auf den Rhein genießen und zwischendurch haltmachen, um etwas zu essen oder einen Schluck Wasser zu trinken. Der Wirt hatte ihnen in der Küche Proviant einpacken lassen.

Nach eineinhalb Stunden legten sie die erste Pause ein. Der Blick über Rüdesheim und Bingen, den Rhein und die Mündung der Nahe war weit und offen, und Paula hatte das Gefühl, sie könnte mehr Luft in ihre Lungen aufnehmen als unten im Tal. Von hier oben war der Mäuseturm auf seiner Insel gut zu erkennen, und etwas unterhalb von ihrem Pfad erhob sich die Ruine Ehrenfels, die sie auf dem Rückweg besuchen wollten.

Paula biss in einen Apfel und schaute zu Benjamin, der gerade aus seiner Wasserflasche trank. Er hatte den Kragen aufgeklappt und die Krawatte in die Jackentasche gesteckt. Sie konnte die Augen nicht von seinem Hals lassen. Als er die Flasche absetzte und sie ansah, wandte Paula sich verlegen ab, sprach ihn aber trotzdem an.

»Was du gestern auf der Fähre gesagt hast …«

Als er nicht antwortete, drehte sie sich zu ihm um. Er schaute sie abwartend an.

»Ich meine …«

»Ja?«

»Hast du das ernst gemeint?«

Er steckte die Flasche in den Rucksack, den sie sich ebenfalls beim Wirt der Goldenen Rebe geliehen hatten, stand auf und streckte ihr die Hand hin. »Eigentlich könnte ich jetzt gekränkt sein.«

Paula klopfte sich den Rock ab. Dann gingen sie weiter und fielen bald in Gleichschritt. »Ich wollte dich nicht kränken. Es – es hat mich nur überrascht. Weil das noch nie jemand zu mir gesagt hat.«

»Du meinst, niemand außer deiner Mutter oder deinem Onkel?« Es war mehr Feststellung als Frage.

»Ja. Und ich hatte nicht damit gerechnet, dass ich es noch erleben würde. Nicht in meinem Alter, nicht in diesem Leben.«

Er schwieg eine Weile, doch es war kein unbehagliches Schweigen. »Das klingt, als hättest du dir gar nichts mehr erträumt.«

»Ich hab es nicht gewagt, weil ich dachte, es würde ohnehin nicht in Erfüllung gehen.«

»Man kann nicht immer nur darauf warten, dass sich ein Traum erfüllt. Und das hast du auch nicht getan. Du hast selbst dafür gesorgt, dass er in Erfüllung geht.«

»Aber das stimmt nicht, ich habe es nicht aus eigenem Antrieb geschafft. Ohne Onkel Rudys Brief hätte ich mich nie aus Kings Langley hinausgewagt.«

»Das ist Unsinn. Ich kenne keine Frau, die tapferer wäre als du.«

Paula stieß ihn an. »Jetzt fängst du an zu lügen. Du bist

in der Welt herumgekommen, also erzähle mir nicht, dass ich in irgendeiner Weise einzigartig wäre.«

Benjamin sprach weiter, ohne sie anzusehen. »Richtig, ich bin auf der Welt herumgekommen und bin dabei vielen Frauen begegnet. Natürlich waren einige darunter, die ein aufregenderes Leben geführt haben als du, die weiter gereist waren und mehr gelernt hatten, die künstlerisch begabt waren. Aber keine von ihnen hat sich wie du aus einem Leben befreit, das andere für sie gewählt hatten. Keine hat es gewagt, zweiunddreißig sichere Jahre einfach hinter sich zu lassen.«

Paulas Kehle war auf einmal sehr eng, und sie brachte kein Wort heraus. Sie schaute auf den Weg vor sich, die losen Steine, die unter ihren Sohlen knirschten, spürte die Sonne im Rücken. Dann tastete eine Hand nach ihrer, umschloss sie warm, und sie konnte einen Moment lang einfach glücklich sein, ohne daran zu denken, was morgen und nächste Woche sein würde.

Sie wanderten durch den Niederwald, wo die Bäume willkommenen Schatten boten. Die Karte, die sie bei sich hatten, war recht grob, weshalb sich der Weg abenteuerlich gestaltete. Sie mussten zweimal kehrtmachen, bis sie endlich zum Waldrand gelangten. Unter ihnen lag Assmannshausen, gegenüber Trechtingshausen, das von gleich zwei trutzigen Burgen eingerahmt wurde.

Der Abstieg durch die Weinberge war mühsam, und sie rasteten zweimal, weil Paulas Füße in den ungewohnten Stiefeln schmerzten. Doch sie hatten das Ziel vor Augen –

den Gasthof Krone. Paula hatte nicht vergessen, was der freundliche Reiseführer in Bacharach gesagt hatte: *Den gab es auch vor dreihundert Jahren schon.* Mit etwas Glück würden sie zwei Zimmer für die Nacht und ein kräftiges Abendessen erhalten, und Paula hätte Gelegenheit, auch dort ihre Zeichnung vorzuzeigen.

Der Gasthof war ein weitläufiger, von Türmchen gekrönter Bau, der die Rheinpromenade beherrschte und es durchaus mit den Burgen gegenüber aufnehmen konnte.

Nachdem sie sich gestärkt und einen halben Liter von dem einheimischen Rotwein bestellt hatten – »eine Rarität am Rhein, sehr zu empfehlen« –, warf Paula einen Blick aufs Etikett und lachte.

»Assmannshäuser Höllenberg, das können meine Füße bestätigen.«

Nach dem Essen fragten sie sich, unterstützt vom Empfangschef, der bereitwillig für sie dolmetschte, durchs gesamte Personal der Krone. Doch von den älteren Angestellten konnte sich niemand an William Cooper erinnern. Paula war erschöpft, ihre Füße taten weh, und sie fühlte sich mutlos, als sie zum Schluss den Weg zur Küche antraten. Auch hier gab es nur Kopfschütteln und bedauernde Blicke.

Dann aber trat eine alte Frau mit krummem Rücken hinzu, deren Augen hellwach und aufmerksam blickten.

»Das ist Bertha, sie kocht bei uns, seit sie fünfzehn ist«, sagte der Empfangschef.

Paula zeigte ihr die Zeichnung. Und die alte Frau nickte. Sie deutete mit einem runzligen Finger darauf und sagte etwas auf Deutsch.

»Bertha sagt, dies sei der englische Herr, dem sie ein Proviantpaket zurechtgemacht haben.«

Es klang so selbstverständlich, als wäre es gestern geschehen, und doch wurde Paula bei den Worten beinahe schwindelig. »Sind Sie sich wirklich sicher?«

Als die alte Frau die Übersetzung hörte, wirkte sie ein wenig gekränkt. »Ich mag nicht mehr die Jüngste sein, aber ich vergesse kein Gesicht. Dieser Herr ist bei uns in der Krone gewesen. Er ist in die Küche gekommen und hat sich ausdrücklich für das gute Essen bedankt. Das Rezept für den Braten war noch von meiner seligen Mutter. An so etwas erinnert man sich. Damals hatten wir nicht so viele Gäste, es war noch vor der Eisenbahn. Und dann hat er mich gefragt – er hat sich richtig bemüht, es auf Deutsch zu sagen –, ob ich ihm etwas für den Rückweg nach Rüdesheim mitgeben kann. Und das habe ich dann auch getan.«

Paula drückte Bertha spontan die Hand, bedankte sich und kehrte mit Benjamin in die Gaststube zurück.

»Er war tatsächlich hier«, sagte sie atemlos. »Hier wurde mein Vater noch gesehen, und in Mainz war er nicht mehr an Bord. Endlich kennen wir die Gegend, in der er verschwunden ist. Vielleicht finden wir weitere Spuren in Rüdesheim, dorthin wollte er ja wandern.«

»Und wenn er nun einfach eine Kutsche genommen hat? Oder ein anderes Schiff?«, fragte Benjamin vorsichtig, doch Paulas Enthusiasmus ließ sich nicht dämpfen.

»Mein Gefühl hat mich bisher nicht getrogen. Wir haben mehr herausgefunden, als wir uns erträumt haben. Wir haben seinen Weg von Bonn bis Assmannshausen verfolgt, und das nach dreißig Jahren! Wir sind noch nicht am Ende angelangt.«

Er neigte leicht den Kopf. »Touché.«

Später im Zimmer holte Paula ihr kleines Notizbuch hervor, das beinahe vollgeschrieben war. Sie trug ein, was ihr durch den Kopf ging, ungeordnete Gedanken, was sie erreicht hatte und was sie sich erhoffte und auch, was sie fürchtete.

Zuletzt schrieb sie auf, was sie Benjamin noch sagen wollte. Was sie ihm längst hätte sagen müssen.

38

Die Ruine Ehrenfels

Als sie am nächsten Morgen in Richtung Rüdesheim auf-
brachen, war Paula in Gedanken nicht bei der Wanderung,
die sie zunächst zur Ruine Ehrenfels bringen würde. Sie
schaute zwar nach rechts, den Hang hinunter, wo sich das
Grün der Reben von den Bruchsteinmauern abhob, die die
Weinberge wie grau-gelbe Adern durchzogen. Doch sie
hatte keinen Blick für diese Schönheit, weil sie versuchte,
den Mut zu finden, um das zu sagen, was sie sagen wollte,
und das ihr doch so schwerfiel. Schließlich blieb sie stehen,
und Benjamin drehte sich zu ihr um. Sein Gesicht wirkte
arglos. »Stein im Schuh?«

»Nein.« Paula atmete tief durch. »Verzeih, dass ich es
nicht früher gesagt habe … es ist nicht leicht, ich habe
keine Übung darin. Aber ich … ich liebe dich auch.«

Er wurde ein bisschen rot und räusperte sich. »Ich habe
letzte Nacht kaum geschlafen, weil … weil ich dachte, du
hättest es mir vielleicht übel genommen. Dass ich zu weit
gegangen bin.«

Paula nahm seine Hand. »Nein, das bist du nicht.«

»Schön, dass du es ausgesprochen hast. Ich hatte es gehofft, doch es von dir zu hören …« Er trat vor sie hin, so
nah wie noch nie, sah sich um und küsste sie dann zärtlich
auf den Mund.

Als er sich wieder von ihr gelöst hatte, berührte Paula
unwillkürlich ihre Lippen, als wollte sie den Kuss festhalten. Dann gingen sie Hand in Hand weiter, schweigend,
als könnten sie so den Zauber dieses Augenblicks bewahren.

Nachdem sie eine Weile gelaufen und einigen Wande-
rern und einer älteren Dame begegnet waren, die mit ihrem
Aquarellblock auf einem großen Stein saß, bogen sie um
eine Kurve. Paula blieb abrupt stehen. Vor ihnen waren die
Zinnen der Ruine Ehrenfels zu sehen. Sie erhoben sich
über den grünen Saum der Reben, schienen sie geradezu
herbeizuwinken.

»Schau nur, wir sind fast da!«

Es war noch ein Stück zu gehen, doch mit jedem Schritt
kam Ehrenfels deutlicher in Sicht, und dann stiegen sie
einen Pfad hinunter, der durch einen Weinberg führte, und
Paula musste sich beherrschen, um nicht loszulaufen. Sie
rutschte beinahe aus, aber Benjamin fing sie auf.

»Die Burg steht seit Jahrhunderten dort und wird es
auch noch ein bisschen länger tun. Lebend anzukommen
wäre durchaus vorteilhaft.«

Sie lachte atemlos.

Dann waren sie da. Paula legte den Kopf in den Nacken
und schaute an der gelblichen Schildmauer empor, die an
beiden Enden von runden Türmen flankiert wurde. Der

linke war äußerlich fast unversehrt und hatte noch ein Dach, das beim rechten Turm jedoch fehlte, wodurch es aussah, als würden sich die Überreste der oberen Fenster wie Zähne in den Himmel bohren.

Aus dem Burghof waren Stimmen zu hören. Kein Wunder, dass sie bei dem herrlichen Sommerwetter nicht die einzigen Besucher waren.

»Der Eingang scheint hier drüben zu sein!«, rief Benjamin und winkte sie zu sich. Paula eilte ihm nach und um den linken Turm herum, neben dem sich in der Mauer ein Eingang auftat. Benjamin ließ ihr den Vortritt.

In einer Ecke des Burghofs lauschten zwei Damen einem älteren Herrn, der ihnen die Anlage erklärte. Er zeigte mit dem Gehstock auf die einzelnen Gebäudeteile und sprach dabei in einem monotonen Singsang, der reichlich ermüdend klang. Paula und Benjamin warteten geduldig, bis er seinen Vortrag beendet hatte und mit seinen Begleiterinnen den Burghof verließ, wobei alle drei höflich grüßten.

»Endlich allein«, sagte Benjamin lächelnd. »Schau dich um. Jetzt gehört die Burg dir.«

Paula schlenderte über das Gras zu einem kreisrunden Brunnenschacht und beugte sich darüber. Am Grund lagen Blätter dicht an dicht, und es war nicht zu erkennen, ob der Brunnen ausgetrocknet war oder noch Wasser enthielt. Ein Stück weiter fanden sich viereckige Grundmauern, hier hatte wohl in alter Zeit eine Werkstatt oder ein Stall gestanden. Paula drehte sich langsam im Kreis und betrachtete die Mauern mit den leeren Fensterhöhlen, durch die man auf den Rhein blickte, von hinten geschützt durch Wachtürme und Schildmauer.

Die Ruine wirkte verlassen, sie regte Paulas Fantasie nicht an, so wie es ihr Anblick vom Schiff aus getan hatte. Nun, da sie hier war, hörte Paula keine Stimmen aus alter Zeit, kein Klirren von Rüstungen, keinen Eimer, der in den Brunnenschacht klatschte, kein Gebell von Wachhunden und nicht die Musik eines wandernden Spielmanns.

Dennoch versuchte sie, die Atmosphäre in sich aufzunehmen, ging langsam umher, strich mit der Hand über die sonnenwarmen Mauersteine, hob ein Papier auf, das ein Besucher achtlos weggeworfen hatte. Nichts sollte die Ruhe dieses Ortes stören.

Was für ein seltsamer Gedanke, dachte sie dann, dies war doch kein Friedhof.

Benjamin schaute sich ebenfalls um, sagte aber nichts, sondern ließ Paula Zeit, alles zu erforschen. Dabei entdeckte sie eine Leiter, die an dem unversehrten Turm befestigt war. Sie schaute hoch und bemerkte weit oben, am Ende der Leiter, eine Öffnung im Mauerwerk.

Sie eilte zu Benjamin hinüber und zog ihn am Ärmel mit sich.

»Lass uns zum Turm hinaufsteigen. Man kann bestimmt von dort auf den Wehrgang gehen und die Aussicht genießen.« Am Fuß der Leiter blieb sie nachdenklich stehen. »Seltsam, hier unten gibt es gar keine Tür. Und am anderen Turm habe ich auch keine gesehen.«

»Ich habe einmal etwas darüber gelesen«, sagte Benjamin. »Die Eingänge in solchen Burgen waren meist sehr hoch gelegen. Es gab hölzerne Leitern oder Treppen, die bei Gefahr eingezogen wurden. Das machte es den Angreifern viel schwerer, die Gebäude zu erstürmen.«

Paula hatte schon einen Fuß auf der ersten Sprosse, als Benjamin ihr die Hand auf die Schulter legte. »Du willst wirklich dort hinauf? In einem Reifrock?«

»Erstens ist es ein schmaler Reifrock. Zweitens habe ich feste Stiefel an. Drittens bin ich nicht hergekommen, um mir anzusehen, wie du allein hinaufsteigst.« Sie verschränkte die Arme vor der Brust und sah ihn herausfordernd an.

»Na schön«, sagte er seufzend. »Aber du musst vorangehen, auch wenn das alles andere als schicklich ist. Wenn du fällst, fällst du immerhin weich.«

Paula holte Luft, drückte den Rock zusammen und streckte die Hände nach der vierten Sprosse aus. Dann begann sie zu klettern, langsam und ohne nach unten zu schauen. Ihr wurde bald warm, und sie war froh, dass sie die Handschuhe ausgezogen hatte, sonst wären sie jetzt nicht nur schmutzig, sondern auch feucht vom Schweiß. Sie blickte nach oben, wo sich die türgroße Öffnung im Turm auftat. Auf einmal konnte sie nicht weiter, ihre Hände schienen an den Sprossen zu kleben, und sie schloss einen Moment lang die Augen. Sie versuchte, ruhig zu atmen, um den Druck, der sich auf ihre Brust gelegt hatte, zu vertreiben.

»Was ist los?«, fragte Benjamin unter ihr.

»Gar nichts, mir ist nur so warm. Ich musste kurz ausruhen«, sagte Paula, und dann war sie oben, griff um die Mauern links und rechts und zog sich in die Öffnung hinein. Sie stand in einem runden, dämmrigen Raum mit nackten, steinernen Mauern. Auf dem Boden lagen Steinchen und trockenes Laub, das der Wind hereingeweht hatte.

Als Benjamin auch oben war, traten sie nach draußen auf den Wehrgang, der auf beiden Seiten von zinnengekrönten Mauern begrenzt wurde. Von hier aus überblickte man die Burganlage, die grünen Weinberge und den Rhein mit seinen Stromschnellen. Ein schwer beladener Lastkahn, der tief im Wasser lag, fuhr gerade flussabwärts vorbei, während sich ein Salondampfer gegen die Strömung stemmte.

»Das ist wirklich der ideale strategische Ort für eine solche Anlage«, sagte Benjamin.

Paula schaute noch einmal in die Runde, ging dann aber weiter. Etwas zog sie unwiderstehlich zum zweiten Turm hinüber. Doch sobald sie eingetreten war, fand sie sich vor einem hölzernen Gitter wieder. Neugierig schaute sie hinüber.

»Schau mal!«, rief sie aufgeregt und winkte Benjamin zu sich.

Hinter dem Gitter klaffte im hölzernen Fußboden ein großes Loch.

»Komm lieber ein Stück zurück. Womöglich ist hier der ganze Boden morsch«, sagte Benjamin warnend.

»Dann hätten sie den Turm gesperrt.« Sie überlegte. »Wunderst du dich nicht auch, dass die Böden aus Holz sind?«

Er zuckte mit den Schultern. »Es war vermutlich einfacher, Decken und Böden aus Holz zu bauen als aus Stein.«

Paula verließ den Turm nur zögernd. Etwas schien sie festzuhalten, obgleich es keine greifbare Spur ihres Vaters gab. Vielleicht wollte sie sich nicht eingestehen, dass dies die letzte Station der Reise war und sie das Geheimnis nicht gelöst hatten.

Sie schaute vom Wehrgang in die Weinberge, hinauf zu dem Pfad, über den sie und Benjamin vorhin gekommen waren, und den auch ihr Vater eingeschlagen haben musste. Sie waren einem Schatten gefolgt, dessen Weg sich hier verlor. Natürlich blieb noch Rüdesheim, sie konnten die Gasthöfe und Hotels aufsuchen und die Zeichnung zeigen, doch Paula war wieder mutlos. So viel Glück wie in der Krone hatte man nur selten, und das lange Hoffen hatte sie erschöpft.

Nachdem sie die Leiter hinabgestiegen waren – diesmal natürlich Benjamin zuerst –, ging Paula noch einmal durch den Burghof und sah zu den Türmen hinauf. Es gab nichts mehr für sie zu tun, und doch gelang es ihr nicht, sich von dem Ort zu lösen.

»Lass uns gehen«, sagte Benjamin sanft.

Paula schwieg bis Rüdesheim. Sie hatte etwas gespürt, als sie die Ruine betreten hatte, als sie die Leiter hinaufgestiegen war, als sie in den zerstörten Turm getreten war – und musste doch erkennen, dass ihr Gefühl sie diesmal getrogen hatte. Ihre Suche war vergeblich, sie hatte ihren Vater nicht gefunden. Sie würde Onkel Rudy nicht berichten können, was aus seinem Bruder geworden war, ob er aus freien Stücken alles hinter sich gelassen hatte oder ob ihm etwas zugestoßen war.

Sie versuchte, sich damit abzufinden und zu genießen, was ihr die Reise geschenkt hatte – das Zusammensein mit Benjamin –, doch ihr Herz war schwer.

Paula seufzte dennoch erleichtert auf, als sie den Gasthof erreichten. Ihre Füße taten weh, sie spürte jeden Muskel in den Waden. Ihr Gesicht war trotz Hut und Schleier leicht gerötet und erhitzt. Am liebsten wäre sie sofort in ihr Zimmer gegangen, um sich kaltes Wasser ins Gesicht zu spritzen, die Vorhänge zu schließen und allein zu sein.

Doch Franziska, die Wirtstochter, die Paula gegen ein großzügiges Entgelt ihre Stiefel geliehen hatte, eilte ihnen entgegen. Sie trug einen Mantel über dem Arm, den sie nun entfaltete und an den Schultern in die Höhe hielt.

Der Saum war stellenweise ausgefranst, die metallenen Knöpfe waren stumpf geworden, doch der dunkelgraue Stoff zeugte noch von Eleganz. Breite Schultern, schmale Taille, glockig-weite Schöße – der Schnitt war lange aus der Mode.

Paula begriff nicht, was die junge Frau ihnen mit wilden Gesten sagen wollte, und sah Benjamin hilfesuchend an.

Dann kam Franziskas Vater dazu. Seine Miene war düster. »Meine Franziska ist ein gutes Mädchen, aber ziemlich töricht. Sie neigt dazu, sich romantische Geschichten auszudenken, und fand es traurig, dass Sie vergeblich nach Ihrem Vater gesucht haben. Also hat sie, statt mir hier zu helfen, auf eigene Faust in den Gasthöfen und Hotels nachgefragt. Und beim Lindenwirt hat sie tatsächlich etwas gefunden – nämlich diesen Mantel.«

Er sagte rasch etwas auf Deutsch zu seiner Tochter, die

nickte und mit einem Wortschwall antwortete. Der Wirt übersetzte in gereiztem Ton: »Er hängt dort seit vielen Jahren in einem Abstellraum und wird von den Knechten getragen. Er stammt von einem Gast, der in diesem Gasthof abgestiegen ist. Er war Engländer und ließ sich Sagen aus der Umgebung erzählen. Der Lindenwirt erinnert sich so gut an ihn, weil der Mann ein Schriftsteller war und versprochen hatte, ihn und seinen Gasthof in einem Buch zu erwähnen.«

»Und was ist mit dem Mantel?«, fragte Paula atemlos.

»Franziska sagt, der Engländer wollte durch den Niederwald nach Assmannshausen wandern und sei nicht zurückgekommen. Er hatte im Voraus bezahlt, und der Wirt nahm an, sein Gast habe eine andere Route gewählt und den Mantel vergessen. Ich kann mir wirklich nicht vorstellen, wie Ihnen dieser alte Lumpen weiterhelfen soll.«

Paula streckte die Hand aus und berührte zaghaft das Kleidungsstück, strich über den glatten Wollstoff, hob ihn ans Gesicht, als enthielte er noch einen Hauch des Menschen, der ihn einst getragen hatte. Der Wirt blickte noch immer mürrisch, doch seine Tochter und Benjamin schienen zu spüren, dass dies ein besonderer Moment für Paula war.

Dann hob sie den Kopf und sah Benjamin an. »Begreifst du? Der Mann, dem dieser Mantel gehörte, wollte nach Assmannshausen und kehrte nicht nach Rüdesheim zurück. Mein Vater brach von Assmannshausen auf und kam hier nicht mehr an. Es muss sich um denselben Mann handeln!« Sie hielt kurz inne, ehe sie fortfuhr: »Er verschwand zwischen Assmannshausen und Rüdesheim! Und was liegt auf halbem Weg?«

»Ehrenfels.« Benjamin schlug die Hand vor den Mund. »Der Turm. Mein Gott!«

Paula konnte nur nicken.

Der Wirt schaute verständnislos zwischen ihnen hin und her.

»Wir brauchen eine Laterne und ein starkes Seil«, sagte Benjamin. »Und einen kräftigen Mann.«

39

Unten im Turm

Zu dritt machten sie sich auf den Rückweg zur Burg, der Wirt hatte seinen Knecht Lukas mitgeschickt. Paulas Herz schlug so heftig, dass sie zwischendurch stehen bleiben und durchatmen musste. Benjamin schaute sie besorgt an, sagte aber nichts.

»Ich komme mit«, hatte sie so entschieden verkündet, dass er gar nicht erst widersprochen hatte.

Der Wirt hatte Lukas genau erklärt, worum es ging, da dieser kein Wort Englisch sprach. Er war ein gedrungener Mann mit breiten Schultern und einem freundlichen Gesicht, der sich das aufgerollte Seil über die Schulter geworfen hatte und in der Hand eine Werkzeugtasche trug. Benjamin hatte eine Laterne dabei.

Sie näherten sich erneut der Ruine, die Sonne schien golden wie zuvor, doch für Paula hatte sie ihren Zauber verloren. Der Anblick des Mantels hatte sich ihr eingebrannt, und sie versuchte, nicht über den nächsten Augenblick hinauszudenken.

Sie traten in den Burghof. Zum Glück waren sie allein.

Lukas schickte sich an, die Leiter hinaufzusteigen, gefolgt von Paula und Benjamin, der wieder die Nachhut bildete. Vor nicht einmal drei Stunden war sie energisch hinaufgeklettert, hatte mit Benjamin gescherzt, und obwohl sie da schon einen Schatten erahnt hatte, war ihre Beklommenheit nun weitaus größer.

Lukas zündete die Laterne an und betrat den Turm. Paula und Benjamin folgten ihm. Der Knecht trat vorsichtig an das hölzerne Gitter und rüttelte prüfend daran, ehe er sich darüber beugte. Er leuchtete mit der Laterne in das Loch, schwenkte das Licht hin und her, lehnte sich noch ein wenig weiter vor und drehte sich dann achselzuckend um, wobei er auf seine Augen zeigte.

»Nichts zu sehen?«, fragte Paula auf Deutsch.

»Nicht von oben«, sagte er.

Benjamin zog die Jacke aus. »Ich gehe runter.«

»Nein!« Paula sah ihn erschrocken an. »Das ist zu gefährlich.«

»Du willst es doch erfahren, oder?« Er klang fast so schroff wie damals auf dem Turm.

Sie ballte die Fäuste. »Ja, aber nicht um diesen Preis.«

»Wenn wir drei zusammenarbeiten, müsste es gehen.«

Sie verständigten sich mit Lukas, der anfangs unwillig schien, dann aber zögernd nickte. Er schlang das Seil um die nächstgelegene Zinne des Wehrgangs und warf das andere Ende ins Loch hinunter.

»Wir hätten ein zweites Seil mitnehmen sollen, um dich zu sichern«, sagte Paula.

Benjamin zog die Weste aus und krempelte die Ärmel auf.

»Glaubst du wirklich, dass du dich am Seil halten kannst?«

»Das geht schon.«

Benjamin stieg vorsichtig über das Gitter, ergriff das Seil und ließ sich ein Stück hinunter, bevor er es auch mit den Beinen umschlang. Dann streckte er eine Hand nach oben. »Die Laterne.«

Stück für Stück ging es hinab. Paula sah, wie sich sein blonder Kopf stetig nach unten bewegte, tiefer in die Dunkelheit, weg von ihr und dem Tageslicht und der Sicherheit.

Das Seil war straff gespannt. Lukas schaute nach draußen, um sich zu vergewissern, dass es nicht an den Mauersteinen rieb.

Man hörte nichts außer ihrem Atem.

Benjamin war jetzt etwa sechs Fuß unter ihr. Paula hörte, wie er keuchte, sich bemühte, nicht am Seil abzurutschen.

»Kalt und feucht. Nur Mauern.«

Paula schaute zu Lukas, der beruhigend nickte.

»Kannst du sonst etwas sehen?«, rief sie, und die Worte hallten zu ihr zurück.

»Augenblick.« Tief unter ihr fiel ein Stein klickend auf den Boden.

»Den habe ich vorhin eingesteckt. Zur Probe. Ist nicht mehr weit.«

Kurz darauf zeigt Lukas auf das Seil. Es hatte sich gelockert. »Ist unten.«

Paula lief nervös vor dem Gitter auf und ab. Von Benjamin war nichts zu hören. Paula verlor jedes Zeitgefühl,

413

wusste nicht, wie lange er schon unten war. Der Durchmesser des Turms war überall gleich, der Raum dort unten konnte nicht sonderlich groß sein. Was also dauerte so lange?

Endlich ging ein Ruck durch das Seil.

Paula horchte atemlos auf die Geräusche von unten, hörte Benjamin ächzen, als er langsam aus der Tiefe auftauchte. Sie fragte sich, wie er es überhaupt schaffte, mit der Laterne in der Hand zu klettern, wollte lieber nicht daran denken, was passieren würde, wenn das Seil seiner verschwitzten Hand entglitt. Doch er bewegte sich stetig nach oben, sein keuchender Atem kam immer näher. Paula beugte sich wieder über das Gitter. Er war jetzt so nah, dass sie den Bügel der Laterne sehen konnte, den er über den Arm gestreift hatte, damit die Hände zum Klettern frei blieben. Die Lampe schwankte bedenklich, zeichnete unruhige Schatten aufs Mauerwerk. Nun erkannte sie auch seine Hände, die sich immer wieder um das Seil schlossen, die Knöchel weiß vor Anstrengung. Dann war er fast oben, löste die Hand mit der Laterne vom Seil. Paula ergriff den Bügel und nahm sie ihm ab, reichte sie an Lukas weiter.

Sie streckte Benjamin die Hand entgegen. Er umklammerte sie, schwang die Beine hoch und kletterte über das Gitter.

Anschließend fiel er keuchend zu Boden und schaute auf seine Handflächen. Sie waren dunkelrot und mit weißen Striemen überzogen, wo er das Seil umklammert hatte.

Paula zwang sich zur Geduld, ließ ihn zu Atem kommen.

Lukas zog unterdessen das Seil hoch, löste es von der Zinne und rollte es ordentlich auf. Er zeigte erst auf sich, dann auf den anderen Turm, um anzuzeigen, dass er dort auf sie warten würde, und verschwand über den Wehrgang.

Benjamin rappelte sich auf und trat von einem Fuß auf den anderen, um die Muskeln zu lockern.

»Bist du bereit?«, fragte Paula.

Er nickte, und sie traten hinaus auf den Wehrgang.

Paula deutete auf Benjamins Brust. »Was hast du da?«

Unter seinem Hemd zeichnete sich etwas Eckiges ab. Er öffnete die oberen Knöpfe und griff hinein. Ein kleines Buch kam zum Vorschein, das in Leder gebunden und mit einem Band verschnürt war.

Als Paula es entgegennahm, bemerkte sie, dass Benjamins Hand zitterte. Vermutlich vor Erschöpfung.

»Das hast du dort unten gefunden«, stellte sie fest, obwohl es offensichtlich war.

Er nickte und schaute an ihr vorbei. Sie sah, wie er die Lippen aufeinanderpresste.

»Was steht drin?«

»Ich habe nicht hineingeschaut«, stieß er hervor.

Paula spürte, wie eine dunkle Welle über ihr zusammenschlug.

»Was ist los? Du hast dort unten noch etwas entdeckt, nicht wahr? Sag es mir. Ich will es wissen.«

Benjamin holte tief Luft und sah ihr in die Augen. »Ein Skelett. Etwa meine Größe. Mit Resten von Männerkleidung. Das Buch lag in der Nähe.«

Er fing Paula auf, bevor sie gegen die Mauerbrüstung taumelte.

Sie kehrten schweigend zurück, Lukas ein Stück vor ihnen mit der Ausrüstung, Paula und Benjamin dahinter, die Augen fest auf die Häuser von Rüdesheim gerichtet, die allmählich vor ihnen auftauchten. Paulas Kopf tat weh – von der heißen Sonne, in der sie stundenlang umhergelaufen war, und der Anstrengung und den Gefühlen, die sie zu überwältigen drohten.

Noch wusste sie nicht sicher, ob es ihr Vater war, der seit dreißig Jahren vergessen dort unten lag. Aber da war die dunkle Ahnung, die sie von Anfang an im Turm von Ehrenfels gespürt hatte. Nein, früher noch, schon als sie die Ruine zum ersten Mal gesehen hatte. Und dann war auch noch das Buch in ihrer Hand. Sie hatte es nicht mehr losgelassen, seit Benjamin es ihr gegeben hatte.

Im Gasthof bedankten sie sich bei Lukas, der das Trinkgeld beinahe verlegen entgegennahm, sich an die Stirn tippte und mit Laternen und Seil im Keller verschwand.

Benjamin sah Paula schweigend an, als sie die Hand auf die Klinke legte und ihre Zimmertür öffnete. Sie war erschöpft – von den langen Wanderungen und den Gefühlen, die sie zu überwältigen drohten. Sie konnte kaum noch einen Schritt gehen, ihr Körper war schwer wie Blei. »Ich möchte jetzt allein sein, bitte versteh mich.«

Er nickte und blieb reglos stehen, bis sie die Tür hinter sich geschlossen hatte.

Paula goss sich Wasser aus dem Krug ein, den jemand auf dem Tisch bereitgestellt hatte. Dann nahm sie das Buch und setzte sich damit auf einen Stuhl am Fenster, wo das Licht am besten war.

Sie staunte über ihre Ruhe. Sie hatte noch keinen Blick hineingeworfen, war nicht begierig darüber hergefallen, wie sie es bei den anderen Erinnerungsstücken getan hatte.

Stattdessen hallten Benjamins Worte wie ein Echo in ihr wider: *Ein Skelett. Etwa meine Größe. Mit Resten von Männerkleidung.*

Paula fuhr mit dem Finger über den Ledereinband. Einen Moment lang bereute sie, dass sie Benjamin hatte gehen lassen. Ihre Beine wurden schwer, ihr Kopf war ganz wirr, Flecken tanzten vor ihren Augen. Sie klammerte sich an die Stuhlkante, senkte den Kopf und atmete tief durch.

Sie wollte nicht daran denken, was mit dem Toten im Turm geschehen war, verdrängte das Bild kleiner, messerscharfer Zähne, die sich in alles hineingruben, das ihnen …

Dafür war keine Zeit.

Sie löste das Band und klappte den Deckel auf. Das Papier wies kaum Nagespuren auf und war zum Glück fast unversehrt.

Ihr Blick fiel auf den Namen, der in schwarzer Tinte, als hätte die Zeit ihr nichts anhaben können, auf dem Vorsatzblatt prangte.

William Cooper
1837

Die Handschrift war vertraut.

Paula blätterte fieberhaft. Es schien kein Tagebuch zu sein, eher eine Sammlung von Reiseeindrücken und persönlichen Betrachtungen. Sie las Namen wie Drachenfels und Linz, Ehrenbreitstein und Loreley, Bacharach und schließlich Rüdesheim.

Dann plötzlich veränderte sich die Schrift, war kaum noch zu erkennen, die Wörter liefen schräg über die Seite, überlagerten einander, waren offenbar über das Papier hinaus geschrieben.

Der Sturz in die Finsternis – sie hatte selbst gesehen, dass kein Licht bis auf den Grund des Turmes drang. Ihr Vater hatte blind geschrieben, hatte versucht, mit Bleistift aufzuzeichnen, was mit ihm geschehen war.

… Bein scheint gebrochen, ein Aufstieg ist unmögl-
… laut genug rufe, wird mich jemand hören.
… schlechtes Wetter, kann den Regen rauschen hören.

Paula vermochte kaum zu atmen. Es hatte geregnet, als ihr Vater in dem morschen Boden eingebrochen und in die Tiefe gestürzt war. Er hatte dort gelegen und um Hilfe gerufen, doch wer spazierte bei diesem Wetter zur Ruine Ehrenfels? Der Gedanke war unerträglich. Paula erinnerte sich, wie Benjamins Kopf vom Dunkel verschluckt worden war, wie sie gefürchtet hatte, das Seil könnte reißen.

Doch selbst wenn das geschehen wäre, hätte Lukas Hilfe geholt. William Cooper aber war allein gewesen. Niemand hatte ihn gehört, niemand hatte ihn vermisst, niemand hatte ihm geholfen.

Ich weiß nicht, wie lange ich hier unten bin. Starke Schmerzen. Hunger. Flasche ist leer. Durst ist am schlimmsten. Habe mich …
Boden gezogen, nach Wasser gesucht, aber nichts …
Kräfte sparen. Vielleicht kommt noch Hilfe.
… Haut juckt. Durst Durst Durst Durst

Paula presste die Hände vors Gesicht und versuchte, ruhig zu atmen. Es war, als läse sie eine Geschichte, deren Ausgang sie schon kannte. Sie sah einem Menschen beim Sterben zu.

Frauenstimme kehrtgemacht muss irgendwie Zunge klebt am Gaumen rufe laut hinauf höre sie sie ist da ruft meinen Namen setze mich Schwindel lege alle Kraft in meine Stimme nein Schritte gehen weg Stille

Das Buch entglitt Paulas kraftlosen Fingern.

War Caroline Bennett dort gewesen? Sie war mit ihrem Vater auf dem Schiff gereist, vielleicht waren sie zusammen ausgestiegen. Aber im Gasthof Krone hatte niemand eine Frau erwähnt. Sie überlegte fieberhaft. Angenommen, Caroline Bennett wäre in Rüdesheim geblieben. Dann hätte sie William vermisst, nach ihm gesucht. Tatsächlich hatte ihr Vater eine Frauenstimme gehört und nach ihr gerufen.

Doch die Frau war wieder weggegangen. Warum? Konnte sie allein nichts ausrichten? Wollte sie in den Ort gehen und Hilfe holen? Aber sie war nicht zurückgekommen, man hatte ihren Vater nicht gerettet.

Paula ging auf und ab, als könnte sie so klarer denken. Vielleicht hatte er sich die Frau nur eingebildet. Er verdurstete, litt Schmerzen, hatte Angst, hoffte verzweifelt, dass jemand ihn finden und retten würde.

Sie drückte die Faust vor die Lippen, so fest, dass es wehtat.

Und wenn er es sich doch nicht eingebildet hatte?

Paula nahm das Buch vom Bett und blätterte noch einmal durch die beschriebenen Seiten. *Stille.* Das letzte, kaum leserliche Wort.

Danach kam nichts mehr. Paula wollte das Buch schon schließen, da blieb ihr Finger an der allerletzten Seite hängen. Und dort stand, blass und kaum noch zu entziffern:

Margaret ... warum?

40

Ein Versprechen

Bonn

Paula drängte es, nach Bonn zurückzukehren. Sie musste Onkel Rudy unbedingt berichten, was sie entdeckt hatten, musste ihm das Notizbuch geben, damit er mit eigenen Augen die letzten Worte seines Bruders lesen konnte. Sie war aufgewühlt, hatte kaum geschlafen, weil ihre Gedanken ständig um den letzten Eintrag kreisten: *Margaret ... warum?*

Sie beschlossen, auf die Schiffsfahrt zu verzichten, und fuhren stattdessen mit der Eisenbahn nach Bonn zurück.

Als Paula mit Benjamin im Abteil saß – zum Glück waren sie allein –, reichte sie ihm das Buch. Er las, ohne ein einziges Mal die Augen zu heben, und als er fertig war, klappte er es zu und gab es ihr zurück. Danach schaute er schweigend auf seine Hände, als suchte er nach den richtigen Worten.

»Was wirst du jetzt tun?«

Paula schluckte mühsam. »Ich hatte überlegt, ihn bergen und überführen zu lassen, nach Bonn oder sogar nach Sunbury-on-Thames, da kam er her. Nicht nach London,

nicht in das verlogene Grab. Aber … wie soll ich sagen …
es fühlt sich nicht richtig an.«

Benjamin schaute sie ernst an. »Das verstehe ich.«

Ihre Augen brannten, und zum ersten Mal kamen ihr
die Tränen. »Es … fällt mir schwer, das Skelett, *ihn* hier zu-
rückzulassen. Dass mein Vater tot ist, überrascht mich
nicht. Aber die Grausamkeit, mit der er gestorben ist …«
Sie musste innehalten. »Die zerreißt mir das Herz.«

Benjamin stand auf und setzte sich neben sie. Paula
lehnte den Kopf an seine Schulter und gab den Tränen
nach.

Als sie sich gefasst hatte, sagte sie leise: »Mich verfolgen
diese letzten Worte. War meine Mutter tatsächlich dort,
oder war es eine andere Frau?« Sie seufzte. »Ich hätte in
Rüdesheim weiterfragen können. Wenn es meine Mutter
war, hat sie nach ihm gefragt, sie konnte doch nicht wissen,
dass er zur Ruine wollte. Dann wüsste ich …«

»Hör auf, dich zu quälen«, warf Benjamin energisch ein.
»Du hast mehr getan als irgendjemand sonst.« Er presste
nachdenklich die Lippen aufeinander. »Gerade wird mir etwas klar. Falls deine Mutter deinem Vater nachgereist ist,
muss meine Mutter sich um dich gekümmert haben! Niemand unternimmt eine solche Suche allein mit einem kleinen Kind. Dann aber hat es auch mein Vater gewusst und
nicht erwähnt. Sie könnte ihm sogar verraten haben, was in
der Ruine geschehen ist, vielleicht, dass sie ihren Mann
dort hilflos zurückgelassen hat. Wenn es so ist, dann schützt
er deine Mutter seit über dreißig Jahren. Das macht ihn
doch zum Mitschuldigen, oder?«

»Ich muss nach London«, sagte Paula unvermittelt.

»Du solltest das alles erst einmal sacken lassen«, entgegnete Benjamin besorgt.

»Ich finde keine Ruhe, solange ich es nicht von meiner Mutter gehört habe. Aus ihrem Mund, mit ihren eigenen Worten«, brach es aus ihr hervor. »Wenn sie dort war, hat sie uns beide verraten, meinen Vater *und* mich.« Sie rang nach Luft. »Der Gedanke ist so überwältigend, dass ich es gar nicht ...«

Seine Hände schlossen sich fest um ihre, als wollte er sie zu sich zurückholen. »Paula, noch weißt du es nicht sicher.«

»Meine Mutter hat mich schon so oft belogen.«

Er schien nach den richtigen Worten zu suchen. »Wer verdurstet, leidet häufig unter Wahnvorstellungen. Und dein Vater war allein, verletzt, in der Dunkelheit. Da bildet man sich alles Mögliche ein. Oder es war doch eine andere Frau.«

Noch während er es aussprach, sah Paula, wie sich Benjamins Gesicht veränderte, wie er resignierte.

»Eine andere Frau hätte ihn gerettet, nicht wahr?«

Als sie am späten Nachmittag in der Coblenzer Straße eintrafen, öffnete ihnen der Professor die Tür. Sobald Paula sein Gesicht sah, traf es sie wie ein Schlag.

»Was ist passiert? Ist er ...?« Sie spürte, wie Benjamin ihr die Hand auf den Rücken legte.

»Nein«, sagte August Hergeth, während sie in den Flur traten und ihr Gepäck abstellten. »Aber sein Zustand hat sich verschlechtert, kurz nachdem Sie abgereist waren. Ich wollte Ihnen telegrafieren, aber er hat es mir strikt verboten. So energisch habe ich Rudolph selten erlebt.«

»Kann ich zu ihm?« Paula hatte schon Hut und Mantel abgelegt und die Hand auf dem Treppengeländer.

»Natürlich. Ich war gerade oben und habe ihm seine Medizin gegeben. Er wird sich sehr freuen, Sie zu sehen, Miss Cooper.«

Paula drehte sich zu Benjamin um, der im Flur stand und sie zweifelnd ansah. »Willst du noch immer, dass ich dir eine Fahrkarte besorge?«, fragte er.

»Warte bitte im Wohnzimmer, bis ich mit ihm gesprochen habe«, erwiderte sie und eilte die Treppe hinauf.

Die Schlafzimmertür ihres Onkels war angelehnt. Sie blieb kurz davor stehen, um Mut zu sammeln.

»Bist du das, Paula?«, erklang seine schwache Stimme von drinnen.

Sie trat ein. Er lag im Bett, Kopf und Rücken von dicken Kissen gestützt, um ihm das Atmen zu erleichtern, und hob die Hand, als er sie sah. Ein Lächeln ging über sein Gesicht.

Paula kniete sich neben das Bett und drückte das Gesicht auf seine Hand.

»Schau mich an.«

»Es tut mir so leid, dass ich nicht früher zurückgekommen bin.«

Sie hörte, wie schnell sein Atem ging, und sah, wie rasch und mühsam sich seine Brust hob und senkte. Die Angst schnürte ihr die Kehle zu. Sie war heimgekehrt und hatte eine Geschichte mitgebracht, die ihn bis ins Mark treffen

424

würde. Sie fürchtete sich davor, Onkel Rudy zu erzählen, was sie im Turm von Ehrenfels entdeckt hatten.

»Unsinn. Du hattest ... eine Aufgabe. Hast du sie erfüllt?«

Paula nickte. Ihr Herz war schwer. »Ich habe deinen Bruder gefunden.« Nun konnte sie die Worte nicht mehr einfangen.

»Dann erzähle mir davon.«

Sie zog einen Stuhl heran, setzte sich und ergriff Onkel Rudys Hand. Nachdem sie ihn fest angesehen und noch einmal tief durchgeatmet hatte, begann sie mit ihrer Erzählung. Sie ließ nichts aus – wollte vielleicht das bittere Ende hinauszögern –, berichtete, wie sie William Coopers Reise Stück um Stück zusammengefügt hatten, wie sie auf seinen Spuren nach Süden gereist waren. Sie erzählte von Koblenz und Bacharach, von Assmannshausen und Rüdesheim, von dem alten Mantel, der die Jahre überdauert hatte, von der Ruine Ehrenfels und dem grausigen Fund im Turm und von dem Buch, das Benjamin entdeckt hatte.

Als sie fertig war, griff sie mit zitternder Hand in ihre Rocktasche und holte es hervor.

Onkel Rudys Wangen glänzten nass, als er es behutsam entgegennahm und vorsichtig darüberstrich. Dann schlug er es auf und sagte sofort: »Ja, das ist ... seine Schrift. Mein Bruder. Er hat ... das nicht verdient.«

»Ich kann es dir vorlesen«, sagte Paula leise.

»Später.« Das Buch entglitt seinen kraftlosen Händen und blieb auf der Bettdecke liegen.

Die Traurigkeit drohte sie zu ersticken. »Ich bin mir

nicht mehr sicher, ob es richtig war, um die Aufklärung der alten Geschichte zu kämpfen. Ob die Ungewissheit nicht gnädiger gewesen wäre.«

Onkel Rudys Finger schossen vor und schlossen sich erstaunlich fest um ihren Unterarm. Er keuchte. »Nein. Sag ... das nicht. Es musste ... ans Licht.«

»Meinst du wirklich? Mir sind seit gestern Zweifel daran gekommen.«

Er versuchte, sich aufzusetzen, hustete und deutete auf die Kissen. Paula schüttelte sie auf und legte sie so hin, dass er sich im Sitzen anlehnen konnte. Sie reichte ihm das Wasserglas, das auf dem Nachttisch stand. Als er getrunken hatte, stieß er hervor: »Du musst ... nach London. Zu deiner Mutter. Sie fragen ... was geschehen ist.«

»Ich kann dich nicht allein lassen«, sagte Paula erstickt. »Ich will dabei sein, falls ...«

»Nicht falls, *wenn*. Nicht weinen ... Liebes. Es ist gut. Ich hatte so viel Glück ... im Leben. Ich habe ... dich und August. Mehr als ... viele.« Er rang nach Luft, seine Lippen färbten sich blau. Doch bevor Paula um Hilfe rufen konnte, sprach er weiter. »Ich ...gehe erst, wenn du ... zurück bist. Versprochen.«

Paula küsste ihn auf die Stirn, strich ihm zärtlich über die Wange und ging dann leise hinaus. Erst als sie in ihrem Zimmer war, überließ sie sich den Tränen. Sie weinte, wie sie noch nie im Leben geweint hatte, es schüttelte ihren ganzen Körper, und sie rollte sich so eng auf dem Bett zusammen, als wäre sie wieder im Leib ihrer Mutter. Sie weinte um ihren Vater, der einsam in der Dunkelheit gestorben war, um ihren Onkel, der bald gehen, und um den Professor, der allein zurückbleiben würde. Und dann gestattete sie sich, auch um sich selbst zu weinen. Sie weinte um das Kind, das seinen Vater nicht gekannt hatte, und um die junge Frau, die um so vieles betrogen worden war.

Irgendwann setzte sie sich langsam auf und wischte sich mit dem Ärmel die Tränen ab. Doch es war, als würde sie etwas Grundsätzliches von sich abstreifen, so wie eine Schlange ihre alte Haut. Sie erhob sich, strich ihr Kleid glatt und ging nach unten, um Benjamin Bescheid zu geben. Dann kehrte sie an Rudys Seite zurück und blieb die nächsten Stunden bei ihm.

41

Geständnisse

Lambeth, London

Als die Mietdroschke in die Church Street einbog, schlug Paulas Herz bis in die Kehle. Die letzten Tage waren wie in einem Nebel vergangen – die Bahnreise durch Belgien, die Überfahrt mit dem Schiff, dann weiter nach London, wo sie in einem kleinen Hotel abgestiegen waren. Benjamin hatte sich geweigert, sie allein fahren zu lassen, und Onkel Rudy hatte ihn darin bestärkt. Also hatte sie nachgegeben.

Benjamin war frühmorgens nach Surrey weitergereist, und das nicht nur, um seinen Vater zu besuchen, wie er es ihm schon lange angekündigt hatte. Paula wusste, dass Benjamin ihn zur Rede stellen wollte.

Als die Droschke langsamer wurde, kehrten ihre Sorgen mit Macht zurück. Sie hatte sich nicht angekündigt. Paula wollte ihrer Mutter gegenübertreten, ohne dass diese sie erwartete und sich eine Geschichte zurechtlegen konnte, wollte ihr ins Gesicht sehen, wenn sie von dem grauenhaften Fund in Ehrenfels erzählte.

Dann ging ein Ruck durch den Wagen, der Schlag wurde

geöffnet, und der Kutscher half ihr beim Aussteigen. Sie gab ihm ein großzügiges Trinkgeld.

»Bitte holen Sie mich in zwei Stunden wieder ab.«

Sie blieb vor der Tür stehen, bis die Räder auf dem Pflaster verklungen waren. Dann klopfte sie an.

Es dauerte nicht lange, bis Margaret Cooper öffnete. Als sie sich ihrer Tochter gegenübersah, schlug sie die Hand vor die Brust und wich zurück. »Paula! Was machst du … Warum hast du mir nicht geschrieben, dass du kommst?« Sie winkte ihre Tochter herein und wollte sie umarmen, doch Paula machte sich steif.

»Wo ist dein Gepäck?«

»Ich werde nicht bleiben, Mutter.«

Margarets Gesicht verschloss sich, als hätte man die Sonne verdunkelt. »Warum bist du dann gekommen?«

»Ich muss dringend mit dir sprechen. Sind deine Mieter außer Haus?«

Margaret nickte und führte ihre Tochter ins Wohnzimmer. »Möchtest du Tee?«

Paula nickte knapp. Sie konnte ihrer Mutter diese grundlegende Höflichkeit nicht verwehren.

Als sie mit ihren Tassen dasaßen, rührte Margaret so lange klirrend um, dass Paula an sich halten musste, um nicht laut zu werden.

»Wie war deine Reise? Ich hoffe, du hast dich bei Rudy wohlgefühlt. Du hast nur selten geschrieben.«

»Es gefällt mir gut. Ich habe unter anderem eine längere Fahrt auf dem Rhein unternommen.«

»Wie schön.« Margaret schien entschlossen, die Illusion

429

einer Plauderei aufrechtzuerhalten. »Die Gegend ist reizvoll.«

»Das weißt du ja aus eigener Erfahrung«, entfuhr es Paula.

»Natürlich erinnere ich mich an Bonn.«

»Ich hatte eher an Rüdesheim gedacht«, sagte Paula und wunderte sich, wie ruhig ihre Stimme klang. »Dort gibt es eine hübsche Burgruine namens Ehrenfels, von der man eine herrliche Sicht auf den Rhein genießt. Sie hat auch zwei hohe Türme, die man ersteigen kann.«

Hätte sie ihre Mutter nicht so aufmerksam beobachtet, wäre ihr entgangen, wie sich Margarets Mund verhärtete, wie sie die Lippen aufeinanderpresste.

»Die kenne ich nicht, aber es klingt hübsch.«

Ihre Mutter tat noch immer, als berichtete sie von ihren Reiseeindrücken, wenngleich ihre Finger, die auf dem Tisch lagen, kaum merklich zitterten.

Paula konnte nicht länger an sich halten und sprang auf. »Und ob du dort gewesen bist! Gib es doch endlich zu!«, rief sie.

Ihre Mutter wurde blass, schwieg aber beharrlich.

Paula ließ sich auf den Stuhl fallen und beugte sich vor. »Gut, dann sage ich dir, was damals geschehen ist. Ich hatte Zeit … und Hilfe. Menschen, die freundlich zu mir waren. Sie haben mir geholfen, das Rätsel um meinen Vater zu lösen.«

»Harriet war auch freundlich zu dir und …«

»Darum geht es nicht«, fiel Paula ihr grob ins Wort. »Es geht um die Wahrheit, also höre gut zu. Du hast mich damals bei einem hilfsbereiten Ehepaar namens Trevor gelassen. Die beiden haben sich um mich gekümmert, nachdem mein Vater verschwunden war. Dann bist du ihm nachgereist.«

Margaret atmete tief durch und machte sich kerzengerade. »Ja, ich bin ihm nachgereist, habe unterwegs überall nach ihm gefragt, vergeblich. Ich habe ihn nicht gefunden, das habe ich dir doch geschrieben. Er muss mit dieser Frau weggegangen sein.« Ihre Stimme klang selbst nach all den Jahren hasserfüllt.

Paula hob die Hand und brachte sie damit zum Schweigen. »So war es nicht, und das weißt du sehr wohl. Diese Frau – ich nehme an, du meinst die Ehrenwerte Caroline Bennett – heißt heute Carolina Giannini-de Rojas. Sie ist damals allein nach Italien gereist und hat dort einen einheimischen Adligen geheiratet. Niemand hat sie nach der Rheinreise je wieder in Begleitung meines Vaters gesehen.«

Ihre Mutter schluckte mühsam und umklammerte die Tischkante. »Wie hast du …?«

»Wie ich schon sagte, ich habe Freunde. Und ich bin beharrlich. Wie beharrlich, hat mich selbst überrascht, aber man ist wohl nie zu alt, um sich selbst kennenzulernen.« Sie legte eine Pause ein. »Ich wollte endlich wissen, woher ich komme und wer mein Vater war.«

»Du bist also auch den Rhein hinaufgefahren, um nach ihm zu suchen?«

Paulas Atem ging nun etwas ruhiger. »Genau wie du vor dreißig Jahren. Aber ich war nicht allein. Mr. Trevors Sohn hat mich begleitet. Er war stets dabei, wenn ich mich nach

Vater erkundigt und sein Bild vorgezeigt habe. Wir haben seine Reise zusammengesetzt wie ein Mosaik. Und am Ende fehlte nur das letzte Stück. Das haben wir in der Nähe von Rüdesheim gefunden.«

Ihre Mutter saß reglos da.

»Wir fanden die Antwort in einem Turm der Ehrenfels, tief unten, Mr. Trevor hat sich bis zum Grund abgeseilt. Der Holzboden war eingebrochen, aber das weißt du ja.«

»Was soll das Gerede von diesem Turm und einem eingebrochenen Boden?«, schrie Margaret. »Du kommst hierher, unterziehst mich einem Verhör …«

Paula holte das Buch hervor und hielt es so, dass ihre Mutter es nicht ergreifen konnte. Sie wusste, es war ein Vabanquespiel, es konnte das Trugbild eines Sterbenden gewesen sein … Doch sie musste Gewissheit haben und würde sie nur auf diesem Weg erlangen.

»Mein Vater hat die Burg besucht. Dort ist er in dem Turm in die Tiefe gestürzt. Während er hilflos da unten lag, hat er ein paar letzte Einträge in dem Büchlein verfasst. Er hat dagelegen und auf Rettung gewartet, aber das Wetter war schlecht, niemand kam in die Ruine. Und dann, als er die Hoffnung schon aufgegeben hatte, hörte er eine Frauenstimme, die seinen Namen rief.« Paula sah ihre Mutter durchdringend an. »Er antwortete, legte die letzte Kraft in seine Stimme – aber die Frau ging fort. Sie hat ihn dort sterben lassen.«

Der Stuhl, auf dem Margaret gesessen hatte, flog so abrupt in die Ecke, dass ein Bein abbrach. »Nein! So war es nicht!«

Paula konnte nichts anderes denken als: *Jetzt werde ich es endlich hören. Dies ist das Ende meiner Reise, und ich weiß nicht, ob ich ihm gewachsen bin.* Es war wie ein endloses Lied, das in ihrem Kopf erklang und das nur sie allein wahrnehmen konnte.

Ihre Mutter blieb mit verschränkten Armen vor ihr stehen. »Du willst deinen Vater unbedingt als Opfer betrachten, nicht wahr? Weil es einfacher und angenehmer ist. Nun, diese Illusion muss ich dir nehmen.« Sie holte tief Luft. »Ich habe William dort in Ehrenfels gefunden, das ist richtig. Leicht war es nicht. Ich habe unterwegs überall gefragt, habe eine Burg nach der anderen besucht und immer gehofft, irgendwo eine Spur von ihm zu finden. Ich war kurz davor aufzugeben, Rüdesheim war meine letzte Station. Ich musste ja zu dir zurück. Ich bin also nach Ehrenfels gegangen, entdeckte die Leiter am Turm, stieg hinauf. Und als ich das Loch im Boden sah, erkannte ich, was geschehen war. Ich schäme mich nicht zu gestehen, dass ich froh und erleichtert war, weil William einen Unfall gehabt hatte und nicht mit dieser Frau zusammen war. Ich vergaß den Zwist und die Entfremdung und war einfach nur glücklich.« Sie schluckte. »Ich habe mich auf den Boden gelegt und bin vorsichtig zu dem Loch gekrochen, es war überhaupt nicht gesichert. Dann habe ich ihn gerufen. Ich habe seinen Namen gerufen, und er hat geantwortet.« Zorn loderte aus ihren Augen. »O ja, er hat geantwortet. Seine Stimme klang geschwächt, aber ich konnte ihn verstehen. ›Sind Sie es, Caroline? Sie sind gekommen, ich hatte so sehr darauf gehofft.‹«

Ein heißes Stück Blei bohrte sich in Paulas Brust. Ihr

eigener Zorn prallte auf den ihrer Mutter wie Schwerter, die klirrend aufeinandertreffen. Sie pulsierte förmlich vor Wut und ahnte doch tief im Inneren, wie unglücklich man sein musste, um so grausam zu handeln. Sie versuchte, das aufkeimende Mitleid wegzuschieben.

»Begreifst du?«, fragte ihre Mutter drängend. »Er lag im Sterben und dachte trotzdem nur an sie. Er kam nicht einmal auf den Gedanken, ich könnte es sein, die nach ihm gesucht hatte, die gekommen war, um ihn zu retten. Das habe ich ihm auch gesagt.« Margaret ließ sich aufs Sofa fallen und vergrub das Gesicht in den Händen.

»Und dann bist du weggegangen und hast ihn sterben lassen«, sagte Paula tonlos.

»Ich habe *uns beide* gerettet, dich und mich. Ich habe uns ein achtbares Leben verschafft. Dir hat es nie an etwas gemangelt, du warst immer gut versorgt.«

»Aber um welchen Preis, Mutter?«, fragte Paula bitter. »Er hätte vielleicht überlebt.«

Margaret sah sie an, und ihr Blick war hart wie Eisen. »Er hatte es verdient. Er brachte mich in ein Land, in dem ich die Leute nicht verstehen konnte, in dem ich mich fremd gefühlt habe. Ich war allein mit einem kranken Kind, und er war immer unterwegs, ist in Gesellschaft gegangen, hat Ausflüge unternommen, während ich allein im Hotel saß.«

»Soweit ich weiß, hast du dich geweigert, das Zimmer zu verlassen«, warf Paula ein.

»Weil ich wusste, dass ich nicht dazugehörte. Ich war nicht intellektuell, konnte nicht über Wissenschaft und Kunst plaudern, sprach kein Wort Deutsch. Außerdem erkannte ich bald, dass wir uns das alles gar nicht leisten konnten. Dass er dieses Buch, das er plante, vielleicht nie schreiben würde. Dass wir über kurz oder lang mittellos dastehen würden, weil er einem Traum hinterherlief!«

Paula atmete tief durch. »Es tut mir aufrichtig leid, dass du es so schwer hattest. Ich habe Mitgefühl mit der Frau, die du damals warst. Aber nichts von dem rechtfertigt, was du in Ehrenfels getan hast.« Ihre Mutter wollte sie unterbrechen, doch Paula hob die Hand. »Und wenn er nun nicht nach Caroline gefragt hätte? Wärst du nach Rüdesheim gerannt, so schnell dich deine Füße trugen, hättest du Helfer mit Seilen und Werkzeugen geholt, die ihn befreit hätten?« Sie sah ihre Mutter herausfordernd an. »Hättest du mir den Vater gelassen?«

Margaret senkte den Kopf und schwieg.

Paula stand auf und schluckte die Tränen hinunter, die sie zu überkommen drohten. »Seit ich in diesen Turm geklettert bin, habe ich mich gefragt, ob es ein Fehler war, dorthin zu reisen. Es hat Onkel Rudy und mir viel Leid gebracht. Aber letztlich bereue ich es nicht. Ich muss nicht unwissend weiterleben und kenne endlich einen wichtigen Teil meiner Familiengeschichte.« Sie schüttelte den Kopf. »Mein Vater mag viele Fehler gehabt haben, aber er hat diesen Tod nicht verdient. Wir haben seine Leiche dort gefunden und ihn dem Vergessen entrissen. Das allein ist es, was für mich zählt.«

Paula ging in den Flur. Einen Moment lang blieb es still, dann folgten ihr Schritte.

»Was soll jetzt werden?«

Paula drehte sich zu ihrer Mutter um, die auf der Schwelle stand und sie aus großen Augen ansah.

»Ich muss zurück zu Onkel Rudy, er hat nicht mehr lange zu leben. Mein Platz ist bei ihm.«

»Und dieser Mann?«

»*Dieser Mann* hat mich hierherbegleitet und besucht heute seinen Vater, der ein alter Bekannter von dir zu sein scheint. Irgendwann laufen alle Fäden zusammen. Man kann dem Schicksal nicht entgehen.«

»Paula!«

Sie kämpfte mit sich, wollte ihrer Mutter nicht mehr zuhören und tat es doch.

»Wirst du mir schreiben?«

Sie kämpfte mich sich. Wenn sie jetzt ablehnte, wäre der Schnitt unwiderruflich. War das wirklich ihr Ziel?

Paula brauchte Zeit, viel Zeit, und wollte sich jetzt nicht verpflichten.

»Irgendwann.«

Es war nicht viel, konnte aber ein Anfang sein, der Hauch eines Versprechens.

Kurz darauf fiel die Haustür hinter ihr ins Schloss. Ihr blieb noch Zeit, bis der Kutscher kam. Sie ging in Richtung Friedhof und warf einen Blick zu den Grabsteinen, trat aber nicht durch das Tor. Sie würde an ihren Vater denken, wenn sie auf dem Alten Zoll stand und zum Drachenfels hinübersah, wenn sie ein Glas Rheinwein trank oder vom Schiff aus die Türme der Ruine Ehrenfels betrachtete. Dort hatte er seine Spuren hinterlassen. Es brauchte keinen leeren Sarg, damit man sich an William Cooper erinnerte.

42

Im Abendsonnenschein

Drachenfels

Sie standen zu dritt auf der Terrasse und schauten auf den Rhein, der in der späten Nachmittagssonne glitzerte. Sie warteten, bis die anderen Besucher sich allmählich an den Abstieg machten, und begaben sich auf ein Zeichen des Professors zu dem Weg, der zur Ruine führte. Dort, im Schatten der Bäume, schlug er den Mantel zurück und griff in den Beutel, den er die ganze Zeit darunter getragen hatte. Er nahm die Urne heraus und hielt sie in beiden Händen.

Paula sah, wie sich zwei Tränen aus seinen Augen stahlen, und er scheute sich nicht, sie über die Wangen rinnen zu lassen. Benjamin legte ihr den Arm um die Schultern, und die drei standen mit gesenktem Kopf da und bereiteten sich, jeder auf seine Weise, darauf vor, von Rudy Cooper Abschied zu nehmen.

Onkel Rudy war vor vier Tagen gestorben. Die beiden Wochen mit ihm waren Paula beinahe unwirklich vorgekommen, da sie sein Zimmer selten verlassen hatte. Die Außenwelt schien fern, drang nur gedämpft durchs Fenster. Er war nie allein, stets umgeben von Tine, Paula und seinem August, die ihn am meisten liebten.

Benjamin war immer mal vorbeigekommen und hatte seine Hilfe angeboten, doch die Welt schrumpfte auf das Zimmer und die drei Menschen, die Onkel Rudy in seinen letzten Tagen begleiteten.

Um das Testament hatte Paula sich keine Gedanken gemacht, sie hatte in Wahrheit noch gar nicht an das gedacht, was nach Onkel Rudys Tod geschehen würde.

Dann aber hatte sie zusammen mit dem Professor und Benjamin dem Anwalt gegenübergesessen, der in seiner Kanzlei das Testament eröffnete, während die Julisonne durchs Fenster schien, als wollte sie alle Trauer vertreiben.

Onkel Rudys Testament war genau wie sein Verfasser – liebevoll und sehr eigen.

»Meinem teuren Freund August Hergeth vermache ich meine bescheidene Bibliothek, damit er auch nach meinem Ableben etwas zu lachen hat.« Der Anwalt schaute auf und sah den Professor mit ausdrucksloser Miene an, ehe er fortfuhr: »Außerdem erhält er meine goldene Taschenuhr, auf dass er nie vergessen möge, wie kurz unser Dasein auf dieser Erde ist und wie vielfältig seine Freuden sind. Er kennt meine Wünsche bezüglich meiner Bestattung und wird sie erfüllen, da ich mir seiner treuen Freundschaft ganz und gar gewiss bin.«

Tine und Karl waren mit einer großzügigen Summe bedacht worden, ebenso mehrere wohltätige Bonner Vereine.

Den letzten Teil des Testaments hatte Rudy erst vor wenigen Wochen hinzugefügt, wie der Anwalt ihnen erklärte.

»Mein Haus in der Coblenzer Straße sowie mein Vermögen und die gesamte Einrichtung meines Geschäfts in der Brüdergasse gehen an meine Nichte Paula Cooper, die mehr Glück in meine letzten Monate gebracht hat, als sie je erahnen kann. Sie möge entscheiden, ob sie das Geschäft selbst weiterführen oder an meinen Mitarbeiter Herrn Wörth übergeben und mit ihrem künftigen Ehemann auf Reisen gehen möchte.«

Paula war überrascht und gerührt. Sie genoss die Vorstellung, dass ihre Zukunft sicher und doch frei vor ihr lag, und dankte Onkel Rudy insgeheim, weil er ihr die Wahl gelassen hatte. Denn wenn sie ehrlich war, wollte sie nun, da sie unabhängig war, ihr Leben nicht hinter einer Ladentheke verbringen. Bei Herrn Wörth käme alles, was Onkel Rudy sich erarbeitet hatte, in gute Hände.

Nach der Hochzeit wollten sie einige Monate in England bei Benjamins Vater bleiben, der, wie sich herausgestellt hatte, nichts von dem Toten im Turm gewusst hatte. Und danach würden sie reisen, nach Italien und Griechenland und vielleicht noch weiter, an Orte, die Benjamin ihr zeigen und die sie dringend sehen wollte. Die Reise nach Bonn hatte ihre Sehnsucht geweckt, und es gab so viele fremde Länder zu entdecken.

Eine Frau, ein Mann und eine Kamera. Was für ein Leben.

»Sind Sie bereit?«, fragte der Professor, worauf beide nickten. Sie folgten ihm den Pfad hinauf, und Paula erinnerte sich, wie sie mit Benjamin hier hochgestiegen war, am Anfang einer Reise, die alles verändert hatte. Als hätte er ihre

Gedanken gelesen, schlossen sich seine warmen Finger fest um ihre.

Dann standen sie im Schatten der Ruine. Paula konnte nur ahnen, welche Tricks und Überredungskünste der Professor aufgewendet hatte, damit man ihm die Urne übergab. Schon die Einäscherung hatte für Stirnrunzeln gesorgt, denn sowohl die Bonner Freunde als auch die Briten hatten fest damit gerechnet, dass Rudolph Cooper seine letzte Ruhestätte auf dem Alten Friedhof fände.

»Ich habe übrigens allen erzählt, liebe Paula, Sie würden die Urne mitnehmen, wenn Sie das nächste Mal in die Heimat reisen. Der Verstorbene habe gewünscht, dass man ihn in England beisetzt«, sagte er und zwinkerte ihr trotz seiner Tränen zu.

Paula lachte leise auf. »Sie sind ein Schlitzohr. Sie und mein Onkel haben einander wirklich verdient.«

Doch ihr Tonfall verriet, was sie in Wahrheit meinte.

Der Professor wandte sich in Richtung Rhein, beugte sich über die steinerne Brüstung, öffnete den Deckel und drehte die Urne herum, sodass die Asche herausrieselte und sofort vom leichten Wind erfasst wurde. Ein grauer Schleier schwebte in der Luft und wich dann der Abendsonne, die den Gipfel des Berges und den Fluss im Tal wie Edelsteine funkeln ließ.

Nachwort der Autorin

Als ich Kind war, verging kein Sommer ohne einen Ausflug zum Drachenfels. Die Bahn, die zum Gipfel hinauffuhr, der Fußweg hinunter, gesäumt von interessanten Kiosken und Andenkenläden, in denen ich mein Taschengeld lassen konnte, das Mitleid mit den Eseln, die Touristen hinauftrugen, all das gehörte dazu. Aber auch der herrliche Blick von der Ruine auf den Rhein. Damals hätte ich mir nicht träumen lassen, dass ich einmal einen Roman schreiben würde, in dem der Rhein und auch der Drachenfels eine zentrale Rolle spielen.

Ich kannte den Fluss seit Langem als malerisches Ausflugsziel, erfuhr aber erst aus einem Zeitungsartikel, dass es eigentlich britische Besucher gewesen waren, die den »romantischen Rhein« für sich entdeckt hatten. Das fand ich spannend.

Noch spannender fand ich die Existenz einer britischen Kolonie, die sich im 19. Jahrhundert in Bonn zusammengefunden und sogar eigene Kirchengemeinden und Kulturvereine gegründet hatte. Sie soll zeitweise bis zu tausend

Personen umfasst haben, etwa vier Prozent der damaligen Bonner Bevölkerung. Sie kamen wegen der schönen Landschaft, der guten Schulen und Universität – auch Albert, Königin Victorias Prinzgemahl, hat in Bonn studiert – und nicht zuletzt wegen der günstigen Lebenshaltungskosten.

Also begab ich mich auf Spurensuche. Ich nahm an einer Stadtführung über Briten in Bonn teil, besuchte den Alten Friedhof mit seinen herrlichen Bäumen und interessanten Grabsteinen und besichtigte die Orte, an denen sich meine Heldin Paula wohl bewegt hätte: den Alten Zoll mit seiner wunderbaren Sicht auf den Rhein und das Siebengebirge, den Kreuzberg, auf dem heute jedoch keine Mumien mehr zu sehen sind, die prachtvolle Poppelsdorfer Allee und die Universität mit dem Hofgarten.

Aber die Spurensuche ging noch weiter: Drachenfels und Siebengebirgsmuseum, dann den Rhein hinunter bis Bacharach und Rüdesheim mit der Ruine Ehrenfels.

Ich hatte ziemlich genaue Vorstellungen von der Burg, in der mein Roman seinen dramatischen Höhepunkt finden sollte: Sie durfte zur Zeit der Romanhandlung nicht restauriert oder an einen amerikanischen Millionär verkauft worden sein und musste möglichst einsam liegen. Letztlich blieben nur zwei Burgen übrig, die infrage kamen, und Ehrenfels war, wie erhofft, die richtige für mich. Alles, was Sie im Buch darüber lesen, entspricht den Tatsachen – mit Ausnahme des eingebrochenen Bodens und der Leiche am Grund des Turmes (das hoffe ich jedenfalls).

An dieser Stelle muss ich unbedingt erwähnen, was mich zum tragischen Ende des William Cooper inspiriert hat. Es gibt eine Geschichte, die inzwischen ins Reich der Fabeln verwiesen wurde und nach der 1851 eine junge Britin namens Idilia Dubb in der Burgruine Lahneck verdurstete, nachdem eine Treppe eingebrochen war. Die Einzelheiten sind eines Schauerromans würdig. Eine kurze Internetrecherche dazu kann ich empfehlen.

Die Ruine Ehrenfels ist heute für Besucher gesperrt. Trotzdem konnte ich mir dank moderner Technik ein wunderbares Bild davon machen, da es auf Youtube ein mit einer Drohne gefilmtes Video gibt (https://www.youtube.com/watch?v=7YC0-WV0VEI&t=145s).

Mich haben auch die Sagen des Rheins inspiriert, die ich schon als Kind gelesen hatte. Natürlich konnte ich nur die wenigsten davon im Roman erwähnen und musste schweren Herzens auf meinen Favoriten »Der Mönch von Heisterbach« verzichten, in dem es um das Wesen der Zeit geht. Dennoch sorgte das Wissen um diese Sagen für die passende Atmosphäre beim Schreiben, und ich hoffe, dass dies auch beim Lesen spürbar wird.

Fast alle Orte, die ich beschreibe, können Sie selbst entdecken. Aber tatsächlich nur *fast* alle, denn auch Bonn blieb von den Bombenangriffen des Zweiten Weltkriegs nicht verschont. Daher habe ich vergeblich nach den Häusern an der Coblenzer Straße, der heutigen Adenauerallee, gesucht, in denen der echte William Wenborne und mein fiktiver Onkel Rudy wohnten.

Historische Figuren (handelnd)
Reverend J.S.M. Anderson
George Cubitt
Caspar Doetsch
William Graham
Emma Jackson
Leopold Kaufmann
Moritz Mattern
Walter Copland Perry
Wilhelm Sinning
William Wenborne

Historische Figuren (erwähnt)
Friedrich Wilhelm August Argelander
George Gordon Noel Lord Byron
Thomas Cook
Ferdinand von Freiligrath
Heinrich Heine
Henry Mayhew
Eugen Daniel Ott
Ann Radcliffe
J.M.W. Turner

Danksagung

Zuallererst möchte ich meiner Tochter Lena Klinkenberg danken, die in Bonn genau dort wohnt, wo ich Onkel Rudys Laden angesiedelt habe, und die mich bei den Recherchen tatkräftig unterstützt hat. Sie zu besuchen und gleichzeitig zu recherchieren hieß für mich, das Angenehme mit dem Nützlichen zu verbinden. Danke, Lena, für Besuche im Stadtarchiv und andere Recherchen vor Ort. Und auch dafür, dass du die *Burgen am Rhein* im Offenen Bücherschrank entdeckt hast.

Mit meinem Mann Axel Klinkenberg bin ich im September 2017 den Rhein hinuntergereist. Es war ein besonderes Erlebnis, mit ihm von Assmannshausen bis Rüdesheim zu wandern – genau wie Paula und Benjamin – und unterwegs die Ruine Ehrenfels zu erforschen. Unerfreuliche Entdeckungen in Form von väterlichen Skeletten blieben uns zum Glück erspart.

P.S. Das Matterhorn-Kapitel ist für dich.

Außerdem danke ich meiner Mutter Hanne Goga, die mich schon als Kind mit dem Rhein und seinen Sagen vertraut gemacht und mir von eigenen prägenden Erlebnissen in Bacharach erzählt hat.

Mein Dank gilt auch den folgenden Menschen, die ihr Wissen geduldig mit mir geteilt und zum Entstehen des Romans beigetragen haben:

• Prof. Dr. Uwe Baumann, Rheinische Friedrich-Wilhelms-Universität Bonn
• Rebecca Gablé, die mir wichtige Informationen zum Thema Burgenbau lieferte
• Eva Hüttenhain, Fördergesellschaft Alter Friedhof in Bonn
• Meinen Lektorinnen Carolin Klemenz und Gisela Klemt, denen der Roman besonders viel verdankt
• Michael Koelges, Stadtarchiv Koblenz
• Elmar Scheuren, Leiter des Siebengebirgsmuseums der Stadt Königswinter
• Dr. Norbert Schloßmacher, Leiter des Stadtarchivs und der Stadthistorischen Bibliothek Bonn
• Martin Vollberg, Kunsthistoriker und Architekt
• Lea Walter, Stadtarchiv und Stadthistorische Bibliothek Bonn

Einige der Bücher und Dokumente, die mir geholfen haben, das alte Bonn und den romantischen Rhein zum Leben zu erwecken:

- *Bonn – in alten Graphiken*, Köln 1971
- Wolfgang Schwarze, *Alte Bonner Stadtansichten mit Bad Godesberg*, Wuppertal 1978
- Herbert Weffer (Hg.), *So lebten sie im alten Bonn*, Köln 1984
- *Vom Zauber des Rheins ergriffen ... Zur Entdeckung der Rheinlandschaft vom 17. bis 19. Jahrhundert*, Koblenz/Bonn 1992
- *Burgen am Rhein*, Bonn o. J.
- Dr. Norbert Schlossmacher, »*It is difficult to imagine a more agreeable spot than this for a residence ...*« Briten in Bonn bis zur Mitte des 19. Jahrhunderts. Eine Skizze«, in: Bonner Geschichtsblätter, Band 47/48, Bonn 1998
- Berndt Schulz, *Burgensagen vom Rhein*, Frankfurt 1980
- Eric Shanes, *J. M. W. Turner. The Foundations of Genius*, Cincinnati 1986
- Plan der Stadt Bonn 1865 nach den Catasterplänen bearbeitet im Maasstabe von 1:2500 mit Andeutung des Alignement-Plans, Verlag u. lith. von A. Henry in Bonn

Die geheime Geschichte einer Familie, verborgen unter den Gassen von London

Susanne Goga, *Das Haus in der Nebelgasse*
ISBN 978-3-453-35885-0 · Auch als E-Book

London 1900: Matilda Gray ist Lehrerin an einer Mädchenschule und führt das Leben einer unabhängigen Frau. Als ihre Lieblingsschülerin Laura nicht mehr zum Unterricht erscheint, ahnt Matilda, dass diese in Gefahr ist. Zu plötzlich ist ihr Verschwinden, zu fadenscheinig sind die Begründungen des Vormunds. Eine verschlüsselte Botschaft bringt Matilda auf die Spur des Mädchens. Ihre Suche führt sie zu dem Historiker Stephen Fleming und mit ihm zu einem jahrhundertealten Geheimnis, tief hinein in die verborgensten Winkel der Stadt.

Leseprobe unter diana-verlag.de
Besuchen Sie uns auch auf herzenszeilen.de